Liz Kovarni

52

Roman

Pierre-Guillaume de Roux

41, rue de Richelieu – 75001 Paris
www.pgderoux.fr

Pour ma Marguerite afin qu'elle n'oublie jamais
de se tourner vers le soleil.

I

La banque Heltrum et Pach

– Il faut qu'on déjeune ensemble demain, Mia, c'est important. Après ce ne sera plus possible.

– Pourquoi ? Tu pars aux Bahamas ? demandai-je en riant.

– 13 heures au Balto. Je réserve.

Il raccrocha. Je n'eus pas le temps de me poser de questions, le téléphone sonnait à nouveau. Un des ingénieurs-managers de mon équipe ne retrouvait plus trace de mes derniers mails. Il en profita pour désapprouver à mots couverts mes dernières décisions. Il mettait probablement un point d'honneur à les dénigrer toutes, et ce, dès sa nomination dans mes équipes, mais j'avais, depuis longtemps, décidé de ne plus m'énerver après ce François Bertoin.

Je finis la journée épuisée, une journée normale de directeur des systèmes d'information aux prises avec ses habituels énervements : plannings en retard, équipes démotivées et interminables guerres intestines. Les jours se ressemblaient tous. Je gérais des conflits. Et plus je faisais de politique, moins je suscitais la création et l'ingéniosité de mes collaborateurs.

Le lendemain, à 13 heures, j'attendais John au Balto avec mes dossiers. Jamais il ne m'avait fait ça. Jamais il ne m'avait laissé mijoter sans me dire ce qui se tramait. Il connaissait par cœur mon caractère, en particulier mon impatience. Il savait que je ne pouvais pas rester plus de deux heures sans crever l'abcès qui survenait. C'était vital pour moi : il fallait que je règle les choses vite.

John travaillait comme directeur de clientèle chez Pach, notre principal fournisseur informatique. Il dirigeait les équipes qui nous concoctaient des logiciels et les adaptaient aux besoins spécifiques de notre banque. C'était un *magic boy*. Lors de la rédaction de nos cahiers des charges, quand nous avions omis des éléments, il avait toujours trouvé une solution. Il savait s'y prendre avec moi. Il faut dire aussi qu'Heltrum était le plus gros client de sa société.

Il arriva avec cinq minutes de retard. Il avait son sourire habituel et ce physique imposant qui lui allait tellement bien. Il s'assit en face de moi et posa à côté de lui son horrible petite sacoche en cuir marron. Cette sacoche dénotait un côté très plouc chez lui.

Le serveur s'approcha. Je commandai deux bières. John ajouta :

– Et deux salades César !

Cela nous fit rire, car nous commandions toujours la même chose lorsque nous déjeunions ensemble au Balto.

– Alors, qu'y a-t-il de si important, *magic boy* ? susurrai-je en me penchant vers lui.

Il baissa les yeux et me prit la main. J'eus un petit frisson car ce genre de geste tendre ne lui ressemblait pas du tout. Désarçonnée, je ne bougeai pas. Puis, retirant doucement ma main, je demandai à nouveau :

– Alors ?

Il restait silencieux, les yeux toujours baissés.

– John, que se passe-t-il ? insistai-je.

Il leva la tête.

– Je ne sais pas comment te dire cela. Je quitte le groupe Pach ce soir.

– Quoi ?

– Je pars ce soir. Je voulais te le dire de vive voix.

Je n'en croyais pas mes oreilles.

– John, nous nous parlons par téléphone en moyenne trois fois par jour et tu ne m'as rien dit ? Tu dois savoir que tu pars depuis un certain temps, quand même ! Six ans d'amitié et de complicité pour en arriver là ? C'est à peine croyable. Je suis anéantie.

Nous restâmes en silence quelques instants. J'étais vraiment choquée.

– Mia, essaie de comprendre, mon épouse est décédée il y a six mois. Je dois prendre soin de mes enfants, ils ne vont pas bien. Il faut que je sois près d'eux.

Je faillis me trouver mal. Cet homme était marié et avait deux enfants. Il avait une vie en dehors de nous et du bureau. Je pris tout à coup conscience de ma stupidité. John, mon ami et mon allié, avait une famille, des amis, et je n'en avais jamais soupçonné l'existence. Pire : cela ne m'avait même pas effleuré l'esprit.

Le serveur déposa les deux salades et les deux bières. John but aussitôt une gorgée tandis que je regardais fixement mon assiette. Je me sentais d'une nullité crasse. Je ne pouvais même pas tenir ma fourchette. Le silence entre nous était pesant. Je pris mon air le plus compatissant.

– Je suis désolée, John. Oui, bien sûr, tu as raison ! Il faut hiérarchiser les problèmes. Tes enfants ont besoin de toi. C'est évidemment le plus important.

Il me paraissait soudain très loin. Notre complicité semblait ne jamais avoir existée. Tout ce qu'il y avait entre nous

s'était évaporé en une seconde avec cette
« Mon épouse est décédée il y a six mois,
soin de mes enfants. Ils ne vont pas bien. »

Était-il possible qu'une relation s'effondr
mots ?

Il mangeait tranquillement sa salade. Il pa
Il me tendit un morceau de pain que je saisis
dant si on était au courant de son départ
Il parut surpris de ma question.

– Oui, bien sûr. Mon remplaçant, Pacôm t
arrivé ce matin. Il sera ton interlocuteur officiel à compter de demain.

– Et tu penses que ton Pacôme Bitour va me convenir ? Tu penses qu'il va être à la hauteur pour reprendre six ans de projets stratégiques en une journée ?

J'étais agressive car totalement désemparée, incapable de gérer le fossé qui venait de se creuser entre John et moi. Mais c'était stupide de l'attaquer sur le plan professionnel. Il fallait le laisser partir, le laisser en paix avec ses enfants. Il avait dû déjà tellement souffrir après le décès de son épouse.

– Ton Pacôme Bitour, je vais m'en occuper, repris-je avec douceur, ne t'inquiète pas, tout ira bien. Je ne ferai aucun problème.

Il y eut un court silence.

– Tu ne m'avais jamais parlé de ta femme.

Il posa sa fourchette, termina sa bière et me lança ce regard d'épagneul qui me faisait tellement sourire lors de nos réunions.

– Elle est partie en trois mois. Cancer fulgurant.

– Ah ! murmurai-je en baissant les yeux.

John allait donc sortir de ma vie. Je réglai l'addition et nous nous levâmes de table. Je lui demandai de me donner de ses nouvelles. Je me sentais gauche. J'attrapai mon sac et mon manteau, et réussis à trouver la force de dire :

– Bonne chance, John. Je suis ravie que tes enfants aient leur papa à plein temps.

Quand je repris ma voiture, j'avais la gorge serrée. Les larmes se mirent à couler sans s'arrêter. La lumière du jour était belle bien que le ciel fût nuageux, de ces nuages gris clair qu'on voit avant ou après un orage. Rien ne me semblait à sa place. John partait, et tout se déréglait. Les sanglots étaient si forts que je dus me garer sur le côté. John était marié ! Marié et père de deux enfants ! Pendant toutes ces années, je n'avais rien vu, rien compris. Mes collaborateurs m'en faisaient souvent le reproche : j'y allais un peu fort, j'oubliais qu'ils avaient des obligations familiales. À chaque fois, ça me mettait en boule : « obligations familiales ? Et puis quoi, encore ? Il n'y a aucun droit du travail qui parle d'obligations familiales !!! » Ils m'énervaient, tous, avec leur « j'ai droit à » que j'entendais au moins deux fois par jour.

Je me sentais sale et humiliée. Mon ami, mon complice, celui avec lequel j'avais mis en place tous mes coups foireux de management, m'abandonnait. Je n'avais rien vu, rien soupçonné de sa vie et de l'horreur de sa situation. Sa femme était morte d'un cancer. Et ses enfants, quel âge avaient-ils ? Quelle drôle d'amie j'étais, incapable de déceler la mélancolie, la peur et le désespoir chez son ami. Une imbécile égoïste. Cet homme-là était l'un des piliers de mon quotidien, je communiquais en permanence avec lui et je n'avais rien deviné. C'était invraisemblable. J'étais devenue un robot, comme les autres. La réalité de la vie nous échappait. Nous étions tous noyés dans des rapports de clientèle. La dimension humaine nous fuyait. Et moi qui me croyais une grande sensible ! J'étais arrivé à mon niveau en bossant, bossant et bossant encore, et ces relations « amicales » n'étaient en fait que les relations de confiance professionnelle d'un *deal* appelé « gagnant-gagnant ». Les larmes redoublèrent en imaginant sa femme qui l'attendait le soir pour embrasser les enfants lorsqu'il rentrait tard parce que nous avions été en vidéoconférence durant de longues heures avec les États-Unis ou Singapour. Elle avait dû tellement souffrir de ne retrouver son mari qu'après 22 ou 23 heures.

Moi, je n'avais pas de vie privée. Mon mari était dans l'armée. Il commandait un sous-marin, et je ne le voyais pour ainsi dire jamais. Parfois, je me demandais même si j'étais mariée. Un an que je ne l'avais pas vu. Je me souvenais à peine de son visage. Mais il m'appelait souvent. Je recevais des mails. Et, au fond, cela me convenait. Je pouvais ainsi mener ma vie de DSI sans me soucier de quoi que ce soit, et manipuler les uns et les autres à ma guise. J'étais sans doute manipulée, moi aussi.

Tous ces projets aboutis conjointement nous avaient permis, à John et à moi, de gravir les échelons de nos entreprises respectives à grands coups de magouilles et de réunions préparées avec soin pour bluffer nos ennemis. Tous ces petits mots qu'il m'adressait sur mon mail perso et qui m'amusaient tant. Mon message préféré était : « Ne t'inquiète pas, il est con comme un radis. » Quand je l'avais interrogé sur le radis, il m'avait rétorqué : « C'est que de la flotte et c'est creux. » Dès lors, « radis » était devenu mon pire juron. « Pardonne-moi, John, sur ce coup j'ai été un vrai radis. »

Il fallait que je prévienne tout le monde du départ de John. Je devais aussi vérifier que Pach avait bien nommé ce Pacôme Bitour en remplacement.

Sophie, ma secrétaire m'attendait. C'était une jolie blonde. Elle m'interrogea un peu sèchement :

– Vous avez déjeuné avec John ?

– Oui.

– Marc Dantier, le directeur de Pach, vous a cherché partout. Le portable de John était coupé. On n'arrivait à vous joindre ni l'un ni l'autre. Il serait temps que vous vous serviez du vôtre, Mia.

Puis elle ajouta en levant les yeux au ciel :

– Ils ont une organisation bordélique chez Pach. Ils n'avaient qu'à appeler Anna, son assistante, au lieu de me casser les pieds !

– Sophie, répliquai-je un peu agacée, il semblerait que John quitte Pach ce soir. Je ne sais pas si Anna en est informée, alors merci de laisser à John le soin de lui parler en premier. Je pense que c'est pour cela que Dantier voulait me joindre.

Comme à son habitude, elle sauta du coq à l'âne :

– Je vous prépare tous les comptes rendus pour Bordeaux et je vous mettrai les billets de TGV sur votre bureau.

– Parfait, Sophie.

Je me rendis en salle de réunion où l'on m'attendait. Tout le monde se leva pour me saluer. Privilège des boss. On arrive en retard et tout le monde trouve cela normal. Ils avaient préparé des tonnes de documents inutiles. Les cinq chefs de groupe présents étaient sinistres. Compétents, certainement, mais tellement ternes et sans fantaisie, un peu lobotomisés, aptes à recevoir toutes les informations, sans trop réfléchir, juste capables de retranscrire sur leurs écrans des *process* et des méthodes. Leurs voix étaient monocordes, l'articulation des mots inexistante. Il faudrait un jour que je potasse la relation entre les ingénieurs informaticiens et l'articulation des mots. Les ingénieurs ne savaient pas articuler.

Je pensais à John. On était sans doute un peu comme eux, lui et moi. Aux systèmes d'information, aux SI, notre rôle était de répondre aux besoins des personnels de la banque en leur mettant à disposition les outils dont ils avaient besoin pour faire leur métier, se connecter au réseau, aux agences, aux salles de marché, aux sites de la banque. Mais aussi pour gérer notre propre organisation : l'intranet, la paye, la comptabilité, la fiscalité. Rien de bien difficile en théorie. C'étaient juste les rapports humains qui compliquaient tout.

Dans les grands groupes, l'important n'était pas de réussir son projet, mais de se faire mousser auprès de sa hiérarchie. On arrivait alors à être assimilé à un bon gros toutou. Tous mes collaborateurs, du moins ceux du premier niveau inférieur au mien, qu'on qualifiait du joli terme de N-1, avaient ce profil de « bon gros toutou / tueur possible ». Ils faisaient ce que je leur demandais tout en n'ayant qu'un seul objectif en tête : ma peau. Je subissais leur cour, leur fayotage, leur haine, leur médiocrité et leur malhonnêteté intellectuelle. Tout ce temps, John m'avait aidé à les tenir à distance. Mais il n'était plus là. Il me faudrait désormais les affronter seule.

Je devais donc leur annoncer la nouvelle du départ de John. Diriger, c'était avant tout montrer qu'on savait avant tout le monde. Il s'agissait moins d'être compétent que de frapper au bon moment et au bon endroit. C'était la seule façon d'avancer dans un grand groupe. Cela, je l'avais bien compris, et John aussi. Il me répétait souvent son grand argument : « Un président de la République ne s'entoure jamais de ministres intelligents et compétents, il créerait un contre-pouvoir. » J'avais essayé, dans mon travail, de faire de vraies propositions constructives, et il m'avait stoppée net : « Tu es trop brillante, ma fille. Tes boss vont en prendre ombrage. » J'étais en concurrence avec un autre pour le poste de DSI. Il m'avait dissuadée d'être trop efficace, me conseillant d'abattre une autre carte, d'oublier les « bonnes idées », de me rapprocher de la bêtise. J'avais appliqué son plan, il avait fait de même de son côté, et nous avions eu nos promotions respectives à six mois d'intervalle.

Je regardais cette tripotée de pseudo-managers à laquelle il fallait que je m'adresse. Je n'avais rien écouté de leur bavardage. Cette réunion était un hommage à la ritournelle : « Je ne peux pas m'en occuper, ce n'est pas dans mon périmètre ». Je ne supportais plus ce refrain. Savoir rester maître du jeu, dire sans trop dire au cas où les choses évolueraient, c'était là ma mission de directeur. Je pris la parole :

– Il y a quand même beaucoup d'éléments positifs. Il va falloir en effet réfléchir aux éléments d'accrochage. Nous devons envisager une amélioration dans tous ces rouages. Il faudrait que vous m'adressiez un mail récapitulatif afin que nous prenions ensemble la meilleure position pour vos équipes respectives.

Dire sans trop dire. J'ajoutai :

– Avec Pach les choses avancent bien ?

L'un d'eux répondit qu'apparemment John partait.

– Oui, apparemment, répliquai-je d'un ton neutre.

Ils eurent l'air surpris de mon détachement. Ils étaient donc tous au courant. Moi, je ne l'avais appris qu'à midi.

Quand je regagnai mon bureau, Sophie était déjà partie. Les dossiers pour Bordeaux étaient rassemblés, et il y avait cinq Post-it sur mon téléphone dont l'un écrit en rouge : « *Joindre Dantier sur son portable jusqu'à 23 heures ce soir. Urgent !!!* » Je décrochai le combiné et composai le numéro du directeur de Pach.

– Bonsoir Monsieur Dantier, Mia Davis de la banque Heltrum. Vous avez demandé à mon assistante que je vous rappelle ?

– Oui, bonsoir Madame Davis, je vous remercie. Je crois que vous avez déjeuné avec John aujourd'hui ?

– C'est exact, Monsieur.

– Bien. Il vous a donc parlé.

– Oui, Monsieur.

– Que vous a-t-il dit ?

– Pardon ?

– Je voudrais savoir ce qu'il vous a dit.

– Je ne comprends pas bien votre question, Monsieur Dantier.

– Vous m'avez parfaitement bien compris, Madame.

Le ton s'était durci. Tout cela sonnait bizarrement. J'étais sur mes gardes, mais il fallait que je réponde quelque chose.

– Je crois que... vous envisagez une autre organisation.

– On peut le dire comme ça, Madame Davis. Votre interlocuteur à compter de demain matin sera donc Monsieur Pacôme Bitour.

– Très bien, Monsieur. Je souhaiterais, si c'est possible, que vous m'adressiez un mail de confirmation afin d'en aviser ma hiérarchie et l'ensemble de nos collaborateurs.

– Votre directeur général, Monsieur Despotes, en a été avisé. Il est en déplacement aux États-Unis aujourd'hui. Je vous adresse un mail dès demain matin pour officialisation.

– Parfait, Monsieur, je vous souhaite une excellente soirée.

Je raccrochai. Cette conversation avait duré trente secondes. J'étais furieuse. David Despotes ne m'avait rien dit. Je réalisai que les guéguerres et les luttes d'influences avaient repris. Je mis sous le bras les dossiers préparés par Sophie, et regagnai ma voiture au parking. En voyant la vingtaine de Kleenex chiffonnés sur le siège passager, je repensai à John et je me dis que cette vie sans se préoccuper de l'autre ne me convenait décidément plus. Il fallait que ça change. Je ne pourrais pas supporter un autre que lui dans mes pattes. Ce Dantier n'avait pas une larme pour son collaborateur le plus proche. Il *switchait* John par Pacôme, point final. Très bien. J'apprendrais donc à Marc Dantier qu'un être humain n'est pas remplaçable du jour au lendemain.

Il était 21 heures quand je rentrai chez moi. Je pensais toujours à John. Je l'imaginais avec ses enfants, en train de leur lire une histoire, et je réalisai soudain que les hommes de ma vie, mon mari et John, étaient de parfaits inconnus pour moi. Cette brusque conscience de ma solitude me remit les larmes aux yeux.

Je m'endormis tard, fatiguée et triste.

II

Le message

Mon réveil sonna à l'aube. La réunion à Bordeaux était prévue à 11 heures et j'allais me coltiner trois heures de TGV avec cet âne de François Bertoin, collaborateur imposé par ma hiérarchie, notamment par David Despotes. Tous deux sortaient des Mines, et j'avais bien compris que Despotes lui avait promis mon poste d'ici peu. Il s'imposait régulièrement aux réunions sur ordre de la direction et il était mis en copie sur tous mes mails. Il était clair qu'il allait me piquer mon job. John riait toujours à propos de François Bertoin. Il l'appelait « Rikiki Radis ». À chaque fois que je lui demandais pourquoi, il répondait invariablement : « Réfléchis. » Bertoin n'était ni petit, ni maigre. J'avais bien sûr évoqué une partie intime.

– Tu l'as vue ? rétorqua John avec son petit sourire.

– Bien sûr que non ! Mais alors pourquoi « Rikiki Radis » ?

Encore une question qui resterait sans réponse.

À la gare Montparnasse, j'aperçus immédiatement le Radis. Il était en grande conversation sur son portable. Je passai à distance en lui faisant un petit signe de la main et me précipitai à la recherche de mon wagon, tirant derrière moi ma petite valise à roulettes contenant mon ordinateur portable et les dossiers, priant le ciel d'être placée loin de lui.

Depuis six mois, j'avais entrepris de revaloriser les équipes de Bordeaux en leur montrant mon attachement à leur travail. Je me forçais à leur rendre visite chaque mois. Les vidéoconférences ne permettaient plus aux individus de se respecter. Les hommes ne mangeaient plus ensemble et ne se faisaient plus de blagues débiles. Ils ne partageaient plus rien. Ma sensibilité de mammifère féminin avait reniflé là une grosse faille du système. Bertoin s'était opposé à ces déplacements. Il m'avait fait remarquer que les équipes de Bordeaux, situées au-dessous de la Loire, étaient fainéantes. Il avait mis au point des taux de qualité dans son dernier rapport qui indiquaient clairement un manque total d'efficacité de ces équipes-là. Il préconisait plutôt des points par vidéoconférences avec des objectifs plus drastiques. Il avait demandé la nomination de Myriam à cette direction. Où était-elle, d'ailleurs ? Je ne l'avais pas vue avec lui. Elle avait dû descendre la veille. Myriam, c'était moi qui l'avais recrutée, mais elle avait décidé de se mettre du côté de Rikiki Radis. Elle avait dû comprendre que sa promotion à elle se jouait avec lui.

Arrivée à ma place, je vis posée sur le siège une enveloppe à mon nom. Je regardai par la vitre. Rikiki était sur le quai, scotché à son portable. Après qu'un homme cravaté m'eut aidé à hisser ma valisette dans le porte-bagages, je m'assis et, discrètement, décachetai l'enveloppe. Il y avait une lettre à l'intérieur avec un message :

« *Ne parle pas de moi, parle le moins possible aujourd'hui. Ils vont essayer de te coincer, ne parle de rien, ne prends pas d'avocat, fais l'idiote et attends nos instructions. Détruis ce document dans les toilettes.*

L'inventeur du Rikiki Radis. »

Bertoin pénétra dans le wagon au moment où je glissais la lettre dans mon sac. Il consulta son billet, puis m'indiqua d'un geste que sa place se trouvait juste là, à l'entrée de la voiture. Je lui rendis son sourire en remerciant le ciel. Cet abruti aurait quand même pu venir me saluer. C'était lui qui était au téléphone, pas moi. Moi, je n'avais pas de portable, ce qui d'ailleurs énervait tout le monde. La direction générale m'en avait fourni un que je laissais exprès dans mon tiroir, feignant à chaque fois de l'avoir oublié.

Passé ma stupeur, je me mis à réfléchir. « L'inventeur du Rikiki Radis », c'était John, évidemment. Qui d'autre ? Si seulement il avait écrit son message à la main, j'aurais reconnu son écriture. Mais peut-être voulait-il rester anonyme au cas où le message serait intercepté par quelqu'un d'autre. Bertoin, par exemple. Une chose était sûre : cette enveloppe venait d'être déposée, et le « facteur » était encore dans le secteur. Je regardai le quai à travers la vitre, cherchant un visage suspect parmi la foule. Que voulait-on me faire comprendre ? Il fallait que je relise ces phrases. Peut-être avais-je lu trop vite ? Peut-être avais-je loupé un mot important ? Mais pas ici. Aux toilettes.

Le wagon se remplissait de voyageurs. Il n'y avait pratiquement que des hommes d'affaires. Pas une seule mamie, pas une seule maman avec un bébé.

Après que le train eut démarré, je me levai en prenant mon sac et me dirigeai tranquillement vers les toilettes du wagon suivant, dans le sens opposé de Rikiki Radis que j'apercevais, de loin, les yeux fixés sur son écran d'ordinateur. Je ne voulais surtout pas passer devant lui. Je refermai la porte des toilettes derrière moi et ressortis fébrilement la lettre de mon sac :

« Ne parle pas de moi, parle le moins possible aujourd'hui. Ils vont essayer de te coincer, ne parle de rien, ne prends pas d'avocat, fais l'idiote et attends nos instructions. Détruis ce document dans les toilettes.

L'inventeur du Rikiki Radis. »

C'était la quatrième dimension. De quoi me parlait-on ? « Attends nos instructions » ? « Nos » ? Ils étaient donc plusieurs ? Et quelles instructions ? J'avais lu beaucoup de choses sur toutes sortes d'affaires politico-financières et je savais qu'il fallait toujours garder des preuves de tout. On me demandait de les détruire. Que devais-je faire ? Plus je les relisais et plus ces phrases m'affolaient. De toute évidence, on m'avait suivie. Je sentais mon cœur qui battait fort dans ma poitrine. Je commençais à suffoquer. Je relus une dernière fois le message pour être bien sûre qu'il n'y avait pas de sens caché, le remis dans mon sac, puis rouvris la porte et tombai nez à nez avec un vieux monsieur qui me regarda d'un drôle d'air avant de s'enfermer à son tour. Je devais avoir une sale gueule. Je transpirais un peu. Je restai un instant dans le couloir pour reprendre mes esprits et me mis en quête de la voiture-bar. Elle était un peu plus loin, toujours dans la même direction. Très bien. Plus je m'éloignais du Radis, mieux je me portais.

Arrivée sur place, je demandai au barman s'il vendait des grandes enveloppes et des timbres.

– Non, Madame.

– Des moyennes ?

– Non plus.

– Ah ! Et des normales ? Vous ne...

Il me coupa :

– Nous ne vendons pas d'enveloppes, Madame, ni grandes, ni moyennes, ni normales !

Une femme derrière moi me tendit une enveloppe ordinaire en ajoutant :

– Désolée, je n'ai pas de timbres.

Je saisis l'enveloppe, mais au moment de me retourner pour la remercier, le barman revint à la charge :

– Il vous fallait autre chose ?

– Euh... je... un café, s'il vous plaît.

Quand je me retournai de nouveau, la femme avait disparu. Je restai avec mon enveloppe à la main.

– Ce sera tout ? lança le barman avec une pointe d'agacement dans la voix.

– Oui, merci.

Je payai l'immonde liquide noir nommé « café » et me repliai dans un coin de la voiture. Il fallait que je rassemble mes idées. « *Ils vont essayer de te coincer.* » Me coincer sur quoi ? Je n'avais ni tué ni volé personne. Je n'avais jamais touché de bakchichs des fournisseurs, ni trompé mon mari, ni couché avec des collaborateurs, ni vendu mes stock-options, et aucun délit d'initié en vue. Il n'y avait rien. Je n'avais aucune raison de trembler ni d'avoir peur. Je n'avais fait que quelques coups tactiques avec John, coups bas et vagues mensonges, bon, mais de là à imaginer une telle mise en scène ! Je mis mon angoisse sur le compte du manque de sommeil et du choc du départ de John. La conversation avec Dantier me revint en mémoire et ajouta à mon trouble.

Je réfléchissais à tout cela quand je vis Rikiki se pointer vers moi, un café à la main.

– Ça va ?

– Oui.

– Dure journée !

– Vous trouvez ?

– Ben oui, plus de six heures de train pour voir une équipe de bras cassés !

Il soupira en regardant le paysage qui défilait par la vitre.

– Vous connaissez ma position, Monsieur Bertoin, elle est calquée sur celle de la SNCF : « Le train relie les hommes. »

« *NE PARLE DE RIEN.* »

Je venais d'enfreindre une consigne du message. Je devais me taire. Il commença à me parler de Myriam et de la qualité de son travail. Je le stoppai net.

– Excusez-moi, il faut que je retourne travailler. À tout à l'heure ?

Il jeta son gobelet vide à la poubelle. Je fis la même chose sans avoir bu mon café.

« *NE PARLE DE RIEN.* »

Il fallait que je suive cet ordre, mais je n'en comprenais ni le sens ni le but. Ne pas parler de quoi ? De John et de moi ? Du boulot ? Ce qui ne laissait aucun doute, c'est que le fait d'utiliser une grande feuille de papier et une grande enveloppe juste pour écrire quelques mots ne pouvait provenir que de quelqu'un manquant cruellement d'esprit écologique : du John tout craché. OK, il avait organisé un canular. Bertoin n'avait pas l'air stressé, et ce petit *yes, sir* au courant de tout aurait sûrement laissé paraître quelque chose. Je regagnai ma place.

Quoi faire avec cette lettre ? Je la pliai et la glissai dans l'enveloppe de l'inconnue du bar. Et si une brigade de gendarmerie m'attendait à l'arrivée du train ? Peut-être valait-il mieux que je suive les instructions : « *DÉTRUIS CE DOCUMENT DANS LES TOILETTES.* »

– Bonjour Madame, contrôle des billets !

La tête du contrôleur était au-dessus de moi. Je ne l'avais même pas entendu arriver. Je rangeai précipitamment la lettre, fouillai dans mon sac et sortis mon billet.

– Merci M'dame !

Il s'éloigna. Bon. Pas de parano inutile. Au fond, était-ce bien sérieux, ces quatre phrases ? John était féru de chinoiseries et « 4 » était un mauvais chiffre pour les Chinois. « Tu as raison, lui avais-je dit un jour, à table, 4 c'est dangereux pour la santé. Donc, tu prends entrée, plat, dessert, mais pas de fromage, sinon ça fait 4 ! – Les femmes ont toujours l'art d'embrouiller les postulats les plus simples ! » répondit-il en haussant les épaules.

Nous arrivions en gare de Bordeaux. Il y avait cinq rangées de sièges entre Bertoin et moi, et pourtant, même à cette distance, je pouvais sentir l'odeur excessive de son eau de toilette. Je jetai un œil par le carreau pour repérer d'éventuels flics qui m'attendraient. Rien. J'étais soulagée. Quatre phrases ridicules et je me sentais déjà comme une bête traquée.

Je rejoignis Rikiki Radis sur le quai, et nous sortîmes ensemble de la gare tandis que je continuais de chercher discrètement du regard d'éventuels képis, ou menottes ou matraques. Rikiki me demanda si j'avais bien travaillé.

– Vous ne m'avez pas adressé les comptes rendus de votre dernier point avec Pach, répondis-je sans le regarder. C'était sur les derniers tests et les conséquences de la mise en place du nouveau portail client.

– Oui, mais j'en ai parlé avec David, on pense qu'il faut s'y prendre autrement.

Je l'aurais étranglé. Ce Radis passait son temps à traiter avec mon patron sans passer par moi. Il y était pourtant hiérarchiquement tenu. Tous les deux montaient contre moi d'incessantes opérations de déstabilisation. Ces petites manœuvres mesquines avaient le don de me mettre en boule d'un coup. Je ne comprenais pas cette stratégie de microdestruction permanente. Despotes n'avait qu'à me virer et mettre Bertoin à ma place. John avait su me protéger contre ce genre d'agissements, mais maintenant qu'il n'était plus là, Rikiki allait peut-être gagner la balle de match. Cette idée me révulsait.

Nous nous dirigeâmes vers les taxis. J'étais quand même ennuyée avec cette lettre à détruire. Finalement, j'expliquai au Radis que je me sentais mal, que j'allais vomir, que c'était sans doute le café, qu'il fallait que j'aille aux toilettes. Qu'il prenne un taxi sans moi, je le rejoindrais plus tard. Mais l'âne voulait m'attendre à la station.

Je rentrai à nouveau dans la gare avec mon ordi à roulettes et me dirigeai vers le kiosque à journaux où j'achetai une grande enveloppe et un carnet de timbres. Une fois aux toilettes, je refermai soigneusement la petite enveloppe contenant la lettre et la glissai dans la grande, en prenant soin d'y ajouter un petit mot sur une feuille déchirée de mon agenda : « *Merci de conserver la lettre ci-jointe sans l'ouvrir.* » Je collai les timbres. Et maintenant, à qui envoyer ça ? Il fallait faire vite car l'infernal crétin m'attendait près des taxis. Le monastère de la communauté des Chartreux me vint à l'esprit. Il devait y avoir un frère Jean. Il y a toujours un frère Jacques ou un frère Jean. J'inscrivis :

MONASTÈRE DES CHARTREUX
FRÈRE JEAN
PARC NATUREL DE CHARTREUSE
FRANCE

et glissai l'enveloppe dans la boîte aux lettres de la gare, persuadée qu'un gentil postier prendrait la peine de trouver le code postal du monastère. J'étais soulagée de savoir qu'un frère Jean conserverait « religieusement » cette archive douteuse. Qui pourrait imaginer que ce monastère me serve de coffre-fort ?! Il faudrait tout de même que je trouve l'adresse exacte au cas où « l'inventeur du Rikiki Radis » me ferait parvenir d'autres messages du même genre. Je rejoignis François Bertoin d'un pas décidé et, d'un geste, lui intimai l'ordre de monter dans un taxi.

Nous arrivâmes avec vingt minutes de retard. Mon histoire de café immonde passa comme une lettre à la poste. C'était le cas de le dire. La réunion eut lieu normalement jusqu'à ce que Bertoin prenne la parole. Il annonça que l'interlocuteur de chez Pach avait changé. Le nouveau s'appelait Pacôme Bitour. Il l'avait eu au téléphone. Il n'y aurait pas d'autres changements au niveau des équipes Pach. Je ne laissai rien paraître mais il venait de passer les bornes. Bertoin n'était pas l'interlocuteur de Pacôme Bitour, il n'avait pas à interférer de la sorte. C'était mon job de directeur des systèmes d'information de l'annoncer aux responsables présents. L'autre jouissait littéralement sur place. Il avait marqué un point devant tout le monde. Je me remémorai la deuxième phrase : « *NE PARLE PAS DE MOI, PARLE LE MOINS POSSIBLE AUJOURD'HUI.* » Je décidai donc de ne pas parler. Mais comment stopper ce Bertoin avec ce genre d'« instructions » ? Il me fallait une idée, vite. Comme nous étions arrivés tard, les collaborateurs proposèrent une pause déjeuner. Tandis que nous rassemblions nos affaires, je voyais la Myriam qui ne cessait de se frotter au Radis, le gratifiant de moult « je suis tout à fait d'accord avec vous » proprement exaspérants. Tandis que nous rassemblions nos affaires, Philippe, le patron des équipes, me prit par le bras, m'entraîna à l'écart et, avec sa franchise et sa gentillesse habituelle, me dit :

– C'est quoi ce bordel, Mia ? C'était à toi de nous parler de John, pas à Bertoin !

Ah, tout de même ! Il y en avait donc un qui suivait ! Et s'il avait capté, les autres avaient donc capté aussi. Je répondis laconiquement :

– Non, il pouvait le faire.

Il me regarda par en dessous.

– On ne t'a pas entendue, ce matin, renchérit-il, ce n'est pas dans tes habitudes, toi qui rouspètes tout le temps !

– C'est pas sympa, je suis un ange, répliquai-je en souriant. Vous avez quand même compris que j'étais un peu malade, non ?

Et voilà, je l'avais ma parade ! J'étais malade, bien sûr ! Je n'avais qu'à les laisser tous en plan et reprendre le train pour Paris. Idée de génie qui me permettait de « ne pas parler ».

– Philippe, tu sais s'il y a un TGV qui repart maintenant sur Paris ?

– Dans trois quarts d'heure, répondit-il. Pourquoi ? Tu t'en vas ?

– Oui, je ne me sens pas très bien. Mais Bertoin reste avec vous. Salue tout le monde pour moi.

Durant le trajet du retour, je me remémorai les événements survenus depuis quarante-huit heures : John qui partait, John marié et papa de deux enfants, le ton agressif de Dantier et l'affront en réunion de Rikiki Radis. Et ce Pacôme Bitour qu'il allait falloir affronter. Et le message du train dont je n'étais même pas sûre de la provenance. John, sans doute, mais peut-être pas. Tout se bousculait dans ma tête, les liens entre les uns et les autres, entre John, Pach et moi. Qui d'autre que John aurait pu connaître le pseudo « Rikiki Radis » ? On en parlait tous les deux seulement par téléphone ou par mail. Bertoin avait-il eu accès à mes mails perso ? Ce n'était pas impossible...

Je rentrai chez moi épuisée. Il n'était pourtant pas tard. Il y avait un message de Sophie sur mon répondeur : «*J'espère que vous allez mieux. Reposez-vous bien. Il n'y a rien qui ne puisse attendre lundi.*» Elle était déjà au courant ? Les nouvelles allaient vite. Il y avait aussi un message agité de Charles, mon voisin de soixante-huit ans : «*Mia, venez prendre un whisky. J'en ai reçu un de vingt ans d'âge. Et il faut que je vous raconte le lapin bleu.*» Le lapin bleu ? De quoi me parlait-il ? Je pris une douche rapide et l'appelai.

– Allô Charles ? Le lapin bleu ?!?

– Oui, ma chère, je vous attends.

Il raccrocha sans explication. OK. J'étais à nouveau en pleine quatrième dimension. Je recoiffai un peu mes longs cheveux noirs, pris mon sac, mes clés et sonnai chez lui. Il m'accueillit en babouches rouge vif, et d'un air coquin me lança :

– Alors, ma petite, vous avez les bouteilles ?

– Quelles bouteilles ?!?

Il referma la porte, me fit signe de m'asseoir et alla fermer ses volets roulants. J'eus un moment d'inquiétude. Puis il lança un : «C'est reparti !» sonore en se frottant les mains.

– Mia, où étiez-vous aujourd'hui ?

– Pardon ?

– Où étiez-vous ?

– Mais qu'est-ce que ça peut vous faire ? J'étais à Bordeaux.

– Très bien. Des types sont venus chez vous aujourd'hui.

– Je me suis fait cambrioler ? m'écriai-je en me levant d'un bond.

– Calmez-vous ! Non, vous ne vous êtes pas fait cambrioler. Ce sont des types des services. Ils avaient vos clés.

– Des services ? Mes clés ? Mais qu'est-ce que vous me chantez là, Charles ? dis-je en me rasseyant.

– Mia, les deux gars qui sont venus chez vous sont dans les services, je le sais. Ils y sont entrés quand ils avaient dix-huit ans. Maintenant ils en ont presque cinquante. Ils ont changé mais j'ai reconnu la jambe boiteuse de l'un et la voix nasillarde de l'autre. Je suis très physionomiste.

– Écoutez, Charles je ne sais pas de quoi vous parlez. Il n'y a que deux personnes qui ont les clés de chez moi : vous et mon mari.

– Alors, peut-être qu'ils sont venus pour votre mari. C'est en effet une cible potentielle.

– Une cible potentielle ?

– Votre mari est un militaire, un haut gradé de l'armée. Je suis formel.

– Mais qu'est-ce que ces types sont venus faire dans mon appartement ?

– Installer des micros.

– Quoi ?

Et il me disait ça le plus naturellement du monde. J'étais à la fois terrorisée et folle de rage qu'on soit entré chez moi. C'était comme un viol. Je voulus me précipiter vers la porte d'entrée, mais il me rattrapa par le bras.

– Attendez, je vais vous expliquer. C'est une équipe spécialisée dans ce genre de truc. Écoutes et filatures pour les services. Ils faisaient déjà ça, il y a trente ans. Ils ont truffé de micros votre appartement. Surtout ne dites rien de sensible chez vous. Je mettrai une plante verte sur le palier si je veux vous parler.

Je ne pus retenir un éclat rire.

– Mais enfin, Charles, vous déraisonnez ! dis-je en haussant les épaules. Quel intérêt de mettre quelqu'un comme moi sur écoute ?

– Vous êtes directeur des services d'information d'une grande banque internationale, Mia. À ce titre, vous savez tout sur tout. Le DSI est la personne la plus importante d'une banque, vous le savez aussi bien que moi.

– Je le sais, mais j'ai tendance à l'oublier, répliquai-je en me rengorgeant un peu.

Il poursuivit :

– Maintenant, vous allez rentrer chez vous et téléphoner à une copine. Dites-lui que votre voisin veut vous offrir un lapin bleu pour que vous dormiez avec. Il trouve indécent qu'une femme aussi jolie que vous dorme seule.

– Et aussi « importante », ne l'oubliez pas ! dis-je en me levant. Merci du compliment, Charles. Je déjeune avec vous demain. Préparez-nous un bon petit plat.

Je pris congé et regagnai mon appartement. J'appelai aussitôt ma copine Romy de la direction du marketing.

– Ça va, Mia ? s'écria-t-elle. J'ai appris que tu étais malade ?

– L'information circule vite à ce que je vois.

– C'est Sophie qui m'a dit que tu n'étais pas bien.

– Ben oui. Au fait, Madame Marketing, qu'est-ce que tu penses de ça : je viens d'avoir une conversation avec mon voisin qui s'est mis en tête de m'acheter un lapin bleu géant pour que je ne dorme pas toute seule, tu le crois ?

– Je crois surtout que c'est lui qui va s'acheter un costume de lapin et venir dans ton lit !

– Tu es folle, il a soixante-huit ans !

– Ce sont les pires !

– On verra. Bon, je te laisse, ma belle, je me sens moyen.

J'entendais son fils à côté qui lui parlait.

– OK, ma chérie, repose-toi, répondit-elle. De toute façon, faut que je raccroche aussi. Mon grand garçon est malade, il a mal au ventre.

– Lui aussi ? Décidément, c'est la journée gastro ! Bisous, Romy.

– Bisous, Mia.

Je raccrochai en me demandant si je n'avais pas trop parlé. Depuis ma conversation avec John, j'avais l'impression que tout partait en vrille. Maintenant, c'étaient carrément les micros chez moi !

Je me déshabillai et me mis au lit, mais avec toutes ces histoires, je n'arrivais pas à trouver le sommeil. Heureusement, l'idée de déjeuner avec Charles me mettait du baume au cœur. Je savais qu'il allait m'aider. C'était mon voisin et mon ami, et je venais d'apprendre qu'il avait fait partie des services secrets. Officiellement, il avait soi-disant été avocat. En fait, je ne savais plus quoi penser. Le mystère s'épaississait. J'étais donc tellement importante qu'on m'écoutait ? Cette dernière pensée me ravit.

Je m'endormis en essayant d'imaginer la tête de Pacôme Bitour.

III

Charles et Marc Davis

Je me réveillai à 11 heures. Un rapide café, une douche, quelques gouttes d'oligoéléments, et je me préparai tranquillement pour ce déjeuner en compagnie du « Prince Charles ». À midi pile, je sonnai à sa porte. Maria, sa femme de ménage, m'ouvrit.

– Ah, bonjour, Madame. Monsieur est sous la douche. Il vient de se réveiller. Il m'a demandé de vous servir un whisky bien frappé.

Ses grands yeux noirs en amande étaient rieurs. De quel pays d'Asie provenait ce beau regard bridé ? Il faudrait que je lui demande un jour.

– Charles veut me faire boire ? dis-je en jouant l'offusquée. Je n'ai pas pris de petit-déjeuner. J'ai peur de ne pas tenir votre bibine !

– Alors, je vous sers un café avec le whisky.

– C'est ça, et après au lit, répliquai-je en riant.

Elle partit dans la cuisine d'où j'entendis le ronronnement de la machine à café. Je m'installai dans un fauteuil. La pièce était sombre.

– Vous n'ouvrez pas les volets ?

– Non, Monsieur ne veut pas, répondit Maria en réapparaissant avec un plateau à la main sur lequel étaient posés une tasse de café, une cuiller et un sucrier.

– En plus de m'enivrer, on me séquestre. La vie est belle !

Maria posa le plateau sur la table basse, se dirigea vers une table roulante pleine de verres et de bouteilles de toutes sortes, saisit l'une d'elles et versa lentement le liquide ambré dans un verre.

– Vous voulez des glaçons ?

– Euh... non.

Elle posa le verre sur le plateau, à côté du café, puis me regarda en souriant.

– Madame Davis, je dois partir. Le déjeuner est au four. Pouvez-vous le surveiller ?

– Bien sûr, Maria. Qu'avez-vous préparé de bon ?

– De la morue grillée.

– De la... ?

– Morue grillée, répéta-t-elle en repartant dans la cuisine.

– Mais je croyais que Charles détestait le poisson ! dis-je en portant la voix. Il raconte partout que le poisson est bourré de mercure !

– Vous verrez cela avec lui, répliqua-t-elle en réapparaissant vêtue de son manteau et un sac à la main. Au revoir, Madame Davis, bonne journée !

Elle me fit un dernier sourire et claqua la porte derrière elle.

Je terminai mon café en considérant le verre de whisky d'un œil morne. Mais que fabriquait Charles ? Je commençais à avoir sérieusement faim, moi, et... LA MORUE ! Je me précipitai dans la cuisine et ouvris le four. Un magnifique poulet entouré de frites dorait à feu doux. Tout allait pour le mieux. À ce moment précis, j'entendis derrière moi :

– Elle vous plaît, ma morue ?

Je me retournai et regardai Charles avec des yeux ronds.

Il était hilare. Il m'embrassa.

– Ma petite, qu'est-ce qu'on va se marrer !

– Charles, je ne comprends rien à ce que vous dites !

– Vous êtes trop lisse. Maria vous dit un truc, vous la croyez. Vous faites exactement ce qu'on a programmé pour vous. Vous comprenez ? Je peux vous prédire tout ce que vous allez faire jusqu'à l'heure de votre retour à Heltrum lundi matin.

– Que voulez-vous dire ?

– Que vos actes, vos réflexions, vos remarques sont cartésiennes et logiques. Ils se réfèrent à vos connaissances passées ou actuelles. Il va falloir qu'on vide votre disque dur et qu'on vous installe un autre logiciel non identifiable et non prévisible.

– Quoi ?

– Mia, vous êtes victime d'une attaque. Par qui ? Pourquoi ? Je n'en sais rien encore. Est-ce que c'est contre vous, contre votre mari, contre votre amant ? J'opterais plutôt pour une attaque contre vous.

– Je n'ai pas d'amant !

– Vous ne comprenez décidément pas. Ne répondez plus dans la réalité, Mia.

Puis avec un petit sourire, il ajouta :

– Et puis, je n'ai pas dit mon dernier mot, vous savez...

– Je ne comprends pas, Charles. Vous voulez que je réponde « à côté » ? C'est-à-dire ? Que je réponde n'importe quoi ?

– Oui, nous allons nous entraîner jusqu'à lundi matin.

« ILS VONT ESSAYER DE TE COINCER, NE PARLE DE RIEN, NE PRENDS PAS D'AVOCAT, FAIS L'IDIOTE ET ATTENDS NOS INSTRUCTIONS. »

Était-ce Charles le donneur d'instructions ?

– Et maintenant, le poulet ! dit-il en se dirigeant vers la cuisine.

Je lui emboîtai le pas.

– Non, Charles, m'écriai-je en riant, je dois aller sur la lune !

– Mon élève matricule 52 est en phase de formation accélérée, répliqua-t-il en sortant le plat du four, et les premiers tests semblent concluants. Bravo, 52 !

– 52, c'est mon nom de code ?

– Poussez-vous, c'est chaud ! Oui, à partir de maintenant pour nous deux, vous êtes « 52 » !

Il repartit au salon poser le plat sur la table à manger.

Je le suivais comme une petite fille.

– Euh... 52 trèfle si j'ai peur, et... euh... 52 cœur si tout va bien... ? Comme ça, Charles ?

Il marmonna du russe ou quelque chose dans le genre, retourna chercher un grand couteau en cuisine, puis revint découper le poulet avec application.

– Cuisse ou blanc ?

– Blanc.

Nous nous installâmes à table. Il déposa le morceau dans mon assiette, l'entoura généreusement de frites, puis se servit à son tour et commença à manger tout en me dévisageant de son regard bleu.

– Vous n'allez pas manger ça, s'exclama-t-il brusquement, c'est bourré d'arsenic !

J'avais la fourchette aux lèvres. Quoi faire ? Son œil était rieur. Je mis le morceau de poulet dans ma bouche et commençai à le mastiquer tranquillement.

– De l'arsenic ? Mmm... quelle bonne idée, Charles ! J'adoooore l'arsenic. C'est quel cru ? Pas 1992, j'espère, il rend nympho !

Il me fit un large sourire en hochant la tête. Il avait horreur de parler en mangeant. Le poulet était délicieux, mais les frites molles. Des frites au four, évidemment !

Nous finîmes nos plats. Il se leva et débarrassa les assiettes, toujours en silence, puis, nous servit de la tarte au citron meringuée.

– Faite maison par Maria !

Elle était succulente. Pour respecter l'économie de mots de mon hôte, je ne parlais pas non plus. Les volets baissés créaient une pénombre autour de nous qui ajoutait à l'étrangeté de la situation. Tout cela me semblait irréel et me mettait un peu mal à l'aise.

– Voulez-vous un café, 52 ?

– S'il vous plaît.

– Je vais nous préparer ça.

Il se leva et repartit à la cuisine d'où j'entendis à nouveau le ronronnement de la machine à café.

– Je suis toujours en formation ou je peux redevenir Mia ? repris-je à haute voix.

– Soyez vous-même, très chère, entonna-t-il.

J'attendis qu'il revienne et l'interrogeai :

– Expliquez-moi votre jeu, Charles.

Il déposa deux tasses de café sur la table.

– Prenez une feuille blanche, là, sur mon bureau, et dessinez-moi le plan de votre appartement le plus précisément possible.

Je pris une feuille, un crayon et m'exécutai de mon mieux.

– C'est parfait, murmura-t-il en regardant le dessin, oui, c'est bien.

Je lui fis remarquer que nous avions exactement les mêmes appartements, mais inversés, le sien étant à gauche de l'ascenseur, le mien à droite. Il ne m'écoutait pas.

– Si on trinquait avec les cafés ? Allez, Mia, tchin-tchin, on va bien s'amuser.

Nos tasses s'entrechoquèrent.

– Vous m'énervez, 25. Je dis « 25 », car appartements inversés, donc chiffres inversés, vous me suivez ? Je suis Mia la cartésienne, vous vous souvenez ? Votre voisine !

Il grommela un genre de « Mmm... Mmm... » et but son café d'un trait. Puis il alla chercher sur son bureau un pendule muni d'un gros quartz blanc à son extrémité et, de sa main gauche, le fit tourner au-dessus de mon plan d'appartement, tandis que de l'autre main, il dessinait des petites croix sur mon croquis à des endroits précis.

– Les micros sont installés là, 52 ! Il y en a cinq. Plus un autre dans le combiné de votre téléphone.

– Vous allez me dire que vous détectez des micros avec votre truc à la professeur Tournesol ? Vous me prenez vraiment pour une truffe !

– Vous verrez bien. Prenez-les en photos. Ils n'ont pas mis de caméras, juste des micros. Vous n'êtes sans doute pas suffisamment « stratégique » pour eux.

Tant mieux ! pensai-je, ils ne verraient pas mes fesses. Mais Charles pouvait se tromper aussi.

– Et ça ressemble à quoi, ces micros ?

Il sortit une photo d'un tiroir. Sur le cliché, on aurait dit une petite bille noire.

– Il n'y en a pas dans les toilettes, au moins ?

– Non, je ne pense pas. Soyez tranquille.

– Et dans ma voiture ?

– Je me renseignerai. En attendant, faites comme si.

Il avait le ton de celui qui trouve tout cela parfaitement normal. Sa placidité m'énervait. Et s'il se fichait de moi ?

– Dites donc, « Charles-25 », fini de rigoler ! Vous êtes quand même gonflé de mettre des micros chez moi, vous ne trouvez pas ?

– Ce n'est pas moi, 52, je vous assure ! Moi, j'aurais mis la vidéo pour voir vos fesses. Vous pensez bien qu'à mon âge, j'ai du savoir-vivre.

Il fallait reconnaître qu'il ne manquait pas d'humour. Toujours branchés sur leur quéquette, ces mecs, même à soixante-huit ans ! À force de tourner et retourner toutes ces infos dans ma tête, je sentais la migraine se pointer.

– Je n'arrive pas à décoder cette situation, finis-je par lâcher, épuisée.

– Quelle situation ?

J'eus un instant d'hésitation. Ces micros, ces *Men in Black*, tout cela me paraissait invraisemblable.

– Bon, je vais arracher ces mouchards et les vendre sur eBay. Combien je peux en tirer, à votre avis ?

– Ne rigolez pas trop avec ça, 52. Vous allez tout me raconter. Si vous voulez que je vous aide, il faut que je comprenne. J'ai passé une nuit blanche à cause de vous. Il me faut des su-sucres.

« ILS VONT ESSAYER DE TE COINCER, NE PARLE DE RIEN, NE PRENDS PAS D'AVOCAT, FAIS L'IDIOTE ET ATTEND NOS INSTRUCTIONS. »

Faire l'idiote avec mon voisin n'était pas la chose la plus aisée. Nous nous connaissions bien. Il avait la tête dure comme du béton. J'aurais du mal à ne rien lui dire. Je pouvais toujours commencer par ce qu'il savait déjà. Je lançai d'une traite :

– C'est simple, je travaille avec Pach, un fournisseur informatique, une société du CAC 40, mon interlocuteur a démissionné du jour au lendemain ; il y a des guéguerres intestines qui ressortent, des prises de pouvoir, je sens que ça va être le Far West au bureau.

Charles me dévisageait.

– John est parti, oui, mais il ne faisait rien chez Pach, lâcha-t-il.

– Pardon ? Vous connaissiez John ?

– Très bien. Il est de la maison. Je l'ai recruté il y a trente ans.

J'étais sciée.

– Vous connaissiez sa femme ? demandai-je.

– Il n'a plus de femme depuis belle lurette, très chère, pas le temps.

– Ah bon ?

– Nous avons dû exfiltrer John de chez Pach en urgence, sa couverture ne tenait plus. Il commençait à être repéré. C'est pour cela qu'ils se tournent vers vous, 52. Parce que vous étiez proche de lui.

– « 52 » !! Mais c'est quoi ce pseudo à la con ?

– Le nombre de filiales de la banque Heltrum dans les paradis fiscaux. Filiales avec lesquelles votre employeur, Heltrum donc, organise des flux d'argent plus que douteux.

– Charles, je suis DSI. Je sais qu'il y a des filiales dans les îles exotiques. Les flux monétaires dans les paradis fiscaux n'ont rien d'illégal.

– John cherchait depuis longtemps comment et où partait cet argent.

– Et où est-il, maintenant ?

– Sur d'autres opérations.

– Je le reverrai ?

– Je ne peux pas vous dire.

Il regarda un instant par la fenêtre et ajouta :

– John est sans doute comme les autres hommes...

– Ou pas ! rétorquai-je par bravade plus que par conviction.

Il eut un petit sourire et planta ses yeux bleus dans les miens.

– Ou pas.

J'étais décontenancée, déçue par John, mais admirative aussi.

– Charles, une double vodka, *please* !

– Et votre whisky ? dit-il en regardant le verre plein sur la table basse.

– Pas assez fort.

Il prit l'air de celui qui comprend, se leva et se dirigea vers le minibar.

– Vous m'excuserez, elle n'est pas glacée.

Il me tendit le verre. Je bus une bonne gorgée et sentis immédiatement la chaleur dans mes oreilles.

– C'est de la polonaise, à l'herbe de bison, la meilleure, précisa-t-il en souriant.

Je bus à nouveau une gorgée, plus petite, et continuai :

– Mais je ne peux pas croire que John soit dans les services, je ne peux pas croire à toute cette histoire ! John est un vrai plouc ! Il se baladait en permanence avec son horrible sacoche marron de plouc *premium* ! On a fait des coups super, ensemble.

– Ma chère, sa sacoche de plouc, comme vous dites, était truffée d'électronique. John pouvait détecter les micros avec. Il enregistrait tout aussi. Cela l'a empêché de faire de grosses bêtises, comme celle de trop vous parler. Quant à son air de plouc, vous me faites bien rire. Permettez-moi de vous dire que John est de naissance aristocratique. Il a fait ses études à Harvard et parle cinq langues, dont deux dialectes mongols mieux que les locaux eux-mêmes. Il a un doctorat d'électronique et de physique. On m'a dit aussi qu'il était un merveilleux amant. Je l'ai recruté suite au meurtre de son épouse. C'était pendant la guerre froide. Elle a été tuée par des mercenaires russes. Nous cherchions un garçon brillant pour nous mettre sur le chemin des réseaux d'argent qui commençaient à se multiplier avec les trafics d'armes. Ce marché énorme n'a fait que croître après la chute du Mur. C'est grâce au travail de John que nous avons identifié une partie des réseaux de l'argent et des armes. Nous avons aussi retracé toutes sortes de trafics qui pullulent sur notre bonne vieille planète.

Décidément, j'avais bien fait de prendre cette vodka, je me sentais parfaitement raccord avec l'Europe de l'Est.

– Charles, c'est quoi exactement ces « services » dont vous parlez ?

– Les miens sont une petite structure qui opère entre la CIA, Interpol et la DGSE. Petite, mais très efficace. Et sans bisbilles internes, ce qui est exceptionnel dans les services.

– Qui vous finance ?

– La CIA via le trafic de drogue.

– Quoi ?

– Réfléchissez, 52. Si c'est un financement officiel, si c'est l'État qui vous emploie, vous devez lui rendre des comptes. Alors que là, nous sommes autonomes.

– Bon, je crois que j'ai assez entendu d'horreurs et assez bu pour aujourd'hui, dis-je en reposant mon verre. Je vais finir par être malade pour de bon. Et moi, je fais quoi dans tout ça ?

– Vous repérez vos micros mais vous faites comme si de rien n'était. Et vous devenez imprévisible. Pour ne pas vous faire avoir. Dans les coups tordus, il y a toujours des victimes collatérales, et vous êtes une cible idéale. Je ne voudrais pas perdre ma charmante voisine.

– Rikiki Radis fait-il partie de vos services ?

– C'est quoi, ça ?

Charles n'était donc pas l'auteur du message du train.

– C'est John qui l'appelle ainsi, repris-je. C'est François Bertoin, un de mes collaborateurs qui passe son temps à me glisser des peaux de bananes.

– Il vous a nui ?

– Il commence. En temps normal, je sais très bien lui rentrer dans le lard, mais là, sans John...

– Le temps normal, c'est fini, 52. Ce sera un été à coquelicots !

J'en avais marre de ces énigmes à deux balles.

– Charles, donnez-moi une seule bonne raison de vous écouter et de penser que vous êtes mon ami.

– Je suis un vieux monsieur de soixante-huit ans qui rêve de peloter vos fesses sur le Machu Picchu. Ça m'ennuierait beaucoup qu'il vous arrive quelque chose.

– Je suis une femme mariée !

– Pas moi.

Et il me ressortit son sourire de vieux beau à cheveux gris.

– Bon. Et lundi, au bureau, je fais quoi ?

– Rien. Vous allez à vos réunions, vous les laissez dire et faire tout ce qu'ils veulent. Vous ne répondez à aucun mail de façon décisive. Vous mettez ce Bertoin en copie de tout, vous lui demandez son point de vue sur tout, vous le laissez prendre toutes les décisions à votre place. Je pense que tout cela ne doit pas trop vous ressembler, n'est-ce pas ?

– C'est exact. Mais là, je précipite ma sortie. Pour l'instant, Bertoin n'a pas la main sur les projets, juste sur une partie.

– Eh bien, donnez-lui le pouvoir.

Je bondis de ma chaise et me mis à arpenter le salon.

– Non, je ne veux pas ! Ce type me pollue la vie !

– Mia, il faut le mettre en avant et vite. Faites en sorte qu'il reprenne vos dossiers. N'ayez plus rien à faire au bureau et donnez le change en allant aux réunions. Occupez le terrain, mais surtout ne faites plus votre boulot de patron. Laissez Rikiki Radis s'en occuper.

– Mais Charles, comment pouvez-vous être si sûr de vous ? Vous ne le connaissez même pas !

– Je reconnais la patte de John. Un surnom avec deux R, c'est que ce mec est à double risque : R comme « risque », vous comprenez ? Doublement dangereux. C'est tout ce que je peux vous dire.

Je sentais tout le poids du monde sur mes épaules.

– Bon, soupirai-je, je vais suggérer sa nomination comme adjoint.

– Surtout pas ! Vous lui donnez le pouvoir, mais sans l'écrire nulle part, et sans qu'il s'en doute. Sinon vous serez mise en cause.

– J'envoie ma démission demain matin.

– Mais non, ce serait signé ! Vous allez vous faire descendre. Et je perds tout espoir pour le Machu Picchu.

– Et mon mari, il va bien falloir lui parler !

– C'est encore autre chose. Ne serait-il pas impliqué dans ce bordel ?

– Merde, 25, j'en ai marre ! J'ai le tournis avec tous vos trucs débiles, c'est pas possible ! Vous voulez me rendre folle, me droguer et m'embarquer dans un avion clandestin pour le Machu Picchu, c'est ça ? Vous faites du trafic de filles ? Avez-vous vraiment un jour été un avocat ou dans des services quelconques ?

Je vis un petit rictus se dessiner sur ses lèvres. J'enchaînai :

– Je vais aller m'acheter un tailleur. J'ai grossi. Je ne rentre plus dans mes fringues.

– Achetez plutôt des minijupes. Ayez le look un peu pute. Que ça jase. Et venez me faire la bise lundi avant de partir, j'inspecterai tout ça.

– Et puis quoi encore ? J'en ai assez pour aujourd'hui. Je pars à la pêche aux micros et aux bas résille.

– Les bas résilles, c'est démodé ! Prenez plutôt des Dim Up ! Sérieusement, Mia, on tue dans ce genre d'affaire. Dès que vous franchissez cette porte, vous redevenez Mia Davis. Plus de 25, plus de 52. Et rien par téléphone, vous ne m'appelez pas. Ne voyez personne en tête à tête. Toujours à trois ou quatre au boulot. Ne laissez aucun objet personnel traîner. Ça va cogner dur. On va la jouer mollo, et moi, le vieux, je recherche avec mon nez aiguisé une solution de sortie convenable.

Je pris le plan avec les micros, le fourrai dans mon sac et sortis. Sur le palier, j'entendis les volets roulants qui remontaient.

Une fois rentrée, je me mis en quête des micros que je trouvai facilement. Ça marchait donc le coup du pendule ? Je déchirai le plan dans les toilettes et tirai la chasse. On voulait m'écouter ? On allait m'entendre ! J'eus l'idée d'un coussin péteur. Très bien, ça, le coussin péteur ! Il fallait donc que j'aille m'acheter un ou deux tailleurs et un coussin péteur.

Je me rendis dans une boutique de farces et attrapes et y achetai carrément quatre « coussins », bénissant l'inventeur de cet objet stupide, qui avait sans doute été sur écoute, lui aussi. Puis j'enchaînai dans une boutique de fringues assez chic et en ressortis avec sept tailleurs de couleurs différentes, allant du rose fuchsia au jaune moutarde, et même un « panthère ». Moi qui m'habillais toujours en gris ou noir, ça leur en ficherait un coup, à la banque.

Il fallait aussi que je fasse quelques courses « normales ». Lait d'amande, haricots verts, café, papier-toilette... Bref, je réalisai que cette quatrième dimension dans laquelle j'entrais ne changeait pas vraiment mon quotidien. Il y avait juste quelques bugs en plus. Mais la terre tournait toujours. Ah, ne pas oublier la lessive et les Dim Up ! Au bout d'une demi-heure, le Caddie était plein. Je fourrai le tout dans le coffre de la voiture, direction la maison.

Arrivée à l'appartement, je déballai mes beaux coussins et décidai d'en essayer un tout de suite. Je m'approchai du téléphone, posai l'objet sur une chaise et m'assis dessus le plus lourdement possible. Prrrrroooouuuut !! J'adorais. Puis j'entrepris une série de pets très cadencée qui dura une bonne minute. J'étais très fière de moi. Mon devoir de résistance effectué, j'allumai l'ordinateur pour voir si j'avais un mail de mon mari. Rien. Cela faisait dix jours. Mais je ne pouvais pas lui faire de reproches. Lorsque je l'avais épousé, il avait été clair : « Je t'aime, je suis heureux qu'on se marie, mais attends-toi à de longues périodes sans me voir. » J'avais donné mon accord. Il fallait que je me marie pour briser le mythe de la femme directeur et célibataire. Dépitée, je jetai un œil sur le cours de la banque Heltrum. Il avait pris pratiquement 10 % en une semaine. Y avait-il un lien avec mon affaire ? Quelles pouvaient être les raisons de cette soudaine progression ? Nos bons résultats ne justifiaient pas une telle flambée. Je me mis à penser aux trois banques que le groupe venait d'acquérir : au Portugal, en Asie et en Bulgarie. Uniformisation des SI France et étranger, voilà les dossiers qui m'attendaient sur mon bureau. Sauf que, désormais, selon Charles, je devais refiler les bébés à Rikiki. Pour fêter l'événement, je décidai de me refaire un petit coup de coussin péteur, mais avec un autre, pour changer de tonalité. Il ne fallait pas que mes auditeurs s'ennuient : mon public méritait le respect. Puis, je dînai légèrement, me mis au lit et m'endormis apaisée, heureuse, entourée de mes quatre nouveaux amis.

Le dimanche était pluvieux. Je venais à peine de me lever et je traversais le vestibule quand j'entendis tourner le verrou de la porte d'entrée. Je restai tétanisée. Les *Men in Black* revenaient ! Est-ce que je les avais énervés avec mes symphonies pour instruments à vent ? Puis je reconnus le beau visage basané de mon mari par l'entrebâillement de la porte. Je restai interdite.

– J'ai comme l'impression que ma femme n'est pas ravie de me voir, murmura-t-il de sa voix suave.

Il était magnifique. Il entra doucement et referma derrière lui.

– Ton amant est dans la baignoire pour que tu fasses cette tête ?

Je repris mes esprits et réussis à articuler :

– Non, Marc, mais je ne t'attendais pas tu sais. Un an sans te voir, c'est bizarre.

– Chérie, je t'ai écrit toutes les semaines.

– Pas depuis dix jours.

– C'est vrai, ça a été un peu agité ces derniers temps.

Il posa son bagage.

– Je suis là pour deux jours. Je repars demain soir. J'ai fait vingt-trois heures de vol pour voir ma femme chérie.

– Tu viens d'où ?

– Tu sais que je ne peux pas répondre à cette question, mon ange.

J'étais tellement surprise de le voir que je ne savais plus quoi dire.

– Tu dois être crevé. Je te sers quelque chose à boire ?
– Je veux bien un verre d'eau.
– Je t'apporte ça tout de suite ! Enlève ta veste et va dans le salon, j'arrive.

Je me précipitai dans la chambre pour planquer les coussins, puis filai dans la cuisine. Quand je revins avec le verre d'eau, il était allongé dans le canapé et dormait profondément. Je débranchai les téléphones. J'avais une envie folle de fouiller dans ses poches, mais quelque chose me retenait. J'étais terriblement inquiète de le savoir là, avec tous ces micros partout. Je ne savais pas quoi faire. Et impossible de faire péter le moindre coussin, évidemment. Finalement, je me remis au lit avec un livre et passai la journée couchée tandis que mon mari ronflait dans le canapé.

Le lundi matin, mon réveil sonna à 7 heures pile, comme tous les jours. Je me levai et courus au salon. Il dormait toujours, dans la même position que la veille. Marc n'était jamais fatigué au point de s'écrouler plus de quinze heures sans bouger. D'où revenait-il ? Depuis combien de temps n'avait-il pas dormi ? Je partis à la cuisine me faire un café.

J'étais en train de débarrasser ma tasse quand je le vis, appuyé au chambranle de la porte.

– Pardon, mon cœur, je me suis écroulé.

Je l'embrassai.

– Je te fais couler un bain, tu vas te remettre de ta nuit-canapé.
– Et surtout ne plus sentir le chien crasseux.

Tandis que le bain coulait, je lui préparai son café. Je voyais bien qu'il n'émergeait pas. Il titubait.

– Ton bain doit être prêt, je t'ai sorti tes affaires de toilette.

– Merci, chérie, je suis HS. J'ai l'impression qu'un vingt tonnes m'a roulé dessus.

Cinq minutes plus tard, il flottait dans l'eau mousseuse. Je lui apportai un autre café de peur qu'il ne s'endorme, puis retournai m'allonger sur le lit. Je me rendormis un peu. Il me réveilla en sursaut.

– Où est-ce que je peux trouver un tee-shirt et un caleçon ?

– Dans ton dressing, Marc. Tu sais, rien n'a bougé ici.

Dans le grommellement qui suivit, je crus distinguer le mot « dommage ». Quelques instants après, il entrait dans la chambre en tee-shirt bleu et caleçon bleu, les yeux mi-clos, et se couchait sans dire un mot. Je me penchai sur lui.

– Tu veux que je reste avec toi, aujourd'hui ?

Pas de réponse. Il dormait déjà. Je l'avais, mon lapin bleu.

Je n'avais plus qu'à m'habiller et à partir au boulot. Parmi mes beaux tailleurs *flashy*, je me décidai pour le rouge vif, assez court au-dessus des genoux. Avec mes Dim Up couleur chair et mes escarpins vernis noirs à hauts talons, j'étais d'un coup transformée en hôtesse VIP pour les parfums Céline Dion. Ma réunion était à 9 heures, j'y serais à 11. La nouvelle Mia était née.

En arrivant, Sophie me détailla de la tête aux pieds.

– Pas mal ! On ne voit que vous ! Mia, tout le monde vous court après depuis ce matin. Je vous ai appelée vingt fois mais ça ne répondait pas.

– Normal, j'ai débranché tous mes téléphones.

– Despotes, quatre responsables de groupe et les équipes de Bordeaux cherchent à vous joindre.

– J'avais des réunions ?

– Oui, avec l'équipe de Gestion des anomalies transverses et projets réglementaires et votre directrice de projet préférée, Samia.

Je pris quelques feuilles blanches pour d'éventuelles notes et montai au cinquième étage. En me voyant arriver si tardivement, Samia fit une drôle de tête, moi qui étais toujours d'une ponctualité énervante. Je la rassurai d'un sourire.

– Continuez, je vous écoute, dis-je en m'asseyant dans un silence total.

Je sentais que mon tailleur rouge intriguait. Puis, les conversations reprirent et la réunion se poursuivit. Je n'écoutais rien. Je pensais à Marc, à mes coussins et aux micros. Samia me sortit brusquement de ma rêverie.

– On fait quoi avec ce programme ? Il va dans quel domaine ? Pach veut en garder la maintenance, mais nous, on trouve que c'est trop confidentiel et stratégique. Vous en pensez quoi ?

– Y a-t-il quelqu'un en interne qui pourrait reprendre ce dossier ? demandai-je.

Ils se regardèrent tous les uns les autres sans rien répondre. Visiblement, c'était une patate chaude. J'insistai :

– Il y a bien quelqu'un qui va se faire un plaisir de s'occuper de ça, non ?

Silence.

– Vous n'avez pas une idée, Samia ?

Elle me regarda d'un air gêné et répondit :

– Il y a bien François Bertoin, cela impacte son périmètre.

Sachant qu'elle le détestait, cela me surprit qu'elle s'oblige ainsi à travailler avec lui. Mais depuis quelques jours, j'avais compris qu'il ne fallait plus m'étonner de rien. Mon mari était là et j'étais dans une dimension parallèle.

– L'un d'entre vous s'oppose-t-il à la proposition de Samia ? dis-je en jetant un regard circulaire.

Silence.

Je me souvins tout à coup que Charles m'avait demandé de ne pas me comporter comme d'habitude. Je mis donc fin à la réunion sans autre forme de procès et montai au setptième étage chez Despotes. Avec mon accréditation, les portes de la forteresse s'ouvraient comme par magie. Celle du bureau de Monsieur David Despotes était grande ouverte. Il était là, assis, avec ce même air solennel qu'il prenait quand il allait à la télévision monologuer sur Heltrum. Je notai son nœud de cravate légèrement défait et son regard dans le vide. Il ne m'avait pas entendu arriver.

– Bonjour, Monsieur Despotes. Mon assistante m'a dit que vous aviez cherché à me joindre ?

Il me fit signe d'entrer et de refermer derrière moi.

– Vous n'êtes jamais montée ici sans y être invitée, Mia, que se passe-t-il ?

– Rien, Monsieur, je voulais probablement connaître votre appétence pour mon tailleur rouge.

Il hocha la tête d'une façon qui pouvait signifier : « Elle est maligne ».

– Vous allez mieux, je vois.

– Vous étiez au courant ?

– Bertoin m'a raconté, ce week-end, à la chasse. Vous devriez arrêter avec ces aller et retour à Bordeaux, voyons, c'est ici qu'on a besoin de vous.

« *FAIS L'IDIOTE* »

– J'ai pensé que nous pourrions éventuellement déjeuner ensemble, Monsieur.

– Très bien. Mais il y a la direction espagnole de la banque Palis que nous venons de racheter qui débarque à 14 heures. Il faut faire vite. Allons plutôt à la cantine.

– Excellente idée. On ne vous y voit pas assez souvent, et, avec mon tailleur, on va nous remarquer.

Nous sortîmes, et il referma à clé derrière lui. Il avait l'air fatigué. Il était pâle. Cette idée de chasse m'horrifiait. Arrivé au self, il se mit à s'occuper de moi comme d'une princesse, optant pour des plats diététiques. Je l'en félicitai. Une fois installés, nous discutions d'alimentation bio quand je vis Rikiki Radis qui s'approchait, faisant des simagrées, saluant les uns et les autres pour que tout le monde voie bien qu'il se dirigeait doucement vers la table du DG, mais, à ma grande surprise, Despotes ne lui demanda pas de se joindre à nous, et dès que le Radis eut tourné le dos, il se pencha vers moi :

– Je suis quand même mieux avec une jolie femme en rouge qu'avec François Bertoin.

– C'est gentil, Monsieur.

– J'ai eu un appel de Dantier. C'est curieux ce départ de John. Vous vous entendiez tous les deux, non ?

Bien sûr, sotte ! Despotes a écarté Bertoin pour te faire parler de John. Le gros malin. Il n'est pas DG pour rien.

« *FAIS L'IDIOTE* »

– Oui, très bien, répondis-je l'air de rien, mais avec toute l'équipe de Pach en général. Par moments ils exagèrent un peu sur les facturations, mais bon. Dantier m'a parlé d'un certain Pacôme Bitour pour remplacer John. Il m'a dit qu'il vous avait informé.

– Oui, c'est le mari de la fille du plus gros actionnaire de Pach. Je ne le connais pas bien. Il va bien s'occuper de nous, j'espère.

Les bras m'en tombaient. Il me faisait clairement comprendre que je n'aurais plus aucun pouvoir décisionnel. Je me retrouvais à travailler avec le mari de l'actionnaire majoritaire de Pach. Le rapport de force se déséquilibrait complètement, je n'aurais plus la moindre marge de manœuvre. Le déjeuner se termina en banalités professionnelles, puis je remontai à mon bureau.

– Je ne savais pas que vous déjeuniez avec Despotes, me lança Sophie avec un sourire entendu.

Le don de commérage des assistantes de direction me fascinait. J'allumai mon ordinateur. Soixante-dix mails m'attendaient, dont celui de Marc Dantier : « *C'est avec joie que je vous annonce l'arrivée à la direction générale de Pach de Monsieur Pacôme Bitour, qui sera en charge de la direction des SI des clients banques.* »

On y était ! Il n'était pas seulement mon interlocuteur mais celui de tous les autres comptes banques que gérait Pach, toutes les grandes banques françaises. John n'avait pas eu une telle responsabilité. Dantier avait créé ce poste spécialement pour Bitour. Avant même de l'avoir rencontré, ce Bitour commençait à me courir sur le haricot. Je ne supportais pas les gens qui avaient de l'argent par héritage, encore moins par mariage. Mais avoir l'argent *et* le job, je trouvais cela carrément inhumain. De toute façon, la guerre était perdue d'avance. Bitour était bien trop puissant pour moi. Autant l'humilier tout de suite en lui mettant l'incapable Rikiki dans les pattes. Mais Despotes s'en était chargé lui-même : la messe était dite.

En consultant mon planning, je m'aperçus qu'une réunion était sur le point de commencer. J'étais censée intervenir sur la partie « Gestion du stress des équipes lors des projets ». Ils voulaient mettre en place des outils d'alerte à la suite des nombreux suicides constatés dans les grands groupes. Je trouvais ça débile. Les collaborateurs de la banque étaient des archiprivilégiés avec dix semaines de vacances et des mutuelles à couverture ultra-large. Au niveau des SI, nous gérions une population d'ingénieurs surpayés ; même les secrétaires gagnaient plus que convenablement leur vie. Et comme dans toutes les structures tertiaires de ce type, il était aisé de ne pas venir travailler, personne ne vous disait rien, alors le stress... C'était vraiment le genre de réunion thématique « pour se rendre important ». Je détestais cette infantilisation des individus qui ont déjà tout.

Je n'avais pas encore pris la décision d'y aller ou non, car je pensais à cet instant précis que la seule personne qui avait des raisons d'être stressée ici, c'était moi. Depuis cinq jours j'étais au centre d'une machine infernale : je trouvais des mots mystérieux dans le train, j'avais un coffre-fort chez les Chartreux, je m'appelais dorénavant « 52 » pour les initiés, des barbouzes avaient les clés de chez moi, mon mari rentrait épuisé d'on ne savait où, un voisin lubrique s'était déclaré, je devenais une experte en coussin péteur, j'allais perdre mon boulot et être sans doute inculpée pour un truc que je n'avais pas fait. Les barbouzes seraient-ils venus jusqu'ici fouiller dans mes affaires ? Je vérifiai le cheveu que j'avais collé discrètement sur le tiroir de mon bureau. Il était toujours là. OK.

Je ne voulais pas aller à cette réunion. Je jetai un œil sur les plannings de mes managers. Un seul n'avait rien de prévu pour l'après-midi : Bertoin. J'aurais pu éventuellement l'envoyer à ma place, mais c'était peut-être trop. Mon poste sonna. C'était Nadine Beckers, la DRH. Elle voulait savoir si je venais. Cette réunion, c'était elle qui l'avait initiée, c'était son bébé.

– Écoutez Nadine, je ne sais pas, je suis sur un dossier stratégique.

– Il nous faut quelqu'un de la DSI. Vous pouvez nous envoyer quelqu'un ?

– Je vous rappelle.

Je me précipitai dans le bureau de Sophie :

– Regardez dans les N-2 qui est disponible cet après-midi ?

– Il y a Paul Decru, mais il pue.

– De mémoire, il est diplômé en sociologie. Il est dans l'équipe de Françoise Doutey. Je vais lui demander.

Je retournai dans mon bureau et appelai Françoise Doutey.

– Bonjour Françoise, c'est Mia Davis. Ça vous gêne si je vous emprunte Paul Decru cet après-midi ?

– *A priori*, non.

– Merci. Je crois qu'en plus de son école d'ingénieur, il est docteur en sociologie. J'en ai besoin pour la réunion DRH « stress au travail ».

Elle eut un moment d'hésitation.

– Mia, il est incapable de placer deux mots intelligents à la suite. Et, en plus, il pue.

– Franchement, Françoise, ce genre de considération est déplacé. Envoyez-le moi, je vais le parfumer. Je le veux dans mon bureau dans cinq minutes.

Je raccrochai en soupirant. Puis je retournai voir Sophie et lui tendis un billet de dix euros en lui demandant d'aller acheter un déodorant pour homme ultra-efficace.

Cinq minutes plus tard, Paul Decru était dans mon bureau. Il puait vraiment. Il allait nous stresser les nasaux des enquêteurs de « stressés dorés » et cette idée me réjouissait.

– Asseyez-vous, Monsieur Decru.

Il déplaça un peu d'air en s'asseyant, et l'odeur nauséabonde me prit au cœur.

– Je ne vous vois pas assez souvent, repris-je, mais j'ai beaucoup aimé votre travail sur les opérations de compta en double écriture. Votre proposition m'a intéressée. Madame Doutey a dû vous féliciter. Mais je ne vous ai pas fait venir pour cela. Il se trouve que je me suis souvenu que vous étiez docteur en sociologie. C'est bien cela ?

– Oui, c'est exact, Madame, en plus de mon diplôme d'ingénieur à l'EDRA.

– Parfait. Dites-moi, Monsieur Decru, il y a une réunion stratégique sur les relations au travail avec la DRH et l'ensemble des directions. Il semblerait que vous soyez le seul compétent pour représenter le SI. Qu'en pensez-vous ?

Il bafouilla un truc incompréhensible. Je vis à son air décontenancé qu'il ne s'attendait pas à cela, mais il avait l'air enchanté.

– Vous voulez y aller ? insistai-je.

– Euh...

– N'y voyez aucune faveur de ma part, Monsieur Decru. Il se trouve simplement que vous êtes la seule personne apte pour une intervention de qualité sur ce projet. Mais il y a une condition.

– Ah ? Euh...

Il commençait à s'agiter.

– Ne bougez pas, je vous prie.

Je me levai et rejoignis Sophie qui était revenue avec le déodorant. Puis je refermai la porte derrière moi et demandai à voix basse à Decru d'aller aux toilettes s'en badigeonner sous les bras et partout sur le corps, et de revenir avec des mains et des ongles propres. J'ajoutai qu'il n'irait à la réunion qu'après inspection de ma part. Il devint rouge comme mon tailleur et sortit. Je me précipitai à la fenêtre pour ouvrir en grand. L'odeur était épouvantable. Il revint cinq minutes plus tard, ses mains et ses ongles impeccables. Il empestait le parfum *cheap*.

– Écoutez, Monsieur Decru, il faudrait à l'avenir venir au bureau en ayant les ongles propres et en sentant bon.

Au vu de vos excellentes performances, je compte vous faire évoluer rapidement. Merci Monsieur Decru.

Il avait l'air étonné. Il disait tout le temps : « euh... »

Je rappelai la DRH et lui annonçai que Monsieur Decru allait arriver pour représenter la DSI. Elle commença à récriminer. Je la coupai aussitôt en lui disant qu'ils feraient ensemble du très bon boulot, et je raccrochai.

Sophie entra :

– Mia, ça n'a pas l'air de vous affecter le départ de John.

– Personne n'est irremplaçable, Sophie. On a dû lui proposer quelque chose de mieux ailleurs. Decru n'est pas mal, vous ne trouvez pas ? Il est brillant.

Elle était stupéfaite. Tout le tout le monde détestait ce type et il bossait hyper mal !

– Ah bon ? dis-je en prenant un air surpris, mais ses évaluations ne sont pas mauvaises, vous exagérez, Sophie.

– Mia, vous savez bien que les évaluations sont toujours bonnes. Les managers sont obligés de justifier leurs mauvaises appréciations et ça leur demande du boulot en plus. Résultat : ils mettent de bonnes appréciations à tout le monde.

Elle me fatiguait tout d'un coup.

– Decru est excellent, repris-je, son travail est de qualité et je le trouve magnifique. Au fait, il me semble qu'il y a un salon professionnel de DSI à la porte de Champerret, demain. Finalement, je vais y aller. Pouvez-vous faire valider une invitation pour moi ? Merci, Sophie. Je vais répondre à mes mails, maintenant.

Elle sortit énervée.

Je mis exactement quatre heures pour répondre à tous les messages. À chaque problème que j'étais censée résoudre, j'y ajoutais mine de rien un soupçon de bordel en plus. J'utilisais les mots « périmètre » « très » « capital » « stratégique » « matriciel », tous ces mots magiques qui faisaient tant d'effet, sans oublier mon petit chouchou : « impact ». Cette boîte à outils toute simple permettait d'un coup de s'autoconfirmer au statut de « Directeur ». J'organisais des phrases parfaitement vides de sens mais qui avaient beaucoup d'allure. Très important dans les conflits, l'allure. Je jetai également un œil sur d'éventuels virements internationaux d'Heltrum, mais il n'y avait rien de suspect. Je n'aurais donc pas de nouveaux éléments ce lundi.

Sophie déposa sur mon bureau le récépissé mail pour l'entrée au salon, puis elle rassembla ses affaires et partit. Il était 17 h 30. Quelques instants plus tard, je l'imitai.

Dans la voiture, je m'assis confortablement sur l'un des coussins péteurs que j'avais pris au cas où ils auraient planqué des micros ici aussi, et, telle une gamine, à chaque feu rouge, je me lançai dans de grandes salves de prouts. C'était mon antistress à moi. À l'autre bout, mes « écouteurs » devaient devenir marteaux.

Quand j'arrivai à l'appartement, Marc était dans la cuisine, l'air complètement décalqué. Il venait de se réveiller.

– Dragon terrassé du dodo ! lâcha-t-il en rigolant.

Il proposa qu'on aille dîner au restaurant. Pendant qu'il était sous la douche, je rebranchai les téléphones, puis filai dans le dressing me choisir un chemisier, un jean et des jolis dessous bleu clair. Une demi-heure plus tard, il sortait de la salle de bain, rasé de près et sentant bon. Il était magnifique. À mon tour, je passais sous le jet. Au milieu des vapeurs, j'entendis au loin la sonnerie du téléphone. Après dix longues et délicieuses minutes d'eau brûlante, je me résolus à sortir des vapeurs et enfilai un peignoir.

– C'était qui ? demandai-je en entrant dans le salon, la tête enturbannée d'une serviette rose pâle.

– Ta copine Dorothée.

– Qu'est-ce qu'elle voulait ?

– Je ne sais pas. Il faut que tu la rappelles.

Je rappelai.

– Salut, Dorothée.

– Mia, tu as vu les infos ?

– Tu sais bien que je ne regarde jamais la télé.

– Ton président vient de se faire descendre.

– Jean de la Marne ?

– Oui.

– Par qui ?

– On ne sait pas.

– OK, j'irai à son enterrement, même si j'avais juré de ne plus mettre les pieds dans une église. Je t'embrasse, ma belle.

Je raccrochai et me tournai vers Marc.

– On y va, mon amour ? J'ai faim ! Des crêpes, ça te va ?

– Tant que je suis avec toi, tout me va.

Je repensai aux éventuels micros dans ma voiture.

– On va prendre ta voiture, tu veux bien ? La mienne a des problèmes, en ce moment.

– Qu'est-ce qu'elle a ?

– Euh... Elle cale sans raison, bredouillai-je, prise de court.

– Tu veux que je regarde ?

– Oh non, chéri, pas ce soir ! Je verrai ça demain, au bureau, avec la maintenance.

Je l'embrassai pour clore le sujet.

– Comme tu voudras, fit-il en me retournant mon baiser, je quitte une épouse radieuse, je retrouve une merveille. Quel bonheur c'est pour moi. Et pourtant, quelle vie je te fais mener, ma chérie !

Les portes de l'ascenseur s'ouvraient.

– Elle voulait quoi, Dorothée ? dit-il en me laissant passer devant lui.

– M'inviter à un enterrement. Je pense qu'elle pourrait mourir de *cocktails blues* si on ne l'invitait plus nulle part.

– Sympa pour elle.

– Mais non, c'est elle qui a raison ! La vie, c'est l'autre, c'est la discussion, l'amour, se pomponner pour aller guincher.

Il me regarda en hochant la tête.

– Tu ne changes pas, ma chérie, tu as toujours des raccourcis étranges.

La crêperie était bondée. Nous prenions un verre au bar en attendant qu'une table se libère, quand soudain il me demanda si je l'avais trompé. Cette question le taraudait. Elle revenait à chaque fois qu'il rentrait, et à chaque fois je lui faisais la même réponse :

– Oui, mais j'ai oublié avec qui. Et toi ?

– Dans les sous-marins, il n'y a pas de femmes.

– Il y en a maintenant. Je crois même qu'il y en a deux dans le tien, mon ange.

– Tu es toujours informée de tout. Comment le sais-tu ?

– Ces cruches ont donné une interview à *Voici*. Le titre était : « Mieux que la téléréalité : la vie à bord du *Sperdo* ». Je l'ai lu.

– C'est incroyable que l'armée ait laissé passer ça ! Mais ne t'inquiète pas, elles ne sont pas du tout à mon goût.

– Dis plutôt qu'elles se sont fait choper par tes capitaines.

– Ça m'étonnerait ! Et puis, elles ont un bip de secours.

– Mais quel est l'intérêt d'avoir ces filles à bord ?

– Aucun. C'est politique.

Il but une gorgée de cidre.

– C'est quoi cette histoire d'enterrement avec Dorothée ? C'est quelqu'un que je connais ?

– C'est Jean de la Marne, mon PDG. Il s'est fait assassiner. C'est bizarre. On écoutera les infos tout à l'heure. Il a dû se faire coincer par un psychopathe ou quelque chose dans le style.

Il rétorqua sur un ton inquiet :

– J'espère que ce n'est pas un genre de terroriste anticapitaliste. Si la direction d'Heltrum est visée, tu en fais partie !

– Justement, je compte tout plaquer prochainement. Figure-toi que le prix du safran explose, et rien n'est plus facile à cultiver que le safran. Je compte sérieusement monter une exploitation de safran. Tu imagines une ligne de maquillage au safran : « Soyez bronzée toute l'année sans produits chimiques ».

Deux complètes, deux citron-sucre et quatre bolées de cidre plus tard, le tout pour soixante-cinq euros bien sentis (tous des voleurs, mêmes les Bretons), je prenais le volant pour rentrer. Marc tombait de sommeil. De retour à l'appartement, il se déshabilla en moins de dix secondes. Quand j'entrai dans la chambre, il ronflait.

Je n'avais pas sommeil. Je partis au salon me connecter à l'internet. Mon vieux voisin m'avait dit de faire attention à mes mails, ils devaient aussi être espionnés. Je décidai de jeter un œil aux nouvelles sur les sites d'infos. Les quotidiens en ligne relataient le meurtre de Jean de la Marne sous forme de flash, mais pas une ligne intéressante sur le mobile de cet assassinat. Était-ce crapuleux ? Un crime passionnel ? Je restai ainsi deux bonnes heures sur l'ordinateur, mais il n'y avait rien qui aurait pu me mettre sur une quelconque piste. Les commentaires étaient affreusement succincts. On reconnaissait la patte AFP. Je n'avais plus qu'à aller me coucher.

À mon réveil, le lendemain, Marc avait préparé un gentil plateau posé à côté du lit, avec mes gouttes homéopathiques, des galettes de sarrasin, un café au lait d'amande, et un petit mot : « *Je t'aime, ma chérie, je reviens dans cinq minutes.* » Quelques instants plus tard, il entrait dans la chambre avec la presse sous le bras.

– Je te rapporte des *news* de la banque Heltrum. Je ne sais pas si je vais laisser ma femme aller à son travail.

« *FAIS L'IDIOTE* »

Je bus une gorgée de café. Il vint s'asseoir sur le lit, à côté de moi.

– Ça n'a pas l'air de t'affecter cette affaire.

« *NE PARLE DE RIEN* »

– Tu sais bien que je suis toujours dans l'après, répondis-je en croquant dans une galette. Je pense à mon safran. J'ai été étonnée par les prix à l'hectare de terre cultivable. C'est quelque chose d'inimaginable. Les paysans crèvent de faim, et la terre qu'ils travaillent n'a jamais été aussi chère. Si je vends l'appartement, je ne suis même pas sûre de pouvoir acheter une exploitation suffisamment grande pour rentabiliser mon safran. Et puis, pour pouvoir m'installer, il faut que je passe mon BEPA.

– Ton quoi ?

– Mon BEPA. Brevet d'études professionnelles agricoles.

Il me regarda d'un air songeur.

– Je pensais que tu blaguais, mais tu es sérieuse !

– Oui, mon amour. Je cherche une terre agricole avec une rivière pour que mon fantôme de mari puisse faire mumuse avec ses sous-marins à côté de moi.

– Bon, je vais aller échanger cette presse contre des magazines d'agriculture, je reviens, dit-il en faisant mine de se lever

– Oui, prends-moi *Devenir agriculteur au XXIe siècle, La leçon du débroussailleur intelligent, L'Économie verte,* et… *La Pensée novatrice de l'agriculteur.*

Il me regarda en plissant les yeux.

– Ça existe tout ça ?

– Bien sûr, mon cœur !

– Tu te fous de moi !

– Si peu, dis-je en reposant ma tasse.

– Tu as fini ? Je peux débarrasser le plateau ?

– Oui

J'avais bien compris ce qu'il voulait, le crapaud. Il me demanda si j'allais mettre mon tailleur rose fuchsia.

– Tu as fouillé dans mon dressing ?

– Les lapins inspectent leur terrier, mon ange, je suis debout depuis quatre heures du mat'.

– Donc tu regardes dans mes affaires ! dis-je en feignant l'indignation.

– Je cherchais ta collection de porte-jarretelles. Je voulais voir s'il y en avait des nouveaux. J'aurais eu des indices sur tes amants. Depuis que je t'ai vue en tailleur rouge, je me demande si tu ne fricotes pas avec des révolutionnaires trotskistes. D'autant plus que ton boss s'est fait descendre.

– Tu as donc remarqué que j'ai habilement planqué les outils de mes nombreuses trahisons. Je suis directeur, tout de même.

Il prit un air grave.

– Tu en serais bien capable, ma princesse.

– Qui oserait approcher de la femme d'un dragon ? Personne ne se doute qu'il n'est jamais là et qu'il est rétamé quand il rentre.

Il me prit le bras.

– Jolie dragonne, tu l'aimes toujours, ton dragon ?

Je n'eus pas le temps de répondre, il avait déjà posé sa bouche sur la mienne. Ses baisers m'anesthésiaient. Il avait une façon de m'embrasser en me caressant le dos et les seins qui me rendait folle. Il baissa mon bas de pyjama et, sans un mot, il fut sur moi. Son corps hyper-musclé était dur, et sa peau que je caressais me déclenchait un désir immédiat et intense. Au diable, les micros ! Je me donnai entièrement à lui. J'avais tellement peur à chaque fois de ne pas le retrouver, lui, le soldat des grands fonds, et moi, l'ouvrière du bug. Quel drôle de couple ! Il était là avec moi, en moi. Je l'aimais, et il semblait m'aimer. Il y avait tant d'absence, tant de non-dits dans notre relation, et pourtant, à chaque fois que son sexe entrait dans mon corps, que ses bras m'enserraient, que nos peaux se frottaient l'une à l'autre, j'effaçais tout, j'oubliais tout pour ne garder que l'instant présent.

Marc était un amour après l'amour. Il voulait toujours que nous restions ensemble. Je lui dis que j'étais censée me rendre à un salon professionnel, qu'il fallait que j'avertisse Sophie qui s'inquiéterait sûrement, et qu'elle allait sans doute appeler d'une minute à l'autre, surtout avec l'assassinat de Jean de la Marne.

– Pas de risque, répondit-il en me caressant les cheveux, j'ai débranché les téléphones hier, après ton coup de fil à Dorothée.

C'était donc ça ! Je trouvais bizarre aussi que personne ne m'appelle ! Il me fit remarquer que les retrouvailles avec son épouse étaient sacrées, qu'il n'allait certainement pas laisser un cadavre s'interposer entre nous, et je trouvai qu'il avait raison.

N'oublie pas les micros, ma fille, tu parles trop.

J'orientai la discussion autour de ma future exploitation agricole, en disant plus ou moins n'importe quoi, que je voulais qu'il démissionne de l'armée et qu'il s'inscrive au BEPA pour s'installer avec moi. Il souriait à tout ce que je disais et répondait lui aussi n'importe quoi.

– Il me faudra beaucoup de place, tu sais ; les dragons cracheurs de feu dans mon genre ont besoin de six hectares d'herbe par jour pour se nourrir. Je pense qu'il faudrait envisager l'achat d'une petite région. Et avec les prix dont tu me parles, à mon avis une délocalisation en Afrique ou ailleurs s'impose.

Il était drôle. Tout à coup, j'étais heureuse d'être là, avec lui, je ne voulais pas le quitter. J'appelai Sophie.

– Mia, je vous entends mal. Vous savez pour Jean de la Marne ?

– Oui.

– C'est la panique, ici ! Les flics sont venus, ce matin. Despotes convoque tout le comité de direction à 14 heures, il faut absolument que vous soyez là. Je leur confirme votre présence, bien entendu.

– Non, Sophie, je suis malade, je serai là demain matin. Appelez-moi Decru et transférez-le moi, s'il vous plaît.

Marc se pencha sur moi et m'embrassa dans le cou.

– Allô, Monsieur Decru ? Mia Davis à l'appareil. Comment s'est passée la réunion d'hier ?

– Bonjour Madame Davis, écoutez, ça s'est bien passé... euh...

– Parfait, Monsieur Decru, je savais que je pouvais compter sur vous. Que faites-vous cet après-midi ?

– Euh...

– Monsieur Decru, vous allez me représenter à la réunion extraordinaire du *board*. Je préviens Madame Doutey. Avant, vous passerez voir Sophie, mon assistante, qu'elle vous remette les cartes d'accès et les documents. Merci Monsieur Decru, vous pouvez raccrocher, maintenant, je vais reprendre mon assistante.

– Euh...

Clic.

– Sophie, avez-vous gardé le déodorant ?

– Oui, Mia, il est sur votre bureau.

– Decru va passer vous voir avant 14 heures. Vous le lui donnez et vous faites le nécessaire avec l'assistante de Despotes : c'est lui qui va représenter la DSI à la réunion.

– Decru ? Mais enfin, vous n'y pensez pas ! Il n'a pas le niveau ni l'habilitation et il est hiérarchiquement à deux niveaux au-dessous de vous, Mia ! Il est nul !

– Sophie, premièrement je n'ai pas à justifier mes décisions auprès de vous, mais deuxièmement, comme vous êtes une adorable et brillante collaboratrice, je vais vous dire pourquoi : contrairement à ce que vous croyez, Decru est...

Je raccrochai comme si nous avions été coupées et rappelai le standard en demandant qu'on me passe Françoise Doutey.

– Vous savez, Mia, on est tous bouleversés par le décès de Jean de la Marne, on ne parle que de cela. Qu'en pensez-vous ?

– La même chose que tout le monde, je suppose. J'ai une pensée pour sa famille.

– Oui, bien sûr. Vous avez vu ? La police a envahi les bureaux.

– Je ne sais pas, je suis en déplacement. Mais c'est très bien. Comme ça, nous sommes en sécurité. Dites-moi, Françoise, je vous appelais pour vous demander l'autorisation d'avoir Decru cet après-midi.

– Encore ?

– C'est d'accord ?

– Bien sûr, Mia. C'est toujours pour ce dossier sur le stress au travail ?

– Pas du tout. Il va me représenter au comité de direction cet après-midi. C'est une réunion de crise organisée par Despotes, suite au meurtre de Jean de la Marne.

– Mais...

– Ils sont tous les deux Bourguignons.

Je raccrochai. Je ne savais absolument pas si Decru et Jean de la Marne étaient Bourguignons, mais je trouvais cela drôle. Les ragots allaient fuser. Ils voulaient le bordel ? Ils l'auraient ! J'imaginais le comité de direction avec Decru empestant le déodorant et déclinant son chapelet de « euh... » devant tous ces pédants. J'étais persuadée qu'on allait me virer dans les prochaines heures. C'est vrai que j'y allais fort, mais au fond tout cela me plaisait. En y réfléchissant, ils étaient bien tous d'horribles pourris incompétents. Seule crainte : que Despotes ne laisse pas entrer Decru à la réunion. Quoi qu'il en soit, « 52 » commençait à bien s'amuser.

Marc me regardait avec un drôle d'air, comme s'il essayait de lire dans mes pensées. Tout à coup, il se pencha au-dessus moi pour débrancher le téléphone, puis me reprit dans ses bras. Notre intimité fut de courte durée car 25, alias, Charles passait à fond sa musique préférée : *La Chevauchée des Walkyries*.

– Ce vieux Charles ne change pas, soupira Marc, en se laissant retomber sur le côté.

– Tu sais, répliquai-je, je crois qu'il fait sa gym sur cette musique. Moi, ça ne me dérange pas. À cette heure-là, normalement, je suis au boulot. Ou chez mes amants.

Ça le fit rire. J'aimais bien le faire rire.

– Et si on dragonnait sur les *Walkyries*, ma dragonne ? murmura-t-il en se collant à moi.

Les hommes, c'était simple : soit ils dormaient, soit ils mangeaient, soit ils faisaient la guerre, soit ils baisaient. Mais parler, non. Cela ne devait pas être inscrit dans leur ADN. J'étais à nouveau dans ses bras. Il avait cet air étonnamment gentleman lorsqu'il était nu. Il avait un tel appétit que je me dis que les deux femmes à bord du sous-marin devaient être lesbiennes. Je l'aimais, mon dragon.

La matinée se passa amoureusement. Il voulait qu'on déjeune à la maison. Il n'y avait que des haricots verts et des œufs. Il nous ferait une belle omelette. Il devait rejoindre ses équipes pour 16 heures. Il partait à nouveau pour une période indéterminée. J'abordai notre projet de bébé.

– Je dois refaire une insémination dans trois mois. La dernière n'a pas pris.

– Ne te décourage pas, maman dragon, je suis sûr qu'un jour tu seras enceinte d'un magnifique bébé dragon.

Je lui fis comprendre que j'avais besoin de lui, de sa présence auprès de moi. Il était hors de question que mon bébé n'entende pas *in utero* la voix de son papa. Il prit un air grave.

– Mia, si cela ne dépendait que de moi, je ne repartirais pas.

J'explosai.

– Eh bien reste, hurlai-je, cherche un autre boulot, joue au PMU, regarde les matchs de foot, je ne sais pas, prends des cours de danse tibétaine, mais fais quelque chose de *normal* !

C'était nul, cette scène. J'avais donné mon accord à ce mariage, je n'avais absolument pas le droit de lui reprocher quoi que ce soit. À chaque fois, nos retrouvailles se terminaient ainsi. Non, non, cette fois, je ne gaspillerais pas mon énergie en colère. Il fallait que je sois positive, joyeuse pour conserver toutes mes forces. Je m'excusai platement, arguant la fatigue et le stress du bureau. Il comprenait parfaitement. Il aimait sa dragonne, surtout quand elle crachait son feu. J'avais un mari en or, mais il valait mieux qu'il retourne à ses affaires au plus vite et que je reste seule pour gérer cette histoire de dingues dans laquelle je pataugeais depuis quelques jours.

Il rassembla ses affaires, m'embrassa longuement et tendrement, puis les portes de l'ascenseur se refermèrent sur son sourire.

Aussitôt, je me mis en quête de mes coussins. Il fallait que je rattrape le temps perdu. Mes auditeurs devaient se morfondre dans ce silence. Je mis mes quatre petits amis autour de moi et me lançai dans un concert digne du célèbre Pujol, grand pétomane devant l'Éternel. Puis, satisfaite, je me douchai et décidai d'aller faire quelques courses, car il n'y avait plus rien à manger.

En sortant, je vis une plante verte sur le paillasson de Charles. Je sonnai. Maria m'ouvrit et m'annonça qu'il m'attendait à dîner pour 19 heures.

– Au menu, c'est Oscar Wilde, bien sûr ?

– Non, Madame, c'est poulet frites comme d'habitude.

Mon Dieu, nous n'étions plus dans la quatrième dimension ? Dommage, j'y prenais goût. Ou était-ce déjà la cinquième ?

Au supermarché bio, je tombai sur des magazines écolos. L'un d'eux affichait le calendrier lunaire agricole. J'appris que nous allions entrer en pleine saison pour « planter les radis ». C'était bien ce que je pensais : la dimension parallèle me montrait la route à suivre. Certains appelaient cela la synchronicité des événements.

De retour à l'appartement, je me reconnectai à l'internet pour voir où en était l'enquête sur Jean de la Marne. Tout l'establishment parlait pour ne rien dire. Ils ne pensaient tous qu'à se faire interviewer, c'était pathétique. La presse étrangère n'en savait pas plus et se perdait dans des hypothèses fumeuses. J'aurais aimé lire : « *Les mœurs dissolues de Jean de la Marne l'ont amené à croiser son tueur* » ou « *Une soirée poker qui tourne au drame* ». Mais non, rien de tout cela. Ce monsieur était la probité incarnée : bon père de famille, rangé, catholique et aimé des siens. Tout cela reflétait un ennui profond.

À 19 heures pétantes, je sonnai à la porte de Charles. J'entendis le frottement des babouches sur le sol et la porte s'ouvrit. Il me considéra un instant de la tête aux pieds en faisant une moue admirative, puis me fit entrer et referma rapidement la porte derrière moi.

– Vous êtes ravissante, 52.

J'avais mis une jolie robe. Marc m'avait redonné l'envie d'être belle. Nous entrâmes au salon.

– Avec Marc, c'est reparti alors ? fit-il en se laissant tomber dans un fauteuil.

– Et si c'était un amant ?

– Je le tuerais. Je serais trop jaloux.

Je soupirai en m'asseyant à mon tour.

– Vous ne m'avez pas fait venir chez vous pour ça, Charles.

– Non, bien sûr. Dites-moi, 52, à propos de votre PDG, vous y croyez, vous, à cette histoire de tueur psychopathe en pleine rue ?

– Non, mais ils vont essayer de le faire croire.

– Il a été assassiné, ça ne fait aucun doute. Et ce meurtre est concomitant du départ de John. Il devait gêner. Le président de la plus grande banque française ne se fait pas tuer par hasard par un fou, il y a autre chose. Vous voulez un apéritif ?

– Non, merci. Mais si vous pouviez remonter les volets, on étouffe.

– Impossible ma chère, je les ai fait recouvrir d'un vernis spécial. Ainsi personne ne peut nous écouter.

– Mais, Charles, avec un truc pareil, vous vous dénoncez vous-même comme agent, c'est idiot !

– 52, il faut apprendre à faire sans avoir l'air de faire tout en faisant. J'ai fait mettre un vernis anticorrosion qu'on trouve n'importe où, et je l'ai mélangé à un produit bourré de nanoparticules qui bloque les émissions électromagnétiques : les portables ne passent pas, les ondes radio non plus. La télévision passe par câble uniquement. On ne peut m'écouter que lorsque mes volets sont ouverts, c'est-à-dire le matin pendant ma gym. C'est pour cela que je mets la musique forte. Pour qu'ils en profitent.

– Il n'y a pas qu'eux qui en profitent, je vous rassure.

Il me fit un clin d'œil.

– Et comment ça se passe au bureau ?

– Très bien. Je ne fais plus rien. Hier, j'ai repéré un des types les plus improbables d'Heltrum, qui pue à dix kilomètres à la ronde, et je l'ai envoyé à une réunion à ma place. Aujourd'hui, il me représente à un comité de direction. Je n'en sais pas plus.

– Marc vous a-t-il dit quelque chose ?

– Non, il a passé son temps à dormir. Et à cause des micros, je ne voulais pas trop parler.

– Rien d'autre ?

Je me levai d'un bond.

– Dites, Charles, vous ne voulez pas qu'on dîne et qu'on discute après ? Comme avec vous on ne peut pas parler en mangeant, je ne voudrais pas non plus me coucher trop tard. Après, j'ai encore un opéra-prout à composer, un mail à envoyer à mon mari et une prière à faire pour que le psychopathe de Jean de la Marne s'occupe aussi de Bertoin et de Despotes.

Il se leva à son tour.

– Vous avez parfaitement raison, 52. Dînons !

Le repas se déroula dans un silence ponctué de bruits de couverts et de vin généreusement versé dans des verres en cristal. Le poulet de Maria était divin, comme toujours. J'y avais rajouté un peu de ma ciboulette bio.

Une fois le dîner terminé, Charles débarrassa. Je restai assise.

– On n'a pas de tarte au citron ?

– Jamais de vitamine C le soir, voyons, Mia, dit-il en versant une liqueur transparente dans deux petits verres ronds. Tenez : mirabelle de Lorraine.

Je saisis le petit verre qu'il me tendait. Ça sentait bon. Mais j'aurais bien mangé de la tarte.

– Vous vouliez me parler, Charles ?

– Vous êtes belle, 52, Marc a beaucoup de chance.

Pour fuir le regard bleuté qui me fixait, je plongeai le nez dans le verre d'eau-de-vie et but une gorgée. C'était fort et sucré.

– J'ai eu de drôles d'infos sur Heltrum, poursuivit-il, ils ont de gros soucis, on dirait.

Je reposai le verre sur la table.

– Non, Charles, ils ne peuvent pas avoir de soucis. Les banquiers sont les pourris de notre époque. Nous sommes des maquereaux diplômés. C'est nous qui sommes les vrais industriels du XXIe siècle.

– Que voulez-vous dire ?

– Le traité de Lisbonne a donné aux banques européennes le droit d'émettre de l'argent basé sur rien, juste en échange d'une promesse de remboursement. Les gens sont persuadés que leur banque leur prête l'argent de ses clients, mais ils seraient surpris de connaître la vérité. En fait, elles émettent de l'argent qu'elles n'ont pas. Elles sont devenues plus puissantes que les États eux-mêmes, car, en Europe, les États n'ont plus le droit d'émettre d'argent. Les banques, si. Le problème se pose lorsque les emprunteurs ne peuvent plus payer leurs échéances, ce qui entraîne une comptabilité approximative, car il y a un crédit autorisé d'un côté, mais pas de remboursement de l'autre. Je pense que leurs magouilles viennent de là, Charles : ils maquillent les gros débiteurs insolvables par des jeux d'écritures informatiques. J'y ai réfléchi, je ne vois que cela.

Charles semblait plongé dans ses pensées. Je continuai :

– Vous connaissez dans le monde un seul groupe qui en cinq ans rachète des banques dans le monde entier, la moitié de l'immobilier à Paris et en province, monte filiale sur filiale, avec des taux de rentabilité effarants ? Heltrum ! Même Microsoft n'a pas cette force de frappe.

Il releva la tête.

– Comment expliquez-vous cela ?

– C'est d'une simplicité de coussin péteur ! m'écriai-je, écoutez-moi bien, Charles : premièrement, tout le monde doit avoir une banque, c'est obligatoire. Deuxièmement, les produits que les banques proposent aux clients, les assurances-vie et tout ce genre de placement, sont créés par le législateur ; les banques n'ont pas de bureau de recherche et de développement donc pas de grosses dépenses. Troisièmement, elles n'ont pas de concurrence possible : je ne peux pas créer une banque demain. Quatrièmement, je vous l'ai dit, elles ont le droit d'émettre de l'argent comme bon leur semble en échange de 10 % du montant prêté et d'une reconnaissance de dette. Et cinquièmement, ce sont vraiment de gros nuls richissimes, arrogants et prétentieux qui ne laisseront rien à la postérité, mais ça, c'est un point de vue perso.

J'étais très fière de mon petit exposé à charge. Pour la peine, je bus une gorgée de mirabelle.

– Je vois, fit Charles en hochant la tête. Et vous pensez vraiment que les gros emprunteurs ne remboursent pas leurs prêts ?

– Bien sûr que non ! Les grandes banques s'en foutent, elles peuvent émettre de l'argent tant qu'elles veulent. Il faut juste que cela ne soit pas vu par les organismes de contrôle. Leur droit d'émettre est quand même assujetti à certaines règles. Je suis DSI, Charles, je vous le dis, la banque, aujourd'hui, ce n'est que de l'informatique, aussi bien dans les salles de marché que dans les réseaux.

Charles passa sa main dans ses beaux cheveux gris.

– Hum... hum... Je sais tout cela, grommela-t-il, mais quel lien voyez-vous avec les paradis fiscaux ?

– Tous les grands groupes ont de l'argent dans les paradis fiscaux. Pour faire des transactions sans fiscalité, pour payer des gouvernants ou des terroristes, pour faire des trafics en tout genre et surtout pour payer les commissions occultes aux organismes de contrôle.

– Et concernant Heltrum ?

– Les systèmes d'information des filiales m'échappent. Mais c'est évident : Jean de la Marne était mouillé.

– Hum... hum...

« NE PARLE DE RIEN »

Je repensai tout à coup au message du train. C'était John, évidemment, mais je n'en étais pas sûre à cent pour cent. Quant à Charles, j'avais confiance en lui, mais pas à cent pour cent non plus. J'espérais ne pas en avoir trop dit, mais, après tout, tout cela était connu de tout le monde. Rien de nouveau sous le soleil. Il suffisait d'aller sur le Net pour trouver des milliers d'infos sur le sujet. Je décidais quand même de me méfier un peu de « babouches rouges » Je lâchai d'un ton détaché :

– Dites donc, mon cher 25, vous me faites parler, mais vous étiez un directeur de services. Vous savez tout cela aussi bien que moi, non ?

– Hum... Hum... Pardonnez-moi, 52, j'aime bien faire parler. Réflexe professionnel. Et puis, je me fais vieux, vous savez, j'ai oublié beaucoup de choses. En ce qui concerne Jean de la Marne, je vais vous en apprendre une belle : Je vous avais dit qu'Heltrum avait cinquante-deux filiales dans les paradis fiscaux ? Eh bien, la Marne possédait aussi cinquante-deux comptes là-bas. Et c'est sa maîtresse qui va en hériter.

– Sa maîtresse ?

– Oui. Et vous savez qui c'est ? C'est Madame la ministre de la Justice, Garde des sceaux ! Et son enfant sans père officiel, c'est celui de la Marne ! Ce gosse est l'heureux héritier, avec sa mère, de cinquante-deux comptes en banque solidement garnis. Elle va foncer récupérer l'oseille avant qu'un nouveau président n'arrive et ne lui pique tout. Vous allez voir que pendant une semaine on ne la verra nulle part, ni à la télé ni dans les journaux.

– Vous pensez sérieusement que le nouveau président pourrait tout lui piquer ?

– Chère 52, vous savez quelle est la différence entre un braqueur de banque et un banquier ? Aucune. Mais il y en a un des deux qui va en prison.

– Elle est bonne. Mais il y a une chose qui m'échappe : une fois cet argent récupéré, que peut-elle en faire sans modifier son train de vie ?

– Les ministres n'ont pas de contrôles fiscaux, Mia. Avec ça, elle va se financer une carrière politique hors norme. Les voix s'achètent. Je vous en mets ma main au feu : si elle ne fait pas de bêtises, dans cinq ans, elle est présidente de la République française.

– J'aurais dû coucher avec Jean de la Marne, soupirai-je avant de terminer ma mirabelle.

– Vous ne l'intéressiez pas. Ce genre d'homme cherche des tordus comme lui, des femmes qui peuvent l'aider dans ses combines. Une ministre, c'était pas mal. Elle pouvait l'introduire à l'étranger dans certains réseaux judiciaires, dans des États qui se préoccupent de blanchiment d'argent.

– Et moi qui pensais que les paradis fiscaux avaient été imaginés pour les *aliens* lorsqu'ils prenaient forme humaine !

– Mia, vous êtes la DSI la plus exotique du monde, lança-t-il en me faisant un large sourire.

– Merci, Charles, je prends cela comme un compliment. Maintenant, je vais aller me coucher, je tombe de sommeil. Quelles sont les instructions pour la suite ?

– Méfiez-vous de Despotes. Il va briguer le poste de président pour rafler les comptes offshore. Lui n'en a pas. Il va se dépêcher de convoquer un conseil d'administration afin de se faire nommer. Une fois nommé, il filera récupérer le magot. Prenez garde mon petit de ne pas vous mettre en travers de sa route, Despotes connaît de bons tueurs.

– Pardon ?

– Oui, sur une affaire récente, son nom et celui d'un tueur sont cités dans les services. Soyez vigilante, laissez-les tous manœuvrer, on interviendra quand il le faudra.

Rentrée chez moi, je me précipitai sur mes mails. J'espérais un message de Marc. Il y en avait un :

« *Chérie, regarde bien dans ton tiroir de strings, je t'aime.* »

Je me ruai dans ma penderie. Au fond du tiroir, sous les petites culottes, je découvris un petit paquet avec un mot :

« *Je t'aime pour toujours, ma dragonne.* »

Dans le paquet, il y avait un écrin de chez Van Cleef, et à l'intérieur, une bague sertie d'un énorme diamant. Je la glissai à mon doigt : elle m'allait parfaitement. Voilà pourquoi il passait son temps dans mon dressing. Et moi qui croyais qu'il n'avait fait que dormir !

Je lui renvoyai un mail :

« *Là, c'est sûr, tu es vraiment rétamé, mon dragon !* »

Puis, je me mis au lit, tournant et retournant le diamant dans mes mains, fascinée par la lumière qui se fragmentait en milliers d'étincelles. Le plafond de la chambre devenait un ciel étoilé. Ce caillou était décidément le meilleur ami de la femme.

IV

Despotes et Decru : les deux D

Le lendemain, un beau mercredi du mois de juin, je m'habillai de mon tailleur panthère de la collection « Mia qui va se faire virer » et filai au bureau en prenant toujours soin, sur le trajet, de lâcher à chaque feu rouge mon lot de prouts bien sentis. Je n'oubliais pas mes « écouteurs » qui devaient démissionner un à un. Vu la tête de mes voisins automobilistes, je finis par comprendre que ma voiture n'était peut-être pas aussi bien insonorisée que je le croyais. Pour les rassurer, je les gratifiais de mon plus beau sourire de cruche, parfaitement assorti au tailleur.

Arrivée au bureau, je rangeai mon sac dans mon caisson et collai mon cheveu-espion, telle une secrétaire en formation James Bond. Sophie arriva cinq minutes après moi, au moment où son poste sonnait.

– Oui, Monsieur, elle est là... Bien Monsieur, je lui dis tout de suite.

Elle raccrocha et vint se planter devant moi, affolée.

– Despotes vous veut dans son bureau dans deux minutes.

– Eh bien, il attendra. Je n'ai pas pris mon café.

– Mia, il n'avait pas l'air de plaisanter.

– Apportez-moi un café, s'il vous plaît, Sophie, je voudrais regarder mes mails avant.

Elle haussa les épaules et sortit. Visiblement, elle n'appréciait pas l'imprévisibilité de la nouvelle Mia « panthère ». J'ouvris mes mails, avide d'information sur mes N-1. L'un d'eux provenait de Françoise Doutey me demandant un entretien d'urgence. Ce cher Monsieur « Euh » n'avait pas jugé utile de m'adresser un compte rendu de sa réunion d'hier, ni de celle d'avant-hier, d'ailleurs. Monsieur « Euh » devait considérer comme parfaitement normale sa récente « promotion ». Monsieur « Euh » était à la fois timide et prétentieux, ce qui, contre toute apparence, pouvait aller de pair.

Sophie déposa le café sur le bureau.

– Je vous préviens, Mia, je ne décroche plus le téléphone tant que vous ne serez pas montée. Il va me faire rappeler.

– Sophie, vous voyez très bien qui appelle ! Si c'est Despotes ou l'une de ses assistantes, vous lui dites que j'arrive.

– Mia, je ne sais pas ce qui se passe, mais...

Elle avait l'air grave des gens qui savent ce que les autres ne savent pas. J'adorais cet air-là. C'était le minimum obligatoire pour travailler à la direction des grands groupes. Cette Sophie était vraiment parfaite. J'avalai mon café et montai au septième, persuadée qu'on me virerait sur-le-champ à cause de Decru. Pourtant, je me sentais anormalement calme, sans la moindre tachycardie intempestive, presque soulagée de bientôt quitter cette prison. Je pensais à mon safran et à tous ces petits crocus qui allaient pousser tout autour de notre maison.

Une fois passés les sas de sécurité, je me présentai aux trois secrétaires de Despotes. Elles avaient toutes cet air des « gens qui savent ce que les autres ne savent pas ». L'une d'elles se leva et m'ouvrit la porte du bureau de monsieur le directeur général de la banque Heltrum.

J'entrai.

À cet instant précis, Despotes avait vraiment la tête d'un gros cochon bouffi. Il manquait de sommeil. Il était tout rouge.

– Vous êtes folle, Madame Davis ?

– Pardon, Monsieur ?

– Vous m'envoyez cette horreur, ce type... Comment s'appelle-t-il, déjà ?...

– Decru, Monsieur.

Il continuait sans m'avoir entendue.

– ... à votre place en comité de direction stratégique ! Nous avons des mesures urgentes et capitales à prendre pour l'avenir de notre groupe. Vous êtes devenue folle ? Ce type n'a pas d'habilitation de direction ! Même mourante, vous deviez être présente. Vous n'êtes pas à la hauteur. J'envisage votre éviction de l'entreprise. L'ensemble des directeurs a été choqué, ils m'en ont tous parlé.

Il hurlait. De l'autre côté de la porte, on devait boire du petit-lait. Je finis par répondre :

– Monsieur Decru s'est bien comporté, il a tout compris.

– Madame, vous dépassez les bornes. Ce type est un âne, on n'aurait jamais dû l'accepter à ce comité. Et en plus il pue ! Un parfum bon marché épouvantable !

J'avais envie de rire.

– Madame, j'ai assez perdu mon temps avec vous, nous reparlerons de tout cela sous quinzaine.

Je pouvais partir, c'était fini. Avec l'élan du condamné, je m'approchai de lui.

– Monsieur, si je peux me permettre, vous m'avez promue à ce poste. Je pense ne jamais avoir failli et avoir rempli l'ensemble des objectifs que vous m'aviez fixés. Cette promotion, je vous la dois. Voulez-vous me dire quel intérêt j'aurais à vous nuire ?

– Continuez, mais dépêchez-vous, on m'attend.

Je me souvenais que les hommes aimaient la flatterie.

– C'est simple, Monsieur, ce que j'ai fait, je l'ai appris de vous.

– Je vous écoute.

– La page 25 du manuel du parfait pompier.

– Pardon ?

Ce gros cochon était ferré.

– Page 25 : *« En cas d'incendie géant, les sapeurs-pompiers allumeront un contre-feu. »*

– Je ne vois pas le rapport.

– Decru est ce contre-feu, Monsieur le directeur général. La preuve, on ne parle que de cela dans les couloirs. Un âne qui pue au comité, à la place de la DSI ! Le décès de Jean de la Marne est passé au second plan.

– Ils vont dire que c'est le bordel, oui ! Nous n'avons pas besoin de contre-feu, Madame Davis !

– Je crois que si, Monsieur. Laissons-les parler ! Bientôt, ils verront un intérêt hautement stratégique dans la présence de Decru. Préparons plutôt votre nomination à la présidence de la banque Heltrum, ce qui est tout de même l'objectif principal.

– Je n'ai pas besoin de vous.

– Je me permets humblement de vous rappeler que j'ai été votre élève assidue et que votre sens de la tactique m'a impressionnée.

– Et alors ?

– Vous avez besoin de l'appui et du vote des administrateurs. Jean de la Marne y a placé ses amis, qui ne sont pas les vôtres, je crains. Votre précipitation à convoquer un conseil d'administration extraordinaire la semaine prochaine ne vous aidera pas. D'autant que votre nom est peu cité dans la presse pour ce poste. On parle plutôt d'un ancien inspecteur général du Trésor, très lié aux politiques.

– Qu'est-ce que vous me racontez là ? Vous connaissez les vingt-trois administrateurs ?

– Pas tous. Vingt. Qui représentent une majorité de porteurs.

– Que voulez-vous ?

– Un café.

Ça allait vite. Il me fallait quelques instants pour réfléchir et trouver des idées. Il appuya sur un bouton et l'une de ses harpies déboula presque instantanément. Elle avait forcément tout entendu et semblait choquée de ma mine réjouie. Despotes demanda deux cafés. D'une voix très affirmée, j'ajoutai :

– Avec, pour moi, un nuage de lait d'amande bio, merci.

Elle regarda Despotes d'un air interrogateur. Il s'agaça :

– Madame Davis veut du lait d'amande, donc vous lui en faites chercher !

La « harpie qui sait tout » se tourna vers moi avec son plus beau joli sourire et ajouta d'un magnifique ton fourbe :

– Froid ou chaud, le lait d'amande bio ?

– Pour moi, ce sera chaud, dit Despotes. Et pour vous, Madame Davis ?

– Comme vous, Monsieur.

La harpie sortit. Despotes attendit quelques secondes, puis se rassit à son bureau.

– Votre aide ne sera pas gratuite, je présume ?

– En effet. Je souhaite le poste de directeur général que vous occupez actuellement.

Il secoua la tête.

– J'ai déjà pensé à quelqu'un.

– Bien, Monsieur. Puis-je vous demander qui ?

– Je n'ai théoriquement pas à vous répondre. Mais il s'agit du patron de notre filiale belge. Il m'a promis la majorité au conseil. Il a de gros soutiens auprès des filiales, des administrateurs et des actionnaires.

– Vous ne passerez pas avec lui.

– Madame, vous n'avez aucune expérience de la banque. Vous êtes trop opérationnelle. Le poste de directeur général est pour un manager, par pour un DSI !

– Vous faites une grossière erreur.

– Que voulez-vous dire ? s'écria-t-il d'un ton autoritaire.

– Qui vous a proposé cette personne ?

– Vous n'avez pas à le savoir.

– Très bien, Monsieur. Puis-je vous demander quelque chose ? Pouvez-vous saisir « Jean Decru » sur Google ?

– Il me regarda avec un drôle d'air et s'exécuta. Une page s'afficha sur laquelle était inscrit :

« Jean Decru, juge d'instruction belge en charge des affaires de blanchiment d'argent, s'intéresse aux comptes d'une grande banque à Bruxelles. »

Je crus deviner une goutte de sueur sur sa tempe.

– Ça signifie... ? dit-il, les yeux rivés sur l'écran.

– ... que le juge Decru est en train de s'occuper de votre futur directeur général. Une mise en examen ne saurait tarder.

– Comment savez-vous qu'il s'agit de lui ?

– J'ai mes sources, dis-je avec un léger sourire.

Il me regarda en hochant la tête. Son regard avait changé.

– Ce Decru a un lien avec le Decru de chez nous ?

– D'après vous ?

Il commençait à comprendre l'idée du contre-feu. La sonnette retentit. La harpie apportait le café. Un silence de plomb l'accueillit. Tandis qu'elle versait le café dans les tasses, elle me jetait des petits coups d'œil du genre : « vous êtes virée ou pas ? » Despotes tapotait sur son clavier à la recherche d'autres infos sur le juge. Dès qu'elle fut sortie du bureau, il prit son air de séducteur de dancing.

– Comment voyez-vous les choses, Mia ?

Ce gros cochon m'appelait maintenant par mon prénom. L'appel du pouvoir rapprochait les hommes comme par magie. 25 avait raison : le magot offshore devait être bien grassouillet.

– Il faut présenter votre candidature et la mienne au conseil d'administration, répondis-je, je m'occupe des administrateurs.

Son téléphone sonna.

– Je ne veux pas être dérangé. Vous faites rappeler !

Il raccrocha au nez de la harpie.

– Soyez plus précise, Mia. Comment allez-vous vous y prendre ?

– Monsieur, je n'agirai que lorsque j'aurai la certitude de votre candidature à la présidence, avec moi comme directeur général.

– Mais pas en panthère, Mia.

– Non, Monsieur, en louve.

Il se fendit d'un sourire.

– Quelles sont vos garanties ?

– Choisissez un des administrateurs puissants en vote, et appelons-le.

– Très bien.

Il jeta un œil sur une liste posée sur le bureau.

– Ribourel, cette vermine !

Il appuya sur le bouton de l'intercom et demanda qu'on lui passe M. Ribourel de toute urgence. Puis, il se replongea dans la liste. Intérieurement, je me marrais. Tout était bidon. J'étais tombé par hasard sur cet article à propos du juge Decru en lisant les *news* sur internet. La paranoïa de Despotes et de tous les DG en général avait fait le reste. En revanche, qu'allais-je raconter à ce Ribourel ? Il était encore temps de foutre le camp. Le téléphone sonna. Les harpies étaient d'une efficacité redoutable. Despotes décrocha le combiné et me le tendit.

– Monsieur Ribourel ? Oui, bonjour, Monsieur, je suis Mia Davis, DSI de la banque Heltrum. Nous ne nous connaissons pas. Monsieur Despotes et moi-même voulions nous assurer que vous serez bien présent à notre conseil d'administration extraordinaire de lundi prochain, à 14 heures.

– Bien sûr Madame, je représente de gros fonds de pension, dont Waznext, entre autres.

– Oui, je le sais parfaitement. C'est la raison pour laquelle il était important que je vous parle car le *board* de Waznext m'a demandé de me porter candidate au poste de directeur général, avec, à la présidence, Monsieur Despotes.

Despotes manqua de s'étouffer. Ribourel rétorqua :

– Je n'ai pas encore eu le temps d'en parler avec Waznext, Madame.

– Vous pourrez leur dire que vous m'avez eue au téléphone, ils en seront enchantés. Je vous laisse ? Au revoir, Monsieur Ribourel.

Je raccrochai. Despotes me dévisageait, interloqué.

– Waznext vous a demandé d'être DG ?

– Oui, Monsicur, mais pas en louve. En léopard. C'est un peu différent de la panthère.

Il avait l'air complètement paumé.

– Voulez-vous un autre test, Monsieur Despotes ?

Je le regardais en repensant à tous ces grands journalistes économiques et à ce mot de « compétence » qui revenait sans cesse dans leurs articles, alors qu'il ne s'agissait en réalité que de prise de pouvoir et de contre-pouvoir, et où l'on ne faisait rien d'autre que de faire semblant d'être ce qu'on n'était pas. Dans le genre, je n'y avais pas été de main morte. Quelques instants plus tôt, je ne soupçonnais même pas l'existence de ce Waznext. Bon. Il ne fallait pas non plus pousser le bouchon trop loin. Ribourel s'informerait et je serais démasquée. La rigolade allait se terminer plus tôt que prévu. Mes yeux se posèrent sur le petit pot de lait d'amande. C'était quand même sympa cette vie où l'on appuyait sur des boutons pour obtenir ce qu'on voulait.

Le téléphone sonna à nouveau. Ça devait être important car Despotes changea de tête. Il raccrocha.

– Mia, je vous laisse, des journalistes souhaitent m'interviewer. Il faut que l'on se revoie vite.

– À votre place, je ne les recevrais pas, Monsieur. Nous parlerons lundi après notre double nomination. N'oubliez pas que Decru est dans l'ombre, et que personne n'a jugé utile de vous prévenir. Il doit y avoir d'autres affaires dans les placards.

Il avait l'air égaré. Il était quand même à la veille de son hold-up contre la maîtresse de Jean de la Marne. Elle-même devait déjà être en train de vider les comptes pour les placer ailleurs, par exemple dans des filiales offshore d'autres banques. On était mercredi. Il ne lui restait donc que quatre jours pour cinquante-deux pays avant que Despotes ne file les bloquer. Encore fallait-il que ces banques soient ouvertes le week-end. De toute façon, avec de l'argent, tout s'ouvrait toujours et partout. Mais, même en louant un jet, la partie serait serrée pour elle. Il fallait fermer un compte ici, en ouvrir un autre là, et s'assurer du transfert. Elle pouvait au mieux en boucler deux par jour. Ce qui faisait huit en quatre jours. Avec huit comptes offshore, forcément bien garnis, la vie était belle. Son bâtard ne finirait pas dans le ruisseau ! Qu'avait-elle fait de lui ? Est-ce qu'elle le trimballait en jet ? Et puis son visage de ministre était connu. Comment pourrait-elle se balader dans les paradis fiscaux sans être prise en flag ? Porterait-elle un masque, elle aussi, comme tant d'autres puissants ? Jean de la Marne devait bien se marrer de là-haut. Decru ne lui aurait certainement pas plu, lui qui ne supportait que les gens chics. Ma nomination en tant que DG ne lui plairait pas non plus. Point de salut pour ceux qui ne sortaient pas de sa célèbre grande école, celle qui, selon lui, formait « les gens les plus brillants du monde ».

En me raccompagnant à l'ascenseur, signe d'une complicité toute neuve, Despotes demanda à l'une de ses trois harpies de lui afficher son planning. Il y jeta un œil, puis lâcha d'un ton de futur président d'Heltrum :

– Madame Davis, seriez-vous disponible demain entre 17 heures et 17 h 15 ? J'aurais une faible disponibilité. Demandez à votre assistante de nous rappeler pour confirmation.

J'étais aux anges. Celles-qui-savent allaient pouvoir cancaner toute la journée.

De retour à mon étage, Sophie m'attendait en souriant avec l'air de « je sais que ça s'est bien passé avec Despotes ». Merveilleuse Sophie. Future « harpie qui sait tout ».

– J'ai informé les membres de la réunion que vous étiez avec Monsieur Despotes. Je crois qu'ils vous attendent si vous voulez y aller.

– Merci Sophie, vous êtes parfaite, comme toujours, répliquai-je avant de m'enfermer dans mon bureau.

Il me fallait un peu de calme pour réfléchir car j'avais peut-être forcé la dose avec Despotes. Je ne savais pas du tout où tout cela allait me mener. La maison et le safran s'éloignaient petit à petit, et, à leur place, je sentais s'infuser en moi le venin des luttes intestines et des intrigues de couloirs, ce virus complexe et dangereux qu'on appelait « le goût du pouvoir ». Cette transformation me galvanisait et m'effrayait tout à la fois. Peut-être cet entretien avec Despotes était-il à l'origine de ce drôle de sentiment.

Il était déjà midi. Sophie était partie déjeuner entre harpies-qui-savent, et il y avait du nouveau et du croustillant en plat du jour. La vie d'un grand groupe ressemblait à Versailles, mais sans les bals. Mon mystérieux messager du train me revint à l'esprit. Qu'était-il devenu ? Je n'avais reçu aucune instruction. J'étais perdue entre un voisin lubrique qui voulait me faire dormir avec un lapin bleu et un mari qui m'offrait un bijou importable. Je ne voulais pas aller à cette réunion, je ne voulais pas me mélanger aux autres équipes. Il me fallait prendre de la hauteur si je voulais être crédible et devenir « Mia Davis la grande inaccessible future DG ».

Toutes ces émotions avaient dû abîmer mon maquillage. Au moment de récupérer mon sac, je vis que le cheveu avait disparu. J'ouvris le caisson. Le sac était là. On l'avait donc fouillé ! Sophie était la seule à avoir le double de la clé de mon bureau. En même temps, aucune serrure ne pouvait résister à un professionnel.

Il fallait que j'en parle à Charles.

Je pris ma voiture et rentrai chez moi, tellement préoccupée que j'en oubliai mes prouts. Je déposai mon sac à l'appartement et sonnai chez Charles. Je reconnus le pas de Maria qui regarda dans l'œilleton, puis s'éloigna sans m'ouvrir. Les volets roulants descendirent. 25 me fit entrer.

– Faites vite, j'attends du monde, dit-il en refermant derrière moi. Pour vous d'ailleurs.

– Il faut que je vous parle en privé, chuchotai-je en indiquant Maria qui partait à la cuisine.

– Vous pouvez parler, Maria est un agent. On la surnomme 68,5 m.

– Pardon ?

– Elle tue à 68,5 mètres avec des fléchettes au curare d'Indiens d'Amazonie. Elle est d'une précision chirurgicale. C'est une ancienne championne de tir à l'arc. Personne n'arrive à comprendre comment elle fait pour souffler si fort et si loin. Maria est une curiosité scientifique.

J'étais muette.

– Vous vouliez me dire quelque chose ?

– Oui. Ce matin Despotes m'a convoqué dans son bureau. J'ai raconté n'importe quoi. Puis je suis retourné à mon bureau, et quand j'ai voulu ouvrir le tiroir où je mets mon sac, le cheveu que j'avais collé avait disparu. Je ne sais pas quel rôle joue mon assistante mais le cheveu n'était plus là.

– Il est peut-être tombé ?

– Très drôle. Non, je pense que Sophie n'est pas claire. Il y a un truc, elle était la seule à...

Je m'arrêtais net. J'allais parler des mots du train.

– À quoi ?

– À... avoir accès à mon bureau, balbutiai-je.

Les yeux bleus me fixèrent.

– Vous semblez agitée, Mia. Que s'est-il passé exactement avec Despotes ?

– Rien, je lui ai fait de la stratégie à deux balles. La Mia au comportement imprévisible. Je lui ai envoyé, pour me représenter au comité de direction, un incapable du nom de Decru, qui ne sait dire que « euh... » et qui est d'une prétention à faire pâlir un poulpe transparent. Et il se trouve qu'il y a en Belgique un autre Decru, juge d'instruction, qui s'occupe de blanchiment d'argent. Ce cochon de Despotes voulait se présenter à la présidence avec le patron de notre filiale belge comme DG. Avec mon Decru au comité, Despotes a envoyé malgré lui un signal fort aux gens informés et aux directeurs mondiaux. J'en ai profité pour lui dire que j'étais la seule à pouvoir l'aider à être président et que je voulais le poste de DG.

Il grommela quelques « hum » soucieux.

– Allez-y mollo, 52.

– Faudrait savoir ! Vous me dites d'être imprévisible !

Je me laissai tomber dans un fauteuil.

– De toute façon ils vont me virer, autant s'amuser un peu, soupirai-je. Et ce n'est pas tout, accrochez-vous bien : j'ai dit que j'avais la main sur vingt des vingt-trois administrateurs alors que je n'en connais pas un seul. Despotes m'a fait appeler un certain Ribourel qui représente un poids lourd du conseil via les actions Waznext. J'ai l'impression que lui et Despotes se détestent cordialement.

– Et donc ? fit Charles qui commençait à s'intéresser à ce que je disais.

– Eh bien j'ai raconté à Ribourel que Waznext souhaitait ma candidature de DG adossée à celle de Despotes président.

Il me fit signe de continuer.

– Ribourel a juste confirmé sa présence au conseil de lundi. Il nous a indiqué qu'il n'avait pas encore reçu de consignes de vote de Waznext.

Charles acquiesça d'un hochement de tête, puis s'adressa à Maria.

– Dites, Maria, Waznext, c'est bien la holding des fonds de pension des retraités de l'administration de l'Illinois ?

– Oui, répondit Maria du fond de sa cuisine.

– 52, vous êtes dans un sacré merdier ! lâcha-t-il en gloussant.

– Je ne comprends pas.

– Waznext n'est qu'une couverture. Ce fonds de pension a financé officieusement la campagne du président américain. Waznext organise des opérations plus que douteuses tout en assurant la retraite de ses compatriotes. Sa participation au capital d'Heltrum est significative. Je comprends mieux le décès de Jean de la Marne. Il a dû leur piquer du fric.

Il semblait ravi de sa propre analyse.

– Et maintenant, ma chère, j'attends une invitée, je dois vous mettre dehors.

Je me levai.

– Je pourrais être jalouse, vous savez ?

– Vraiment ?

– Bien sûr que non ! Vous rêvez ! Je suis une femme respectable.

Rentrée chez moi, je voulus vérifier si les micros étaient toujours là. Oui, ils étaient bien là, au même endroit, avec un peu de poussière dessus en prime. Les barbouzes ne faisaient donc jamais le ménage chez leurs clients ? En y réfléchissant bien, j'avais un gros problème : je n'avais pas du tout envie de devenir DG de la banque Heltrum. J'avais espéré me faire virer pour pouvoir enfin changer de vie, et voilà que cette autre Mia prenait son essor. Quant à ce virus de pouvoir, il était retombé aussi vite qu'il avait surgi. Tout cela me déprimait. Je m'allongeai un instant sur mon lit. L'odeur de Marc était partout. Je revoyais les quelques heures passées auprès de lui. Nous ne pouvions pas vraiment communiquer par mail. Il m'avait toujours dit de faire attention, de ne rien écrire d'intime, juste des banalités. Tout était lu. J'avais pensé lui envoyer une photo de mes pieds manucurés avec le diamant glissé au petit orteil. Nue avec un diamant au pied : quoi de plus sexy ?

Mais cela pouvait peut-être lui attirer des ennuis. C'est vrai qu'il était gros ce diamant, trop gros. Comment avait-il pu m'acheter un truc pareil ? Il ne gagnait pas tant d'argent que ça. Était-il dans des combines, lui aussi ? Non, mon Dieu, s'il vous plaît.

Il était presque 14 heures. Il fallait que je retourne chez les dingues. Quand j'arrivai au bureau, Sophie raccrochait tout juste le téléphone.

– C'était Anna, l'assistante de John. Pacôme Bitour ne l'a pas reprise avec lui sous prétexte qu'il est directeur de l'ensemble des clients Pach et qu'Anna n'a travaillé que sur Heltrum. Elle est folle de rage, et on ne lui propose rien d'autre.

– Sophie, Anna n'est pas à la rue. Ils vont la recaser dans une autre direction. Si ce fameux Bitour ne l'a pas reprise, c'est qu'il doit déjà avoir sa propre équipe.

– Anna m'a dit qu'il a trois assistantes, comme Despotes. C'est hallucinant. Il n'est pas directeur général de Pach !

J'en déduisis qu'elle ne connaissait pas les liens entre Bitour et l'actionnaire majoritaire de Pach. Elle devait donc n'être qu'un quart d'espionne à mi-temps. Le cheveu, ce n'était pas elle.

V

Jean de la Marne

Je m'enfermai dans mon bureau et consultai mes mails. Monsieur « Euh » ne m'avait toujours pas adressé ses comptes rendus. Je repensai à la tête de Despotes, ce matin, quand je lui avais parlé du juge Decru. Deux lignes sur internet et le grand DG flippait. Il allait avoir du boulot de vérification avec ses propres services. Il y avait en effet à la banque une mission de trente-cinq personnes dirigée par un ancien de la brigade financière. Son rôle était justement d'alerter le commandement lorsqu'il y avait des tangages possibles sur des opérations. Ce département, rattaché directement à Jean de la Marne, avait son propre SI, ses locaux étaient éloignés des nôtres. La seule équipe SI qui ne m'était pas rattachée. Despotes avait essayé plusieurs fois de la récupérer hiérarchiquement, mais Jean de la Marne s'y était opposé. Despotes voulait rafler le magot quitte à affronter Madame le ministre. Cette dernière avait dû en promettre à l'Élysée une partie afin de financer quelques campagnes. Elle devait être à l'initiative de la présence de cet inspecteur des finances en chef, futur braqueur de la banque Heltrum.

J'avais toujours su que Jean de la Marne nous fliquait tous avec ses « taupes » qu'ils appelaient en interne le service « sécurité des opérations ». Il n'y avait pas de « sécurité des opérations »; il y avait juste coups bas et informations afin de contrôler la masse du petit personnel. En tant que DSI, j'étais, avec mes services, la plus surveillée. Les installations des tuyaux informatiques dépendaient de nous. Tous les flux des salles de marchés et de la banque passaient par nous. Je me savais sous contrôle et enquête permanente. Despotes devait forcément chercher un rapprochement avec cette cellule. L'ex-inspecteur devait déjà avoir son poulain pour la présidence, et ce n'était certainement pas Despotes.

Je sortis la liste des actionnaires majoritaires et des administrateurs importants. Je savais que tout ce que je regardais sur l'internet était surveillé par les services internes et peut-être même par les flics. La mort de Jean de la Marne aiguisait la suspicion. Je restai songeuse devant cette liste, car il n'y avait que des inconnus et faire des recherches poussées était très risqué. Sophie m'interrompit dans mes pensées.

– Monsieur Pacôme Bitour est annoncé à 17 heures à une réunion avec François Bertoin. Vous n'y êtes pas prévue Mia, c'est normal ?

– Oui c'est bien, répondis-je en prenant un ton dégagé.

– Mais vous devriez en être, Bertoin exagère !

– Mais non, Sophie, je n'ai rien à y faire. Bertoin a de gros soucis avec Pach. Ils ne s'entendent pas inter-équipes.

En temps normal, c'était évidemment ma place que d'être présente cette réunion.

– Monsieur Bitour aurait dû vous y convier, insista Sophie, c'est votre *alter ego*, pas Bertoin. John n'aurait jamais fait cela.

– Sophie, je crois que Bertoin et Pacôme Bitour sont bien ensemble. Il vaut mieux les laisser travailler.

Il me fallait un autre sujet de conversation.

– Au fait, appelez l'assistante de Despotes pour lui confirmer ma présence à son bureau à 17 heures.

– Mia, demain vous êtes à Lyon avec les responsables du réseau pour visiter le site pilote des « nouvelles applications du gestionnaire de compte ».

– Je sais, Sophie, mais je ne serai pas rentrée pour ma réunion. Donc, vous prévenez ceux avec qui je devais partir que je n'y vais pas.

Elle ne comprenait rien. Très bien. Je portai l'estocade :

– Et maintenant, vous m'excusez mais j'ai du travail. Et je ne veux être dérangée sous aucun prétexte sauf si mon mari téléphone. Bonsoir, Sophie, à demain.

Elle referma la porte avec un air complètement ahuri. Et maintenant, patienter. Il n'était que 16 heures. Sophie partait dans une heure et demie. Je partirais après elle. D'ici là, il fallait m'occuper. En fouillant dans mes papiers, je mis la main sur ma liste du conseil d'administration Je parcourus les noms et tombai sur « Ribourel Rémi ». Mon Dieu, « deux R », donc double risque. Despotes avait traité Ribourel de vermine, Despotes était une crapule. Une vermine, une crapule, vingt et un autres administrateurs rampants, le conseil d'administration de lundi serait un vrai chaudron de sorcière. Qu'allais-je faire dans cette galère ! Je m'étais mise moi-même dans le piège et tout d'un coup je le sentais se refermer sur moi. Il me fallait une idée pour me sortir de là, une idée de sorcière. J'avais en face de moi une drôle de situation. Je ne savais rien, je ne connaissais rien des ficelles des nominations des PDG par le pouvoir. Je ne connaissais pas les dossiers qu'ils avaient les uns sur les autres. J'étais, comme se plaisait à le dire Despotes, juste un DSI. Le plus gros budget de fonctionnement de l'entreprise, mais je n'avais les appuis ni internes ni externes dont bénéficiaient tous les dirigeants. Cette idée, il me la fallait vite car la liste des noms me donnait le vertige : dix-sept administrateurs représentant les actionnaires, cinq représentants les salariés, soit vingt-deux administrateurs, plus le directeur général, administrateur lui aussi, cela ferait quarante-six yeux braqués sur moi lundi.

Mon téléphone sonna. C'était Sophie :

– Madame, j'ai devant moi Monsieur Pacôme Bitour qui voulait vous saluer avant d'entrer en réunion.

Du tac au tac, je répondis :

– Merci, Sophie mais c'est impossible, je suis en réunion avec les Frères Jacques.

Et je raccrochai. Pauvre Sophie, c'était sa journée ! Pourquoi les Frères Jacques ? C'était bête, les Frères Jacques ! J'aurais dû dire la fée Clochette ou n'importe quoi d'autre, mais vraiment, les Frères Jacques, ce n'était pas terrible. Vite, une idée, une idée de génie pour me sortir de ce guêpier. Un mail de Sophie arriva :

« Pacôme Bitour est charmant, je crois que ça l'a agacé que vous ne veniez pas le voir. »

Je répondis :

« Que lui avez-vous dit ? »

« Que vous étiez en réunion. »

Monsieur Bitour se comportait de façon très cavalière avec moi et il aurait fallu que je me précipite pour l'accueillir comme un prince ? Il n'avait pas respecté les règles, tant pis pour lui. Le tout-puissant époux du plus gros actionnaire de Pach, adoubé par Despotes et Rikiki Radis, venait de trouver porte close. Ça ne devait pas souvent lui arriver. Mais les choses avaient changé en quelques heures. J'entendis à côté les portes d'armoires qui se refermaient. Nouveau mail de Sophie :

« Bonsoir Mia, à demain. »

Le ciel s'entrouvrait enfin. J'attendis encore cinq pénibles minutes et je quittai moi aussi cette soupière à harpies.

Sur le chemin du retour, j'allumai la radio. Il y avait une émission spéciale sur la mort de Jean de la Marne. Des auditeurs posaient des questions et deux collaborateurs d'Heltrum témoignaient de leur accablement. J'avais bien vu les affiches dans les couloirs de la banque : « Cellule de support psychologique ». Je me marrais doucement. Quel support psychologique ? En dehors de l'équipe de direction, personne ne voyait jamais Jean de la Marne. Il ne supportait pas le petit personnel. Dans l'espace privé des comités restreints, il s'amusait à les qualifier d'« esclaves décérébrés ». Si tous ces collaborateurs affligés avaient su ce que leur président pensait réellement d'eux, ils n'auraient pas été aussi tristes.

Durant l'émission, on annonça que la messe d'enterrement aurait lieu le samedi suivant dans l'église de son village, près de Chantilly, où il passait ses week-ends. Plusieurs membres du gouvernement feraient le déplacement.

Il fallait que j'y aille. C'était là-bas que les choses sérieuses se passeraient. Despotes ne m'en avait pas touché mot et il était vrai que je n'avais pas non plus pensé à lui en parler. Il y aurait forcément quelques administrateurs, et quelques ficelles seraient tirées, sur place ou plus tard, dans leurs loges maçonniques.

La phrase du message me revint à l'esprit : *« FAIS L'IDIOTE ET ATTENDS NOS INSTRUCTIONS. »* Le problème, c'est que je n'avais justement pas d'instructions. Il fallait que je passe voir Charles. Peut-être que lui aurait une idée géniale.

La plante verte était sur le paillasson. Je sonnai. Volets et babouches rouges.

– Quoi de neuf, 52 ? dit-il en me laissant passer.

– Rien, Charles, je n'ai rien fait. Je me suis fait excuser partout. Je ne réponds plus aux mails de boulot, je ne prends plus d'appels. Je m'enferme dans mon bureau et j'attends. Il faut que je m'achète des revues.

– C'est parfait.

– Vous vouliez me dire quelque chose ?

– Oui, asseyez-vous.

– Merci, j'ai été assise toute la journée.

– Comme vous voudrez.

Il se cala confortablement dans son fauteuil.

– Despotes ne va pas vous présenter comme DG. Il s'est acoquiné avec l'ancien directeur de cabinet du ministre du Budget.

– Deux coléoptères foireux, ils iront parfaitement bien ensemble. Vous me sauvez, Charles, je vais pouvoir me faire virer, c'est parfait.

– Non, 52.

– Comment ça, non ?

– Non, la femme avec qui j'ai déjeuné occupe le poste de directeur général des services américains. J'ai plaidé votre dossier. Ils souhaitaient depuis longtemps avoir quelqu'un de très bien placé à la banque Heltrum. Ils vont vous faire passer. Elle s'en occupe.

Je me mis à arpenter la pièce de long en large.

– Mais, Charles, je ne veux faire partie d'aucune loge maçonnique, d'aucun groupe, d'aucun service, de rien de tout cela. Je ne veux plus de ce pataquès. Je veux me coucher avec mon mari dans une ferme avec nos enfants dragons.

– Vos enfants dragons ?

– Laissez tomber. Charles, je veux être libre, vous comprenez, LIBRE !

– Libre et inculpée pour transactions illégales ? Ou libre à la DG de la banque Heltrum ?

– Qu'est-ce que vous racontez ?

– Il est trop tard, 52. Vous êtes assise sur une bombe. Quoi que vous fassiez, ça va exploser. Vous allez prendre ce poste de DG d'Heltrum et remettre vos tailleurs gris et noirs. Il n'y a que comme cela que nous pourrons vous sauver. Le prix de votre appartement ne serait pas suffisant pour couvrir les frais d'avocats nécessaires à l'explication de vos montages informatiques et maquillages des comptes.

Je le fixais, stupéfaite.

– Vous savez très bien que je n'ai rien fait.

– Mia, vous êtes DSI de la banque internationale Heltrum. Ils ont constitué un dossier accablant sur vous.

– Ah oui ? Eh bien, je prends le risque de ne pas rentrer dans vos combines.

Il secoua la tête.

– Vous êtes une girouette, Mia ! Ce matin, vous voulez être DG, à midi vous me suppliez de vous aider et ce soir vous êtes fermière soixante-huitarde. Je ne vous suis plus.

– Vous me manipulez depuis une semaine, Charles ! Ce soir, je vais danser en boîte et j'espère bien rencontrer un tueur à gages serbe non référencé dans vos minables services. Il viendra vous étrangler avec votre pendule !

– Allez danser, mais demain il y a la réunion de Despotes. Vous vous doutez bien qu'il a enregistré toutes vos conversations. Vous allez vous en tirer comment ?

– Fastoche, j'ai un plan, je l'ai piqué dans le dernier numéro de *Marie-Claire.*

– Vous m'enchantez, 52. Dites-m'en plus.

– Lisez *Marie-Claire*, Charles, c'est instructif.

Je le plantai en claquant la porte derrière moi et rentrai chez moi. J'avais des reparties de plus en plus limites : les Frères Jacques et *Marie-Claire* ! Il y avait mieux et plus stratégique pour une postulante non volontaire à la direction générale de la banque Heltrum. J'étais parfaitement dégoûtée. La Mia léopard était manipulée de partout. Boire, boire cul sec une bouteille de vodka avec mes copains les micros, c'était ça mon plan pour la soirée. En même temps, si je buvais, je parlerais. J'étais coincée. Je n'avais plus qu'à prendre une douche, manger une soupe, et me coucher.

Le lendemain matin, je partis pour le bureau en pantalon noir et veste turquoise surmontée d'une immense écharpe qui me tombait jusqu'aux pieds. Sophie n'était pas encore arrivée. Je m'assis à mon bureau en attendant sagement les coups de griffes qui ne tarderaient pas.

Rikiki Radis fut le premier à venir. Il me demanda si j'allais bien. Je crus m'évanouir. Il n'était pas exactement le genre d'homme à venir saluer quelqu'un de façon désintéressée. Son passe-temps favori était plutôt: «Je vous écrase à quelle heure?», passe-temps d'autant plus facile qu'il avait l'appui de Despotes. Despotes, en bon porc qu'il était, promettait donc à tous le poste de DG. On était en pleine campagne électorale avec promesses de pognon et promesses de poste. Compétences? Méritocratie? Tout cela appartenait à l'Antiquité! Ça m'énervait tout à coup de voir ce crétin devant moi en service commandé. Très bien, Despotes en aurait pour son pognon.

– Bertoin, j'ai un travail fou ce matin. Il y a des urgences?

– Non, vous avez le temps pour un café?

– C'est très gentil à vous, mais j'ai une tonne de truc à finir avant mes vacances.

– Ah, vous partez quand?

– La semaine prochaine, probablement, il faut que je fasse le point avec Monsieur Despotes. Avec tout ce remue-ménage, on ne sait jamais.

– Vous allez où ?

– Au Qatar, chez ma demi-sœur.

– La pauvre, cela ne doit pas être simple de vivre là-bas pour une femme.

– Bien au contraire, Monsieur Bertoin, je m'apprête à passer des vacances de rêve.

– Vous m'étonnez, je n'irais pas pour un empire.

– Eh bien, vous avez tort. Ils ont un service et un personnel à faire pâlir Louis XIV. Imaginez-vous vous faire réveiller par un orchestre de musique de chambre tous les matins, un quintette de musiciens rien que pour vous, c'est divin, non ?

Le Radis écarquillait ses yeux glauques.

– Oui, évidemment... Mais que fait votre demi-sœur ?

– Rien, voyons.

– Mais pour avoir autant de personnel...

– Ma demi-sœur est la favorite de l'Émir du Qatar, coupai-je, je ne vous l'avais pas dit ? Mais il faut me laisser, maintenant, François, je dois bosser.

Je ne connaissais absolument pas la favorite de l'Émir du Qatar, mais voir la tête de Bertoin blême était un spectacle de roi. Le Qatar était un des plus gros actionnaires d'Heltrum, via des paradis fiscaux et des sociétés-écrans. Il y avait au moins trois administrateurs qui représentaient ce pays. Et il le savait.

Entre-temps, Sophie était arrivée.

– Bonjour, Mia, tout va bien ? lança-t-elle joyeusement en passant la tête par l'encadrement de la porte.

– Ça va, Sophie, je vous remercie, mais il me reste une quantité importante d'éléments non subjectifs à réintégrer dans mon approche matricielle par domaine et par périmètre, aujourd'hui.

L'effet attendu se produisit. Ce genre de charabia avait le pouvoir d'établir une distance infranchissable avec certaines personnes, et Sophie en faisait partie. La pauvre serait sans doute plongée plusieurs heures dans une grande perplexité, et pendant ce temps j'aurais la paix, ce qui était une grande victoire.

Je m'enfermai dans mon bureau.

J'avais apporté un autre petit ordinateur personnel pour faire des jeux et un best-seller acheté lors d'un de mes aller et retour à Bordeaux, et que je n'avais jamais ouvert. Il était écrit par un prince de la nuit qui racontait son emprise sur les hommes d'affaires grâce à la drogue et aux filles. Il fallait absolument que je lise ce bouquin. Il y avait forcément là-dedans une combine dont je pourrais me servir contre mes crapauds d'administrateurs et leurs coups fourrés croisés. Une combine solide. Pas mes âneries inventées. Je me mis à lire, mais très vite je me rendis compte que ce n'était qu'un ramassis de billets de banque froissés, de putes en bottes blanches et de lignes de coke. Ce n'était ni drôle ni distrayant. Une succession de basses besognes avec toujours le même objectif: sexe, fric et drogue. D'une rare médiocrité. Rien sur le pouvoir, le chantage ou la manipulation. Deux heures de perdues. Il était déjà midi. J'entendis Sophie qui partait déjeuner.

Mon poste sonna. C'était Romy.

– Dis-moi, cachottière, je pensais que nous étions amies.

– Pourquoi ?

– Fais l'innocente. On me parle beaucoup de toi, ces derniers temps. Il paraîtrait qu'il y a de la promo dans l'air ? Tu aurais pu m'en parler.

– Tu parles de Decru ? répondis-je, feignant de ne pas comprendre.

– Mia, tu sais que j'aurais mieux aimé l'apprendre de toi.

– Bien, Madame la directrice, je vous promets de vous adresser un mail dès le début de la première valse. Vas-tu à l'enterrement de Jean de la Marne ?

– Et toi ?

– Je n'ai pas reçu le faire-part. C'est samedi. La famille semble souhaiter l'intimité.

– Si tu y vas, fais-le moi savoir, on ira ensemble. On causera du bon vieux temps.

Madame la directrice marketing était l'une des plus malignes et des mieux informées de toute l'entreprise. Il faut dire qu'après vingt-cinq ans de bons et loyaux services, elle connaissait tout sur tout. Si elle était au courant de mon pacte de la veille avec ce crapaud de Despotes, c'est que ce pacte avait été rompu dans l'heure. Il avait forcément promis la direction générale à tous les rampants de la terre. Le chaudron de sorcière commençait à bouillir, il fallait vite que je me trouve un balai et un chapeau pointu.

À 17 heures, je filai au septième étage et patientai dans l'antichambre sous le regard torve des harpies. Au bout de quelques minutes, l'une d'elles se leva et m'introduisit pieusement dans le bureau de Despotes. Il avait une sale tête. Visiblement ses tractations l'empêchaient de dormir. La valse des pressions pouvait se lire sur son visage. Il n'arriverait pas à me faire son numéro de « charmeur de poufs pour soirée camping ». Il était trop tendu. Il me proposa un whisky que j'acceptai en me contentant d'y tremper les lèvres. J'avais trop peur qu'il m'empoisonne. Il s'en servit un à son tour, but une longue rasade et planta ses yeux dans les miens.

– Alors, où en sommes-nous ?

– À ce bon vieil adage : « Les promesses n'engagent que ceux qui y croient ». N'est-ce pas, Monsieur ?

– Certes, répondit-il en regardant ailleurs.

Puis, il revint sur moi.

– Je ne savais pas que vous aviez d'aussi nombreux appuis. On ne me parle que de vous. Qui êtes-vous vraiment, Madame Davis ?

– Votre DSI, Monsieur, et bientôt votre directeur général.

Il serra les mâchoires.

– Depuis ce matin, on m'a demandé votre nomination à quatre reprises. Expliquez-vous.

– Monsieur Despotes, je suis la plus importante DSI de France. Nous avons, pour la banque Heltrum et les filiales, les plus gros réseaux informatiques et satellitaires privés. Nous avons le budget SI de fonctionnement le plus conséquent de ce pays. Que l'on pense à moi dans ce contexte n'est pas anormal, il me semble. Les métiers de la banque sont à 99 % liés aux services informatiques, vous le savez.

– bla-bla-bla, Mia. Qui vous soutient ?

– Je ne comprends pas, Monsieur.

– Moi je me comprends. Mais je n'ai pas encore dit mon dernier mot.

Je posai mon verre sur la table basse.

– Et pour l'enterrement de samedi ?

– À part moi, la famille ne souhaite voir personne de la banque.

– Bien. Savez-vous si la police est sur une piste ?

Il posa sur moi un regard un peu bourré et surtout fatigué. Le genre de regard qui cloue littéralement sur place un adversaire. Je sentais que l'entretien tirait à sa fin.

– Monsieur Despotes, concrètement, que faisons-nous pour lundi ?

– Vous mettez votre plus joli tailleur et nous verrons bien. Et utilisez votre portable, s'il vous plaît !

– Je l'ai perdu Monsieur. Mais appelez-moi chez moi, je ne bougerai pas du week-end. Je me lance dans la confection d'un tricot pour ma grand-mère.

– Vous jouez avec moi, Mia ?

– Mais pas du tout, Monsieur, nous allons faire une équipe formidable, vous verrez. Ce sera pour moi un grand honneur de travailler avec vous.

– Il semblerait que peu importe le président nommé, votre présence à la direction générale, elle, soit assurée, n'est-ce pas ? dit-il en se resservant à boire.

Il devenait agressif, il était temps de partir. Je lui fis un dernier compliment :

– Monsieur, vous avez réellement toutes les compétences pour cette présidence.

Puis je prétextai des instructions importantes à donner à mon assistante avant qu'elle ne s'en aille et m'éclipsai.

J'étais choquée. Charles avait mis le paquet. Qu'avait-il fait ? Était-ce son Américaine ? De retour à mon bureau, je vis Sophie en grande discussion avec Bertoin et un autre homme, assez beau.

– Re-bonjour, François, que me vaut le plaisir de vous voir deux fois dans la même journée ?

– Eh bien... commença le Radis.

– Mais entrez dans mon bureau, dis-je en invitant l'autre homme d'un geste.

L'autre homme suivit.

– Asseyez-vous, je vous en prie.

Les deux s'installèrent. Bertoin reprit :

– Madame Davis, je vous présente Monsieur Pacôme Bitour, directeur de Pach pour l'activité banque.

L'homme était d'une rare beauté, mais hautain. Il se leva et se pencha par-dessus mon bureau pour me faire un baise-main, puis se rassit. Je m'apprêtais à faire usage de courtoisie quand son portable sonna. Le malotru prit l'appel en s'éloignant de quelques pas. Il me fallut échanger trois banalités avec Rikiki. Quand il eut terminé sa conversation, il vint se rasseoir en murmurant une excuse. À ce moment précis, je me mis debout, les incitant à se lever eux-mêmes, et prononçai la célèbre phrase en regardant Bitour :

– Ravie de vous avoir rencontré.

Puis, les poussant hors de mon bureau, j'ajoutai d'un ton détaché :

– Je n'aime pas qu'on pollue mon bureau d'ondes pulsées. Pour nos prochaines réunions, vous éviterez d'y soumettre mon environnement. Est-ce que je fume, moi ?

Bertoin était livide, et Sophie n'en avait perdu miette. Elle avait les yeux baissés sur un classeur. Je me cloîtrai à nouveau dans mon bureau. Quelques minutes plus tard, je recevais un mail de Sophie : « *Madame, je vous souhaite une bonne soirée, à demain.* » Tiens, tiens... « Madame » avait remplacé « Mia ». Les harpies du septième avaient dû lui raconter que nous avions bu du whisky ensemble, Despotes et moi, signe d'une haute considération. J'étais définitivement intronisée ! Il était temps de rentrer.

Arrivée chez moi, je rappelai Romy.

– Salut, chérie, je fais vite car j'ai du monde à la maison. Finalement, je ne vais pas aller à l'enterrement. Despotes y va seul d'après ce qu'il m'a dit.

– Non, il y va avec ton copain Bertoin.

– C'est possible, mais moi, je n'y vais pas. Et toi ?

– Moi, je ne suis pas invitée. Mais Jean de la Marne, je lui dois ma carrière, alors, je ne sais pas...

– Je ne peux pas décider pour toi, ma grande. Excuse-moi, il faut que je te laisse.

Je jetai un coup d'œil à mes mails, mais il n'y avait pas de message de Marc. Je passai la soirée à réfléchir sur mon lit, entourée de mes quatre coussins. Je n'avais plus du tout envie de faire des prouts. Je me résolus tout de même à en faire un, un seul, par nostalgie, mais sans conviction. Un petit et timide... prrrout ! Rien à voir avec la flamboyance des premiers temps. Tout foutait le camp.

Je m'endormis en repensant au regard de tueur de Despotes.

Le lendemain matin, des tonnes de questions se bousculaient dans ma tête tandis que je me brossais les dents : Où était passé ce tueur psychopathe que personne ne retrouvait ? Où était la maîtresse de Jean de la Marne ? Viendrait-elle demain à l'enterrement avec son bébé, ou était-elle déjà dans son jet en route vers les paradis ? Et Charles, pouvais-je faire vraiment lui faire confiance avec ses vies multiples ? Mais tout cela n'était rien. C'était moi la cible, moi qui étais soi-disant assise sur une bombe comme me l'avait dit Charles : des comptes bancaires truffés de chiffres erronés, trafiqués grâce à des programmes informatiques volants ; des flux d'argent frais arrivant dans les salles de marché, mais flux d'argent irréel, inexistant, comptablement inexplicable, qui permettait à des traders débiles de jouer avec d'autres programmes informatiques et de gagner quelques microsecondes de *trading* sur d'autres opérations douteuses. À force de discussions avec 25, j'avais fini par comprendre ces mécanismes. La question était de savoir si Jean de la Marne avait échafaudé tout cela avec ou sans Despotes. Ou si Despotes pouvait seul en être à l'origine. Ou peut-être les deux n'étaient-ils que des pantins manipulés par des ficelles bien plus hautes encore ? Et où se situait John dans tout cela ? Cette manipulation des programmes pouvait-elle venir de lui ? Après tout, c'était bien lui qui nous les fournissait. Mais pour qui aurait-il travaillé ? Pour Pach ? Ou plutôt pour Pacôme Bitour dont l'épouse était...

Tout cela partait dans tous les sens et mon cerveau s'échauffait tellement que, sans m'en rendre compte, j'étais passée de la salle de bains au dressing et du dressing à la cuisine où je finissais de boire mon café. Il fallait absolument que je synthétise toutes ces informations pour y voir plus clair. Pour la peine, je me préparai un deuxième café. Synthétiser, donc. La banque Heltrum existait à deux niveaux : le premier comprenait tout ce qui était visible, c'est-à-dire les immeubles dans tout Paris, les salles de marché, les filiales multiples, les paradis fiscaux, les petits dérapages anodins sanctionnés comme il se doit. Le deuxième niveau se situait sous la banque. Il y avait là un sous-sol fait de robots qui généraient des programmes informatiques, un petit Pach *bis*. Ce « Pach *bis* » écrivait des programmes informatiques *bis* qui venaient combler ou masquer des infirmations inadéquates au moment des pointages comptables. Par exemple, sur les clôtures, la banque inscrivait 500 mais empruntait 3 000. Comme elle n'en avait pas le droit, c'est là que le programme Pach *bis* s'interposait et changeait la balance en 1750-1750. La situation comptable redevenait équilibrée comme par magie. 540 filiales, 300 établissements, 900 000 collaborateurs. Qui pouvait vérifier ?

Le *process* était génial : si l'argent réel venait à manquer, on en « créait » dans une filiale à l'étranger. Argent inexistant mais parfaitement pris en compte. Je décidai d'appeler ce *process* : « Maman Protection » – « Mamap » pour faire plus court – car une maman agit de la même façon, elle fait tout pour que rien n'arrive à sa maisonnée, que l'équilibre de la vie soit optimal pour son enfant. Une maman compense de toutes les façons les repas de son enfant afin de lui maintenir un équilibre alimentaire. Une maman est un trésor d'amour et d'attentions pour son enfant. Une maman ne dénonce pas son enfant, elle l'aime même s'il est un escroc. Ce système d'Heltrum serait donc un Mamap. Une chose m'intriguait : le système Mamap existait forcément depuis longtemps, alors pourquoi devait-il péter juste maintenant ? John avait-il créé Mamap et s'était-il enfui une fois sa mission terminée ? Pour qui avait-il travaillé ? Y avait-il dans mes équipes des agents doubles, le jour Heltrum, la nuit Mamap ? Et ceux qui bossaient pour Mamap, savaient-ils bien ce qu'ils faisaient ? Personne ne comprenait rien à tout cela, sauf John et Charles. Et moi désormais. Et qui d'autre ? Les administrateurs d'Heltrum étaient-ils tous des Mamap ? C'était eux, les gros malins. En étant les actionnaires majoritaires, et donc principaux bénéficiaires, ils activaient Mamap en fonction de leurs besoins, le cash de l'ombre et la rente officielle, également appelée du joli nom de « dividendes ». Mamap servait aussi à « lessiver » de d'argent via les comptes offshore.

Mamap était définitivement le truc le plus génial que l'homme ait jamais inventé. Je comprenais d'un coup la bulle internet : des sociétés sans chiffre d'affaires valorisées des millions, c'était Mamap. Cela permettait de créer de l'argent et d'en blanchir d'un claquement de doigt. Mamap était un monstre, et j'allais devenir DG. Cette petite blague allait me propulser directement dans les entrailles même de ce monstre. Était-ce cela la « bombe » dont parlait Charles ? Car je devenais *de facto* un grain de sable dans une machine bien huilée, un grain de sable qu'il faudrait éliminer au plus vite.

Tous ces questionnements m'avaient menée jusqu'à mon bureau. Ce vendredi, veille d'enterrement national de Jean de la Marne, tout était calme chez Heltrum. Pour ne pas m'ennuyer, j'avais apporté un livre sur le safran, un autre sur le management et un épouvantable magazine people. Je commençai évidemment par le magazine. Les ragots des stars, leurs histoires de cœur, leur Botox, leur cellulite et leurs lèvres gonflées au collagène me ravissaient. Je trouvais tout cela délicieusement indécent. Mamap choisissait-il aussi les artistes ?

– Bonjour, Madame.

Sophie se tenait devant moi, une carte postale à la main.

– Bonjour, Sophie, vous m'avez fait peur, je ne vous avais pas entendue arriver.

– Excusez-moi. Vous avez reçu une carte de John, dit-elle en posant la carte sur le bureau. Je ne l'ai pas lue, j'ai juste reconnu son écriture.

Mais bien sûr ! En tout cas, pour mentir aussi mal, mon assistante n'était certainement pas une Mamap ! Je lui demandai de fermer la porte derrière elle et je pris la carte. Elle avait été postée de Bulgarie. Elle représentait une vache dans un champ. Elle était moche. Au dos était écrit :

« *Chère Madame Davis,*

Nous nous reposons devant la mer Noire. Nous espérons que l'ensemble des projets avance selon les protocoles habituels.

Un coucou à Sophie.

John »

C'était bien son écriture, mais il y avait un problème : John ne parlait pas comme cela. Nous nous tutoyions et, en plus, ce « nous » m'intriguait. Il devait y avoir un message codé. Je pris la première lettre de chaque mot : c-m-d-n-n-r... Cela ne menait à rien. Je pris la deuxième... h-a-a..., puis la troisième... e-d-v... Non. Je fis de même avec une lettre sur deux, puis une sur trois... Puis en remontant puis de droite à gauche... Toujours rien. Mais à bien y réfléchir, John n'avait sans doute pas codé son message. Mamap l'aurait décodé. C'était un message que seul lui et moi pouvions comprendre. Par exemple, John ne disait jamais « coucou » mais « hello ». J'étais bien avancée. Sauf qu'un coucou était aussi un avion, pensai-je. Alors quoi ? Sophie devait-elle prendre un avion ?

Je cherchais en vain. Il ne restait plus qu'à me tourner vers Monsieur Réponse-à-tout. C'était justement l'heure du déjeuner, je quittai le bureau et allai sonner chez Charles. Volets roulants. Babouches. Il m'ouvrit avec un grand sourire.

– Quelle surprise !

– Bonjour, Charles, je passe en coup de vent, j'ai reçu cela de John.

Il prit la carte postale.

– Vous aimez ce champ avec cette vache, dit-il en fronçant les sourcils ?

– John est un plouc, je vous l'ai dit.

– John est prince du sang, Mia, il me semblait vous l'avoir dit pourtant.

– Vous avez dit « noble », pas « prince ». C'est différent. Oui, cette photo est très laide, alors que la mer Noire doit être un lieu magique.

– Et voilà Mia, vous avez tout compris !

Il se dirigea vers son bureau, sur lequel était posé un petit boîtier métallique, et introduisit la carte postale dans une fente prévue à cet effet, un peu à la manière d'une carte bancaire dans un distributeur. La carte fut aspirée, et aussitôt un rai de lumière rouge parcourut la fente de droite à gauche. Puis la lumière devint verte, et la carte ressortit. Il me tendit la carte. La photo avait disparu. À la place, on pouvait lire : « Mia OK ». Je regardai Charles sans comprendre. Il avait l'air tout réjoui.

– Sacrée machine, n'est-ce pas ? Il s'agit d'un procédé très sophistiqué de rayonnement quantique. En fait, c'est le même principe que notre bonne vieille encre sympathique, et...

– « Mia OK », ça veut dire quoi ? coupai-je.

– Comment ? Ah oui ! Eh bien, que vous allez être nommée DG ma chère. Toutes mes félicitations ! Et maintenant, retournez vite à votre bureau, avant qu'on remarque votre absence.

Je lui laissai la carte. Ces gadgets d'agents secrets à deux balles m'énervaient.

Le vendredi après-midi, dans les banques, on atteignait le summum de l'absurdité. Personne ne fichait rien. Tout le monde avait peur de démarrer quelque chose qu'il ne pourrait pas terminer avant le sacro-saint week-end. Sophie était de cette population. Dès 15 heures, elle arrêtait tout. Elle jugeait certainement qu'au-delà de cette limite, la monopolisation de ses neurones empiétait sur son week-end. Quand je fus de retour au bureau, elle était en grande conversation au téléphone. Elle écrivit « Anna » sur un bout de papier. Je compris qu'elle donnait des nouvelles de John via la carte postale. Tant de choses à se raconter entre gens-qui-savent. Ma remarque à Pacôme Bitour au sujet des ondes pulsées devait certainement faire partie des « choses ». Ça m'amusait de savoir si Anna avait eu, elle aussi, des nouvelles de John. Je décidai d'aller prendre un café à la machine et revins cinq minutes plus tard.

– Anna a dû aussi avoir une carte de John, dis-je avant d'avaler une gorgée de café.

– Oui, elle a eu un message, mais plus personnel disons, moins professionnel. Ils ont travaillé ensemble sept ans, Mia, vous imaginez.

Je notai que « Mia » était de retour.

– Vous aviez donc lu ma carte ! repris-je en souriant.

– Je... j'ai juste regardé parce que je... bafouilla-t-elle en rougissant.

– Ça n'a aucune importance, Sophie, rassurez-vous. J'imagine que s'il avait voulu être discret, il l'aurait mise dans une enveloppe, n'est-ce pas ?

Elle me sourit, puis reprit son ton d'assistante efficace pour se rattraper.

– Je voulais vous dire pour hier, pour Pacôme Bitour... J'espère que vous n'y êtes pas allée trop fort, Anna m'a dit qu'il est...

Je la stoppai net.

– ... le mari de Madame Bitour, une des actionnaires majoritaires de Pach.

Elle était estomaquée.

– Ah, vous saviez ?

Imperturbable, je répondis :

– Vu son air arrogant et sa prétention, sa récente nomination avait peu de chance d'être liée à sa compétence. Et cette belle Anna, on lui a trouvé un autre poste ?

– Oui, c'est pour cela qu'il fallait que je la rappelle. Elle va devenir la secrétaire du comité d'entreprise, c'est extraordinaire !

Les bras m'en tombaient. Les secrétaires des grands groupes n'avaient pour objectif que les cancans et le comité d'entreprise. Le CE ! Le Graal du secrétariat. Il fallait avouer que secrétaire au CE impliquait bon nombre de privilèges du genre concerts, théâtres, voyages à l'œil et tout plein de petits arrangements entre amis. Je me mis à la regarder avec un air de Despotes qui a bu du whisky.

– C'est un poste qui vous plairait ?

– Bah, bredouilla-t-elle, il y a du pour et du contre, il faudrait voir...

Ma bougresse n'était pas si bête pour un vendredi après-midi. Elle savait parfaitement qu'il y avait du rififi dans l'air, et que, si j'étais nommée DG, elle avait tout à gagner en restant avec moi. À commencer par une augmentation de salaire conséquente.

Je m'enfermai dans mon bureau et me plongeai dans *Le Safran de A à Z*. Je devais bien comprendre la qualité du sol et le climat nécessaire à la pousse des crocus, la cueillette manuelle obligatoire qui rendait ce produit si onéreux, et ses énormes bienfaits sur la santé. Je soulignais soigneusement ces passages. Puis, je me mis à faire un petit tableau de rentabilité entre les microgrammes de safran produits par le crocus et les hectares de terre nécessaires à une exploitation. Pour récolter cinq cents grammes de safran, il fallait environ soixante mille fleurs. Je devrais peut-être aussi prévoir des ruches pour faire du miel de crocus. Très bon ça, le miel de crocus, et très prisé des bobos. Je restai à bouquiner tout l'après-midi. Comme Sophie, j'attendais le gong libérateur.

À 17 heures précises, je fonçai au supermarché bio. Il y avait là des tonnes de produits magnifiques, des fruits multicolores, des tomates, des salades. Devant cet amoncellement je pris conscience que tout cela était rendu possible grâce au système bancaire international et donc grâce au Mamap honni. Alors ? Bienfaiteur ou méchant Mamap ? Ce n'était pas le moment. Là, je faisais mes courses et de toute façon je n'en étais pas à une contradiction près. Je choisis une douzaine de tomates, quelques carottes, une salade, des galettes de sarrasin, de l'huile d'olive et une tonne de maquillage bio hors de prix. Dans le rayon parapharmacie, il y avait des prospectus publicitaires d'esthéticiennes à domicile utilisant des cosmétiques bio. J'en pris un, bien décidée à faire appel à ce genre service dès ma nomination. Pour un tel poste, je me devais d'avoir, entre autres, des ongles de Vampirella impeccables. Il me fallait un look de DG à compter de lundi. J'avais un week-end pour m'auto-introniser Mamap.

De retour à l'appartement, il n'y avait pas de plante sur le paillasson. Pas de mail de Marc non plus. Je lui en envoyai un : *« Je n'ai pas trouvé sur internet de croisière en sous-marin. Il paraît que tu en diriges un. Je vais poser des vacances. »*

Je m'endormis, épuisée de mon inactivité, avec une sourde angoisse dans la poitrine.

Le lendemain était jour de deuil national pour la banque Heltrum. J'imaginai le tableau autour du cercueil, tous ces « grands » qui se regarderaient du coin de l'œil en pensant : « Est-ce toi, le tueur ? » Le coup était forcément venu de l'un d'entre eux ou d'un concurrent, ou mieux encore : de l'un d'entre eux vendu à la concurrence. Qui aurait eu intérêt à descendre Jean de la Marne et pourquoi ? L'argent n'étant pas un problème puisqu'ils le fabriquaient à loisir, ça ne pouvait donc pas être le mobile. Pour le pouvoir, donc. Qui ? L'ambition de Despotes aurait-elle pu franchir le Rubicon ?

Sur internet, je parcourus quelques réseaux sociaux. Despotes n'y était pas répertorié ; Pacôme Bitour, si. Je consultai sa fiche. Il alignait des diplômes d'ingénieur mineurs et totalisait 532 amis. « Les amis c'est comme les bijoux, quand il y en a trop c'est vulgaire », pensai-je. Je ne savais plus qui avait dit cela, mais cet aphorisme lui allait comme un gant. J'arrêtai là mes investigations car je me savais fliquée.

En milieu de matinée, j'allai sonner chez 25. Volets, babouches et ouverture de porte. Un vrai rituel.

– Bonjour Charles.

– Ah ! Vous n'êtes plus fâchée !

Il referma derrière moi.

– Si, Charles, mais je viens squatter chez vous car j'ai peur de me faire descendre par Despotes.

– Vous pensez que c'est lui, le tueur ?

– Je ne sais pas. Je n'ai aucun élément. Mais depuis que je le vois en assassin, je m'effraye moi-même : je le trouve beau et séduisant. C'est grave, Docteur ?

– Hum... hum... intéressant. Venez vous allonger sur le divan.

– Charles, Despotes m'attire, c'est infernal !

Il me considéra un instant de ses yeux bleus.

– Mia, mon expérience m'a appris que les femmes et les hommes ont des comportements irrationnels à l'approche du pouvoir. J'ai nommé cela la trouillite aiguë. C'est un état de toute puissance qui favorise des actes insensés. Je suis passé par là, moi aussi, lors de ma nomination à la direction des services. Écoutez ça : je déteste le vert, j'ai cette couleur en horreur depuis toujours. Eh bien, le lendemain de ma nomination, j'ai fait repeindre tout mon bureau en vert anis. C'était atroce, mais je trouvais ça très beau, je vous jure, sincèrement très beau. Et tout le monde autour de moi applaudissait. Quelques jours plus tard, en entrant dans mon bureau, j'ai failli me trouver mal. J'ai ordonné qu'on remette tout en blanc sur-le-champ. Le fou. Personne n'a rien compris. Voyez le genre ? Trouillite aiguë ! Mais la plupart du temps, la trouillite se manifeste sexuellement. Par exemple, un ami à moi, un lieutenant des services a séduit le soir même de sa nomination sa secrétaire qui était un genre d'horrible ogresse, la fille de Gargantua.

Je haussai les épaules.

– Charles, votre trouillite à vous, c'était vraiment de la gnognote ! Moi, je risque peut-être ma vie.

Il changea d'expression. Je l'avais vexé.

– Reprenons, dit-il avec un air sérieux. Despotes est à votre goût ?

– Oui, je crois qu'il m'a drogué avec son whisky. Pourtant, je n'ai fait qu'y tremper les lèvres. Lui était bourré. À un moment, il a eu un regard bizarre, avec des yeux de tueur. C'était un frisson incompréhensible. J'ai tenté la même approche avec mon assistante Sophie.

– De mieux en mieux ! Vous voulez que votre assistante tombe amoureuse de vous ?

– Ne dites pas de bêtises. Je voulais juste voir ce que ce genre de regard produirait sur elle.

– Et alors ?

– Rien.

– Despotes vous regarde bizarrement parce qu'il vous envie, Mia. Il envie votre assurance, vos reparties. Votre intelligence l'exaspère.

– Ah bon ? dis-je, déçue.

Il ajouta :

– Il faut que vous sachiez que son corps et son âme sont déjà pris. Il est follement amoureux de François Bertoin.

– Despotes est homo ??!

– Oui. Nous l'écoutons depuis deux jours. Il a sept portables, quatre officiels et trois privés. Et je peux vous dire que ça y va, c'est gratiné.

– Despotes avec Rikiki Radis ! Mais... c'est dingue !

– Eh oui, très chère, et c'est pour cela que votre Bertoin a les « deux R » double risque : pouvoir et sexe. Ils passent tous leurs week-ends ensemble.

– Je croyais que Despotes allait à la chasse, qu'il était marié et père de trois enfants.

– Despotes chasse, en effet, mais les beaux mecs. Quant à la violence que vous avez vue dans ses yeux, elle est courante chez les hommes de pouvoir. Despotes n'est pas le cerveau du meurtre, nous en sommes sûrs. Son statut de DG lui convenait parfaitement. Il était puissant, riche, mais dans l'ombre. Cette position lui permettait de mener tranquillement sa double vie. S'il se présente comme président, c'est parce qu'il pense que si un autre est élu c'en sera fini de sa petite vie planquée. Son homosexualité lui coûte horriblement cher. Il a un appétit insatiable pour les jeunes hommes. En plus de Rikiki, bien sûr.

J'étais déprimée.

– Charles, je viens de lire un livre épouvantable. Un mec qui ne parle que de sexe sur deux cents pages. On est cerné. Je suis dégoûtée.

– Vous n'êtes pas au bout de vos peines, Mia. Mes services sont peut-être sur une piste concernant Jean de la Marne.

– Et alors ?

– Il se serait fait descendre par un amant malaisien à qui il aurait refusé du fric.

– Jean de la Marne aussi ? Mais sa femme, son ministre...

– Cinquante-deux comptes au nom de Jean de la Marne dans les paradis fiscaux, vous croyez que l'on fait quoi de tout cet argent, une fois qu'on a les montres en or, les appartements, les voitures ? On se paye du minet ou de la minette miaulant fort, chère Mia, très fort même.

– Je ne serai donc pas DG, je n'ai pas du tout envie de me taper des minets miaulants.

– Avec vos attaques de trouillite aiguë, vous allez devenir une bête de sexe, dit-il en se frottant les mains. Je demande une inscription immédiate sur votre carnet de bal !

– Très drôle. Oh, mais j'y pense : je peux encore être sauvée. Si Despotes est élu, il nommera peut-être un minet miaulant à ma place.

– Ma chère Mia, vous êtes cooptée. Ribourel a dit de vous que vous aviez un culot à faire bander les pandas géants.

– Les pandas géants ?

– Ils sont impuissants, c'est très connu.

– Franchement, Charles, je ne sais pas comment je dois le prendre. Il est comment ce Ribourel ?

– Vous aimez les moustachus ?

– En tant que DG des plus grands escrocs mondiaux, je ferai financer une recherche de vaccin contre la trouillite aiguë. Vous pouvez oublier le carnet de bal. Je vais me proposer comme cobaye.

Il grommela quelque chose d'incompréhensible, puis reprit d'un ton solennel :

– Nous devons mettre au point votre cabinet de DG.

Je soupirai.

– Votre nomination a lieu lundi. Demain, dimanche, il faut avoir organisé votre équipe resserrée, les secrétaires, les directions proches, les discours. Despotes a prévu un dîner avec vous à La Tour d'Argent, lundi soir. Il faudra y aller, bien sûr.

À cet instant, la porte d'entrée s'ouvrit, et Maria entra avec des sacs de commission à la main. Charles lui demanda de nous préparer deux tasses de thé, puis se dirigea vers son bureau, ouvrit l'un des tiroirs et en sortit sept dossiers, chacun d'une couleur différente. Il les posa sur la table basse, s'assit et commença par le dossier rouge.

– En ce qui concerne les assistantes, il y a Sophie. Il faut la garder. Elle est fiable, mais un peu immature, donc il va falloir la faire chapeauter par une ou deux autres. Vous avez une idée, Mia ?

– Non. C'est la DRH qui s'occupe de ça via une agence de recrutement.

– Très bien. Dans ce cas, assurez-vous qu'elle passe par l'agence Beltair.

Il inscrivit quelques mots sur une feuille qu'il glissa dans le dossier rouge et sortit le vert clair.

– Maintenant, il vous faut un homme ou une femme de confiance pour le poste d'adjoint. Vous pensez à quelqu'un ?

– Non.

– Réfléchissez un peu.

– J'aimerais bien Romy.

– Madame Pouello ? Votre grande copine directrice du marketing ?

– Vous la connaissez ? Non, Charles, ne me dites pas que...

– Non, 52, elle ne fait pas partie de nos services. Du moins pas encore. Mais nous l'avons approchée.

– Elle ne m'a rien dit.

– C'est normal. Elle vous conviendrait ?

– Oui, parfaitement. Elle est bosseuse, droite. J'ai juste un peu peur avec elle des effets de la trouillite aiguë. Elle n'a pas besoin de cela, ma Romy.

– Ne vous inquiétez pas, elle ne vous piquera pas vos Jules, j'y veillerai personnellement.

– De mieux en mieux, Charles, dis-je en levant les yeux au ciel.

Il prit le dossier marron.

– Venons-en à votre chauffeur.

– Je n'en veux pas.

– C'est une obligation, très chère. C'est un passeur d'infos pour nous et c'est aussi un garde du corps pour vous. Vous ne gardez évidemment pas le chauffeur de Despotes ou de Jean de la Marne. Vous aurez un garçon de chez nous, mais vous passerez également par Beltair.

Il avait dit cela d'un ton ferme. Tout à coup, cette agence Beltair m'apparut louche. De là à ce qu'elle soit une de leurs officines glauques, il n'y avait pas loin. Charles glissa une note dans le dossier marron et le mit de côté.

– Pour vous remplacer comme DSI vous pensez à qui ? dit-il en ouvrant le dossier jaune.

– Je ne sais pas Charles, Despotes va m'imposer Bertoin.

– Je vous l'interdis, 52, ne cédez pas ! Il faut que vous en parliez avec Despotes.

Cette fois-ci, il écrivit une note plus longue que les autres, puis sortit le dossier bleu.

– Ah, là c'est plus délicat, Mia. Il vous faut des rédacteurs qui prépareront les discours et interventions que vous serez amenée à faire à la presse, dans les organismes de place, à la Banque de France, auprès des organes de régulation, et aussi du Trésor. Il faudrait des gens qui vous forment sur ces sujets. Vous allez intituler ce poste : « Adjoint en charge de la communication ». Il faudrait en piquer deux ou trois de bons à la com'. Demandez à Romy Pouello de les choisir, nous verrons cela avec elle.

Je hochai la tête. Il sortit le dossier vert foncé.

– Dossier sensible, Mia. Il faudrait vous récupérer les services de « Gestion des risques » que contrôlait Jean de la Marne. Il faut que vous les ayez impérativement sous votre responsabilité.

– Despotes ne voudra jamais, répliquai-je, Jean de la Marne l'a suffisamment énervé avec ça.

Il griffonna trois mots et prit un autre dossier sans faire attention à ce que j'avais dit.

– Et le dernier pour le dessert ! Le rose ! Je ne vous en parle pas aujourd'hui, il peut attendre.

– Non, non, Charles, le dossier rose, je vous en prie !

– Bon, c'est le dossier de vos amants.

– J'avais compris.

Il réajusta ses lunettes en me jetant un rapide coup d'œil.

– Il vous faut un amant dans la place,

– Vous plaisantez ? Tous ces types sont niais, baveux, crétins, sans aucune créativité et répètent toutes les conneries qu'ils entendent à la télé. Cela fait des années que je les pratique et les manipule. Ils sont tellement lisses, stupides, âpres à la calomnie et au massacre de l'autre qu'ils me dégoûtent. C'est non, Charles !

– On n'a pas le choix, Mia, les services vous ont désigné un amant... euh... obligatoire.

– C'est *niet* !

Maria déposa deux tasses de thé sur la table, puis repartit à la cuisine. Je repris avec un ton à la Despotes :

– Charles, vous m'aviez dit que tout allait sauter, que j'étais piégée. Je ne vois rien de tout ça. Le seul piège, ce sont vos paroles. Vous l'avez dit vous-même, les barbouzes de Jean de la Marne n'ont rien sur moi. Je ne vois pas l'intérêt pour moi de postuler à un poste de rampante glauque, future malade de la trouillite aiguë. La réalité, c'est que votre organisation a besoin d'avoir un pion chez Heltrum. Eh bien, je ne veux pas être votre pion.

Il ôta ses lunettes et me dévisagea en souriant.

– Vous êtes ravissante avec votre air de DG.

– Je démissionne avant ma nomination !

– Madame Davis, il y a moins d'une heure vous étiez attirée par Despotes et prête à lui sauter dessus. Je n'aurais peut-être pas dû vous dire qu'il était homosexuel.

Je levai les yeux au ciel.

– Je vous ai dit qu'il m'avait, à un instant T, émue fortement, je ne vous ai pas parlé d'une vision de chienne en chaleur, gardez vos fantasmes pour vous.

Il grommelait, l'œil rieur. Je continuai :

– Et qui est donc cet amant désigné que je me marre un peu ?

– Il devrait vous plaire, car c'est bien parti entre vous, on dirait.

– Decru ?

– Non, il n'a pas assez de pouvoir.

– Je ne vois pas.

– Le seul, l'unique qu'il faudrait serrer de près, de très près. Il détient quelques-unes des clefs de John. Votre pollueur d'ondes pulsées !

– Pacôme Bitour ?

Il acquiesça.

– Mais enfin, Charles, il est marié avec une fille magnifique, sans un poil de cellulite et richissime ! Il est d'une prétention intenable. J'aurais préféré Despotes. Avec lui au moins on rigole !

J'en avais marre tout à coup de cette conversation surréaliste.

– Bon, Charles, j'ai faim, je vous laisse, dis-je en me dirigeant vers la porte.

Il se planta devant moi, me bloquant le passage.

– Ne partez pas, voyons, Maria nous a préparé un poulet frites.

– Cher numéro 25, je ne veux pas de votre poulet à l'arsenic, même grand cru. Je vais aller me faire un kebab à Barbès pour être bien sûre de me faire hospitaliser pour intoxication alimentaire avec séquelles. Comme ça, je serai injoignable pour tout le monde. Je vous salue bien bas, cher manipulateur.

– 52, ne me quittez pas, j'en mourrais à mon âge.

– Au lieu de me jouer votre acte IV scène III, draguez plutôt Sophie, mon assistante, je la trouve coincée. Laissez-moi passer.

– Votre assistante ? Vous n'avez pas beaucoup d'ambition pour moi.

– Au contraire, Charles, elle est très jolie, vous verrez. Vous n'aurez qu'à mettre cela sur le compte d'une remontée de trouillite aiguë.

Maria entra avec son poulet, la table était préparée. Une grande lassitude me prit, mais je ne pus m'empêcher de sourire devant mes deux geôliers qui me regardaient, décontenancés par ma minirébellion.

– Si je comprends bien, Charles, vous me forcez à déjeuner avec vous, à être DG, à coucher avec Bitour... Le pauvre, je vais m'arranger pour le rendre impuissant ou le dégoûter définitivement des femmes. Madame Bitour le larguera, et vous aurez cela sur la conscience. Mais vous vous en fichez, vous avez dû en faire de plus graves.

Il ne répondit pas, mais un petit sourire de vainqueur se dessina sous sa fine moustache grise.

Le poulet était délicieux, comme d'habitude. Tandis que nous mangions en silence, je regardai mon hôte. Ce vieux voisin que je croyais connaître, avec son air sympa et inoffensif, me propulsait dans une histoire de fous où il me faudrait coopérer avec des voyous, avec le Mamap, et, cerise sur le gâteau, faire entrer dans ma vie et dans mon lit de femme mariée et fidèle un horrible con prétentieux.

Et tout cela avec mon accord tacite ! Cette lettre dans le train m'avait d'abord fait peur. J'avais cru à une affaire criminelle. Mais il me fallait bien reconnaître que la manipulation avait été accomplie de main de maître, sans violence ni heurt, avec le sourire et ma coopération béate.

Maria arrivait avec un coulis de banane et un sorbet au citron. Tout était divinement bon.

– Un café, Madame ? demanda Maria.

– Non merci, Maria, un simple micro suffira.

– Bien, Madame.

Charles se frotta le menton.

– Hum... hum... servez-lui tout de même un café, Maria.

Maria débarrassa nos deux assiettes et repartit à la cuisine. Il reprit :

– Cet après-midi, il va falloir que vous écriviez le laïus que vous prononcerez à la fin du conseil lors de votre nomination.

– Très bien. Donnez-moi une feuille de papier.

Il se leva de table, alla chercher sur son bureau du papier, de quoi écrire et déposa le tout devant moi. Je me mis à rédiger :

« *Mesdames, Messieurs,*

Ma nomination au poste de directeur général de la banque Heltrum fait de moi, à compter de ce jour, une espionne non volontaire pour une organisation sans siège social, aux financements occultes, qui ne déclare pas ses collaborateurs à l'URSSAF et ne paie d'impôts à aucune administration fiscale d'aucun pays. Cette situation me convient parfaitement. J'ai bien compris que nous avions tous au fond de nous un petit terroriste qui ne demandait qu'à se réveiller. Soyez certains que je mettrai tout en place pour déstabiliser la banque Heltrum avec tous ses bœufs de collaborateurs imbus de leur fonction et de leur salaire de privilégiés. Je ne manquerai pas, bien sûr, de respecter le bon usage d'arroser les politiques et de piquer dans les caisses. Une fois ces préliminaires effectués, je m'attaquerai aux structures internationales avec un seul et unique objectif: faire de la banque Heltrum une usine fantôme de création de monnaie aux couleurs de l'arc-en-ciel.

Je suis sûre que ce programme vous donnera entière satisfaction et s'inscrira parfaitement dans votre projet de vous en mettre plein les fouilles.

Vous remerciant de votre attention et de votre vote en ma faveur. »

Je donnai mon papier à Charles qui ne put s'empêcher de rire en le lisant à haute voix. Maria aussi était hilare en nous servant les deux cafés.

– C'est parfait, 52, dit-il en me rendant ma feuille, il semble que vous ayez parfaitement compris votre mission, je n'en attendais pas moins de vous.

Je récupérai mon discours. Je ne voulais laisser aucune preuve derrière moi.

Charles se dirigea vers son bureau, ouvrit un tiroir et en sortit une feuille dactylographiée.

– Néanmoins, ajouta-t-il, j'ai peur que vos administrateurs n'aient pas... comment dire... toutes les compétences pour apprécier la subtilité de votre prose et de votre engagement. C'est pourquoi je vous ai préparé quelque chose qui conviendra à merveille à leurs esprits étroits. Si vous permettez.

Il me tendit la feuille, et je lus :

DISCOURS DE NOMINATION DE MIA DAVIS EN DATE DU 26 JUILLET

« Monsieur le président Despotes,
Mesdames et Messieurs les administrateurs,

Cet acte de confiance envers Monsieur Despotes et moi-même est un signal fort de motivation des carrières que vous adressez à l'ensemble des partenaires et acteurs du groupe. Je sais que ces promotions internes raviront tous ceux qui, en ces temps de crise, doutent de leur évolution au sein d'Heltrum.

Dans le cadre de la coopération entre le président Despotes et moi, vous pourrez compter sur notre attachement au développement du groupe, tant au niveau national qu'international.

Nous veillerons aussi à assurer à nos actionnaires une rentabilité croissante de leur investissement et une vision stabilisante du futur.

Je veillerai toujours à communiquer à l'actionnariat tous les éléments nécessaires à la compréhension de nos décisions et de nos divers actes de gestion.

Vous remerciant... »

– C'est tout ? dis-je d'un ton résigné en pliant la feuille et la rangeant dans mon sac.

– Il sera 17 heures, ils en auront marre, et vous, vous serez en nage à cause de l'émotion. Parfaitement à point pour accepter l'invitation à La Tour d'Argent.

– Très bien, dis-je en me levant, je vais répéter chez moi.

– Vous n'y pensez pas ! Les micros !

– Charles, c'est vous qui les avez mis.

– Bien sûr que non.

– Qui alors ?

– C'est bien ce que nous devons découvrir. Si John avait pu terminer sa mission, nous n'en serions pas là.

– Où est-il ?

– Je ne sais pas, Mia. Et même si je le savais, je ne vous le dirais pas. C'est la procédure.

– Il est vivant ?

– Oui. Et la carte, c'était bien lui. C'est tout ce que je peux vous dire.

VI

Bruno Faber

De retour chez moi, je me mis à répéter le discours dans ma tête. Je commençais à envisager ce Pacôme Bitour différemment. Je devais donc le séduire. Facile, *a priori*. Les hommes étaient d'une bêtise rare dès qu'il s'agissait de leur bistouquette. Mais je me connaissais : j'étais bien incapable de coucher pour coucher, et l'idée de tromper Marc ne me convenait pas du tout. L'angoisse montait. Il fallait que je sorte pour respirer un peu, pour réfléchir. Je descendis dans la rue et me mis à avancer droit devant moi, sans but précis.

Je marchais depuis déjà une bonne demi-heure quand j'arrivai dans l'une de ces rues commerçantes où les terrasses des cafés sont pleines de gens qui regardent les autres passer. Fred, mon amour de jeunesse, possédait l'un des cafés-restaurants de cette rue. Je m'approchai discrètement de l'établissement. Je le reconnus de dos dans la salle principale, bondée. Il était en grande conversation avec une belle fille élancée. Il ferrait sa proie. J'eus brusquement l'envie de venir interrompre son numéro de séducteur de bistrot, mais l'idée du coup de griffe, qui ne manquerait pas de tomber immédiatement et me mettrait à terre pour six mois, me retint. Je décidai de m'installer en terrasse, sur le côté, pour qu'il ne me voie pas et commandai un verre de sancerre.

Une demi-heure plus tard, alors que je m'apprêtais à repartir, Bruno, son expert-comptable, arriva. Bruno, c'était notre ami de toujours. Nous formions un trio inséparable. Il m'aperçut et vint s'asseoir à ma table.

– Ne me dis pas que tu es encore accro à Fred !

– Je voulais juste coucher avec lui, dis-je en souriant, comme au bon vieux temps.

Il me prit la main.

– Je te croyais heureuse avec ton mari.

– On n'oublie jamais son premier amour, répliquai-je machinalement, tu ne le savais pas ?

– Moi, je l'ai épousé, mon premier amour. Maintenant je cherche une maîtresse. J'ai quarante ans. J'aspire au frisson du péché.

De drôles de souvenirs remontaient à ma mémoire.

– Toi et moi, par exemple ? lâchai-je presque sans m'en rendre compte.

– Tu es bourrée, s'exclama-t-il en riant. Si cela arrivait, Fred me tuerait, et je laisserais trois orphelins derrière moi.

– Il le mériterait pourtant, il a couché avec ma meilleure amie, je te rappelle. Tu t'en souviens, quand même !

– Mia, c'était il y a vingt ans, soupira Bruno.

Nous restâmes silencieux un instant.

– Je suis là pour me rassurer, repris-je. Je vois que les êtres et les choses sont immuables. Fred a toujours un zizi actif. Il ne changera jamais. C'est une bonne nouvelle.

Bruno se pencha vers moi.

– Tu ne serais pas en pleine dépression ? murmura-t-il.

– Si, justement. Je déprime de ne pas être une tenancière de café indépendante, mariée, avec trois enfants et un mari qui m'emmerde. Je déprime de ne pas être à la recherche d'un amant de passage.

Il haussa les épaules.

– Tu veux que je prévienne Fred que tu es là ? Il n'a pas dû te voir.

– Laisse tomber, dis-je en me levant, je ne fais pas le poids devant de la chair fraîche. Si on marchait un peu ? Dis-moi plutôt ce qu'il faut faire pour séduire un homme qui n'a ni besoin ni envie de toi.

Il se leva à son tour, me prit par l'épaule comme lorsque nous étions étudiants, et nous nous éloignâmes. Il alluma une cigarette.

– Je ne comprends pas, dit-il en secouant la tête, toi la plus belle et la plus brillante de nous tous, en être réduite à espionner ton ex. Ton beau Marc ne te suffit plus ?

– J'avais besoin d'un conseil de mec. Fred est l'absolu Don Juan. Mais je vais me former avec son chef de cabinet, toi.

Il eut un petit rire.

– Que veux-tu savoir ?

– À part les faire bosser, je suis totalement incompétente avec les mecs. Par exemple, toi et Fred, qu'est-ce qui, chez vous, déclenche l'envie de passer à l'acte avec une femme ?

– Tu veux un cours d'éducation sexuelle ?

– Non, justement ! Je voudrais un cours sur tout ce qui *précède* l'acte. Je t'ai demandé tout à l'heure de coucher avec moi, ça t'a fait rire. C'était pourtant sérieux.

– Mia, ça ne doit pas aller trop bien pour que tu parles comme ça.

Je m'arrêtai et le regardai.

– Bruno, je te fais une proposition. Tu es marié et heureux avec ta femme. Pour mille et une raisons, tu n'as aucun intérêt à la quitter ou à la tromper. C'est là que j'ai besoin de toi. Qu'est-ce qui pourrait faire que tu craques, que tu me fasses l'amour, enfin bref, que j'obtienne ce que je veux de toi ?

Il me regarda, ahuri.

– Il est beau, ce mec ?

– Oui, mais il le sait. Il est très mal élevé et richissime grâce à son mariage.

– Mia tu nous as tous toujours déconcertés. Tu te lances dans une double vie ?

– Double, voire triple ou quadruple. Je pourrais y prendre goût.

Il secoua la tête.

– Récapitulons. Tu veux manipuler un homme beau et riche qui peut se payer toutes les *escorts* de la planète, c'est ça ?

– Exactement. Je cherche une formation accélérée. J'ai pensé immédiatement à Fred, ce goujat que j'ai tant aimé. Il a dû faire ça vingt fois avec les femmes de riches industriels.

– Vingt fois ? s'écria Bruno en s'esclaffant. Nous avons un annuaire entier d'adresses à vous soumettre, Madame le juge.

Décidément, il riait beaucoup. Je repensai au vieil adage : « Femme qui rit est à moitié dans ton lit ». Est-ce que cela marchait aussi avec les mecs ? Fred n'avait donc pas changé. J'avais l'impression de me retrouver vingt ans plus tôt, devant le lycée. Nous avions tous eu des mentions. C'était le temps des clopes et des Mobylettes. Le temps de Fred et moi.

Je me rapprochai de Bruno.

– On s'embrasse ?

Il jeta sa cigarette et me prit dans ses bras.

– Je ne suis ni beau ni riche grâce à mon mariage, vous devez faire erreur, Madame, murmura-t-il avant de m'embrasser très amoureusement.

Ses baisers et ses caresses étaient d'une douceur insoupçonnable. Je ne pouvais plus dégager ma bouche de la sienne. C'était si bon. Il passa une main sous mon pull. Un frisson me parcourut. Il s'en rendit compte, et je sentis son sexe se durcir contre moi. Il me serra plus fort et me glissa à l'oreille :

– Tu savais que j'étais amoureux de toi depuis le début.

La nuit était tombée. Nous nous embrassions depuis deux heures. Il s'était assis sur un muret et j'étais moi-même assise sur l'une de ses cuisses. C'était merveilleux d'être dans ses bras. Nous ne parlions pas. Nous avions trop de choses à nous dire. Il aurait fallu tout reprendre depuis le commencement : le lycée, et puis les études, toujours tous les trois, toutes ces années rythmées par les ruptures, les trahisons, les tromperies et les réconciliations entre Fred et moi. Bruno avait été le témoin de notre amour. C'était l'ami fidèle de Fred, l'ami qui ne dit pas ce qu'il ne doit pas dire, l'ami que ni Fred ni moi ne regardions, trop enlisés dans notre propre histoire. L'ami qui s'était marié avec Farida, belle et brillante avocate, qui avait fondé l'un des plus gros cabinets d'experts-comptables de France et qui aidait Fred dans ses affaires de restos et de bars. Bruno, l'ami, le seul, l'unique. Mon témoin de mariage.

Je mis ma tête sur son épaule. Je me souvenais très bien de la dernière fois que j'avais fait cela. C'était il y a si longtemps. Je m'étais effondrée en larmes en tombant nez à nez avec Fred qui en embrassait une autre. Bruno était venu me consoler. Il m'avait mise dans un taxi : « Il ne s'est rien passé, Mia, rentre et oublie ce que tu as vu, tu n'as rien vu. » Bruno devait repenser à ce même souvenir, car il murmura :

– J'ai failli te demander en mariage, ce soir-là. Mais je n'ai pas osé. J'avais peur que tu me dises non.

– Tu aurais dû. J'étais à deux doigts du suicide. Mais ne regrette rien. Je ne t'aurais pas rendu heureux. Je ne peux pas avoir d'enfant.

Il me regarda sans comprendre.

– Mais pourtant... commença-t-il.

Je posai un doigt sur ses lèvres. Il s'apprêtait à évoquer un moment de douleur absolue. Mon avortement de l'enfant de Fred. Fred n'avait pas su pour le bébé.

– Mia, embrasse-moi. J'ai vingt ans à rattraper.

Je me blottis dans ses bras.

– Tu es le seul mec bien que j'aie jamais rencontré. Je suis une triple conne.

Tandis que nous nous embrassions, il glissa à nouveau sa main sous mon pull, sortit mes seins du soutien-gorge et les caressa passionnément. Je sentais son sexe énorme contre ma cuisse. J'aurais voulu qu'il me fasse l'amour maintenant. Il faisait complètement nuit, la ruelle était sombre, les passants ne nous remarqueraient pas. J'ouvris sa braguette, prit son sexe dur dans ma main et commençai à le masturber doucement. Il ferma les yeux, renversa la tête en arrière et sa respiration commença à se faire plus bruyante. Puis, au bout de quelques minutes, il émit un gémissement, son corps se raidit et il éjacula dans ma main. Nous restâmes un instant en silence tandis qu'il se reboutonnait. J'essuyais ma main avec un Kleenex et réajustai mon soutien-gorge. Puis il me serra à nouveau contre lui.

– Je vais faire un arrêt cardiaque, Mia. C'est trop beau, trop bon d'être avec toi. Je peux bien crever maintenant.

– Arrête tes conneries, Bruno. Je suis juste en formation expresse de salope, c'est tout.

– Je suis fou d'amour pour toi, et c'est tout ce que ça te fait ?

– Fou d'amour, n'exagérons rien. Si on t'avait dit, il y a quelques heures que je te violerais dans une ruelle sombre près d'un des restos de Fred, tu ne l'aurais pas cru.

– Mia, tu ne veux pas qu'on aille quelque part ? J'ai vraiment envie de toi.

Il rapprocha sa bouche de la mienne, et nous nous embrassâmes de nouveau.

– Bruno, je me sens fragile avec toi. Je pourrais tomber amoureuse.

– Moi, ça fait vingt ans que je suis amoureux de toi. Dans l'ascenseur, je rêvais d'embrasser tes cheveux. Dans l'appartement, je bandais en te regardant dormir. Tu veux des détails ?

– Tu es trop con. Tu as attendu vingt ans, une femme et trois enfants pour m'annoncer que tu m'aimais ? Tu savais comme j'étais malheureuse avec Fred. Pourquoi ne m'as-tu rien dit ?

– Fred était mon ami, tu étais sa chérie.

– Je suis en colère contre toi, mon amoureux clandestin, mon amoureux de toujours, mon amoureux invisible.

Toujours dans ses bras, j'évoquai ma probable future trouillite aiguë.

– Explique-moi ça, mon amour, fit-il avec un petit ton moqueur.

– Un truc de dingue.

J'expliquai la trouillite.

– Tu me vannes ? s'écria-t-il, incrédule. Dis-moi que tu n'as rien de grave, pas maintenant !

– Bruno, comment dois-je m'y prendre avec celui que je dois séduire ?

– Mon amour, je t'interdis de regarder un autre homme. Je vais en mourir. Rien que de savoir que tu penses à ça, j'ai envie de chialer.

– Bruno, j'ai passé presque dix ans à attendre Fred, puis quinze ans à essayer d'oublier Fred et l'avortement. J'ai fini par épouser Marc que je vois deux jours par an. Et je viens de le tromper avec toi. Tu ne penses pas que j'ai envie de chialer, moi aussi ?

Je repris mon sac et le plantai là, sur son muret. Il me rattrapa et passa tendrement son bras autour de mon cou.

– Il y a plein de voyous dans les rues, le soir. Laisse-moi te raccompagner à ta voiture.

– Je suis venue à pied.

– OK, je reste avec toi jusqu'à ce qu'on trouve un taxi. Je suis désolé pour ce que tu m'as dit. Je ne savais pas pour tes quinze ans d'abstinence et de détresse. Finalement, j'ai eu du bol que tu ne veuilles pas voir Fred tout à l'heure.

– Arrête, Bruno, je vais te tuer !

Il alluma une cigarette après m'avoir demandé si cela me dérangeait.

– Tu es bien élevé toi, au moins, lui fis-je remarquer, ce n'est pas comme l'autre prétentieux.

Il tira une longue bouffée et lança en souriant :

– En fait, tu n'avais pas du tout prémédité de me violer, je suis déçu.

– Arrête ! J'adore Farida, c'est mon amie. Comment ai-je pu faire ça !

– Y a rien de grave, Mia, on a juste besoin de se parler, toi et moi. Il y a un abcès d'amour à crever. Tu as raison sur un point. Je suis un vrai con. J'aurais dû te dire que je t'aimais. Mais tu connais beaucoup de mecs qui attendent vingt ans pour faire « un peu » l'amour avec l'être adoré ?

– C'est sympa pour ta femme.

– Ça n'a rien à voir. J'adore Farida. C'est la mère de mes enfants. Tu te souviens de ce que tu as dit, tout à l'heure : « On n'oublie jamais son premier amour » ? Mon premier amour c'est toi, Mia.

Un taxi libre approchait. Je lui fis un signe de la main.

– Bonne nuit, Bruno.

Le taxi s'arrêta devant nous. Il me reprit dans ses bras.

– Laisse-moi t'embrasser encore.

Je me laissai faire. J'étais déboussolée. Bruno était l'homme de ma vie, l'homme de l'absolue fusion. Avant de m'engouffrer dans la voiture, je lui glissai à l'oreille :

– Je t'appelle demain. Toi, ne m'appelle pas, nulle part, ni chez moi, ni au bureau, promis ?

Il acquiesça d'un signe de tête et voulut répondre quelque chose, mais je lui fis signe de se taire et claquai la portière. Le taxi démarra.

Arrivée à la maison, je me ruai sous la douche. Tout mon corps, tout mon organisme, tout mon être était éveillé. Je n'avais pas connu cela depuis Fred. Les baisers de Bruno m'avaient redonnés vie. À nouveau, je me sentais en osmose avec la terre sous mes pieds.

En sortant de la douche, l'envie irrésistible de l'appeler, d'entendre sa voix, de lui parler, de l'embrasser à nouveau et de faire l'amour avec lui me saisit. Je ne m'étais pas rassasiée de lui. Je pensais à Farida. Farida si belle, si délicate. Farida qui m'avait demandé d'être la marraine de leur premier enfant. Farida si sincèrement désolée des histoires entre Fred et moi. Farida si bonne. Et voilà que j'avais branlé son mari ! J'étais vraiment devenue en quelques heures une salope de première classe ! Je vivais aujourd'hui la situation que Bruno avait vécue entre Fred et moi vingt ans plus tôt. Vingt ans pour retourner au point de départ, cet instant où Fred m'avait laissée mourante. Vingt ans pour retrouver le début de ma vie de femme, vingt ans pour aimer Bruno. Je saisis mon écharpe et y enfouis mon visage. Elle sentait son odeur, son parfum, sa cigarette. Je l'enroulai autour de mon cou en repensant à ses mots : « *Je vais faire un arrêt cardiaque, Mia. C'est trop beau, trop bon d'être avec toi. Je peux bien crever maintenant.* »

C'était lui qui avait raison. On pouvait partir puisque tout était dit des secrets de nos vies sentimentales. Je sentis des larmes rouler sur mon visage. Je m'endormis en pleurant.

VII

Direction générale de la banque Heltrum

Il était plus de midi quand je me réveillai ce dimanche. J'avais dormi plus de douze heures d'affilée ce qui ne m'arrivait jamais. L'odeur de Bruno autour de mon cou avait agi comme une drogue. Je repensais à cette folle soirée. La vie nous jouait quand même de drôles de tours. Vingt ans après, je découvrais en Bruno un amoureux passionné, délicat et attentionné, moi qui n'avais enduré que mensonges, trahisons et douleur auprès de son meilleur ami.

J'eus envie de pleurer à nouveau.

Bruno, lui, était sérieux. Il s'était marié, il s'occupait beaucoup de ses enfants car Farida était souvent en déplacement. Tous les deux s'aimaient et donnaient l'image d'une famille unie. Cette vision me terrifia : avais-je le droit de briser ce foyer ? De toute façon, mon sort était réglé. Ma place au paradis était déjà fortement compromise par mon dérapage de la veille.

Je me levai, pris une douche rapide, un café, m'habillai d'un jean rose et sortis. Il n'y avait pas de plante verte sur le palier. Bizarre. Nous étions pourtant à la veille du conseil d'administration décisif. Je pris ma voiture et m'arrêtai à la première cabine téléphonique pour appeler Bruno. Je priai le ciel qu'il soit chez lui. Il décrocha :

– Je savais que c'était toi. Il n'y a que toi pour appeler sur un fixe. J'ai envie de te voir, Mia.

Je me liquéfiais sur place. Je ne savais pas quoi répondre. Je ne voulais être nulle part ailleurs que dans ses bras. Il proposa :

– Devant le bahut dans une heure, ça te va ?

– Oui, c'est impec.

Je raccrochai.

«*Devant le bahut*». Ces mots me faisaient frissonner. Ils me replongeaient tant d'années en arrière, quand il n'y avait pas de téléphones portables et que nous passions nos vies dans les cabines téléphoniques. Je passais la mienne à organiser des rendez-vous «*devant le bahut*» avec Bruno, dans l'unique but de voir Fred. Mais aujourd'hui, c'était Bruno que je voulais voir, et lui seul. C'était bien la première fois que j'avais rendez-vous avec Bruno pour le voir lui. Cet appel venait de me libérer de Fred. Sa marque indélébile tatouée dans mon âme s'était évanouie en un instant. Je crus voir notre enfant qui souriait, libre et heureux dans une autre dimension. Les douleurs enfouies avaient à jamais disparu. Je m'assis sur un banc, près de la cabine, et me mis à pleurer sans pouvoir me retenir ; je pleurais, je pleurais toutes les larmes de mon corps comme pour me laver définitivement du passé. Mes dernières larmes pour Fred.

J'avais rendez-vous avec Bruno. Bruno avait toujours été très beau. Les filles étaient folles de Fred et de Bruno. Fred le blond, Bruno le brun et moi. Toujours collés ensemble. Les bruits les plus fous couraient sur nous. Mais il n'y avait rien de fou. Juste une fille qui aimait un garçon qui ne l'aimait pas. Un garçon qui en aimait plein d'autres. Et l'ami du garçon, fou de cette fille qui ne le regardait pas, car elle regardait l'autre, l'autre qui ne la regardait jamais. Un vrai vaudeville. Mais pas drôle.

Et maintenant, arrêter de pleurer et rejoindre Bruno qui réinventait mon destin.

J'arrivai devant notre vieux lycée. Il était là. Il fumait. En m'apercevant, il jeta sa cigarette en s'exclamant :

– C'était la dernière !

Il posa son bras sur mes épaules et nous marchâmes jusqu'à un hôtel deux rues plus loin. Il avait déjà la clé de la chambre dans la poche. Il ouvrit la porte, referma derrière nous et me renversa sur le lit. Nous fîmes l'amour comme des possédés. Des heures durant je m'enivrai de ses caresses, je me gavai de son odeur, de sa peau, de lui tout entier.

La nuit était presque tombée lorsque nos corps se séparèrent enfin. Nous pouvions à peine bouger ou même parler tant l'amour nous avait épuisés. Dans ses bras, j'avais tout oublié : Heltrum, Charles, Despotes, Fred, Farida, Marc. Il m'embrassait les mains, j'embrassais le haut de son épaule. J'étais heureuse. Je programmais un nouvel amour dans mes quartz intimes. Nous restâmes un long moment sans prononcer un mot. Puis, les yeux toujours fermés, il murmura :

– Mia, dis-moi que je ne rêve pas, dis-moi que c'est bien toi.

Je pris une voix grave.

– Ah non, moi, c'est Roger, M'sieur !

Je tournai la tête pour voir sa réaction. Il souriait tout en gardant les yeux fermés.

– Roger, vous lui ressemblez tant, à ma Mia. Êtes-vous aussi doué qu'elle en maths ?

– Ben... moi, j'bouffe du kilomètre avec mon camion, M'sieur, je compte pas !

Il continuait de sourire. Puis son sourire s'effaça, et il reprit :

– Lorsque j'ai commencé à fumer, j'avais 17 ans. Je ne pouvais plus vous supporter ensemble, toi et Fred. J'étais trop mal. La cigarette m'aidait à tenir devant toi, elle me donnait du courage. Depuis ce temps, la cigarette accompagne ma vie et me tue. J'ai réalisé cela hier quand nous nous sommes quittés. Je me suis promis d'arrêter dès qu'on aurait fait l'amour. Tu viens de me faire le plus beau cadeau de ma vie, en dehors de mes enfants. Tu viens de briser les chaînes de mon esclavage de la clope. Je t'aime, Mia.

Ses quartz avaient trinqué, eux aussi. Dans cette histoire, tout le monde avait trinqué. Sauf Fred.

– On devrait aller dire à Fred qu'on s'aime, dis-je en reprenant ma voix normale.

Il ouvrit les yeux et regarda le plafond.

– Il y a quelque chose qu'il faut que tu saches, Mia. Fred me l'a avoué récemment. Il collectionne les femmes parce qu'il ne veut pas s'attacher. Parce qu'il ne peut pas avoir d'enfants. Il est porteur d'une maladie orpheline. Une femme enceinte de lui aurait 99 % de ne pas aller au terme de sa grossesse.

– Tu es en train de me dire que mon bébé n'aurait pas survécu ?

– Il ne serait même pas né, Mia.

Depuis cinq ans je n'arrivais pas à avoir d'enfant, car il y avait le souvenir de ce cadavre dans mon corps. Cette annonce me bouleversa une fraction de seconde, puis le visage de Fred m'apparut, avec son sourire enjôleur, et je me ressaisis aussitôt :

– Pfff... Fred a toujours raconté des mensonges à tout le monde pour justifier son comportement. Celui-là est grotesque.

– Tu as peut-être raison. Je ne sais pas. Je ne le comprends plus depuis quelque temps. Il me fait peur, parfois. Ça lui arrive de partir sur l'autoroute avec sa Porsche et de rouler à deux cents pendant des heures. On lui a souvent retiré son permis, mais il connaît quelqu'un à la préfecture qui lui a rattrapé le coup à chaque fois. Un jour, il va se planter ou tuer quelqu'un.

– Je ne veux plus qu'on parle de lui, dis-je en posant une jambe sur ses cuisses.

Il tourna le visage vers moi.

– Je me suis marié avec Farida car j'avais peur de mal finir. Toi, mon amour inaccessible, et toutes ces femmes autour de Fred, j'en étais malade. J'aurais fini pédé si je n'avais pas rencontré Farida. Elle était belle, douce, elle m'aimait. Elle m'a sauvé.

Je ne pus m'empêcher de sourire.

– Tu es sérieux, Bruno ?

– Oui.

– Tu veux dire... que tu y as pensé ?

– Je ne sais plus, Mia, tout est à réécrire maintenant.

Il posa sa bouche sur mes lèvres, puis sur mon cou, puis sur mes seins. L'évidence de nos corps soudés l'un à l'autre ne pouvait s'interrompre. Et pourtant. Il devait y penser lui aussi. Il se redressa, caressa mes cheveux et murmura :

– Tu sais comme je voudrais rester ici avec toi, mais j'ai un rendez-vous important demain.

– Ne t'inquiète pas, il faut que je rentre. C'est chaud aussi pour moi demain.

– Promets-moi que ce n'est que le début, promets-moi qu'on va se revoir.

Je repris ma voix grave :

– Roger promet, M'sieur.

– Mia, je suis sérieux.

– Promis.

Il me fit un sourire qui me cassa en deux, puis m'embrassa longuement. Nous nous rhabillâmes l'un l'autre en nous couvrant de baisers, puis quittâmes l'hôtel. Devant ma voiture, il me prit la main et la porta à sa bouche.

– À demain, Roger ?

– Tu sais, je crois que je vais avoir une très grosse journée, et le soir, je dîne avec mon boss.

Il continua comme s'il n'avait pas entendu.

– À demain, mon seul amour, et fais attention, je suis en train de devenir très, très, très jaloux. Appelle-moi, toi, puisque je ne peux pas te joindre.

Lorsque je me couchai, il était une heure du matin. Je devais être à la banque à neuf heures. Je fermai les yeux. Ma vie me paraissait irréelle. Il n'y avait plus que Bruno.

Le réveil sonna aux aurores. Nous étions lundi, le jour du conseil d'administration de tous les dangers, et j'étais incapable de me lever. Mon corps saoulé d'amour refusait de se mettre debout. Je ne pouvais plus réfléchir. Les mots, les gestes de Bruno se bousculaient dans ma tête et paralysaient mon cerveau. J'étais avec lui dans un autre monde. Après plusieurs longues minutes de négociation avec moi-même, péniblement, usant de mes dernières forces, je réussis à me lever, à me faire un café et à me traîner jusqu'à la salle de bains. Au moment d'entrer dans la douche, jetant un rapide coup d'œil à mon reflet dans le miroir, je faillis me trouver mal : mon visage était gonflé, et j'avais les paupières rouges et épaisses. Une sorte d'œdème facial. Je me ruai sur le téléphone et appelai SOS Médecins. Pour le jour J, Mia léopard s'était transformée en Madame Bouffie, histoire de les terroriser un peu plus !

Une fois ma douche prise et mes oligoéléments avalés, je réfléchis à ce qui avait pu se passer. Je n'avais pas mangé hier soir, ni rien bu d'anormal ou de toxique. Était-ce une réaction de mon corps face à l'amour ravageur de Bruno ?

La sonnette de l'entrée retentit. C'était le médecin. En constatant les dégâts, il me demanda immédiatement si j'avais subi une intervention récente ou si je suivais un traitement particulier.

– Non.

– Madame, il s'est forcément passé quelque chose.

– Docteur, j'ai une réunion de la plus haute importance. Faites-moi juste une tête normale, c'est tout ce que je vous demande. C'est assez simple, non ?

Il me regarda avec un air perplexe, se demandant probablement à quel genre de folle j'appartenais.

– Il faut absolument que vous vous reposiez, Madame. Je vais vous faire une piqûre, mais promettez-moi d'être au lit à 6 heures, ce soir.

– Il faut juste que je tienne la journée, Docteur. D'accord pour 6 heures.

– Et maintenant, si vous voulez bien baisser votre bas de pyjama, dit-il en ouvrant sa sacoche.

Décidément, je montrais mes fesses à tout le monde, ces temps-ci. Très professionnel, il me demanda si je souhaitais la piqûre sur la fesse droite ou sur la gauche. Il piqua la gauche avant même que je lui aie répondu.

Au moment où je remplissais son chèque, je me sentis mal. Il m'allongea sur le lit, s'assit à côté de moi et prit ma tension. Elle était basse. Il insista pour que je reste quelques minutes dans cette position sans bouger.

– Docteur, je vais me lever, aller faire pipi et partir à mon bureau. Ma fesse me fait mal, je penserai à vous toute la journée.

Je tentai de me redresser mais mon corps refusait d'obéir. OK. Je repensai à tous ces livres que j'avais lus sur l'auto-guérison. Il fallait se concentrer, informer mon corps que l'opportunité de faillir en ce jour crucial *n'existait tout simplement pas.* Mais les brumes de mon cerveau résistaient. Je passai en revue les différents moteurs humains : la volonté ne suffisait pas ; le désespoir n'était pas d'actualité ; restait la colère. La colère allait faire remonter ma tension et me remettre debout. Je pensai à Farida. Immédiatement, je sentis la colère se répandre dans mes veines, colère contre moi-même. Mon sang s'activait, l'énergie revenait, je sentais ma tension qui remontait. Je me redressai d'un coup. Le médecin eut un mouvement de recul et faillit tomber du lit.

– Docteur, votre piqûre à la bave de crapaud vitupérant a fonctionné à merveille. Reprenez ma tension, vous allez voir !

Mon ton énergique le stupéfiait. Il n'en croyait pas son tensiomètre. Il s'y reprit à trois fois.

– Comment avez-vous fait ? Je n'ai jamais vu ça.

– Cher Docteur, dis-je en lui tendant son chèque, j'ai tout simplement mis en pratique mes années de formation chez les grands sages des îles Ploupes. Ça ne vous dit rien ? Remarquez, c'est normal, ce n'est pas encore au programme de la médecine des terriens. Maintenant, si vous voulez bien me laisser, il faut que je me prépare. Bonne journée, Docteur.

J'avais fait mouche. Il me regardait comme une extraterrestre.

– Vous faites quoi dans la vie ? dit-il en rangeant son matériel.

– Chirurgien de bugs.

Cela n'eut pas l'air de l'intriguer. Il me fit un joli sourire. Il était très à mon goût, ce médecin. Oh la la... Despotes, Bitour, Bruno, le médecin... Mais qu'est-ce qui m'arrivait ? La trouillite ?

Je le raccompagnai à la porte. Je sentais bien qu'il hésitait à s'en aller. Il voulait s'assurer que j'étais vraiment rétablie. Il me tendit sa carte.

– Je vous laisse mon numéro perso. Si vous avez besoin de quoi que ce soit, je me ferai un plaisir de venir.

– Très bien, Docteur, je vous dévoilerai quelques secrets des îles Ploupes. Mais là, si vous permettez, je devrais déjà être arrivée à mon bureau, déguisée en sorcière. Adieu.

Je lui refermai la porte au nez. J'étais affreusement en retard. Je m'habillai à toute allure, pas du tout comme je l'aurais voulu, et je me fis un chignon très approximatif. Dans le miroir de l'ascenseur, je constatai que le visage avait bien dégonflé, mais j'avais quand même pris mes lunettes fumées pour dissimuler mes yeux. En chemin, je m'arrêtai à une cabine pour appeler Bruno.

– Mia, mon amour, j'attendais ton appel. Je suis à cran, sans cigarettes. Je tremble c'est affreux. Dis-moi que je vais y arriver, dis-le moi.

– Je n'ai pas le temps, Bruno. Tu n'as rien au visage ? Moi, j'ai eu un problème.

– Quoi ?

– Je ne sais pas, j'ai le visage gonflé, j'ai dû montrer mes fesses à un beau médecin.

– Quoi ??! Je suis sur l'autoroute ! Je fais demi-tour, j'arrive !

– Non, ne t'inquiète pas, ça va mieux. Je voulais juste savoir si tu avais eu la même chose.

– Chérie, je t'entends mal.

La communication fut interrompue. Je rappelai et tombai sur le répondeur. Je laissai le message suivant : «*Bruno, ne te fais aucun souci. Je voulais juste le nom de votre super médecin dont Farida m'avait parlé. J'en trouverai un autre. Embrasse Farida et les enfants.*»

Je ne voulais pas laisser quoi que ce soit de compromettant. Farida avait peut-être accès à sa messagerie. J'entendais tous les jours des histoires de ce genre au bureau. Cette pauvre Romy était tétanisée à l'idée que son mari puisse un jour écouter sa boîte vocale.

Je repris ma voiture. Je me sentais bien. En un week-end, je m'étais transformée. Il y avait Bruno. Je comprenais enfin pourquoi les téléphones portables avaient un tel succès : ils permettaient de mener une double vie.

J'arrivais à Heltrum avec mes lunettes noires et montai directement au septième. Les trois harpies faisaient une drôle de tête. Despotes était assis devant sa table basse, la tête dans les mains. Avant qu'elle referme la porte, je demandai à l'une des harpies de m'apporter un café avec du lait d'amande bio.

Je m'assis en face de Despotes. Maintenant que j'en savais plus sur lui, ce désespoir que je lisais dans ses yeux m'apparaissait tout à coup très féminin dans sa sincérité. Je n'avais jamais vu cela chez lui. Il en était presque touchant.

– Bonjour Monsieur.

– Mia, c'est foutu. Le conseil va en nommer un autre.

– Ne vous mettez pas dans des états pareils, Monsieur, j'ai l'impression de voir une copine qui découvre que son mari couche avec sa meilleure amie.

– Mia, vous n'en êtes pas très loin, répondit-il avec un air de chien battu.

– Décidément c'est un mauvais lundi pour tout le monde. Moi aussi j'ai de gros problèmes. Regardez.

J'ôtai mes lunettes.

– Je ne vois rien, Mia. Oui, c'est un peu gonflé... Il faut le savoir.

– C'est bien. Vous avez oublié votre nombril une fraction de seconde.

– Madame Davis, ne profitez pas de ma faiblesse.

Je repris :

– Il va falloir tout me dire, Monsieur. On vous fait du chantage, n'est-ce pas ?

– Oui.

– Par rapport à votre vie sexuelle, j'imagine ? En général, c'est de cela qu'il s'agit. C'est rarement sur le business. Laissez faire. Je vous défendrai bec et ongles, même si vous n'êtes pas la personne la plus recommandable de la planète.

Le téléphone sonna. Il décrocha.

– Oui ? Oui, passez-le-moi.

Il écouta quelques seconde, et se mit à hurler :

– C'est un montage ! Comment osez-vous !

Il raccrocha au nez de son interlocuteur. Visiblement, certains remuaient la boue. Et ce n'étaient encore que les préliminaires. Je repensai à Charles quand il avait dit : « C'est reparti ! » Il faut dire que la situation m'amusait aussi.

– Monsieur Despotes, je garantis votre nomination à la présidence cet après-midi, mais il me faut quatre engagements de votre part : je choisis mon équipe ; je récupère les services « gestion des risques » de Jean de la Marne, car je suis sûre que le coup foireux vient de là ; vous me laissez nommer le directeur général adjoint de mon choix ; je ne me remplace pas à la DSI pour l'instant, mais on essaye de réorganiser les choses différemment. D'accord ?

Il secoua la tête.

– Vous avez ma parole, Mia. Et arrêtez avec votre « Monsieur Despotes ». Appelez-moi David.

– Bien, David. À partir de maintenant, ne prenez plus aucun appel. Allez vous faire masser dans un institut pour vous remettre d'aplomb. Je ne veux pas vous revoir avant 13 h 30. Et ne buvez pas de whisky, ça vous rend trop séduisant. Coupez tous vos portables. Vous connaissez un institut ? Ne dites rien à vos secrétaires, il ne faut pas qu'elles vous localisent.

Il me regardait la bouche ouverte.

– Mia vous êtes étonnante, je vous remercie.

Le téléphone sonna à nouveau. Il fit mine de se lever, mais je le retins par le bras.

– Laissez-moi faire, dis-je avant de décrocher le combiné.

À l'autre bout du fil, j'entendis la voix mielleuse de la harpie :

– Passez-moi M. Despotes, s'il vous plaît.

– C'est impossible, nous sommes en vidéoconférence. Ne passez plus d'appel. Et demandez au chauffeur d'être prêt à partir dans cinq minutes, merci.

Je raccrochai. Despotes reprenait des couleurs.

– Elles savent très bien qu'il n'y a pas de matériel de vidéoconf' dans mon bureau.

– Elles causeront. Je leur expliquerai que ça se fait par internet avec un mot de passe. Cherchons plutôt un institut.

J'en trouvai deux tout proches. Le premier proposait un soin massage complet zen. Je *bookai* un rendez-vous immédiat. Il mit son imper, éteignit ses deux téléphones, et nous sortîmes du bureau.

– À tout à l'heure, David, lançai-je à voix haute, je viendrai vous chercher.

Les harpies nous regardèrent passer. Elles étaient vertes.

À 13 h 30 pile, j'étais de retour dans son bureau. Il n'avait plus la même tête. Il avait retrouvé son air de gros porc qui veut mettre la main sur le magot.

– Comment vont se passer les choses, David ?

– Les administrateurs vont rejoindre la salle du conseil... Je ne sais pas si je dois les accueillir.

– Je pense que si.

– Ils vont vouloir se parler entre eux avant.

– Mais vous êtes aussi administrateur, il faut que vous soyez là.

– Je sais bien. Et si quelqu'un aborde le sujet de mes... affaires personnelles ?

– Vous niez en bloc. De toute façon, on va essayer de vous déstabiliser.

– Qui ça, « on » ?

– Vous savez très bien que certains de nos ennemis seront présents et qu'ils seront masqués.

– Masqués ?

– Oui, David, les masques, les masques en latex. Et je peux vous dire qu'ils ont fait de sacrés progrès depuis *Mission impossible*. C'est devenu complètement indécelable. Tous les services du monde les utilisent. Et maintenant, ils ont infiltré les conseils d'administration. Mais ne faites pas l'innocent, vous savez tout cela aussi bien que moi.

– Oui, je sais, je sais. Et s'il y en a un qui me fait trop chier, je lui vire son masque.

Il eut un mauvais sourire. Décidément, le goût du pouvoir générait de vrais dingues.

J'en avais assez vu.

– Je vous laisse, dis-je en me dirigeant vers la porte, appelez-moi dès que vous serez nommé.

Je retournai à mon bureau et appelai Romy. Elle était en « réunion extérieure » *dixit* sa secrétaire, ce qui pouvait éventuellement se traduire par : elle traîne avec un Jules. Cette veinarde arrivait à se dégoter des mecs super-amoureux d'elle, tout en réussissant parfaitement sa vie conjugale. Y en avait qui étaient vernies !

Mes yeux se dégonflaient petit à petit. J'avalai mon sixième café. Je mourais d'ennui. En fin de journée, une harpie m'appela pour me signifier qu'on m'attendait en salle de conseil. Le ventre noué, je m'y rendis. Il y avait là une quarantaine de personnes autour de l'immense table, administrateurs et avocats, tous plus sinistres les uns que les autres, et seulement trois femmes. Au moment où je m'asseyais, j'entendis la voix de Despotes :

– Je vous présente Madame Mia Davis qui sera à compter de ce jour notre directeur général.

Il y eut des applaudissements polis. Je me relevai, saluai l'assemblée d'un signe de tête et me mis à réciter le laïus de Charles. Le discours était visiblement celui qu'ils attendaient. À en juger par les applaudissements nourris qui ponctuèrent mon intervention, ma nomination était validée haut la main. J'étais DG ! Ce cher 25 était très fort. Despotes leva la séance et invita tout le monde à rejoindre le buffet.

À cause de mes yeux gonflés, je n'avais pas pu mettre mes lentilles, mais je pus tout de même distinguer le nom sur le petit écriteau de mon voisin : « Monsieur Rémi Ribourel » Je lui adressai un sourire de DG, distant mais courtois. Il avait une moustache fournie, il était grisonnant aux tempes et pas vraiment beau. Puis mes yeux se posèrent sur ses mains, et je crus m'évanouir. Je reconnaissais cette cicatrice. Voyant mon trouble, il mit aussitôt sa main droite dans sa poche, mais c'était trop tard : j'avais reconnu cette cicatrice si particulière en fer à cheval qu'il s'était faite suite à une bagarre au couteau avec une bande d'un autre lycée. Cette profonde entaille avait ému tout le monde et avait fait de lui, pour quelques semaines, le roi du lycée. Bruno. C'était la main de Bruno. Il était là. Il portait un masque. Bruno était Ribourel.

Mon cœur battait à tout rompre. Je réalisais à peine ce que je venais de découvrir que Despotes me prenait par le bras et commençait à me présenter fièrement à tout le monde comme si je lui appartenais, comme une nouvelle acquisition : Harpagon et sa cassette.

Vint le tour de Ribourel.

– Madame Davis, je vous présente Monsieur Ribourel qui représente, comme vous le savez, certains des plus gros actionnaires institutionnels étrangers de la banque.

Ribourel sourit et enchaîna :

– Madame Davis, nous sommes convaincus de votre future efficacité. Nous sommes certains que vous continuerez l'excellent travail de Monsieur Despotes... pardon... du Président Despotes. La plus grande banque française sera donc dirigée par une femme, et je m'en réjouis. Malheureusement je ne vais pas pouvoir rester plus longtemps, car j'ai arrêté de fumer depuis hier et...

Son regard se fit plus intense.

– ... il faut que j'aille à ma salle de sport tous les jours. J'y étais hier tout l'après-midi, j'y vais ce soir, j'y serai demain. Si vous voulez bien m'excuser. Tous mes vœux de réussite, chère Madame. À bientôt, peut-être...

Je le regardai partir. J'étais sidérée. Bruno alias Ribourel me demandait de le retrouver à l'hôtel de la veille. De son côté, Despotes rayonnait, se déplaçant d'un groupe à l'autre, souriant et courtois. Je ne l'avais jamais vu ainsi. Puis les administrateurs commencèrent à s'en aller un à un, et nous nous retrouvâmes seuls. J'étais crevée. Je repensais au docteur : « au lit à 6 heures ». Je regardai ma montre : 19 h 30.

Nous remontâmes tous les deux à son bureau.

– Le massage vous a requinqué ?

– Non, c'est vous qui m'avez requinqué, Mia, vous êtes surprenante. Profitez-en car je peux être un vrai emmerdeur. Vous savez, entre Jean de la Marne et moi, c'étaient des guerres incessantes. C'était minant.

– Justement. Nous devrions profiter de ce nouveau départ pour établir des relations moins fratricides. Un travail en bonne intelligence serait plus judicieux, vous ne croyez pas ?

– Vous avez parfaitement raison.

Il enfila son imper.

– Je pars demain pour voir nos filiales. De votre côté, vous préparez votre équipe et on valide tout cela ensemble mardi prochain, d'accord ? Bien sûr, restez discrète et ne décidez rien sans moi, parce que dans le genre panier de crabes, vous voyez ce que je veux dire...

– Bien, Monsieur.

– Pas « Monsieur » : « David » !

L'oiseau était incroyable. Le matin à terre, suite à un probable chantage, et, le soir, il s'envolait vider tranquillement les comptes de Jean de la Marne.

– Vous descendez avec moi ? dit-il avant d'entrer dans l'ascenseur.

– Il faut que je repasse à mon bureau. Bonne soirée, David.

– Bonne soirée, Madame le directeur général ! me lança-t-il avant que les portes se referment sur lui.

J'étais aux anges. Il avait oublié La Tour d'Argent. Ou peut-être préférait-il célébrer sa nomination avec Bertoin ou un autre de ses minets miaulants plutôt qu'avec moi.

Ça m'arrangeait. Je pouvais aller retrouver Bruno-Ribourel. Je rejoignis mon bureau par l'escalier. Sophie était partie. Elle avait scotché un mot sur mon écran : *« Bravo Madame le directeur général de la banque Heltrum. »* Harpie qui savait tout ! Il était temps de m'en aller.

Arrivée à la réception de l'hôtel, je demandai la chambre de monsieur... ? J'eus un instant d'hésitation : Faber ou Ribourel ? Le concierge, qui m'avait reconnue, me facilita la tâche :

– Bonsoir Madame, ce sera la chambre 365, pour toute la semaine.

Je montai au troisième étage et frappai à la porte. Bruno me fit entrer, referma derrière moi et me serra dans ses bras. Je restai un instant la tête contre sa poitrine. Puis, je me dégageai et pris un papier et un crayon sur la console. J'inscrivis : *« Je peux te parler ? »* et lui tendit le papier.

– Mais bien sûr, mon amour, dit-il en m'embrassant dans le cou.

– OK, dis-je en reposant le crayon, mais toi, fais attention quand tu veux me parler, j'ai des micros au boulot, chez moi et dans ma voiture.

– C'est que tu es une personne importante maintenant, dit-il avant de m'embrasser.

Je me détachai de lui et le regardai droit dans les yeux.

– Tu t'amuses bien avec ton masque ?

– C'est bien, tu as été discrète.

– Y a-t-il d'autres choses que je vais découvrir ?

Il se contenta de sourire.

Je ne me reconnaissais pas. J'aurais dû le harceler de questions, mais je n'en avais pas du tout envie. Tout ce que je voulais, c'était être dans ses bras.

– Bruno, je t'aime. Oublions tout cela. Je ne suis pas bien ce soir, je vais dormir ici. J'ai peur de rentrer chez moi. Je suis crevée. Il s'est passé un drôle de truc, tu sais. En me réveillant, ce matin, mon visage était gonflé et je n'avais plus d'yeux.

– Et ce soir, tu es magnifique. Tout le conseil l'a dit. On aurait presque été jaloux de Despotes si on ne connaissait pas son goût pour les jeunes hommes.

– Des mineurs ?

– Non, mais vingt ans, max.

Comme par enchantement, nos corps se dévêtirent et s'unirent à nouveau pendant plusieurs heures jusqu'à ce que le sommeil nous cueille, lovés l'un dans l'autre.

Lorsque je m'éveillai, le lendemain, il n'était plus à côté de moi. Je n'eus pas le temps de me poser de questions qu'il sortait de la salle de bains, lavé, habillé, coiffé.

– On a interro de maths, mon cœur, lança-t-il en souriant, dépêche-toi !

Il se posta devant le miroir pour nouer sa cravate. Puis il enfila sa veste et se pencha pour m'embrasser.

– Je dois filer.

– Tu pars déjà ?

– Oui, mon Roger, j'ai une urgence. À 20 heures ici ce soir, ça te va ?

J'esquissai un vague sourire en guise de réponse. Il m'envoya un dernier baiser de la main avant de refermer la porte derrière lui. Je restai quelques instants sans bouger. On avait dormi presque dix heures. Je palpai mes paupières : elles avaient dégonflé. C'était mon premier jour de DG et je n'étais pas encore à mon bureau à onze heures du matin. Lamentable ! OK, j'avais ma réputation de sérieux pour moi, mais depuis quelque temps, ça laissait sacrément à désirer.

Bah, retard pour retard, autant l'être vraiment : on n'avait pas dîné la veille et j'avais une faim de louve léopardée. Un café ! Mon poste de DG pour un café et deux tartines ! Et il fallait aussi que je repasse chez moi me changer. Adieu, les couleurs vives, bonjour le noir et le gris foncé. En profiterai-je pour voir Charles ? Non, pas le temps.

Quand j'arrivai à Heltrum, c'était l'effervescence. Les ascenseurs étaient bondés. On chuchotait dans mon dos. Ma nomination avait probablement été relayée en interne. Sophie m'accueillit avec un air égaré que je ne lui connaissais pas. Elle tenait deux téléphones à la main.

– Mia... enfin... Madame... euh... je veux dire... Mia... Ça n'arrête pas depuis ce matin. Ils veulent des communiqués, des interviews...

Les médias étaient donc au courant. Ça ne m'étonnait pas. Je lui décochai un sourire tranquille.

– Je vais prendre un café, Sophie. Vous m'accompagnez ?

La pauvre semblait épuisée.

– Les filiales ont toutes appelé, balbutia-t-elle, et vous allez voir dans votre bureau, il y a au moins trente bouquets, tous les N-1 sont passés pour vous féliciter et...

Je l'arrêtai d'un geste.

– Sophie, voulez-vous me suivre à la direction générale ou préférez-vous rester à la DSI ?

Elle me considéra un instant, bouche ouverte, et répondit :

– Si vous le voulez bien, je vous suis.

– Alors, il y a deux conditions.

– Je vous écoute, Madame.

– La première, c'est que je vais recruter deux autres secrétaires : l'une plus expérimentée en protocole sur les directions générales et une autre qui sera un peu votre assistante. La deuxième condition, c'est que vous continuiez à m'appeler « Mia », pas « Madame ».

Une expression très douce éclaira un instant son visage. Sophie pouvait être ravissante quand elle ne prenait pas son air d'assistante de direction.

Ce café était moins bon que celui du bistrot à côté de l'hôtel. Je repensai à Bruno. Il n'avait pas fait monter de petit-déjeuner dans la chambre. Qu'avait-il donc de si important à faire pour être parti aussi vite ? Je me sentais coupée en deux : d'un côté, la minette miaulante de Bruno, et de l'autre, le DG. J'aperçus le visage du DG dans le miroir de la machine à café. Était-ce bien de moi qu'on parlait ? Lors de ma prise de fonction à la DSI, je n'avais pas eu un tel trouble. À cet instant, je sentais comme un éclatement de ma personnalité : j'étais tout à la fois la terrorisée par le message du train, la léoparde de Despotes, le DG du conseil d'administration, la voisine du poulet frites, et l'étudiante en baskets flippée par son interro de maths. Et maintenant, Bruno alias Ribourel venait s'ajouter à ce carrousel infernal. Quoi d'autre allait me tomber sur la tête ? La vision de Jean de la Marne sous la terre me traversa l'esprit. Au moment où je sentis les larmes monter, je m'engouffrai dans mon bureau et refermai la porte derrière moi.

Je restai bouche bée.

Il y avait effectivement un amoncellement de bouquets de fleurs qui embaumaient la pièce. Il y avait même une énorme corbeille de fruits multicolores. Sur le petit mot qui l'accompagnait, je lus : « *Le groupe Pach est heureux de vous adresser ses plus chaleureuses félicitations.* » C'était signé Pacôme Bitour.

J'entrepris de répondre à tout le monde. Franchement, quel mauvais goût d'envoyer des fleurs coupées, des cadavres de plantes ! J'avais cela en horreur. Que faire de toutes ces dépouilles dans leur linceul de papier ! J'avais envie de tout balancer par la fenêtre et de partir à mon interro de maths en mob avec Bruno et Fred. Je voulais faire transpirer mes neurones pour obtenir une bonne note et me la péter grave. C'était ça, la vraie vie. Pas d'être DG de la banque Heltrum avec un mari sous l'eau et un amant masqué.

Je finis de signer un à un les bristols et demandai à Sophie de prévenir les services généraux pour qu'ils aillent distribuer les bouquets dans les étages. Je gardai les fruits. Puis, je décidai de rentrer me reposer un peu chez moi. Je me sentais anormalement fatiguée.

– Je vous revois aujourd'hui, Mia ?

– Je ne sais pas encore. J'ai quelques obligations, cet après-midi. Je vous appelle plus tard. En attendant, arrangez-moi deux rendez-vous : le premier avec Romy Pouello, c'est urgent. L'autre avec l'agence de recrutement Beltair.

Je quittai Heltrum.

Arrivée sur mon palier, je vis la plante. Ça tombait bien. Il fallait aussi que je discute avec lui. Je sonnai. Après le rituel des volets roulants, Maria m'ouvrit :

– Bonjour Madame Davis, toutes mes félicitations !

Je haussais les épaules.

– Bravo, Madame le directeur général ! renchérit Charles qui s'avançait, babouches rouges aux pieds.

– Charles, j'en ai marre de tout ça, m'écriai-je en commençant à faire les cent pas dans le salon, je vais démissionner. J'ai reçu des tonnes de fleurs mortes, c'est à gerber.

Sortez-moi de là ! Despotes est parti dans les paradis, mais vous devez être au courant.

– Oui, en effet. Il est à Jersey aujourd'hui. Le grand hold-up a commencé, dit-il en s'asseyant dans son fauteuil.

Il posa ses yeux bleus sur moi.

– C'est tout, 52 ? Vous n'avez rien d'autre à me dire ?

– Qu'est-ce que je devrais vous dire ?

– Flirter avec un « Waznext boy », quelle drôle d'idée ! dit-il en dodelinant de la tête.

Je stoppai net ma déambulation.

– Mais comment... ? Vous m'avez fait suivre ?

– C'est pour votre protection, Mia.

– De mieux en mieux ! Vous auriez pu me prévenir, non ?

Tout à coup, je me remémorai avec horreur la scène sur le muret.

– Charles, est-ce qu'ils ont vu ce qu'ils n'auraient pas dû voir ?

– Qui ça ?

– Vos sbires.

– Qu'est-ce qu'ils n'auraient pas dû voir, 52 ? demanda-t-il avec un petit sourire de vieux dragueur de lolitas.

Je l'aurais étranglé.

– Charles, je vous demande de me répondre, dis-je en essayant de me contenir.

Il vit que je ne plaisantais pas. Il reprit sérieusement :

– Chère 52, rassurez-vous, le manque de crédits nous empêche d'investir dans des lunettes à vision nocturne. Et puis, ce qui nous importe est de savoir avec qui vous êtes, pas ce que vous faites. Dès l'instant où il était clair que vous passeriez la soirée avec cet homme, votre filature a été stoppée.

Je ne le croyais qu'à moitié mais il fallait bien que je m'en contente pour que mon honneur soit sauf. Je me laissai tomber dans son club.

– De toute façon, vos renseignements sont incomplets, rétorquai-je enfin. Avant d'être un « Waznext boy » comme vous dites, Bruno est d'abord un ami d'enfance, et je suis la marraine de sa fille.

– Oui, nous le savons. Mais ce que vous ne savez pas, vous, c'est que Bruno Faber, alias Rémi Ribourel, couche avec vous pour que Waznext vous récupère dans son giron.

– Ce n'est pas possible puisque c'est moi qui l'ai dragué, si vous voulez tout savoir.

– Ça lui a simplement évité d'avoir à le faire. Mais il était prévu qu'il vous séduise. Il est en mission, Mia, il faut que vous le sachiez.

J'étais effarée par ce que j'entendais.

– Je ne vous crois pas, dis-je avec une voix qui commençait à se nouer, il avait l'air d'être sincère.

– Il l'était probablement. Il vous aime vraiment depuis toujours. Mais il se trouve qu'il y a désormais un enjeu pour lui, un enjeu considérable. Votre œdème, c'était sans doute lui.

– Comment ça ?

– Des nanoparticules qu'il a mises dans votre verre à votre insu, ou qu'il vous aura transmises en vous embrassant.

– Mais... pourquoi aurait-il fait ça ? murmurai-je.

– Pourquoi ? Mais pour vous neutraliser, Mia. Vous les gênez. Dieu merci, la dose n'était probablement pas suffisante pour vous faire tomber malade, et vos défenses immunitaires sont bonnes. Mais cela a tout de même perturbé votre métabolisme. Il faut absolument vous méfier de lui et éviter qu'il s'approche de vous. Il peut être dangereux.

Il me regarda intensément et ajouta d'une voix sourde :

– *Très* dangereux. Vous me comprenez, n'est-ce pas ?

– Vous voulez dire que... ?

Je n'osai formuler ce qu'il voulait me signifier.

– Peut-être pas, Mia. Pas encore, du moins. Mais vous envoyer pour un long séjour à l'hôpital, certainement.

C'était trop. J'eus juste le temps de plonger mon visage dans mes mains avant d'éclater en sanglots.

– Tout n'est que mensonge, soupira Charles, c'est terrible.

– Je suis entourée de menteurs et de manipulateurs, me lamentai-je avec une petite voix aiguë qui m'énerva. Et mon mari qui se balade sous l'eau. J'en ai marre.

Maria me posa un ours en peluche sur les genoux. Je regardai l'objet sans comprendre et levai la tête vers elle, le visage inondé de larmes.

– Qu'est-ce que vous voulez que je foute de ça ? dis-je en reniflant.

Ses jolis yeux bridés souriaient.

– C'est la seule chose qui calme Charles quand ses conquêtes multiples découvrent qu'il est en réalité un salopard, et le larguent comme il le mérite.

Je les regardai tous les deux. Ils étaient là, devant moi, tranquilles. On aurait dit que tout ce délire leur paraissait parfaitement normal. J'étais chez les fous.

– Vous êtes de grands malades, dis-je en reniflant à nouveau et en serrant le nounours contre moi.

– Mia, il faut oublier Bruno, reprit Charles, vous êtes un pion pour lui. Désormais, il faut le considérer, lui aussi, comme un pion. Et vous éloigner de lui.

J'écoutai distraitement, l'œil dans le vague. Il ajouta :

– Vous auriez mieux fait de coucher avec John.

– Vous voulez parler du type qui m'a dit qu'il avait une femme morte et deux enfants à élever ?

Les deux éclatèrent de rire.

– Quand je pense, repris-je, que j'ai pleuré toutes les larmes de mon corps en croyant être une salope qui n'avait pas compris que son ami avait une vie privée. En fait, vous êtes pire que les autres, Charles. Je vois bien dans vos petits yeux que ça vous excite de faire pleurer votre voisine.

Ces deux escrocs restaient là à me regarder comme s'ils étaient au théâtre. Il n'y avait pas sur leur visage la moindre trace de culpabilité. Et le pire, c'est que je n'arrivais même pas à les détester. Je sentais que je flanchais. Ma détermination s'émoussait. Je tentai un dernier sursaut.

– Charles, je n'en peux plus de cette vie que vous me faites mener. Je ne peux plus parler, plus baiser, on me surveille. Et comme DG, ça va être pire. Non, non, ça me fait peur, j'arrête tout, j'en ai marre.

Maria retourna à sa cuisine. Charles me dévisagea quelques instants en lissant sa petite moustache.

– Vous savez très bien que vous n'arrêterez pas.

– Ah oui ? Et pourquoi donc ?

– Parce que vous êtes en mission.

– En mission pour vous, Charles.

– Pas seulement. Pour vous-même, aussi. Nous savons que vous voulez briser ce système bancaire mondial corrompu qui sème le chaos et la désolation partout dans le monde, et qui vous dégoûte. Nous poursuivons le même objectif, 52. Voilà pourquoi nous sommes liés.

Il avait raison, le bougre. Je m'étais mise moi-même dans cette galère, et au fond j'aimais bien ça. Il venait de me mettre échec et mat.

– On continue ensemble ? ajouta-t-il après un moment de silence.

J'acquiesçai d'un hochement de tête.

– Le conseil est passé, vous ne risquez plus rien, reprit-il, mais s'il y a le moindre danger, ne vous inquiétez pas, je vous mettrai sous cloche. Et maintenant, retournez à votre bureau, n'oubliez pas que vous êtes DG.

– Eh bien justement, dis-je en me levant pour partir, en tant que DG, je me donne l'ordre de prendre une demi-journée de repos. Trop d'émotions, Charles, vous m'avez tuée. Je vais me coucher.

– Et mon poulet ? s'écria Maria du fond de sa cuisine.

– Merci, Maria, mais Charles a brisé mon amour de jeunesse et ça m'a coupé l'appétit. Mais comme c'était pour mon bien, je vais le remercier quand même en l'embrassant sur la bouche. Fermez les yeux, Charles.

Le vieux cochon ne se le fit pas répéter et tendait déjà ses lèvres. Maria passa sa tête par la porte de la cuisine pour assister à l'événement. Je lui signifiai de se taire en posant mon doigt sur ma bouche. En entendant le bruit de la porte de l'entrée, il rouvrit les yeux et me regarda sans comprendre. Je lui fis mon plus beau sourire de DG manipulateur.

– Tout n'est que mensonge, Charles, c'est terrible.

Et je sortis en claquant la porte.

VIII

Désinfection. Arrivée de Beltair

Le lendemain matin, en me réveillant, ma première pensée fut pour Bruno. Bruno et ses fausses paroles, Bruno et ses fausses caresses. Tout ce faux qui semblait si vrai. Ce jeu de masques permanent me déprimait. Le monde était-il à ce point pourri ? Ma prochaine FIV était programmée pour dans deux mois. Cela valait-il la peine de mettre au monde un enfant ?

C'est hantée de ces réflexions pleines de joie de vivre que j'arrivai à mon bureau. Il avait été vidé : plus de table, plus de fauteuil, plus d'ordi, plus de Sophie. Avait-on débarrassé mon bureau parce que j'étais morte ? Oui, c'est ça, j'étais morte, morte de dépit dans mon lit, et c'était mon esprit qui errait. Quel bonheur !

Par malheur, j'entendis derrière moi une voix que je connaissais bien :

– Bonjour Madame Davis, justement je voulais vous féliciter de vive voix et vous demander un entretien.

J'étais peut-être morte mais l'agacement immédiat que suscitait chez moi François Bertoin était bien réel. Ce type avait le don de casser les rêves. Il venait évidemment briguer la DSI. David Despotes n'avait pas dû l'informer que je ne pourvoirais pas ce poste pour le moment.

– Merci beaucoup, dis-je sans le regarder. Avez-vous vu ma secrétaire ?

– Oui, elle est au septième, dans votre nouveau bureau, j'en reviens à l'instant.

Sophie avait donc fait déménager toutes nos affaires dans l'ancien bureau de David Despotes. J'y montai.

Choc.

Sophie s'était métamorphosée. En une nuit, elle avait adopté la posture, les mimiques et la voix des « harpies-qui-savent-ce-que-les-autres-ne-savent-pas ». J'étais stupéfaite. Il y avait deux autres créatures à ses côtés. Je les saluai d'un signe de tête et lançai sèchement à Sophie :

– Je vous attends dans mon bureau.

J'étais donc chez Despotes. Beurk. Sophie entra. Je refermai la porte.

– Qui sont ces deux jeunes femmes, Sophie ?

– Ce sont les intérimaires envoyées par la DRH. Le temps que vous trouviez vos assistantes. Je ne m'en sortais pas.

– Qui les as choisies ?

– Nous. Je veux dire... Madame Beckers et moi. On a organisé le déménagement pour ce matin.

– Parfait. Et d'où viennent-elles ?

– De l'agence d'intérim avec laquelle la DRH collabore, l'agence Xerte.

– Apportez-moi leur CV.

Elle partit imprimer les deux profils, puis me les rapporta. J'y jetai un coup d'œil tout en composant le numéro de poste de Nadine Beckers. Il fallait vite tout stopper. Le combiné avait l'odeur de Despotes. Beurk.

– Mia Davis à l'appareil.

– Bonjour Madame le directeur général. Ou dois-je dire Madame la directrice générale ?

Elle m'agaça instantanément. Je pris mon ton à la Despotes.

– Dites comme il vous plaira, Nadine. Merci infiniment pour vos deux assistantes, vous êtes très efficace. Malheureusement, ni l'une ni l'autre ne parlent le tamoul et le russe. Je vous prie de bien vouloir mettre fin au contrat de ces deux jeunes femmes dès vendredi soir. Et je vous prierai, à partir de maintenant, d'intégrer l'agence de recrutement Beltair dans vos fournisseurs. Ils sont spécialisés dans ces types de profil. Demandez-leur deux assistantes parlant ces deux langues et un chauffeur parlant le japonais pour lundi matin 9 heures. Je vous remercie.

Je raccrochai. Il fallait remettre les pendules à l'heure. Si Charles voulait passer par Beltair, il devait y avoir une raison.

J'ouvris toutes grandes les fenêtres du bureau afin de dégager les miasmes despotiens, puis ressortis :

– Sophie, y a-t-il des rendez-vous ou des réunions, ce matin ?

– À 15 heures, votre rendez-vous avec Romy Pouello. Des fleurs continuent d'arriver. Je prends les cartes et je fais distribuer les bouquets dans les étages.

– Vous êtes parfaite. Je m'en vais. Je serai de retour à 14 h 30. À tout à l'heure.

– Et votre chauffeur ?

Efficacité redoutable. Harpie en chef.

– J'en aurais un lundi matin. Merci, Sophie.

Il fallait à tout prix que je désinfecte mon bureau. L'odeur de Despotes empestait. Ses mauvaises ondes brouillaient l'atmosphère, et les murs résonnaient encore des conversations avec ses minets miaulants. Mon âme de futur espoir dans la catégorie « sauveuse du monde » ne pourrait pas supporter un passé porcin dans son espace de travail. Je décidai de tout asperger à l'eau bénite. Pour cela, j'irais dans cette petite église où Marc et moi nous étions mariés. Personne n'aurait connaissance de mon forfait excepté le troupeau de mes suiveurs de l'ombre. Moi qui avais juré de ne plus mettre les pieds dans une église, je reniais mon serment deux fois de suite en quelques jours. Mais c'était pour la bonne cause.

J'achetai dans une droguerie deux grands pulvérisateurs pour plantes, puis me rendis à l'église. Il y avait là deux petits bénitiers de part et d'autre de l'entrée. Je me dirigeai vers l'un d'eux. Par chance, il était plein. Je sortis mes pulvérisateurs et commençai à les remplir consciencieusement lorsqu'une voix derrière moi me fit sursauter :

– Vous n'allez rien laisser pour mes fidèles, Madame, ce n'est pas très chrétien.

Je me retournai et vis un prêtre assez jeune qui n'était pas celui qui nous avait mariés.

– Pardon, mon père, répliquai-je, je suis une scientifique. Je mène actuellement une étude sur la mémoire de l'eau bénite et ses vibrations. Dans cet esprit, je fais des prélèvements dans les églises. Nous la pulvérisons sur des plants de courges, et cela donne une croissance différente selon l'eau. C'est fou, non ? Je suis sur le point de faire des découvertes étonnantes.

– Des courges ? dit-il d'un air dubitatif.

– Oui ! Et toutes les autres cucurbitacées, bien sûr... comme la citrouille, si chère aux sorcières.

– Je vois, je vois, fit-il en souriant.

Je sortis un billet de cinquante euros que je glissai religieusement dans le tronc de l'église.

Il ne quittait pas son air amusé.

– Vous ne voulez pas des cierges pour aider vos citrouilles à pousser ?

Mon joli curé voulait faire le malin ? Pas de problème. Je pris le ton le plus angélique possible.

– Excellente idée, mon père. Dans trois ans, j'aurai fini mon étude sur l'eau bénite. Je vous promets de proposer au Vatican une thèse sur le pouvoir des cierges dans la cuisson de la soupe de potiron.

Et je tournai les talons avec mes deux pulvérisateurs d'eau bénite remplis à ras bord.

Il était l'heure de déjeuner. Je décidai de flâner un peu et de faire quelques courses inutiles. J'avais le temps. J'avais passé ma vie à compter les minutes, mais depuis le départ de John, je ne fichais plus rien. Pas un mémo, pas un rapport. Aucune engueulade et même plus de tension avec Bertoin. J'avais une horde d'espions à mes trousses et deux pulvérisateurs d'eau bénite pour sauver le monde. Je m'installai à la terrasse d'une brasserie et commandai une salade.

Je ne regagnai mon bureau qu'en début d'après-midi, mes deux pulvérisateurs planqués dans un sac en plastique. Au septième, Madame la directrice marketing m'attendait sagement.

– Romy, tu m'excuses, j'ai un appel urgent, je viens te chercher dans deux minutes.

Et me tournant vers Sophie :

– Sophie avez-vous servi à Madame Pouello notre délicieux café du septième étage ?

Je m'enfermai à clé dans mon bureau, sortis mes pulvérisateurs et commençai d'asperger copieusement les murs tout en psalmodiant à voix basse : « Que les ombres des cafards gluants et des vipères du désert soient repoussés par cette eau bénite, qu'elles quittent cette pièce et s'enfuient à jamais. »

Mes pistolets à eau bénite vidés, je ressentis un immense bien-être. L'impression d'avoir exorcisé ce lieu. Peut-être aussi avais-je fait comme les chiens qui pissent pour délimiter leur territoire ? Les murs dégoulinaient, c'était épouvantable. Comment recevoir Romy dans cette piscine ?

J'appelai Sophie.

– Trouvez-moi une salle de réunion pour recevoir Madame Pouello.

Quelques instants plus tard, elle rappelait.

– La salle du conseil est disponible.

Je sortis du bureau en refermant à clé et fis signe à Romy de me suivre.

– Tu m'emmènes où ?

– Tu verras.

Un huissier nous ouvrit la salle du conseil.

– Tu aurais pu m'en parler avant, tout de même ! dit-elle tandis que je refermai la porte derrière nous. Cela dit, je ne t'aurais pas cru. On n'a jamais vu un DSI devenir DG. Tu dois avoir de sacrés appuis.

– La réussite n'arrive pas seulement parce que tu couches ou que tu as des appuis, dis-je en posant une fesse sur l'immense table. Il y a une troisième voie, ma chérie, ça s'appelle la compétence.

Elle n'était pas dupe.

– Alors, je te félicite pour ta « compétence », répliqua-t-elle en faisant le signe des guillemets.

– Je te remercie.

Elle tira une chaise à elle et s'assit.

– Tu voulais me voir ?

– Oui. Je voulais te parler de ta « compétence » à toi, dis-je en faisant à mon tour le signe des guillemets. Je souhaite, avec l'accord de Despotes, que tu sois mon DG adjoint. Ça te plairait ?

Elle écarquilla les yeux. Je repris en prenant un ton très solennel :

– Romy Pouello, directeur général adjoint de la banque Heltrum !

Elle avait l'air ennuyée.

– Mia, Jacques Huerin clame sur tous les toits qu'il aurait dû être nommé DG à ta place, que jamais ce job n'a été confié à un DSI. Si je prends le poste de DG adjoint, il va me faire crasse sur crasse. Il est directeur financier monde, quand même. Au marketing, je suis peinarde.

– Plus pour longtemps, ma chérie. Fini la belle vie ! Mes équipes vont te harceler, fais-moi confiance. Viens plutôt avec moi. En tant que DG adjoint, tu sera encore plus peinarde qu'avant. Et avec du nouveau gibier. Adieu les petits dirlos d'agences de com', bonjour les grands directeurs généraux des filiales et des autres banques internationales. Tu me suis ?

Je compris à sa tête que j'avais trouvé l'argument choc. Incorrigible gourmande ! Je continuai :

– Tu te baladeras beaucoup plus, en province, à l'étranger, partout dans le monde, dis-je en lui faisant un sourire complice. Ça te plaît, non ? Tu seras le pivot entre Despotes, moi, les syndicats, la DRH et ton pote Jacques Huerin. Je vous croyais en bons termes tous les deux.

– Lui et moi, c'est une vieille histoire de dix ans.

Romy me surprendrait toujours. J'étais carrément à la traîne.

– Il était bon amant ? Il s'est bien comporté avec toi ?

Elle baissa les yeux un instant, puis les releva avec une expression dure.

– Non à tes deux questions. C'est une ordure.

– Ouh là ! fis-je en croisant les bras. Si tu le dis, c'est qu'il a dû faire quelque chose de grave.

– Il s'était opposé à ma nomination à la direction du marketing, il ne voulait pas travailler avec une ancienne maîtresse.

Visiblement, la plaie n'était pas tout à fait cicatrisée.

– Donne-moi ta réponse lundi en fin d'après midi. D'ici là, silence radio. Jacques Huerin, je vais me le cuisiner aux petits oignons.

– Tu ferais cela ?

– Je ne supporte plus ces mecs qui se croient tout permis. Au moins, Jean de la Marne t'a défendue en te nommant. C'est tout à son honneur.

– Il lui manquait une rousse à la direction.

– Quoi ?

– C'est vrai, dit-elle en riant. Avec Nadine Beckers, il avait la blonde, avec toi, la brune. Il lui manquait la rousse. Il voulait toutes les couleurs autour de lui.

– Tiens donc ? Je ne lui connaissais pas ce sens esthétique à ce vieux Jeannot. Un collectionneur, quoi ! Il remonte dans mon estime. Paix à son âme.

– Je te rassure, Mia. Si j'ai été nommée, c'est aussi parce que j'avais le niveau.

– Eh bien, c'est justement parce que tu as le niveau que je te veux. Je veux en finir avec l'esprit de Versailles dans cette boîte. Je veux l'harmonie dans les équipes.

Elle me regarda bizarrement.

– Tu es devenu folle, Mia, ou idéaliste, ou profondément malhonnête.

– C'est comme tu veux, ma belle, dis-je en me levant, mais promets-moi une réponse ferme pour lundi. Despotes revient de son *world tour* mardi.

Nous sortîmes de la salle de conseil et je regagnai mon bureau. Il y régnait une chaleur épouvantable. Pour que les murs sèchent plus vite, j'avais ouvert en grand les fenêtres, et cela avait parfaitement marché : il n'y avait presque plus de traces. Je les refermai et demandai à Sophie de venir avec la liste des messages. En entrant dans le bureau, elle s'écria en parfaite super-harpie DG :

– Il fait hyper chaud ici ! La clim' est en panne ?

– J'avais ouvert les fenêtres.

– Mais Mia ! Il ne faut *jamais* ouvrir avec la clim' !

Je lui lançai un regard à la Despotes qui lui coupa le sifflet.

– Vous me donnez la liste ?

Elle me tendit la feuille. Elle avait tracé quatre colonnes : la première alignait les directeurs des filiales et des partenaires d'Heltrum qui voulaient me voir ; dans la deuxième figuraient toutes les réunions auxquelles j'étais conviée : il y en avait vingt lignes. Dans la troisième étaient inscrits les noms d'une quinzaine de journalistes qui voulaient interviewer la banquière ; et enfin, la dernière regroupait les diverses demandes de rendez-vous internes comme celle de Bertoin.

– Parfait, dis-je en lui rendant la liste.

– Vous ne répondez pas ?

– Non, vous continuez votre liste. On attend le retour du président mardi matin. Pour la colonne des journalistes, vous ne les avez pas transférés à la com' ?

– C'est la com' qui me les a transférés.

– Très bien. Vous leur renvoyez leur liste en leur demandant de voir ça avec Monsieur David Despotes, président de la banque Heltrum. Je ne veux pas d'interview, ces types sont des cloportes. Ne vous laissez pas séduire par les cloportes, Sophie.

Ma réponse eut l'air de l'enchanter. Elle était quand même Sophie de la direction générale de la banque Heltrum. Puis, elle changea d'expression.

– Mia, je... comment vous dire...

– Qu'y a-t-il, Sophie ?

– C'est-à-dire... pour moi, je... c'est quand même une promotion, je vais avoir de nouvelles responsabilités, je ne vais pas du tout faire les mêmes heures de travail et... euh... vous comprenez...

– Sophie, vous êtes dans mes urgences, mais il y a un laps de temps à respecter. Lundi arrivent deux intérimaires de Beltair. Une expérimentée sur l'international et une autre plus junior. Je vais voir avec la DRH la manière de vous trouver votre place à toutes. Pour l'instant, vous continuez à quitter votre poste à 17h30 comme d'habitude, vous ne changez rien.

Elle avait l'air contente et ressortit du bureau sans faire la moindre remarque sur les taches d'eau sur la moquette.

J'ouvris ma centaine de mails. Il me fallut presque cinq heures pour les lire et y répondre. Je m'aperçus que les services informatiques avaient changé ma signature. Ils avaient rajouté sous mon nom : « Directeur général ». Marrant cette armée de l'ombre qui changeait mon environnement, mon bureau, recrutait des assistantes sans que j'aie donné mon accord ni rien validé. Était-ce cela régner ? Je constatai que je n'avais toujours pas de mail de Decru. Ni dossier, ni rapport, ni même un message de félicitations. Il exagérait. Lui aussi, je me le farcirais le moment venu. Mais là, il était 21 heures, le temps de rentrer.

Il n'y avait pas de plante verte devant la porte de Charles. Je sonnai quand même. À cette heure-là, les volets étaient déjà descendus. J'entendis quand même les babouches et la voix familière :

– Qui est-ce ?

– La fée Clochette.

Les verrous tournèrent et la porte s'ouvrit.

– Comment allez-vous, 52 ? dit Charles en refermant derrière moi.

– Très bien. J'ai viré les deux intérimaires qu'ils m'avaient refourguées et je leur ai demandé de se mettre en contact avec Beltair pour deux assistantes parlant russe et tamoul, et un chauffeur parlant japonais. Ça vous va ?

Ça le fit rire.

– Puis j'ai reçu Romy qui réfléchit au poste et j'ai aspergé mon bureau d'eau bénite, mais vous devez le savoir. Voilà le résumé de ma divine journée, mon cher 25, dis-je en me laissant tomber dans le club.

– Parfait. Et Bitour ?

– Je ne l'ai pas encore fouetté. Je suis juste déçue de ne pas avoir de nouvelles de Decru-qui-pue. Il s'avère finalement le seul mec valable dans cet enfer.

Charles alla s'asseoir à la table.

– Vous savez 52, dit-il en lissant sa moustache, il en fait de bonnes, votre Despotes. Il va se faire gauler comme un bleu.

– Ah oui ? dis-je en bâillant.

– On en reparlera samedi. Vous êtes crevée. Prenez un bon bain et allez vous coucher.

– Bien, ô grand manipulateur des forces extra-débiles, dis-je en me relevant, j'y cours. Il y a toujours des micros chez moi ?

– Il y en a quatre de plus, mais ce n'est toujours pas nous.

– Dites donc, ce n'est plus un appartement, c'est l'Olympia ! Où et qui ? demandai-je d'un ton désabusé.

– Dans les toilettes, dans votre chambre, dans le salon et dans la cuisine. Ils ne devaient pas bien entendre.

– Qui, Charles ?

– On ne sait pas. De toute façon, ceux qui les posent ne sont pas les commanditaires. Il y a une cascade de commanditaires. Nous devons être certain d'attraper le haut de la bonne pyramide et non pas le haut d'une pyramide qui soit « sans issue », vous comprenez ?

– Non. C'est trop compliqué, bonne nuit. Ah, j'oubliais ! Pouvez-vous me trouver quelque chose sur Jacques Huerin. J'ai besoin de venger ma copine.

– Huerin ? Il n'y a rien sur lui. Il est lisse comme un galet. Ne perdez pas votre temps, Mia, ce sont des bagarres de palais sans intérêt.

Et il ajouta en souriant :

– Au pire, vous avez votre eau bénite,

– Justement non, Charles, j'ai tout utilisé. Mais au moins, mon bureau est sanctifié. Je suis à l'abri des cons.

Il me dévisagea.

– Quelle drôle de fille vous êtes, Mia. De l'eau bénite ! D'où vous viennent toutes ces idées ?

– Euh... euh..., dis-je, ne sachant quoi répondre.

Je me fis rire moi-même en m'entendant balbutier.

– J'imite bien Decru, vous ne trouvez pas ?

– Il manque l'essentiel, 52 : l'odeur !

Tout à coup, mon cœur bondit dans ma poitrine.

– Decru, Charles ! Decru !!!

– Eh bien quoi, Decru ?

– C'est lui, je suis sûre que c'est lui ! Il pue car il ne se lave pas parce qu'il ne sort jamais de la banque. La nuit, il trafique les systèmes informatiques.

J'étais tout excitée par ma révélation. Je me mis à déambuler dans tous les sens.

– Charles, c'est lui, c'est évident ! Avec mes conneries, je l'ai propulsé dans la lumière. Il fait tout pour avoir l'air du débile de service, mais il est docteur en sociologie, c'est donc un maître en manipulation. Il s'est créé un personnage. Il faut faire vite, Mamap doit penser qu'on va le découvrir et ils vont le faire disparaître. Il ne faut plus le perdre de vue, Charles !

Charles s'avança et me prit par les épaules.

– Calmez-vous, Mia, et allez vous reposer. Decru ? Hum... C'est une piste possible. Je m'en occupe. Qui est « Mamap » ?

– Maman-protection.

– Comment ?

– C'est le nom de code que j'ai donné à tout ce système bancaire mondial pourri qui protège ses banques comme une maman protège ses enfants. Une « maman-protection », quoi. Une Mamap. Vous pigez ?

– Hum... je crois, oui.

– Et ceux qui en profitent, je les appelle les Mamap *members*.

– Les Mamap *members* ? répéta Charles en riant. Mia, vous êtes géniale ! C'est le jeu des sept familles, si je comprends bien. Dans la famille Mamap, je voudrais le fils.

– Vous avez tout compris, mon cher 25. Sauf qu'il y a des milliers de fils. Ça complique un peu le jeu. C'est Decru qui trafique les données la nuit, croyez-moi.

Rentrée chez moi, j'étais très agitée. Ma soudaine illumination m'avait bouleversée. Charles avait raison, il fallait que je me repose. Mais comment dormir dans cet état ? Mes gouttes homéopathiques ne seraient pas assez puissantes. La mort dans l'âme, je me résolus à prendre un des somnifères de Marc. Ce genre de médication allait totalement à l'encontre de mes principes, mais une fois n'était pas coutume. J'avalai le comprimé, dînai d'une soupe, pris une douche plutôt qu'un bain car j'avais trop peur de m'endormir dans l'eau et me couchai.

Le lendemain matin, je me réveillai comme une fleur à 9 heures. J'avais dormi comme une souche. Je me sentais bien. Pas mal, ces somnifères, pas mal du tout, même. Mon premier geste en me levant fut d'aller balancer toute la boîte dans les toilettes. J'étais tout à fait du genre à tomber accro à ce genre de poison, et c'était hors de question.

Nous étions donc vendredi, fin de ma première semaine de DG de la banque Heltrum, et il était 9 heures. Je n'avais jamais autant glandé de toute ma vie professionnelle. En revanche au niveau du « faire semblant », je commençais à maîtriser le sujet. Il ne me restait que deux jours avant le retour de Despotes et j'avais une mission : dans le cadre d'une réorganisation complète des SI, sur lesquels j'avais heureusement gardé la main, il me fallait identifier ces Mamap *members* qui se remplissaient grassement les poches. J'avais besoin de l'idée géniale qui foute le maximum de bordel dans les équipes, sachant que ma « réorganisation » créerait des convulsions chez les uns et les autres et obligerait ces enfoirés de *members* à se mettre à découvert. Et tout cela dans la discrétion la plus totale. La confrérie Mamap ne devait rien savoir de ma manœuvre. Je n'avais pas du tout envie de finir comme Jean de la Marne. Me sachant épiée, je n'osai écrire quoi que ce soit de mes réflexions, même pas sur une simple feuille de papier. Il me fallait tout faire de tête et, à la manière des maîtres d'échecs, imaginer plusieurs stratégies et plusieurs coups d'avance pour chacune d'entre elles. C'était épuisant.

J'éprouvais une fascination pour le nombre incalculable de possibilités qu'avait l'argent de faire le tour du monde en moins de trente secondes au moyen de tuyaux physiques parfaitement identifiables, et pour la difficulté majeure, voire la quasi-impossibilité d'établir une traçabilité de ce même argent. Ce niveau d'électronique et de SI était stupéfiant. Le cerveau ne pouvait pas suivre. C'était comme cela qu'il fallait que j'organise mes propres tuyaux : monter une tuyauterie labyrinthique et la rendre encore plus indépendante qu'elle ne l'était déjà. Les organismes réglementaires finiraient par piéger les *members*. La célèbre stratégie « diviser pour régner » s'imposait. Il fallait que je casse toutes les structures d'Heltrum, que je multiplie les emplois, les tuyaux, les fonctions, les réseaux, les idées, les filiales pour créer un gigantesque bordel.

C'est avec ce pataquès en tête que j'arrivai à Heltrum. En passant devant les hôtesses de l'accueil, je pris un air très « Madame Mia Davis, DG qui arrive à 11 heures du mat' et qui vous emmerde » et me rendis directement au septième où je m'enfermai dans mon bureau après avoir salué ma petite Sophie dont l'attitude « harpie galonnée » me réjouissait chaque jour un peu plus. J'ouvris mes mails. J'eus un choc. Il y en avait un de l'administrateur Rémi Ribourel me demandant de l'accompagner à New York afin de pointer les activités de notre filiale engluée dans des affaires avec la FED. Il avait mis Despotes en copie du mail. Combien d'heures par jour Bruno Faber était-il Rémi Ribourel et inversement ? Cela me glaçait le sang. Que devais-je faire avec mon amour-assassin potentiel ?

J'appelai la DRH.

– Bonjour, Nadine, pouvez-vous me confirmer l'arrivée de mes trois collaborateurs lundi ?

Elle me répondit d'un ton sec :

– Je voulais justement vous joindre, J'ai fait faire deux devis, et votre Agence Beltair est chère. J'ai trouvé deux assistantes de direction et un chauffeur à meilleur prix chez un autre prestataire référencé chez nous.

Le piège était énorme. Cette Nadine Beckers aussi était une crevure qu'il allait falloir recadrer.

– Vous avez bien fait, répondis-je. Envoyez-moi les trois profils, s'il vous plaît.

Deux minutes plus tard, je recevais le mail. En retour, j'écrivis : « *Je reviens vers vous en début d'après-midi. Attendez mon feu vert avant de vous engager. Merci.* » Il suffisait de trouver quelque chose qui cloche sur les trois profils pour dégommer une fois pour toutes cette DRH toute puissante. Mais il y avait un problème : les CV que j'avais sous les yeux étaient parfaits. Les deux jeunes femmes étaient trilingues français-russe-tamoul comme souhaité, et le chauffeur bilingue en japonais. Ça se compliquait.

Une idée, vite.

Je saisis le nom des deux filles sur Google et leur profil s'afficha instantanément via les réseaux sociaux. Par chance, les infos ne coïncidaient pas exactement avec celles des CV. Par ailleurs, un autre réseau social les montrait dans des situations légères qui les desservaient. Quant au chauffeur, il était facile de refuser sa candidature, son domicile se trouvant à plus de deux heures de route. Parfait. Le recrutement se ferait donc par l'agence Beltair. Point final.

Sophie entra dans mon bureau, m'indiquant que Pacôme Bitour souhaitait me parler d'urgence. Je ne voulais certainement pas parler à ce play-boy, mais l'insistance de Charles eut raison de ma répulsion.

– Bonjour Madame Davis, dit-il.

– Bonjour Monsieur, que puis-je pour vous ?

Il s'avança jusque devant mon bureau.

– Madame, nous observons sur le projet de Back Office de la nouvelle réglementation Bâle III un énorme dysfonctionnement. Il semble que le cahier des charges ait été mal ficelé par vos services. Votre directeur de groupe n'étant pas habilité à engager la banque Heltrum sur les montants de dépassements nécessaires au bon fonctionnement, nous souhaiterions connaître la procédure afin de faire valider en urgence les avenants chiffrés.

Ce type était une vermine. Il était en train de m'expliquer que moi, ex-DSI, j'avais mal fait mon job. La banque Heltrum allait devoir payer de gros budgets complémentaires par ma faute. Il ne me plaisait décidément pas du tout, ce Bitour. Il me fallait organiser une deuxième mise à mort. Le plus aimablement du monde, je répondis :

– Monsieur Bitour, c'est aimable de votre part d'être aussi vigilant à notre cohérence de situation. Afin d'accélérer effectivement les *process*, je vous demanderais de bien vouloir m'adresser par mail avant ce soir l'ensemble de vos réflexions et devis complémentaires pour signature. Vous voudrez bien envoyer la copie de ce mail au responsable de groupe concerné chez nous. J'attends ces éléments. Aviez-vous d'autres points à voir avec moi ?

– Non, répondit-il un brin décontenancé.

– Alors je vous souhaite une bonne journée, Monsieur Bitour.

– Bonne journée et bon week-end, Madame.

Je venais de comprendre que ce type prétentieux n'avait jamais occupé un poste pour lequel il lui avait fallu se bagarrer. Sa femme l'avait imposé partout. Il ne maîtrisait ni l'art de la guerre ni la bosse du commerce. Il venait de m'humilier, moi, sa cliente et partenaire, et voulait certainement profiter de cette histoire pour augmenter son budget et ainsi se faire mousser en interne. Cet idiot était décidément trop facile à déchiffrer. La directrice s'occupant de ces sujets était Samia avec laquelle je m'entendais très bien. Elle était une parfaite exécutante, mais n'avait aucune stratégie. Je l'appelai :

– Samia, avez-vous été informée par Pacôme Bitour de sa demande colossale de budget complémentaire ?

– Oui, Mia, enfin « Madame ».

– Non, Samia, je reste Mia pour vous.

– Merci, Mia. Oui, on a effectivement oublié un pan crucial de cette nouvelle réglementation.

– Samia, le plus simple est de m'adresser le cahier des charges que nous avons validé et un mémo de votre position afin d'avancer sur ce dérapage rapidement.

J'étais étonnée qu'elle puisse approuver aussi vite les dires de Bitour. Ce dossier avait donc été validé par John malgré une telle erreur ? Une anomalie détectée par les mêmes équipes dirigées aujourd'hui par Bitour ? J'étais sûre qu'il n'avait pas digéré ma réflexion sur les ondes pulsées. Ce grand garçon avait la rancune tenace. Il y avait aussi la possibilité qu'il soit lui-même un Mamap *brother* et que les programmes complémentaires nécessaires soient en fait des fluidifiants pour ses coreligionnaires. Il valait donc mieux faire mine d'aller dans son sens pour mieux le surveiller.

Comme c'était l'heure du déjeuner, je décidai de rentrer chez moi et d'en toucher un mot à Charles. Arrivée devant sa porte, je sonnai. Pas de réponse. Je rentrai dans mon appartement et je m'allongeai sur mon lit. La DRH, Bitour, la réorganisation de la DSI, il ne fallait pas faire de faux pas. Je repensai au message : « *FAIS L'IDIOTE ET ATTEND NOS INSTRUCTIONS* ». Mais quelles instructions et de qui ? De Charles probablement, mais je n'en avais toujours pas la certitude.

Je m'endormis.

Lorsque je me réveillai, il était 14 heures. Décidément, ne rien faire m'épuisait. Je filai à Heltrum.

Arrivée au bureau, Sophie, me fit signe que quelqu'un m'attendait. Je ne reconnaissais pas la silhouette assise de dos.

– Qui est-ce ? articulai-je silencieusement.

Sophie prit une feuille de papier et inscrivit en gros : « Commissaire de police ».

– Voulez-vous un café, cher Monsieur ? dis-je en entrant et refermant la porte du bureau.

– Avec plaisir, Madame Davis, répondit l'homme en se levant. Mais permettez-moi de me présenter : je suis le commissaire principal Axel Derouet, en charge de l'enquête sur le meurtre de votre ancien président, Jean de la Marne. Je souhaitais m'entretenir quelques instants avec vous, si vous avez un moment.

– Mais bien sûr, Monsieur le commissaire, dis-je en jetant un œil à la carte officielle qu'il me présentait.

Je m'assis à mon bureau et l'invitai d'un geste à se rasseoir.

– Madame, commença-t-il, vous venez d'accéder à la fonction de directeur général, je crois.

– C'est exact. Ma prise de fonction remonte à quatre jours. J'exerçais au préalable les fonctions de DSI, c'est-à-dire la direction des services informatiques.

– Oui, je sais tout cela. Je crois d'ailleurs que votre ancien poste n'a aujourd'hui pas de successeur ?

– C'est exact, nous y réfléchissons avec Monsieur le président Despotes.

Il y eut un court silence durant lequel il me regarda droit dans les yeux.

– Que puis-je faire pour vous, Monsieur le commissaire ? demandai-je en notant la Légion d'honneur épinglée au revers de son veston.

– Madame, j'ai déjà interrogé l'ensemble des dirigeants de la banque Heltrum et les proches de Jean de la Marne.

Si vous voulez bien regarder cette liste et me dire si vous voyez des personnes que j'aurais oubliées.

L'homme était habile. Sa décoration indiquait sa proximité avec le pouvoir. Il était probablement en service commandé, mandaté par les plus hautes instances de notre bonne vieille République. Je saisis la feuille qu'il me tendait et y jetai un rapide coup d'œil.

– Il ne vous reste en effet plus que le président Despotes et moi-même, et...

– Et... ?

– Je n'y vois pas de représentants syndicaux, indiquai-je en lui rendant sa liste.

– Exact, je n'y avais pas pensé. Je vous remercie.

Il sortit un petit calepin de sa poche et y griffonna quelques mots tandis que je balayai une poussière sur mon bureau.

– Mais peut-être n'est-ce pas très utile ? rajoutai-je

– Madame, dans une enquête, tout est utile.

– Vous avez raison. D'autant plus que les syndicats font partie intégrante des forces vives de notre groupe.

Il me regarda d'un air amusé.

– Vous pensez à quelque chose ?

– Non, pas précisément.

– Je vous remercie, Madame, je ne vais pas vous déranger plus longtemps. Il me faudrait juste votre emploi du temps le jour du meurtre. Où étiez-vous et avec qui ?

– Oh, c'est simple, répondis-je sans hésiter, j'étais ici à la banque toute la journée. J'ai déjeuné à la cantine avec Monsieur Despotes qui était directeur général. Je ne suis pas rentrée tard à mon domicile, car mon époux était là, ce qui est rare.

Il sourit avec l'air de connaître ce genre de reproche.

– Que fait votre mari ?

– Il est officier dans la Marine nationale.

Je pensais que cela le refroidirait, mais il poursuivit sans sourciller :

– Et le soir, qu'avez-vous fait ?

– Nous sommes allés dîner dans une crêperie.

Il nota encore quelques mots sur son carnet, puis le remit dans sa poche et se leva.

– Bien, Madame, je vous laisse. Je vous remercie de votre coopération.

Je me levai à mon tour.

– Mais c'est parfaitement normal, Monsieur le commissaire, dis-je en le raccompagnant. Et n'hésitez pas à me solliciter si vous avez besoin de quoi que ce soit d'autre, ajoutai-je avant de refermer la porte.

J'avais complètement oublié de rappeler la DRH. Elle devait bouillir derrière son poste de téléphone. Je lui envoyai un mail avec les liens vers les réseaux sociaux où s'affichaient les deux profils.

« Chère Nadine,

Il semblerait que la différence de tarifs entre les deux agences de recrutement s'explique par leur professionnalisme et leur efficacité. Concernant les deux assistantes proposées, au vu de leurs profils pour le moins « instables », vous conviendrez que nous ne puissions les intégrer. Quant au chauffeur, son lieu de résidence trop éloigné ne saurait convenir. En l'espèce, je vous demanderai de retirer ce fournisseur de notre liste de prestataires agréés.

J'attends les trois profils de l'agence Beltair. Bien sûr avant 17 h.

Je vous remercie,

Mia Davis
Directeur général »

Je venais de me faire une ennemie de plus, mais cette Nadine Beckers n'avait jamais été une alliée non plus.

Le commissaire Derouet m'avait impressionnée par son calme et sa détermination. Je ne lui avais posé aucune question, car je savais qu'il ne m'aurait pas répondu. Sa Légion d'honneur ne m'inspirait que du dégoût. Je n'avais jamais aimé ces serviteurs du pouvoir. Je savais qu'il bouclerait l'affaire avec un coupable idéal et que les véritables assassins ne seraient jamais inquiétés. J'avais aussi compris que ma nomination était vraiment suspecte et qu'en accédant à cette fonction DG, je devenais une marionnette potentielle aux mains de puissances invisibles. Tous ceux de sa liste avaient dû lui répéter que je n'avais pas de légitimité pour le poste. Il aurait pu me titiller là-dessus, mais, étrangement, il n'en avait rien fait. Il était clair qu'il en savait beaucoup plus que son apparente bonhomie ne le laissait croire. Je réalisai tout à coup que sa venue était sans doute téléguidée par Madame la maîtresse, ministre de la Justice. Le hold-up de Despotes sur les comptes offshore de feu Jean de la Marne devait l'affoler. Y avait-il dans cette visite un message subliminal de l'État du genre « si tu ne nous aides pas, on va te mouiller » ? Je me remémorai la phrase du message : *« ILS VONT ESSAYER DE TE COINCER, NE PARLE DE RIEN, NE PRENDS PAS D'AVOCAT, FAIS L'IDIOTE ET ATTEND NOS INSTRUCTIONS. »* Tout compte fait, ma sieste avait été providentielle. Sans cette pause, je n'aurais jamais eu cette voix d'ange et ce regard si innocent.

Avant de partir en week-end, Sophie m'adressa un mail digne d'une présidence de la République :

« Chère Mia,

Je vous remercie de votre confiance. Je suis heureuse de vous suivre dans cette nouvelle aventure. Je voudrais vous assurer de mon plein soutien pour les mois et les années à venir.

Sophie »

J'attendais surtout les mails de Samia et de Bitour. En toute fin de journée, je reçus enfin le dossier de Bitour. Mais rien de Samia, ni de la DRH. Je partis donc en recherche approfondie dans le réseau interne et finis par mettre la main sur le fameux cahier des charges. J'imprimai le tout et rentrai chez moi. J'étais déçue par Samia, elle m'avait pourtant promis le dossier. Ce genre de faux bond ne lui ressemblait pas. Trouvait-elle, elle aussi, ma promotion injustifiée ? L'ambiance de guerre contaminait décidément tout le monde.

Je me couchai vers 21 heures, épuisée comme si j'avais couru trois marathons. Pourquoi étais-je si fatiguée depuis quelque temps ?

Le lendemain midi, après quelques courses, je sonnai chez Charles pour le déjeuner du samedi.

– J'ai des informations croustillantes, 52, s'écria-t-il en refermant la porte. Je commence par qui : Decru ? Despotes ? Le commissaire ?

– Je veux bien un Decru en apéritif.

– D'habitude, on garde le meilleur pour la fin.

– Dites-moi, Charles.

– Comme vous voudrez. Bon, vous aviez raison : ce type pue.

– Charles, vous êtes infernal ! Dites-moi !

– Eh bien, vous aviez vu juste sur un point. Il a effectivement une double vie : le jour à la banque Heltrum, mais la nuit, il ne va pas dans les sous-sols trafiquer les données informatiques, il va dans sa chambre de bonne où tout son argent file en héroïne. Mia, ce type est un junkie au dernier degré.

– Quoi ??? m'exclamai-je en m'écroulant dans le fauteuil. J'aurais pourtant parié un million sur sa tête !

– Et il ne fait pas semblant d'être bête. C'est une vraie loque. Son cerveau est en bouillie.

Je n'arrivais pas à imaginer Monsieur « Euh » en héroïnomane. C'était surréaliste.

– Et les autres ? demandai-je

Il me tendit un papier sur lequel il avait inscrit : *1 200 000 000 €*.

– Je suis incapable de déchiffrer ça. Un million... ?

– Un milliard deux cents millions d'euros, coupa Charles.

– Et c'est quoi ? dis-je en lui rendant son papier.

– Le montant du casse de la semaine. Despotes a raflé 60 % du magot, Madame la ministre 20 %, et les 20 % restants ont filé dans de drôles de caisses.

– Aidez-moi, Charles, je suis très mauvaise en calcul mental.

– Ça nous fait donc 720 millions pour Despotes, 240 pour Madame la ministre et 240 pour le parti actuellement au pouvoir.

Plus les sommes étaient élevées, moins elles m'impressionnaient.

– 240 millions pour l'Élysée ? J'espère au moins que les impôts vont baisser !

Il me considéra un instant avec un curieux petit sourire.

– On leur a tout piqué.

– Pardon ?

– Eh oui, Mia, nous aussi nous avons besoin d'argent pour fonctionner.

– Je ne comprends rien, Charles.

– Je vous explique : ils ont effectué les transferts mais ils n'ont pas eu le temps de faire les vérifications nécessaires. Ces plateformes offshore ne sont pas sécurisées comme chez nous. Lors d'un transfert, on peut intercepter l'argent virtuel et le remplacer par un leurre. Le vol revient en boomerang six jours plus tard. Le transfert n'est pas validé et donc l'argent « disparaît ». Pour pouvoir intercepter ces transactions, il faut savoir d'où l'ordre est donné et où il doit être réceptionné. Cela a été un jeu d'enfant avec Despotes et la ministre. Plus difficile avec le parti car il a fait appel aux officiels sur place. Là, on ne peut rien faire car les salariés des banques offshore sont menacés ou corrompus. Le seul argent qui soit arrivé à destination est donc celui du parti de notre cher président de la République.

Je le regardai, totalement éberluée. Son petit sourire s'était élargi. Il rayonnait de bonheur.

– Robin des Bois ! m'exclamai-je. Vous leur avez donc volé... ?

– ... 960 millions d'euros ! Nous allons pouvoir investir dans des lunettes à vision nocturne. Je vous en offrirai une paire, si vous voulez.

– Ce n'est pas drôle.

– Si nous déjeunions ?

– Vous m'avez coupé l'appétit, Charles. Despotes revient mardi. Il va être dans un état de nerfs et d'agression inouïs. Moi qui comptais sur une collaboration franche et sereine... Que vouliez-vous me dire à propos du commissaire ?

– Il est complètement ripoux. Au-delà du concevable. Il touche tellement de cash des trafiquants de tous poils que...

– Stop ! interrompis-je en me levant, n'en dites pas plus, je ne veux plus rien entendre. J'ai ma dose, je suis fatiguée, je vais me coucher, merci, Charles.

– Non, Mia, ne partez pas ! J'ai une information qui va vous donner faim.

– Je vous écoute, dis-je en soupirant.

– On a compris que des virus peuvent modifier les comptes des banques cinq minutes avant les éditions pour la Banque de France et la Banque centrale européenne sans qu'il y ait pour autant d'intrusion dans les systèmes. Comme si l'information était stockée dans le réseau et que, les jours de clôture, le virus s'activait. Mais nos spécialistes sont sceptiques. Pour eux, les *upgrades* rendent impossible une automatisation d'un tel procédé. Il y aurait en fait dans le SI d'Heltrum, un virus mutant qui intégrerait les *upgrades* du système et qui permettrait d'afficher les bonnes balances pour les autorités de marché juste au moment des contrôles hebdomadaires et mensuels. Est-ce que cela vous paraît envisageable ?

J'étais ébahie par cette démonstration.

– Je ne sais pas, répondis-je. Oui, sans doute, mais anticiper des *upgrodes* demanderait des calculs tellement puissants que cela me paraît compliqué à mettre en place, voire impossible.

À ce moment, la porte de la cuisine s'ouvrit, et Maria apparut portant un grand plat. Une délicieuse odeur de poulet rôti envahit la pièce. Comment résister ?

Rentrée chez moi, j'entrepris d'étudier le dossier de Bitour et le cahier des charges. Je n'arrivais pas à comprendre comment, deux ans plutôt, nous avions pu laisser passer une erreur pareille, surtout avec John, mon *magic boy*, aux commandes. Je repris tout, point par point, plusieurs fois de suite, mais il me fallait admettre l'impensable : Bitour avait raison. Cela me mettait hors de moi. On s'était bien planté, et cette petite plaisanterie allait coûter à la banque Heltrum la modique somme de 545 millions d'euros. Ce chiffre avancé par Pach intégrait des changements de machines, de logiciels, de réseaux et d'organisation colossaux. À peine nommée DG, je devais couvrir une énorme bêtise de ma part. John aurait-il pu laisser passer une telle bévue ? Ça puait le coup foireux. Puis je me souvins de Charles m'apprenant que John ne faisait rien chez Pach. Et il fallait aussi que, de mon côté, je reste imprévisible. Bien. La situation était simple : j'étais gravement en faute. En d'autres circonstances, j'aurais travaillé des heures pour dénicher la faille qui aurait retourné la situation à mon avantage, mais là, je me sentais coincée. Je subissais une attaque frontale redoutable pour ma légitimité à mon poste. Comment faire ? J'imaginai un instant faire chiffrer ces évolutions par un autre prestataire, mais vis-à-vis de Pach c'était juridiquement impossible. Et soudain, la solution m'apparut : il fallait racheter une banque qui, elle, était parfaitement à jour avec la réglementation, et se servir de ses mécanismes à nos propres fins. Et pour cela, un seul moyen : une OPA. Bien sûr ! Une OPA, c'était ça la bonne idée ! Voilà le genre de décision qui allait définitivement m'introniser DG à la face du monde des requins de la finance et de tous les rampants des couloirs d'Heltrum. Il ne me restait plus qu'à trouver une bonne petite banque qui me tirerait d'affaire.

Un rendez-vous d'urgence à la Banque de France s'imposait.

IX

OPA

Le lundi matin, à peine arrivée au bureau, j'appelais les services de la Banque de France liés au fameux « projet réglementaire » et obtenais une réunion le jour même en début d'après-midi. À 10 heures pile déboulaient dans mon bureau trois créatures sorties d'un magazine de mode : deux filles et un play-boy. Les « collaborateurs » Beltair. Des agents de Charles, évidemment. Sophie avait l'air un peu choquée, mais, en voyant ma mine réjouie, elle se forçait à sourire. Elle tenait là une semaine complète de potins. Les présentations faites et chacun à son poste, je m'enfermai dans mon bureau et passai la matinée à répondre à mes mails. Bitour m'en avait renvoyé un en me proposant une réunion « au sommet ». Il m'agaçait.

Après le déjeuner, je demandai à l'une des deux « Maria » d'appeler le chauffeur pour qu'il m'accompagne à mon rendez-vous. Sophie me confia qu'il s'appelait Genir. Je trouvais que ce prénom ne lui allait pas du tout. Il avait plutôt une tête à s'appeler Mario. Un Mario et deux Maria, voilà qui me convenait très bien.

Je montai à l'arrière de ma nouvelle voiture.

– Bonjour Genir. Vous permettez que je vous appelle Mario ?

Il me sourit dans le rétroviseur.

– Bien sûr, Madame Davis, Mario est mon deuxième prénom.

J'arrivai à la Banque de France où deux parfaits petits « esclaves décérébrés » m'accueillirent, impeccables dans leur rôle. Je les interrogeai sur l'importance de la réglementation, et ils se mirent d'eux-mêmes à parler de leurs compétences, du garde-fou qu'ils représentaient, du bien-fondé de leur mission, de la probité qui les animait. Je n'avais qu'à les relancer d'un mot, et ils déblatéraient de plus belle, gonflés de leur fonction étatique et de leur propre importance. L'un des deux, un petit chauve aux yeux rapprochés, semblait connaître tous les interlocuteurs des banques. Il connaissait Samia. Je fis d'elle un portrait élogieux que les deux eurent l'air d'apprécier. À un moment, au cours de la conversation, et de façon presque fortuite, je glissai :

– La fonction de DSI n'est vraiment pas de tout repos, qu'en pensez-vous ?

– En effet, répondit l'autre, qui portait des petites lunettes à monture dorée, les DSI ont l'air bien stressés en ce moment.

– Vous parlez du projet réglementaire qui doit être prêt dans moins de six mois ? dis-je nonchalamment.

– Oui, il semblerait que personne n'ait bien compris le problème en dehors de la banque Gretir.

– La banque Gretir ? Elle vous paraît au point ?

– Oui, ils en sont déjà aux tests, et apparemment tout fonctionne. Nos tests réciproques sont bons.

– Attendez les nôtres, dis-je en leur offrant mon plus beau sourire, vous serez surpris.

– Ah oui ? dit le chauve. Samia avait l'air inquiète.

– Samia a les défauts de ses qualités, répliquai-je avec un petit rire. Elle est très perfectionniste, peut-être trop. C'est aussi sa force.

Nous continuâmes de parler de tout, de rien, de la complexité de nos métiers, des finances mondiales, puis je prétextai un rendez-vous pour précipiter la fin de la réunion.

De retour à mon bureau, je partis à la pêche aux infos sur cette banque Gretir, petite structure mais détenue par des capitaux familiaux puissants. L'OPA ne serait pas simple, car cette société n'était pas cotée. Je réfléchis un instant. Nous avions dans nos équipes plusieurs analystes spécialistes des fusions-acquisitions. Mon choix se porta sur Renaud que j'avais maintes fois aidé dans le passé. C'était un excellent professionnel. Je descendis le voir au troisième. Il me fit sur-le-champ un résumé de la situation de Gretir : leur rentabilité était en forte baisse depuis le début de la crise. La banque avait basé son activité sur l'immobilier d'entreprise et celui-ci était en chute libre. Puis il me montra la répartition des capitaux, essentiellement familiaux. Je lui demandai de me faire parvenir un mémo secret et une synthèse. Pouvais-je m'appuyer sur lui en cas d'OPA ? Il était d'accord et approuvait l'opération. C'était en effet le bon moment d'agir. La banque Gretir allait bientôt faire face à de gros soucis de liquidités. Je proposai à Renaud de les appeler depuis une cabine téléphonique et d'organiser à Angers, siège de la banque, un déjeuner avec les trois actionnaires majoritaires familiaux. Évidemment, lui dis-je, secret absolu sur l'affaire. Rien ne devait fuiter. Communication exclusivement de vive voix. Rien par téléphone, ni en interne ni en externe. Pour finir, je lui promis la promotion de ses rêves, et remontai au septième.

Romy avait cherché à me joindre. Je la rappelai :

– Romy ?

– Mia, j'ai envie de te dire oui... Et en même temps, je flippe.

– Si c'est pour Huerin, t'inquiète, je l'ai dans mon collimateur.

– Alors c'est oui, Mia !

– Tu me fais un immense cadeau, Romy. Te savoir à mes côtés est un bonheur.

Je raccrochai et pris Sophie qui était en attente. Renaud souhaitait me voir. Nous descendîmes au bistrot du coin à cause des micros dans mon bureau. Il me remit un dossier complet avec un prix d'achat qui me semblait élevé. Il avait découpé son offre en trois parties : une partie cash, une partie échange d'actions et la troisième sous condition de résultats sur cinq ans. C'était un montage classique, peu ingénieux. J'attendais de lui que notre offre soit plus...

– ... créative ? dit-il. Façon Jean de la Marne ?

Je ne comprenais pas ce qu'il entendait par là.

– Oui, répliquai-je sans conviction.

Il ne se démonta pas. Pour que la famille vende rapidement, il ne voyait qu'un seul moyen.

– Heltrum achètera cash via Rastournel Ltd.

– Rastournel Ltd ? Connais pas. Renaud, vous êtes bien sûr de ce montage ? Il nous faut à tout prix réussir cette OPA, c'est impératif.

Je pataugeais complètement. Il dut le lire sur mon visage, car il me regarda avec un air amusé, comme un professeur avec son élève. Il sortit un stylo de sa poche et prit une feuille vierge dans l'un de ses dossiers.

– Je vais vous faire un dessin.

– Je vous en prie, faites, dis-je en me forçant à sourire.

Il dessina un cercle qu'il scinda en plusieurs parts.

– Rastournel est détenu par des filiales de la banque Heltrum. La filiale allemande détient un premier tiers via Guernesey ; la chinoise, un autre tiers via Hong Kong ; et un peu plus du dernier tiers est aux mains de la filiale italienne, via la Banque du Vatican.

– Et alors ? dis-je de plus en plus larguée.

– Et alors, la famille Gretir dépose ses titres de propriété dans ces trois places, elle fait une plus-value sans que le fisc français n'en ait connaissance et elle file à l'étranger car pas d'ISF. Rastournel récupère 86 pour cent des droits de vote de la banque Gretir. La banque Heltrum rachète les titres un peu plus cher à Rastournel qui affiche alors d'excellents résultats.

Je restai songeuse devant ses gribouillis.

– Et vous pensez que la famille acceptera ce montage ?

– Oui, Madame, car il se murmure qu'ils ont pas mal de cadavres dans les placards.

– Du genre ?

– Du genre problèmes judiciaires imminents pour aide à l'évasion fiscale pour le compte de grandes fortunes françaises.

– Très bien, dis-je, commençant à comprendre. En reprenant les titres à l'étranger, les Gretir échappent à une procédure. Le gouvernement français ne peut engager une procédure contre des établissements offshore. J'ai capté, Renaud.

– Ils négocient déjà avec un autre partenaire bancaire, mais qui n'a pas la force de frappe de Rastournel.

Il y eut un petit silence pendant lequel je pris toute la mesure de l'excellente démonstration qu'il venait de me faire. J'étais admirative, mais je ne le lui montrais pas.

– Très bien. Avez-vous organisé un déjeuner ?

– Oui, Madame. Après-demain, mercredi, à midi au restaurant L'Historia. Dans un salon particulier. Ils sont enchantés.

– C'est parfait, Renaud, je vous remercie, dis-je en me levant.

– Madame, je voulais vous dire...

– Oui ?

– Euh... Vos nouvelles assistantes, bredouilla-t-il, je n'ai jamais vu des... euh... des beautés pareilles à la banque Heltrum. À la cantine, on ne parle que des nouvelles assistantes de la DG qui sont...

– ... belles et compétentes à l'image des collaborateurs de la banque Heltrum. Au revoir, Renaud.

J'attrapai mon sac et m'éclipsai en souriant, pas mécontente de ma remarque très « DG ».

Je tenais mon dossier pour Despotes. De retour au bureau, Bitour était en ligne avec Sophie. Je pris le combiné.

– Bonsoir, Madame Davis.

– Bonsoir, Monsieur.

– Je revenais vers vous afin de m'assurer de la bonne réception de mon mail et je voulais avoir votre sentiment.

– Votre proposition est bien structurée et argumentée, je vous en remercie. J'ai juste un souci sur ce léger dépassement comptable de 545 millions d'euros, à savoir si je le passe en immobilisation ou non et sur quel budget.

J'avais un ton monocorde, sans émotions.

– Bien, Madame, j'attends donc de vos nouvelles, répondit Bitour, très sûr de lui.

– Oui, mais pas avant deux semaines. Nous allons monter une réunion inter-équipes avec Samia pour avancer.

– C'est parfait, Madame, je vous souhaite une bonne soirée.

– Bonne soirée, Monsieur Bitour.

Je rappelai Samia pour l'informer. Je lui demandai aussi une explication sur la non-communication des pièces demandées. Elle bredouilla quelque chose du genre : « Zut, j'ai complètement oublié. » Je la repris assez sèchement en lui demandant de veiller à respecter ses engagements. Sa fonction nécessitait une hiérarchisation des tâches et, en tant que DG, ce que je lui demandais passait avant tout le reste.

Avant de rentrer chez moi, je jetai un dernier coup d'œil à la Bourse : le cours d'Heltrum progressait. Notre double nomination avait été bien acceptée par les marchés. Puis, je descendis au parking récupérer ma voiture et demandai à Mario de me suivre afin qu'il connaisse mon adresse et l'itinéraire. Il m'attendrait demain matin devant mon domicile à 8 h 30.

Je sonnai chez Charles. Il m'ouvrit avec un petit air malin.

– Alors, Mia, il vous plaît, Genir ?

– Je l'ai rebaptisé. Désormais, il s'appelle Mario.

– Oui, je sais. Alors ?

– Il est magnifique. Les deux filles aussi. Je vous remercie, je vais devoir gérer mille six cents collaborateurs en rut.

Ça le fit rire.

– Mario doit devenir votre Charles *bis*, reprit-il, et il n'y a pas de micros dans la voiture, donc vous pouvez parler.

– Même pas un petit de chez vous, Charles ?

Il haussa les épaules et partir s'asseoir dans son fauteuil sans répondre.

– Despotes rentre demain matin, dis-je en m'asseyant à mon tour. Il va tous nous tuer. Il sait qu'il s'est fait voler ?

– Oui, il s'en est rendu compte en voulant offrir une Rolex à l'un de ses minets miaulants. La carte a été rejetée plusieurs fois. Il a dû se servir de sa carte perso. Il n'était pas content.

Il avait l'air d'un gamin ravi de sa bonne blague.

– Il est à Paris, donc ?

– Il vient d'arriver. Il est d'une humeur massacrante.

– Charles, je vais proposer à Despotes une OPA sur la banque Gretir, qu'en pensez-vous ?

– Une OPA ? Pour quelle raison ?

– Il semblerait que John et moi ayons fait une énorme faute d'appréciation sur les nouvelles obligations réglementaires des banques. Pach via Bitour nous en colle pour 545 millions d'euros. En rachetant la banque Gretir, Heltrum récupère une banque et son SI. Le SI de Gretir est au point, semble-t-il. Cette opération me permettra d'écraser Bitour. Cela me permet aussi de récupérer un nouveau SI plus petit. Le leur est autonome et dispose des mêmes fonctionnalités que le nôtre. Je vais voir si Mamap arrive à fausser les comptes sans Pach et à quelle vitesse, cela me donnera une idée des donneurs d'ordre. Si le coup vient de la banque Heltrum, les rectifications se feront dès le premier mois dans le *reporting* des filiales et dès les deuxième et troisième mois dans les comptes de Gretir. On verra ainsi le temps qu'il leur faut pour tout bidouiller. Charles, pouvez-vous faire vérifier que la banque Gretir est aux normes sur les nouvelles mesures réglementaires de janvier prochain ? Notre montage de rachat d'action par Rastournel Ltd va permettre à Despotes de piquer des commissions occultes comme son prédécesseur Jean de la Marne.

Charles acquiesça d'un hochement de la tête.

– On fait tout contrôler cette nuit, et Mario vous donnera la position demain matin dans la voiture.

Je me levai pour rentrer chez moi. J'étais anormalement crevée.

– Au fait, Charles, puis-je parler de tout cela dans le bureau de Despotes ? Y a-t-il des micros ?

– Despotes a des détecteurs dans tous ses portables. Il est impossible de l'écouter. Sauf pour nous. Nous sommes les seuls à utiliser les mouches.

– Les mouches ?

– Oui, Mia. Elles ont sur le dos des micro-caméras numériques qui filment et enregistrent, et qui ne peuvent être détectées car elles ne transmettent pas ; elles ne font qu'enregistrer. Une des femmes de ménage de chez vous est un de nos agents. Elle laisse régulièrement un produit invisible qui va de l'extérieur de la banque jusqu'à la cible qui nous intéresse, en l'occurrence le bureau de David Despotes. La mouche est déposée sur cette trace odorante qui la guide jusqu'à un endroit très précis et discret établi à l'avance. Cela peut être une bibliothèque, le cadre d'un tableau, ou tout simplement par terre dans un angle discret de la pièce. Là, un autre produit la neutralise et la caméra 360° enregistre. Nous récupérons les infos à l'heure du ménage. Nous opérions de la même façon avec Jean de la Marne.

– Beurk ! lâchai-je en me dirigeant vers la porte, vos histoires me dégoûtent, Charles. Pauvres mouches ! Je sens que je vais faire des cauchemars toute la nuit, je vous remercie. Bonne nuit quand même !

Je regagnai mon appartement. Il était clair que la réunion du lendemain avec Despotes serait tendue. Il fallait que je me couche tôt pour reprendre des forces. Après m'être mise au lit et avoir éteint la lumière, j'eus l'impression furtive d'entendre un léger bourdonnement qui s'arrêta aussitôt. Charles n'aurait quand même pas osé m'envoyer une de ses caméras volantes. Je rallumai et fouillai la chambre de fond en comble. Non, il n'y avait rien. Était-ce un grésillement de la lampe de chevet ? J'éteignis la lampe, la rallumai, puis l'éteignis de nouveau. Silence total. Tout ce cloaque commençait à me rendre folle. Il était temps que cela se termine. Je m'endormis et fis des rêves de hannetons géants en tailleurs rose fuchsia.

Le lendemain matin, à l'heure dite, mon beau Mario, chic et bien élevé, m'attendait au bas de l'immeuble. Être tributaire d'un chauffeur, cette marque obligatoire de DG, ne me plaisait qu'à moitié. J'avais l'impression de perdre encore un pan de liberté sous prétexte de sécurité. Mario me confirma ce que m'avait dit le chauve de la Banque de France : Gretir était aux normes. L'OPA était une bonne idée à plus d'un titre, ajouta-t-il.

Mon rendez-vous avec Despotes avait été fixé à 10 heures. Quand j'arrivai à Heltrum, je sentis immédiatement de l'électricité dans l'air. Despotes avait convoqué le directeur financier. Je passai en vitesse à mon bureau poser mes affaires et prendre quelques dossiers. Sophie était là avec mes deux nouvelles Maria qui enchantaient ma vue. Elle avait fait des rajouts à sa liste de messages et surligné au Stabilo ce qu'elle considérait comme des urgences. Parmi ces urgences, il y avait un dîner à l'Élysée auquel je ne souhaitais nullement participer. Mais, visiblement, Sophie en avait décidé autrement, jugeant l'opportunité « robe longue et vernis à ongles rouge » infiniment stratégique. Je savais d'instinct qu'il ne fallait pas approcher ce lieu dangereux. Despotes, lui, bondirait sur l'occasion. Il adorait cela. Il nageait admirablement en eau trouble. Ma nomination ayant été le fruit de la manipulation de Charles, apparemment plus efficace que les services du président de la République, on avait sans doute quelques questions à me poser. Je devais rester vigilante et éviter cet endroit.

À l'heure dite, je sonnai à l'entrée des bureaux du président de la banque Heltrum. Ils étaient situés au septième étage, eux aussi, mais de l'autre côté du bâtiment. À droite en sortant de l'ascenseur, il y avait la présidence ; à gauche, la direction générale. L'entrée de la présidence ressemblait à celle d'un temple sacré : porte métallique gigantesque, interphones, œuvres d'art abstrait aux murs, camaïeu de gris, et une insonorisation qui imposait un silence glacial. Tout était étudié pour intimider le visiteur et qu'il se sente en état d'infériorité. Par le passé, je n'étais venue à la présidence qu'à deux reprises. La plupart des réunions avaient lieu dans le bureau de Despotes.

Despotes avait sa tête des mauvais jours. Il était absorbé dans l'étude des quatre colonnes de messages que Sophie lui avait adressées par mail. Il me proposa un café avec du lait d'amande bio. Cette attention me toucha. Lui qui n'avait été jusque-là qu'égocentrisme et violence à mon égard semblait vouloir instaurer un cessez-le-feu avec sa cruche de DG. Méfiance.

J'étais vêtue d'un tailleur noir avec des bandes bleu clair au bas de la jupe et des manches. J'étais plutôt jolie. Mes siestes à répétition m'avaient requinquée. Lui semblait profondément affecté. J'en connaissais bien sûr la raison, déplorant une fois de plus ce pouvoir démesuré de l'argent. Aurait-il fait la même tête en apprenant que l'un des siens était atteint d'une maladie grave ? L'une des harpies apporta les cafés. L'ambiance était polaire. Despotes vint s'asseoir face à moi à la grande table ronde de son bureau de 100 m^2, et me regarda d'un air plutôt bienveillant.

– Alors, Madame Davis, cela vous fait quoi d'être directeur général ?

« FAIS L'IDIOTE »

– Très heureuse de continuer de travailler à vos côtés. Merci à vous, Monsieur, répondis-je en souriant.

– « David » !

– David.

Il y eut un court silence.

– Bien, reprit-il, je vous propose, pour cette première réunion, que nous commencions par les points les plus importants. Je vous écoute.

Il fallait absolument l'assurer de ma « cruchitude », qu'il comprenne que je resterais étrangère à ses chasses gardées et n'interférerais jamais dans le fonctionnement occulte de la banque.

– La priorité me semble être la mise en place de mon cabinet de curiosités, répondis-je avec un sérieux d'écervelée.

Les traits de son visage se détendirent comme par magie. Je l'avais ferré.

– Ah oui ? dit-il en se renversant dans son fauteuil. Et qu'entendez-vous exactement par « cabinet de curiosités » ?

– De tout temps, les dames ont eu leur cabinet de curiosités, David. Les messieurs, eux, allaient discuter au fumoir.

Son visage s'éclairait un peu plus de seconde en seconde.

– Et qu'allez-vous donc y mettre dans ce cabinet ?

– Je vais arranger cinq espaces différents : le premier sera composé des livres publiés par les nombreuses fondations que nous soutenons, et que nous offrirons à nos visiteurs ; le deuxième sera réservé à tous les projets de la banque Heltrum relatifs à la restauration du patrimoine et des vieilles pierres ; le troisième, à tous les projets culturels et sportifs que nous finançons ; le quatrième regroupera les informations financières et autres de la banque ; enfin, le dernier espace sera dédié aux gris-gris.

– Aux gris-gris ?

– Oui, David, nous avons besoin de gris-gris pour nous protéger de la violence qui nous entoure.

À cet instant, je le sentis interpellé.

– Vous voulez dire que vous vous y connaissez en gris-gris ?

– David, nos rois s'entouraient d'astrologues, de cardinaux, d'alchimistes, de sorciers...

– Oui, je le sais, Mia, mais c'est ce mot de « gris-gris ». Ça va nous amener des problèmes. Si la presse est au courant...

– C'est un terme entre nous, David, ne vous inquiétez pas. Je ne mettrai ni mèches de cheveux ni poupées vaudou. Je n'ai pas envie d'être brûlée comme une sorcière. J'emprunterai juste à nos fondations des vieux lingots, des pièces d'or anciennes, des presses à assignats, bref, des trucs de banque.

Il souriait. Il était aux anges. Visiblement, je l'amusais.

– Bon, c'est d'accord pour votre cabinet, Mia, à condition, bien sûr, que je puisse moi aussi y avoir accès avec mes visiteurs. Quoi d'autre ?

– Nous avons un déjeuner demain à Angers.

– Pardon ? Je ne suis pas au courant.

– C'est exact, David, personne n'en est informé sauf vous et moi... et Renaud des fusions-acquisitions.

– Mais de quoi parlez-vous ? dit-il en changeant d'expression.

– Je souhaite, si vous l'avalisez, lancer une OPA sur la banque Gretir.

Il se redressa.

– Mia ! Je m'absente quelques jours et... Vous n'avez aucune compétence dans ce domaine, enfin !

Il était stupéfait.

– Nous déjeunons à Angers avec trois membres de la famille Gretir qui regroupent plus de 85 pour cent des parts de la banque.

Il me considéra un instant, incrédule, puis il eut un petit sourire.

– Et comment voyez-vous cette opération ? Quels gris-gris comptez-vous utiliser ?

Son ironie m'agaça, mais je ne fis semblant de rien.

– Compte tenu de la situation économico-judicaire de cette famille, il nous faut passer par un montage avec Rastournel. Qu'en pensez-vous ?

Il passa la main dans ses cheveux d'un geste nerveux. Je venais tout simplement de lui démontrer que j'étais au courant de toutes ses magouilles avec l'ancienne présidence tout en faisant celle qui ne voulait pas s'en mêler. Il comprenait aussi que cette OPA avec ce montage pourrait lui permettre de détourner un paquet de pognon « façon Jean de la Marne ».

Il y eut un petit silence, puis il se détendit et sourit à nouveau.

– C'est une superbe idée cette OPA, j'aurais dû y penser moi-même, surtout avec le fisc qu'ils ont aux fesses. C'est même une évidence ! D'autres sont sur ce coup ?

– Oui. C'est une petite banque, David, il faut se dépêcher. L'opération peut se faire hors Bruxelles, car elle ne nous met pas en risques de situation monopolistique.

– Il faut avertir les ministères et certains administrateurs. Vous connaissez tout ça. Rien en interne tant que nous n'avons pas signé un protocole avec la famille.

Il retourna s'asseoir à son bureau et demanda par téléphone à l'une de ses secrétaires d'annuler tous ses rendez-vous du lendemain prétextant un voyage impératif à l'étranger. Il raccrocha, réfléchit un instant, puis leva les yeux vers moi :

– Où aura lieu le déjeuner ?

– Au restaurant L'Historia, à midi.

– Parfait. Je vous propose de nous retrouver sur place. Vous ne parlez de rien à personne, bien sûr.

J'acquiesçai d'un mouvement de paupières. Il avait retrouvé sa jolie tête de porc. Il fallait vite que je lui confirme mon statut de petite DG à la botte du grand président.

– David, il faut que ce soit vous qui pilotiez le dossier, dis-je, c'est *votre* projet.

Il me décocha le sourire du vainqueur. Trop facile. Puis je voulus l'entretenir au sujet des quatre colonnes, mais ça ne l'intéressait pas. Il avait maintenant autre chose en tête.

– Alors, à demain midi ? dis-je en me levant.

Il s'approcha. Un instant, je crus qu'il allait m'embrasser sur les deux joues, comme sa meilleure copine. Décidément, l'argent rendait fou. Où était-ce une brusque montée de trouillite ? Finalement, il me tendit la main.

– À demain, Mia.

X

Angers

Mario m'attendait dans la voiture garée en bas de l'immeuble. Après l'avoir salué, je lui demandai combien de temps nous mettrions pour arriver à Angers.

– Un peu moins de trois heures.

Je m'installai à l'arrière et nous partîmes. Posé sur le siège à côté de moi, j'aperçus une chemise cartonnée.

– C'est pour moi, ce dossier ?

– Oui, Madame, un ami commun m'a demandé de vous le remettre.

– Un ami commun ?

– Je crois que vous l'appelez... « 25 ».

J'entrevis son petit sourire par le rétroviseur. J'ouvris le dossier. Il contenait des dizaines de coupures de presse et autres documents sur la banque Gretir. Tout y était : l'historique, l'état des lieux, les soucis judiciaires prévisibles et les sommes importantes investies dans leurs systèmes d'information. Cette dernière donnée pouvait paraître paradoxale pour un établissement en difficulté financière, mais c'était assez habile. En investissant, la famille avait considérablement augmenté les immobilisations, et donc la valeur, de leur banque moribonde. Nous allions négocier avec de fins spéculateurs. Les Gretir étaient de lignée protestante. Despotes visait ses commissions occultes, je voulais le système d'information, et la famille souhaitait se libérer urgemment de ses difficultés à venir. Cette OPA se présentait sous de bons auspices. La réalité d'une OPA était toujours autre que celle affichée auprès des actionnaires.

Nous arrivâmes à Angers avec près d'une demi-heure d'avance sur le rendez-vous. Sur une place de la ville que nous traversâmes, j'aperçus l'immeuble de la banque Gretir. C'était une immense bâtisse, majestueuse et noble, qui ressemblait à l'idée que l'on pouvait se faire d'une grande banque familiale de province. Je demandai à Mario de nous arrêter à un café proche du restaurant. Je voulus commander un crème mais, évidemment, ils n'avaient pas de lait d'amande bio. C'eut été trop beau. Je me rabattis sur un thé vert qui, vu le stress que je sentais monter en moi, était une bien meilleure idée.

Il allait bientôt être midi quand nous retournâmes à la voiture. Je voulais vérifier une dernière fois mon maquillage et me recoiffer. Quelques secondes plus tard, j'aperçus dans mon miroir la voiture de Despotes qui se garait juste derrière la nôtre. Despotes en descendit lestement, comme un jeune homme, et, en vrai gentleman, vint m'ouvrir la portière. Monsieur le président de la banque Heltrum me prit le bras et nous nous dirigeâmes vers le restaurant L'Historia, une rue plus loin.

Les maîtres d'hôtel, qui avaient la même expression que les « harpies qui savent », nous conduisirent dans l'un des salons privés du premier étage. Là, nous attendaient trois hommes qui me firent immédiatement penser aux Dalton : les frères Gretir. Despotes les salua. Ils semblaient bien se connaître. Ils nous félicitèrent pour nos récentes nominations, posèrent quelques questions sur l'assassinat de Jean de la Marne, puis la conversation prit un tour plus général en évoquant la situation économique mondiale. Une légère sonnette retentit, et je vis l'un des frères Gretir appuyer sur un bouton discret autorisant l'entrée. Un maître d'hôtel se présenta pour prendre nos commandes.

Despotes déployait un talent de charme et de séduction que je ne lui avais jamais vu jusqu'alors. Il trouva le choix de menu de l'un des frères Gretir « parfait », commanda la même chose pour lui et pria l'autre frère, qu'il surnommait le « meilleur conseiller », de bien vouloir choisir les vins.

Une fois la commande prise, le personnel s'éclipsa discrètement. Despotes prit la parole :

– Mes bons amis, je tiens à vous dire combien je suis enchanté d'être avec vous ici. Vous avez bien compris l'intérêt évident que notre groupe prête à la banque Gretir. Nous souhaiterions, en effet, pouvoir nous rapprocher d'une grande banque de gestion de fortune. Cette offre manque cruellement à notre panel de services.

La famille Gretir était tout ouïe. Moi aussi.

– Je sais, poursuivit Despotes, que des confrères sont en pourparlers avec vous. Mais sachez que nous avons, de notre côté, une excellente expérience de l'intégration de votre type de structure. Nous vous apporterons évidemment toutes les garanties que vous jugerez nécessaire quant à la non-intervention d'Heltrum sur les sièges sociaux, les agences et les structures que vous avez mis en place.

Il était habile. Il savait que les Gretir possédaient tous les immeubles et fonds de commerce de leurs agences via des sociétés dont les sièges sociaux étaient basés à l'étranger. L'un des frères, un grand maigre, rompit le silence :

– Oui, c'est important pour notre famille. Notre institution est viscéralement liée à cette région et à ses salariés.

Ben voyons ! Il s'en foutait royalement. Tout ce qui l'intéressait, c'était le pognon. Despotes reprit :

– Sur ce point, sachez que la banque Heltrum est surveillée par les instances politiques. Nous ne prendrons pas le risque de délocaliser les emplois d'une région ou d'en supprimer.

Il devait y avoir un sens caché à cette phrase car les Gretir parurent enchantés. Le deuxième frère, un petit gros bouffi, demanda au président Despotes s'il avait une idée de la valorisation de la banque Gretir.

– Bien sûr, répondit celui-ci.

Et très innocemment ajouta :

– Il faudrait naturellement prendre en compte le montage de rachat et les formalités annexes que vous souhaiteriez.

Le petit cochon Gretir ne cessait de me regarder. On aurait dit une carpe prête à gober un bout de pain. Soudain, il sortit un papier de sa poche et le tendit à Despotes qui le lut et sourit. Je le sentais un peu sonné derrière ce sourire. Il ne me donna pas le papier. Devais-je intervenir ? Je ressentais sa tension. Je décidai de prendre la parole avec une maladresse feinte :

– L'architecture admirable du siège de la banque Gretir est fortement inspirée des lignes de Vauban.

Le dernier des trois frères qui n'avait pas encore parlé répondit :

– Il n'y a rien dans cette architecture qui rappelle Vauban, Madame.

– Certes, Monsieur, pas visuellement, je vous l'accorde. Je parlais de la symbolique, de l'art de la stratégie lié à l'urbanisme. Votre arrière-grand-père s'est probablement entouré de maîtres feng shui lors de la construction.

Les trois pouffèrent de rire en même temps. Le grand maigre me rétorqua avec condescendance :

– Madame, je crains que notre arrière-grand-père n'ait pas eu connaissance de ce vocable, et ils pouffèrent de plus belle.

L'atmosphère s'était détendue d'un coup. Ils me prenaient pour la gourde de service et cela m'amusait beaucoup. Tout sourire, j'enchaînai :

– Messieurs, nous parlons bien de Monsieur Ferdinand Gretir, n'est-ce pas ?

– C'est exact, Madame, dit l'échalas.

– Si je puis me permettre, votre aïeul Ferdinand Gretir a fait deux grands voyages en Extrême-Orient avec sa première épouse, d'ailleurs décédée de la fièvre jaune. Il avait embauché au cours de ses voyages trois personnes : la femme de ménage et confidente de sa première épouse et deux autres employés. Dans les écrits de Ferdinand Gretir et dans sa comptabilité, on trouve en effet des traces de Tom, de George et de Magdalen, prénoms anglais de ces trois Chinois. Vous devez savoir qu'à la page 28 de son livre, votre arrière-grand-père a écrit : « Mes plus fidèles amis du pays de l'empire du Milieu. » Ces trois personnes l'ont servi, accompagné et assisté tout au long de sa vie.

Les trois frères ouvraient des yeux ronds. Despotes souriait discrètement.

– Votre arrière-grand-mère, poursuivis-je, mécène d'art, avait constitué la première et la plus importante collection d'œuvres chinoises anciennes. Cette collection a disparu après la Seconde Guerre mondiale.

L'échalas avait quitté sa morgue et commençait à s'intéresser au sujet.

– Je vous le confirme, Madame. Nous avons en effet retrouvé trace de cette collection dans des documents et des factures. Je ne m'en souvenais plus.

– Vous nous passionnez, Madame, dit le troisième frère qui portait le même prénom que son arrière-grand-père. Mais quel lien y a-t-il entre Vauban, le feng shui, la collection de notre aïeule et l'offre de votre entreprise ?

– Messieurs, nous pensons que votre saga familiale et la banque Heltrum ont un destin commun. Nous avons énormément travaillé sur l'art de l'urbanisme guerrier en ces temps de crises mondiales, sur l'harmonisation de l'environnement global, le suivi de votre prospérité familiale et sur les nombreux postes en interne que nous allons pouvoir proposer à votre descendance.

– Très bien, très bien, fit le grand maigre.

Il sortit lui aussi de sa poche un papier qu'il remit au président. Despotes le lut en hochant la tête et me le tendit.

– Vous avez mon accord, dit Despotes, sous réserve de l'avis de mon directeur général, Madame Davis.

Il y avait là une liste de noms et de prénoms avec des postes souhaités, des jobs en salles de marché à Shanghai, et même un poste de directeur financier. Cela me fit sourire. Despotes me tendit également le premier papier sur lequel était inscrit : *Pas en dessous du milliard d'euros.* Ils y allaient fort. Leur banque ne valait plus grand-chose. Despotes allait dire quelque chose lorsque la sonnette retentit à nouveau. Tout le monde se tut et Ferdinand Gretir appuya sur le bouton. C'étaient nos entrées et le sommelier.

Une fois la porte du salon refermée, Despotes sortit à son tour de sa poche un petit papier vert clair et le tendit au grand maigre qui y jeta un œil avant de le donner à ses frères. Les Gretir étaient hilares. Ce petit jeu semblait beaucoup les amuser. J'avais la confirmation que le président Despotes était dans la combine Mamap. Il savait qu'il pouvait dépenser sans compter et surtout sans auditer.

Je ne saurais jamais ce qu'il y avait d'écrit sur ce papier vert clair. Ces petits malins se baladaient avec des petits papiers anodins dans leurs poches ce qui signifiait que ce salon était truffé de micros, et que tous le savaient. J'eus soudain une bouffée de tristesse en pensant à mes coussins péteurs abandonnés.

Les plats nous furent servis et la suite du déjeuner se déroula dans un échange de banalités sympathiques. Je compris aux attitudes et aux regards qu'Heltrum avait remporté la transaction. De son côté, le grand maigre ne cessait de me parler d'art. Il s'était un peu adouci. Je sentais que cette histoire de collection disparue l'avait perturbé. Je lui avais donné la clé d'un domaine qui lui était intime. Après avoir longuement tourné autour, il osa la question :

– Madame, puis-je me permettre de connaître vos sources ? Vous avez l'air d'en savoir plus sur nos aïeux que nous-mêmes.

Les têtes se tournèrent.

– Monsieur, votre arrière-grand-père devait être un grand admirateur de Sun Tzu et de son Art de la guerre, car il était passé lui-même maître dans l'art de la guerre économique. Il a financé les plus grandes réussites industrielles de la fin du XIXe siècle et du début du XXe. Ferdinand Gretir reste mon maître absolu dans tous les domaines. Comme l'on dit aujourd'hui, je suis *fan* de Ferdinand Gretir.

Les frères éclatèrent de rire. On nous servit les cafés sans que les conversations s'arrêtent ; plus rien d'important ne se disait à présent. Le gros continuait de me dévorer du regard. De simple bout de pain, je me sentais maintenant comme un *brownie* tout juste sorti du four. Il m'aurait bien grignotée.

– Y a-t-il autre chose que nous aurions oublié à propos de notre famille ? me demanda-t-il d'une voix sucrée.

J'interrogeai Despotes du regard.

– Messieurs, dit-il en reposant sa tasse de café, je vous trouve gourmands, bien trop gourmands.

Tout le monde s'esclaffa. J'ajoutai :

– Je vous en garde un peu pour notre prochaine rencontre.

Sur ces dernières paroles, nous nous levâmes de table. Le déjeuner était fini, la transaction effectuée. Il était temps de partir. La famille Gretir semblait enchantée. Le président Despotes aussi. Mission accomplie. Le pognon allait valser.

Mario m'attendait dehors. Despotes fit signe à son chauffeur de nous suivre et monta à mes côtés dans ma voiture. Il jubilait. Il s'adressa à Mario :

– Vous êtes le nouveau chauffeur de Madame Davis ?

– Oui, Président. Je m'appelle Mario.

– Parfait, Mario. Faites-nous passer devant le siège de la banque Gretir. Vous connaissez le chemin ?

– Oui, Monsieur.

Mario avait repéré l'itinéraire, bien sûr. On n'était pas agent de Charles par hasard. Pourquoi Despotes voulait-il passer devant le siège ? Quand nous arrivâmes en vue de l'immeuble, il se tourna vers moi :

– Et maintenant, expliquez-moi, Mia.

– Quoi ?

– Vauban, le feng truc et le reste...

Je souris. Pas si cruche sa DG, finalement !

– Observez bien la position du bâtiment, David.

Il regarda par la vitre et je poursuivi :

L'entrée se trouve à l'est. C'est un carré parfait. De plus, cet immeuble est situé devant la Loire. La Loire et ses châteaux, vous comprenez ? Les rois de France et les empereurs chinois faisaient construire leurs palais devant de puissants et tumultueux fleuves. C'est l'art de la guerre et de l'harmonie environnementale.

– Madame Davis, vous m'enchantez !

Puis il ajouta en baissant la voix pour que Mario n'entende pas :

– À partir d'aujourd'hui, vous pourrez installer la banque Gretir dans votre cabinet de curiosités.

Et dans un geste qui me parut presque amoureux, il se pencha à mon oreille et chuchota :

– Vous m'expliquerez un jour vos gris-gris ? Ils ont l'air puissants.

Il me fit un grand sourire puis se redressa :

– Mario, ramenez-moi à ma voiture. Il faut maintenant que je retourne travailler. Madame Davis m'amuse trop.

Despotes descendit et regagna sa limousine. Mario laissa la voiture du président le doubler et s'engouffra à sa suite dans les rues d'Angers pour rejoindre l'autoroute.

– Votre déjeuner s'est bien passé, Madame ?

– Oui. Je les ai distraits avec le feng shui et la collection d'art de l'arrière-grand-mère Gretir. J'avais lu ces infos dans le dossier. J'ai tout mélangé dans une histoire abracadabrante, et ces trois vieux singes étaient ravis.

Mario saisit trois autres dossiers de Charles sur le siège du passager et me les tendit. Il y avait aussi un lecteur MP3 et des écouteurs que j'enfilai aussitôt. J'appuyai sur *play* et je reconnus immédiatement la voix prétentieuse de Pacôme Bitour, mon futur amant. Il discutait avec Samia.

« *Elle est cuite, Samia, elle m'a donné son accord tacite.* »

Samia répondait :

« *Mia est forte. Elle n'a jamais cédé à personne. Elle n'a aucune légitimité pour le poste de DG. Elle le sait. Si cette affaire de 545 millions hors budget s'ébruite, elle va sauter. Il semblerait que personne ne soit au courant chez Heltrum. J'ai vu Jaques Huerin, notre directeur financier, et elle ne l'a pas informé. Il l'attend de pied ferme sur ce sujet.* »

Il y eut un court silence, et elle reprit avec une voix plus douce :

« *On se voit toujours ce soir ?* »

« *Oui. À tout à l'heure.* »

Ce pourri avait donc mis Samia dans son lit pour me nuire ! Pauvre Samia ! Se rendait-elle bien compte de sa stupidité ? Moi qui avais tout fait pour l'aider, pour la faire progresser. Un coup de poignard dans le dos, c'était là son remerciement. Je m'occuperais d'elle plus tard. Mais quel était le sens de ce rapprochement ? Samia était-elle liée à Pach ? À Mamap ? Aux *members* ? Ou n'était-ce rien d'autre que de la pure jalousie à mon égard ? Je retirai les écouteurs et rendis le tout à Mario.

– Vous n'avez pas pu quitter Angers. Qui est venu vous donner ça ?

– Personne. J'ai tout téléchargé depuis la voiture.

– Et vous en pensez quoi ?

– Pognon, pouvoir et sexe, lâcha-t-il en haussant les épaules.

– Parfait, Mario. Je ne vais certainement pas coucher avec un type qui se tape une de mes collaboratrices. Vous passerez le message à Charles.

Les trois dossiers traitaient respectivement de l'assassinat de Jean de la Marne, du juge Decru qui avait mis le président d'Heltrum Belgique en examen et des *stress-tests* dans les banques françaises. Vingt centimètres d'articles de presse du monde entier. Je lus le tout en diagonale et demandai à Mario ce qu'il fallait que j'en conclue. Il répondit :

– Les sables mouvants, Mia. La tectonique des plaques du pouvoir. Votre ami le commissaire principal Axel Derouet se cherche un bon coupable. Il cherche et ne le trouve pas.

– Vous le connaissez, vous, le coupable ?

– C'est nous.

– Pardon ?

– Nos enquêtes et nos infiltrations dans les banques ont amené des pions à bouger. Ces pions ont donc décidé de faire éliminer Jean de la Marne. Le coup vient certainement de l'Élysée.

Cela me rappela de ne pas oublier ma réorganisation des services, il fallait que je m'en occupe d'urgence.

– Mario, connaissez-vous un cabinet de conseil à qui je pourrais confier le soin de la restructuration du SI d'Heltrum ? Je compte y mettre du bordel partout sous couvert d'organisation. Il me faut une société qui ait pignon sur rue et qui ne soit gangrenée ni par Pach ni par Mamap.

– C'est quoi Mamap ?

– Vous demanderez à Charles.

Il me jeta un coup d'œil interrogateur à travers le rétroviseur

– Bien, on va vous trouver ça, dit-il en engageant la voiture sur l'autoroute.

Je m'aperçus que la limo de Despotes nous avait semés. Ou peut-être Mario avait-il fait exprès de laisser de la distance entre nous.

– Au fait, reprit-il, Charles vous interdit formellement de mettre les pieds aux États-Unis. Le FBI vous y arrêterait immédiatement. Ils ont un mandat à cause de votre filiale là-bas et des histoires avec la FED.

Je répondis que j'avais justement reçu un mail de Rémi Ribourel alias je ne savais plus qui, et qu'il souhaitait que je l'accompagne à New York. Cela eut l'air de l'agacer. Il donna un coup d'accélérateur et la voiture bondit.

– Alias Bruno Faber, grommela-t-il, alias votre amant-assassin possible, alias d'autres encore, alias celui qui voudrait bien vous écarter de son chemin en vous mettant derrière les barreaux.

– Eh bien, je vois que vous savez tout sur ma vie privée, dis-je en tentant d'accrocher son regard. C'est vous qui m'aviez suivie dans la rue ?

Il ne répondit pas mais je crus deviner une rougeur sur son visage.

– Si les agents se trahissent eux-mêmes, on n'est pas sorti de l'auberge, fis-je en regardant par la vitre. J'espère que Despotes ne m'enverra pas à New York. Je vais suggérer à Ribourel d'y aller avec Jacques Huerin.

Sur ce, je fermai les yeux et m'endormis.

Nous arrivâmes à Paris en toute fin d'après-midi. Ce voyage m'avait épuisée, mais je voulais tout de même repasser par le bureau. Sophie était déjà partie, mais mes deux Maria étaient encore là, impeccables, fidèles au poste.

– Tout va bien, Mesdemoiselles ?

– Oui, Madame, répondirent-elles en chœur. Sophie vous a déposé pleins de dossiers et de messages sur votre bureau.

Effectivement il y avait une pile de courrier, de messages divers d'ex-collaborateurs demandant des rendez-vous et de mails de filiales m'invitant à des conférences et autres réjouissances. J'imprimai les mails en indiquant « *oui* » ou « *non* » dans la marge afin que Sophie y réponde à ma place. Il y avait aussi un petit paquet. Je l'ouvris. À l'intérieur d'un écrin de velours bleu nuit scintillait une broche en argent ornée de brillants signée d'un grand joaillier.

Il y avait un mot :

« *Vous m'enchantez,*

David. »

Je reposai l'écrin et appelai Serge, un de mes anciens chefs de groupe informatique que je savais rester tard le soir.

– Tu as un moment ?

– Bien sûr, Mia, j'arrive.

Cinq minutes plus tard, il déboulait. Il me félicita chaleureusement pour ma promotion.

– Oh, tu sais personne ne voulait du poste, répondis-je, et surtout pas toi, je pense.

Il sourit en baissant les yeux Il était à un an de la retraite et son mot d'ordre était : pas d'emmerdes, pas de gros projets. On l'avait surnommé Mister No Soucy. Il le savait et trouvait que cela lui allait parfaitement, car il avait passé l'âge du stress et des bagarres.

– Alors, raconte-moi un peu ce qui se passe à la DSI depuis quinze jours.

– Tu recherches un mouchard ?

– Non, Serge, mais j'ai des décisions à prendre, et il faut que je sache un peu ce qu'il en est depuis que je ne suis plus là. Assieds-toi, je t'en prie.

– Bien, docteur, dit-il en souriant.

Il prit place dans le fauteuil face à moi, passa une main sur son crâne chauve et commença :

– Pacôme Bitour m'appelle tous les jours, lui ou l'un de ses collaborateurs, pour faire des points projets. Tu imagines ? Point sur point, quotidiennement ? Il commence à m'énerver, je peux te le dire. John n'a jamais fait un truc pareil ! Pach a mis en place une équipe qu'ils appellent « qualité de services » avec douze nouveaux qui emmerdent tout le monde en essayant de trouver des failles dans nos programmes et projets. Ils nous foutent une pression injustifiée.

– Tu aurais dû me le dire.

– Tu es DG, Mia. On n'a plus de chef.

– Tu te trompes, No Soucy. Je suis directeur général, mais je reste DSI jusqu'à la prochaine réorganisation.

Je fis une courte pause en le regardant dans les yeux.

– À partir de maintenant, je te demande de ne plus répondre à aucun mail de Pach concernant ce projet que j'ai mal engagé.

Je ne lui montrais rien mais j'étais folle de rage. La nature avait horreur du vide et Bitour s'était précipité dans le trou béant. No Soucy acquiesça d'un signe de tête. Je le remerciai de sa visite et le raccompagnai à la porte. Puis je me rendis chez Despotes qui semblait m'attendre.

– Merci pour votre attention, David, je suis touchée.

– Je vous en prie, Mia.

– David, nous avons un souci avec ma fonction de DSI. Suis-je encore DSI ?

– Oui, Mia. Comme vous me l'aviez demandé. Mais ça ne pourra pas durer. Il faudra trouver une solution.

– Parfait. Je compte attendre la réponse de Gretir avant de vous proposer un plan.

– Vous pouvez considérer que l'opération sera bouclée vendredi soir, au plus tard.

Je me fendis d'une moue admirative bien appuyée et qu'il parut apprécier et ajoutai :

– Je voulais vous dire que Pach profite un peu trop du départ de John et de mon absence. Je vais envoyer un mail à tous nos directeurs de groupe en leur demandant de faire valider leurs réponses par le service juridique. Ils ne répondront plus à Pach directement. Je vous mets en copie. Vous y opposez-vous ?

– Non, faites ! Pach m'énerve, et Bitour le premier. Il m'appelle vingt fois par jour et harcèle mes assistantes sur un projet que vous auriez mal validé. J'ai oublié de vous en parler. Est-ce exact ?

– Je vous confirmerai cela la semaine prochaine. Je suis dessus. Laissez-moi cette semaine et le début de la semaine prochaine.

– De toute façon, le couple Bitour commence à me gonfler sérieusement, murmura-t-il comme pour lui-même.

– Bien, je vous laisse, David.

– Bonne soirée, Mia. Revenez-moi en forme demain... Madame Vauban !

Je regagnai mon bureau pour écrire le mail. Bitour tirerait la gueule mais je m'en foutais. Moi aussi, je commençais à en avoir marre de ses coups foireux. Sur ce point, on se rejoignait Despotes et moi. Mais sans doute pas pour les mêmes raisons. Puis, j'appelai Mario et descendis au parking. Il était temps de rentrer. Je n'en pouvais plus.

Quand la voiture stoppa devant mon immeuble, je remis l'écrin à Mario avec un petit message pour Charles : *« Merci de me confirmer ou non la présence de micros, de microbes ou autre gadgets nuisibles de Despotes. »*

Le restant de la semaine s'étira péniblement de réunion en réunion en compagnie de DG d'autres banques sur des sujets assommants. Je ne pouvais même plus me confier à Charles. L'oiseau s'était envolé. Heureusement, Mario était là. On rigolait bien tous les deux. Il me semblait compétent en tout domaine et principalement en SI. J'avais même l'impression qu'il connaissait mieux que moi le SI d'Heltrum.

Le vendredi soir, alors que je m'apprêtais à partir un peu plus tôt que d'habitude, mon poste sonna. C'était Despotes :

– Mia, venez tout de suite.

Le ton était sec. Ses sautes d'humeur étaient connues, je ne m'en formalisai donc pas. Juste le temps de vérifier dans le miroir ma coiffure et mon maquillage, et je pris le chemin de la présidence. Dans le bureau, il y avait foule.

Despotes était là, tout sourire, une coupe à la main, et je reconnus les frères Gretir et une dizaine d'administrateurs, dont Rémi Ribourel. Les harpies couraient des uns aux autres versant le champagne à flot.

– Eh bien, Madame Davis, s'écria Despotes en venant à ma rencontre, il semblerait que vous nous ayez oubliés avec votre manie de ne pas avoir de portable ! Vous nous manquiez pour fêter l'intégration de la banque Gretir au groupe Heltrum à compter d'aujourd'hui.

Il rayonnait. Le gros Gretir s'approcha de moi et me tendit un paquet.

– En souvenir de ce merveilleux déjeuner où vous nous avez tant fait rire, mes frères et moi.

Je pris le paquet. Ribourel ne me lâchait pas du regard. Je reconnaissais bien Bruno derrière la moustache, derrière le masque. Je reconnaissais ses yeux, son corps, ses mains. Je ne pouvais oublier ses baisers, ses bras, notre amour et les nanoparticules. Un menteur, un tricheur, un tueur m'observait et je n'étais plus qu'une petite fille idiote, bafouillante et perdue. Je me collai au gros bouffi et lui murmurai d'une voix douce :

– Est-ce un cadeau personnel, Monsieur Gretir ?

– En quelque sorte, Madame.

Je crus voir ses prunelles marron se changer d'un coup en macarons au chocolat. Cet homme voulait vraiment me croquer.

– Je l'ouvrirai en pensant à vous, dis-je.

Son visage s'illumina. Il n'aurait pu rêver plus beau compliment. Il fouilla fébrilement dans sa poche et me tendit une carte de visite avec tous ses numéros de mobile, en France et à l'étranger. Je l'en remerciai en lui précisant toutefois, comme l'avait fait remarquer le président, que je n'avais pas de téléphone portable.

Il haussa les sourcils.

– Monsieur Gretir, dis-je, j'ai trois assistantes. Il faut pouvoir justifier leur poste auprès du conseil d'administration. Et puis, je ne pourrais jamais écouter ma messagerie, je suis toujours en réunion ou en rendez-vous.

Il continuait à me regarder sans rien répondre, comme fasciné. Je sentais peu à peu les têtes qui se tournaient vers nous. Dire quelque chose, mais quoi ?

– Cette acquisition est-elle définitive et bouclée, finis-je par lâcher bêtement.

Despotes s'approcha :

– Oui, Madame Davis, je vous le confirme. Nous l'annoncerons officiellement par voie de presse lundi matin, à l'ouverture des marchés. Les signatures notariales seront alors publiées. Monsieur Gretir propose que vous passiez trois jours à Angers, lundi, mardi et mercredi prochains. Vous pourrez vous faire une idée de la solution informatique qui a été mise en place là-bas.

Il me fit un clin d'œil discret. Il n'était évidemment pas dupe des vraies raisons de mon idée d'OPA-surprise. Il avait tout compris et m'avait permis de l'emporter contre Pach. Fallait-il en déduire une volonté de Mamap de contrer Pach ?

Les frères Gretir ressemblaient d'un coup à de riches et jeunes retraités. Ils avaient rajeuni de vingt ans. Ils en étaient presque séduisants. Le pouvoir de l'argent était vraiment stupéfiant. Ribourel s'approcha. Je ne voulais pas lâcher le gros Gretir, mais celui-ci m'abandonna pour l'un de ses frères. Ribourel se planta devant moi.

– Bonsoir, Monsieur Ribourel, vous allez toujours à votre salle de sport ?

– Oui, et je n'ai pas repris la cigarette.

– Vous m'en voyez navrée pour les cigarettiers qui font partie de nos gros clients. Pensez à nous, Monsieur Ribourel, et reprenez cette bonne vieille clope.

J'avais dit « clope » exprès. Comme lorsque nous étions jeunes.

– Impossible, Madame, j'ai promis à une femme, dit-il sans ciller.

– Impossible ? Moi, je crois que rien n'est impossible, Monsieur Ribourel, même… l'invraisemblable. Vous ne croyez pas ?

– Vous avez raison, dit-il avec un petit sourire, chaque semaine apporte son lot de nouvelles expériences. Qui sait ce que nous apportera la prochaine ?

Ce prédateur ne doutait de rien. Je répliquai avec un large sourire :

– Pour ma part, la mienne sera angevine. Trois frères, trois jours… et aussi trois nuits. Je m'en réjouis d'avance.

Son expression changea et il s'éloigna. Le gros Gretir revint à la charge avec le nom du meilleur hôtel d'Angers. Je lui demandai l'autorisation de venir accompagnée de quatre collaborateurs.

– Madame, vous êtes chez vous. Et si vous le permettez, je vous accueillerai personnellement dans vos nouveaux locaux feng shui. Disons, lundi à 11 heures ? et il me fit un grand sourire d'ogre affamé.

Quelques minutes plus tard, le cocktail prenait fin, tout le monde s'en allait et Ribourel était parti sans me saluer. Je retournai à mon bureau prendre mes affaires. Une des deux Maria était encore là. Je lui demandai de m'afficher le planning de Samia pour la semaine qui venait : il était vide. Samia serait en vacances. Parfait. Cette absence m'arrangeait. Je consultai le planning de ses quatre chefs de groupe, que je connaissais bien, et les appelai sur leur portable en leur annonçant un audit de SI à effectuer toutes affaires cessantes avec un départ de Paris lundi à 11 heures. Ils devraient prendre des affaires personnelles pour trois jours hors de leur domicile. Je n'indiquai ni la raison ni le lieu. Maria se chargea de réserver les taxis, le train et l'hôtel, et dans la demi-heure qui suivait, les documents leur étaient envoyés à chacun par mail. Je partirais le lundi à la première heure en voiture avec Mario. L'hôtel serait celui conseillé par le gros Gretir. Celui des quatre collaborateurs était situé en face de la banque. Tout était sur les rails pour écraser Monsieur Pacôme Bitour. Il ne me restait plus qu'à espérer que la banque Gretir dispose d'un SI performant sur la nouvelle réglementation.

En montant dans la voiture, je remis à Mario le cadeau du gros Gretir en lui demandant une analyse complète, puis l'informai de la discussion avec Ribourel.

– Méfiez-vous, Mia, ne le provoquez pas.

– Il m'a brisé le cœur ! J'ai trompé mon mari avec ce salaud, je vous le rappelle. Je suis définitivement la reine des ânesses.

Arrivée sur mon palier, je sonnai chez Charles. Rien. Je regagnai mon appartement, consultai mes mails. Pas de message de Marc. Il aurait pu s'inquiéter de moi. Mais je connaissais les règles et je les acceptais.

Le lendemain matin, je me réveillai tard. Après un peu de ménage et de rangement (mon mari pouvait parfaitement débarquer pendant mon absence et je ne voulais pas que l'appartement ressemble à un champ de bataille, j'étais une bonne épouse, tout de même !), je préparai ma valise pour l'escapade à Angers. Tout à coup, on sonna à la porte d'entrée. Les barbouzes ? J'étais en petite culotte, masque d'argile sur le visage, éponge à la main. Je regardai par l'œilleton : Mario ! Je courus enfiler un peignoir et revins lui ouvrir. Il me fit un grand sourire, jeta un rapide coup d'œil circulaire à l'aspirateur, aux bassines, aux chiffons et autres objets cultes de la femme d'intérieur du XXIe siècle qui jonchaient le sol, puis, d'un mouvement de la tête, m'indiqua la porte de Charles avec le pouce levé et dit :

– Excusez-moi, Madame, je n'avais pas votre numéro de téléphone personnel. Vous ne m'avez pas donné d'heure pour lundi matin.

La phrase était destinée aux micros. J'avais tendance à les oublier, ceux-là.

– À 8 heures, répondis-je. Mon rendez-vous est à 11 heures.

Je refermai la porte, filai sous la douche et m'habillai. Une demi-heure plus tard, je sonnais chez Charles. Maria m'ouvrit. Une délicieuse odeur de poulet grillé envahit instantanément le palier et me remplit de bonheur tandis que j'entrais dans la pénombre de l'appartement.

Des babouches rouges vinrent à ma rencontre.

– Bonjour, 52 !

– Bonjour, 25 !

– Alors vous vous amusez bien avec la famille Gretir ? dit-il en me faisant signe de m'asseoir. Vous avez un don pour imaginer de ces trucs ! Feng shui, Vauban... Tout ça parce que la grand-mère possédait un vase chinois !

– Je me suis servi des infos de votre dossier et j'ai brodé. C'était facile, leurs archives ont entièrement brûlé il y a cinq ans. Vous avez aimé Tom, George et Magdalen à la page 28 ?

– Vous les avez retournés, ils ne parlent plus que de ça ! dit-il en riant. Vous voulez boire quelque chose ?

– Non merci. J'ai faim.

– C'est bientôt prêt. Je me sers un whisky, vous permettez ?

Il se dirigea vers le minibar.

– N'empêche qu'ils vont vous questionner, reprit-il en versant l'alcool dans le verre. Ils ne savent pas si vous avez bluffé ou non. Ils n'avaient jamais mis le nez dans leurs archives, vous comprenez. L'argent, le pouvoir, l'argent... ça occupe. Et soudain, une belle jeune femme qui adore leur aïeul ! Quel choc !

Il but une gorgée et me regarda avec un drôle d'air.

– J'ai l'extrême honneur et le grand déplaisir de vous annoncer que vous avez un nouveau soupirant.

– Le gros Gretir ? Merci pour le scoop ! Je ne trompe plus mon mari, dis-je en retirant ma veste.

– Je ne parlais pas de lui.

– Charles, j'ai besoin de ma dose d'arsenic !

Comme par magie, Maria entra avec le poulet et déposa le plat sur la table.

– C'est Despotes ! reprit Charles.

– Comment ça, Despotes ? Je croyais qu'il roucoulait dans les bras de Bertoin et de ses minets miaulants ?

– Il est marié et père de trois enfants. Je pense qu'il aime le sexe à la grecque, hommes et femmes. Bisexuel, quoi.

– Charles ! soupirai-je en m'asseyant à table, Bitour couche avec Samia, avec sa femme et d'autres ; Despotes se tape Rikiki Radis, sa femme et d'autres ; moi, je flirte avec Ribourel, alias Bruno, alias je ne sais qui d'autre, et mon mari. Et je ne vous parle même pas de mon amie Romy. Mais c'est un vrai baisodrome, cette boîte !

Maria nous servit et retourna dans la cuisine. Pendant tout le repas, l'air soucieux, les sourcils froncés, Charles réfléchissait. Au moment du café, il reprit la parole :

– Il y a un problème, Mia. Je crois que Despotes est sincèrement amoureux de vous. Depuis votre négociation à Angers, il ne voit plus Bertoin, il ne voit plus de minets. L'autre jour, il a passé trois heures place Vendôme pour choisir votre broche. Tout cela ne lui ressemble pas.

– Au fait, vous avez trouvé quelque chose dans cette broche ? Nanos, micros, vidéos ?

– Rien du tout. C'est un vrai cadeau. Despotes est bêtement amoureux. Il doit en être consterné lui-même.

– Vous vous souvenez de ce que vous m'avez dit à propos de Bruno ? dis-je en reposant ma tasse. Qu'il agissait pour le compte de Waznext qui voulait me récupérer dans leur giron comme ils avaient récupéré Despotes ? Peut-être que Despotes fait de même et qu'il veut me « sauter-récupérer ».

– Il y a forcément un lien entre Waznext et Mamap, murmura Charles en se frottant le menton, c'est ce qu'il faut trouver.

– N'oubliez pas que mon bureau a été sanctifié à l'eau bénite, Charles, la lumière va jaillir. Au fait, j'ai vu Bruno déguisé en Ribourel hier soir, ajoutai-je. C'était dur. J'avais une folle envie de me blottir contre lui.

Maria qui débarrassait s'arrêta :

– Il se peut que Bruno Faber ait plusieurs fois tenté l'hypnose sur vous et...

Elle s'interrompit et regarda Charles qui lui fit signe de poursuivre. Elle reprit :

– Il y a chez vous un terrain favorable suite aux nanoparticules que vous avez ingérées. Mais nous n'en sommes pas sûrs. Quoi qu'il en soit, vous êtes tout de même un mauvais sujet pour lui. Vous ne répondez pas correctement. Mais le fait que vous ayez désiré être dans ses bras vendredi soir ne peut relever que de l'hypnose. Il était impensable pour vous d'avoir envie d'être dans ses bras, n'est-ce pas ?

– Je ne sais pas... J'en avais terriblement envie et besoin, je ne saurais pas comment l'expliquer. Je ne sentais plus aucune répulsion à son égard, comme si tout s'était évanoui. C'est peut-être la trouillite, Charles ?

– Peut-être... marmonna Charles en souriant sous sa moustache.

– Ça vous amuse ? Si on m'assassine, vous aurez ma mort sur la conscience, Monsieur 25 qui sait tout ! Bon, je vais me coucher, je suis crevée. J'ai l'impression d'avoir le cerveau complètement englué. J'espère qu'on ne m'a pas encore refilé des nano-trucs.

– Vous avez bu quelque chose au cocktail ? demanda Maria.

– Non.

– Alors, c'est l'hypnose. Les ondes mentales fatiguent l'organisme. Vous avez dû ressentir un peu de fatigue depuis que vous avez revu Bruno.

– Un peu de fatigue ? Je me traîne toute la journée.

– Alors tout est normal. Allez vous reposer.

Je sortis en claquant la porte et regagnai mon « home sweet micros » pour boucler ma valise et finir mon ménage tout en écoutant d'une oreille une émission à la radio qui traitait des femmes aux postes à haute responsabilité. On y parlait de moi. Je repensais à Bruno. Un homme pouvait donc mettre une femme honnête dans son lit, une épouse fidèle, juste en la regardant ou en émettant des fréquences vocales bizarres ? Ça allait trop loin. Il fallait stopper ces cons. Combien d'escrocs avaient dû utiliser ces méthodes, et peut-être même filmer leurs victimes pour les faire chanter. J'étais sûre que Despotes s'était servi de ce genre de procédé avec moi. Sinon comment expliquer ma soudaine attirance ? Cette histoire de trouillite aiguë, je n'en croyais pas un mot. Être attiré précisément par ce qu'on détestait le plus ? Et si le gros Gretir m'hypnotisait ? Je filai sous la douche pour chasser cette vision d'horreur.

Le dimanche matin, je partis tôt au marché. Les stands finissaient d'être montés. Tous ces commerçants courageux qui se levaient à quatre heures du matin pour aller vendre leurs produits forçaient mon admiration. À eux, on ne leur parlait pas de « stress au travail », de « repos compensateur » ou de « vous avez droit à ». Et pourtant, ils prenaient d'énormes risques, et la moitié d'entre eux possédaient sans doute un compte chez Heltrum qui engraissait les salariés et les actionnaires à qui tout était dû.

Une partie du marché était réservée à l'agriculture biologique. L'un des maraîchers, qui me connaissait, m'interpella :

– Faut vous mettre au citron, ma p'tite dame, vous mangez mal, z'êtes toute barbouillée !

Docile, je lui en achetai cinq kilo, lui promis d'arrêter le café le matin et de ne plus boire que des jus de ses magnifiques citrons.

– En pensant à moi, évidemment, sinon ça ne marche pas ! ajouta-t-il avant de s'énerver après des pigeons qui s'approchaient trop près de ses cageots.

– Ce n'est pas très bio de s'en prendre aux pigeons, dis-je pour le taquiner.

Il haussa les épaules :

– J'en peux plus de ces sales bêtes. Vous avez remarqué qu'il n'y a plus de moineaux à Paris ? Des pies, des corbeaux et des pigeons, y a plus que ça ! J'en ai marre, ça pue !

– Et si vous éleviez des chats ?

Ça ne le fit pas rire et il se tourna vers le client suivant. J'avais moi aussi une aversion pour tous ces volatiles qui nous envahissaient. Dès le mois de mai, on ne pouvait plus se garer sous un arbre sans se recevoir des tonnes de guano. Qui pouvait avoir intérêt à ce que les pigeons prolifèrent à Paris ? Je me souvenais d'un gros pépère que je voyais se poser régulièrement vers 20 heures sur le rebord de ma fenêtre à la DSI. Nos fenêtres ne s'ouvrant pas, je n'avais pas pu entamer une conversation avec lui. Les seules fenêtres qu'on pouvait ouvrir étaient celles de la direction, au septième. Visiblement, ça ne gênait pas les syndicats que les dirigeants, eux, puissent se suicider.

Je continuai de réfléchir.

Ce pigeon était toujours seul à venir se poser ainsi sur le rebord. Aucun autre de ses congénères ne l'accompagnait jamais. J'avais remarqué qu'il s'agissait toujours du même. La petite tache blanche près de son œil m'avait amusée. Je m'étais imaginé avoir affaire à une courtisane-pigeonne du XVIIIe siècle dont la tache était en réalité une mouche destinée à séduire les mâles. Je m'étais même documenté et j'avais appris que celle près de l'œil avait pour nom « l'assassine » ou « la passionnée ». Qu'était devenu ce pigeon ? Venait-il toujours à la DSI ou avait-il migré sous d'autres cieux ? Je me mis à rêver aux pigeons voyageurs qu'on dressait pour... Mon cœur bondit dans ma poitrine. Un pigeon dressé ! ÉVIDEMMENT !!! J'avais trouvé ! Oui, j'en étais sûre. Non, il n'y avait pas d'intrusion dans les systèmes d'information, ni clés USB, ni d'arrivées par modem, disquette, ou wi-fi : il y avait un pigeon ! Un pigeon qui tirait le câble du réseau des serveurs stratégiques de la compta groupe. C'étaient les seuls ordinateurs à être installés physiquement dans les salles informatiques du siège. Par ce câble, les Mamap avaient un accès direct au serveur via un identifiant non détectable. L'utilisateur fantôme pouvait ainsi faire sa propre compta, ses propres balances mieux qu'un simple collaborateur d'Heltrum qui était limité dans ses opérations. Cet utilisateur-là avait un *full access*.

J'avais trouvé ! Tous les jours, en début de soirée, mon pigeon à la tache blanche agrippait un câble de l'immeuble Heltrum et le tirait vers un bâtiment mitoyen, un câble transparent avec lequel les Mamap récupéraient les données d'Heltrum et les trafiquaient. Ensuite, le pigeon rapportait le câble qui devait se réenrouler mécaniquement. Les pirates évitaient ainsi l'utilisation d'appareils électriques que les systèmes d'alarme auraient facilement détectés.

Le pigeon était la solution à laquelle personne n'avait songé. Charles allait sauter au plafond. Je rentrai dare-dare et sonnai chez lui. Les volets roulèrent, les babouches glissèrent.

– 52 ! dit-il en ouvrant la porte avec un grand sourire, vous avez bien dormi ?

– Désolée pour hier, dis-je en posant mes courses. Cette histoire d'hypnose m'a mise tellement en colère. Vous avez confirmation ?

Il referma la porte derrière moi.

– Oui, il utilise sur vous une forme d'auto-hypnose en miroir, un schéma psychologique complexe que nous étudions. Il savait que Marc vous manquait.

– Vous êtes en train de me dire que j'ai fait l'amour avec lui sans vraiment le vouloir ?

– Oui et non.

C'était vraiment le genre de réponse que je détestais.

– Bon, bref, dis-je, j'ai trouvé comment Mamap pirate notre SI.

Il regarda mes sacs de courses.

– Ça vous est venu en allant au marché ? Mia, ça fait six mois que les meilleurs experts de nos services se creusent les méninges.

– Je suis formelle, Charles : c'est un pigeon.

– Un pigeon ? Vous permettez que je m'asseye ?

Il se cala confortablement dans son fauteuil et croisa les jambes.

– Je suis tout ouïe, Mia.

– Mon cher Charles, alias 25, alias mon voisin, écoutez-moi bien : tous les soirs, un gros pigeon nommé Gras du Bide World Gangster (Il haussa un sourcil) se pointe sur la face nord du bâtiment du siège de la banque Heltrum. Là, il saisit dans ses petites pattes un câble et l'emmène jusqu'à l'immeuble d'à côté où il est récupéré par les Mamap *brothers* qui ainsi piquent directement dans le serveur toutes les infos de la journée et sont instantanément au courant de ce qui se passe dans toutes les filiales d'Heltrum partout dans le monde et en temps réel. Et ils peuvent modifier les données. Par exemple, une des filiales allemandes envoie une info avec un solde de - 70 : eh bien, ils peuvent mettre - 80 ou + 40 000 si ça leur chante. Ils font ce qu'ils veulent en fonction de leurs intérêts. Le serveur de Paris étant le serveur-maître, il va retourner l'information modifiée à la filiale allemande, et le tour est joué. Le résultat du jour de la banque Heltrum est corrigé et personne n'en sait rien. Le lendemain matin, cet imbécile de Jacques Huerin ne tilte pas. Pour lui, les chiffres sont bons, et basta. Il ne va pas téléphoner à toutes les filiales pour faire vérifier les chiffres émis la veille par les serveurs entre 20 heures et 21 heures. Ce genre de rétrovérification ne se pratique jamais. Heltrum a multiplié ses filiales par cent depuis cinq ans, vous imaginez le boulot ? Personne ne contrôle rien, tout le monde fait confiance aux machines et aux logiciels. C'est un jeu d'enfants pour Mamap. Génial, non ? Alors, vous en pensez quoi ?

À la façon dont il me regardait, je compris que j'avais décroché le jackpot. Son regard pétillait. Il se leva d'un bond et alla appuyer sur plusieurs boutons dissimulés dans l'appartement. Dix minutes plus tard, on sonnait à la porte et dix personnes faisaient irruption dans le salon. Je me retrouvais d'un coup en plein film d'espionnage avec mes cinq kilos de citrons bio. Charles les fit asseoir et me demanda de tout leur expliquer. La petite assemblée eut l'air étonnée mais adhéra à ma théorie. Un câble tiré directement du serveur leur semblait plausible. Personne ne s'occupait jamais des serveurs. Il aurait fallu que, lors de la pose physique des machines, les ingénieurs vérifient *de visu* le tracé du câble. Ils ne le faisaient jamais. Ils étaient ingénieurs pas techniciens. Lors des sorties de câbles, on avait parfaitement pu, sous couvert de sécurité, faire sortir un câble double et le dissocier à l'intérieur d'une cloison ou ailleurs. C'était simple.

L'un des dix m'interpella :

– Madame, pensez-vous que les pirates agissent aussi le week-end ?

– Je ne me souviens pas de l'ordonnancement des tâches du serveur de la compta le week-end. Je crois me souvenir qu'il y a beaucoup de *back-up*. À mon avis, la prochaine opération de Gras du Bide World Gangster aura lieu lundi soir.

Ce fut l'éclat de rire général. L'idée de s'être fait rouler dans la farine depuis six mois par un pigeon nommé Gras du Bide World Gangster semblait les enchanter. Ils étaient apparemment tous d'excellents informaticiens, et je comprenais à leurs questions qu'ils avaient étudié à fond le SI de la banque Heltrum et de ses filiales.

Quand toutes les questions furent posées, Charles s'entretint encore quelques instants avec certains d'entre eux, puis les dix repartirent. Nous restâmes seuls. Charles ne me proposa pas de déjeuner, il lui fallait organiser la filature du pigeon. Avant de partir, j'osai la question ultime :

– Charles, est-ce que Despotes utilise le truc de Bruno pour m'attirer ?

– Il n'a pas besoin de ça, voyons, il est trop prétentieux ; moins fin et retors que Bruno.

Il m'ouvrit la porte et ajouta avec un grand sourire :

– À mon avis, Despotes est sûr de son coup.

– Charles, je vous déteste.

Rentrée à mon appartement, je me fis un énorme jus de citron et me plongeai dans les dossiers Gretir arrivés par mail. Il n'y avait rien d'extraordinaire au niveau de l'organisation de cette banque. J'analysai ensuite le dossier des systèmes d'information. C'était édifiant : ils avaient conçu un mécanisme informatique d'une précision d'horlogerie, répondant à la virgule près au cahier des charges de la Banque de France et des organismes de contrôle. Ce SI était sans doute le seul en France à fonctionner sans encombre sur les nouvelles normes Bâle III et permettant leur application et leur contrôle. Il suffirait à nos ingénieurs d'y intégrer un ou deux rouages supplémentaires pour qu'il s'adapte à notre propre système. De cette manière, j'échappais de justesse au déshonneur de mon projet mal organisé, et Heltrum évitait l'opprobre et un investissement financier lourd de dernière minute. Pach n'aurait plus qu'à s'asseoir sur ses 545 millions d'euros. Ouf ! Je refermai les dossiers Gretir. Toujours pas de mail de Marc. Cela faisait trois semaines. Je lui envoyai un message : « *Je pars trois jours. Je t'aime.* »

Je dînai légèrement et me couchai tôt. Dans mon rêve, je volais sur le dos d'un pigeon au-dessus des océans, à la recherche d'un périscope.

Le lendemain matin, Mario était à l'heure en bas de l'immeuble, et nous partîmes sous une pluie battante. On l'avait informé de la théorie Gras du Bide World Gangster. Peut-être était-ce une piste à suivre. En tout cas, l'idée qu'un pigeon puisse voler des données ultra-sécurisées l'amusait. Un pigeon qui pigeonnait la finance mondiale : l'image était magnifique.

– Mario, vous êtes au courant de cette affaire d'hypnose ?

Il hocha la tête en signe d'approbation.

– Je n'y comprends rien, continuai-je, j'aurais juré être sincèrement et viscéralement éprise de Bruno.

– Charles a raison. Il s'agit d'une forme d'auto-hypnose. Vous aviez envie d'être aimée. Votre mari est absent. Le clodo du coin aurait pu vous séduire.

– Merci pour le compliment !

– C'est une façon de parler, excusez-moi. Je voulais dire que vos défenses habituelles sont tombées. Bruno représente votre jeunesse, il est l'ami de toujours, le père de votre filleul. Vous vous êtes persuadée d'être amoureuse. En général ces systèmes d'autofonctions s'activent lorsque les gens sont saouls ou en état de dépendance à un produit.

– Dites-moi, Mario, vous n'êtes pas plus chauffeur que moi DG ?

– C'est vrai. Mais j'ai choisi d'être à vos côtés car je ne vais pas trop bien.

– Physiquement ou moralement ?

– Moralement. Charles pense qu'avec vous, dans six mois, j'irai mieux. Il est vrai que cela me fait plaisir d'être là.

– C'est indiscret de savoir ce qui ne va pas ?

– Oui, car c'est lié à aux activités de Charles.

– Je n'insiste pas.

Je regardai les trottoirs luisants par la vitre. La pluie ne cessait pas.

– Pour Gretir ce matin, repris-je, y a-t-il des instructions de Charles ?

– Non. Il faut juste vous méfier des Gretir. À Angers, ils possèdent tout, les politiques, les médecins, les flics, les maîtresses d'école... Rien ne se fait dans le pays sans leur aval.

– « Tous pourris en dessous de la Loire », *dixit* Bertoin.

– Angers est au-dessus, Mia.

– Les virus passent. Au fait, le cadeau du gros Gretir, c'était quoi ?

– Un kimono en soie rouge brodée au fil d'or. Il a dû appartenir à la grand-mère Gretir. Il a aussi pu l'acheter chez un antiquaire. C'est une belle pièce.

– Vous avez trouvé des trucs dedans ?

– Il est à l'expertise.

– Vous le donnerez à qui vous voudrez, je n'en veux pas. Et à propos du pigeon, quand vous aurez des infos et si ma théorie se confirme, vous me direz : « Madame votre amie a eu son permis de conduire ». Sinon, dites qu'elle l'a raté.

– Bien, Madame.

La voiture s'engagea sur l'autoroute. Je fermai les yeux.

Deux heures et demie plus tard, Mario arrêtait la voiture devant l'hôtel. On me signifia à la réception que Sophie m'avait appelé dix fois. Je montai à ma chambre poser ma valise et la rappelai. Elle voulait me féliciter pour l'OPA, me remercier pour son augmentation et me dire que les quatre collaborateurs s'apprêtaient à partir pour Angers. Despotes aussi voulait me parler. Elle me le passa :

– Vous allez me manquer, Mia ! Trois jours chez les Gretir ? Qui va me parler de feng shui ?

Il s'esclaffa et reprit :

– Vous revenez mercredi soir, n'est-ce pas ? Pouvez-vous m'accompagner à Lisbonne jeudi jusqu'à lundi ? Je vais voir notre filiale.

– Bien sûr. Nous ne rentrons pas le vendredi soir ?

– Non, Mia, je vous garde le week-end. La banque Heltrum finance l'Opéra de Lisbonne. Nous y sommes attendus pour la première de *Carmen*.

– Ça tombe bien, je comptais sur ces trois jours à Angers pour me faire poser un piercing sur le menton.

Je l'entendis rire à l'autre bout du fil.

– Vous êtes vraiment unique, Mia ! Trouvez-vous une robe de directeur général, je ne veux pas d'une punkette à mes côtés.

Il raccrocha.

Je rappelai Sophie en lui demandant d'annuler mon planning jusqu'au mardi suivant et descendis retrouver Mario. Il me déposa devant la banque Gretir à 11 heures précises. En contemplant à nouveau l'immense bâtisse, je ne pus m'empêcher de penser à la terreur que cette famille avait dû faire régner dans la ville. J'imaginais les centaines de maîtresses et d'enfants sans père. La banque Heltrum allait enfin libérer le peuple angevin de cette féodalité. Forte de cette belle pensée, j'entrai dans le hall.

Le gros Gretir était courtois avec moi, mais sec avec son personnel. Sa directrice de communication fut instantanément odieuse à mon égard. Je fis mine de ne pas m'en rendre compte. C'était probablement l'une des maîtresses

Gretir qui se sentait trahie et abandonnée par la rapidité de la vente. En tant que DG, je lui expliquai que le rapprochement de nos deux établissements n'affecterait aucun des services existants. On mutualiserait quelques opérations, tout au plus. J'ajoutai que sa qualité d'expert en communication dans une région stratégique pour le futur groupe était d'une grande valeur et serait très appréciée par le président Despotes. Le gros ne mouftait pas. Je compris que cette femme était l'une de ses proies, mais que c'était elle qui le tenait. Pire : elle faisait la loi dans la banque.

Je lui fis un grand sourire :

– Aimez vous l'opéra, chère Madame ?

– Euh... oui.

– Aimez-vous *Carmen* ?

– C'est une de mes œuvres préférées.

– Êtes-vous disponible samedi soir ?

Elle jeta un regard furtif vers Gretir.

– Oui... enfin... je crois.

– Dans ce cas, je vous invite à nous rejoindre à Lisbonne avec le président Despotes pour une soirée de mécénat à l'Opéra. Votre présence sera la bienvenue. La banque Gretir étant désormais intégrée dans les structures de communication du groupe Heltrum, il me paraît important que vous rencontriez vos collègues européens. Et le président sera enchanté d'avoir une jolie femme comme vous à ses côtés.

Elle était tout retournée.

– Alors, c'est d'accord ? dis-je.

– Oui, murmura-t-elle.

– Mon assistante va vous organiser le voyage afin que vous arriviez à Lisbonne vendredi soir. Samedi, coiffeur, shopping et tout le tralala.

Elle me regardait béatement. Je continuai sur ma lancée :

– Il ne nous reste plus qu'à aller choisir nos robes de soirée. Offertes par Heltrum, bien entendu. Connaissez-vous une jolie boutique à Angers ? Nous pourrions y aller toutes les deux en fin d'après-midi. Retrouvons-nous dans le hall d'accueil vers 18 heures, si vous le voulez.

Elle acquiesça en souriant. En quelques secondes, j'étais passée de « pire ennemie » à « meilleure amie ». Pouvoir de l'argent.

– Je vais appeler tout de suite mon assistante, dis-je. Vous permettez que j'utilise votre téléphone ?

Je composai le numéro direct de Sophie et lui passai « la directrice de la communication de Gretir » afin qu'elles s'organisent.

Le gros Gretir jubilait. Je le débarrassais pour quelques jours de l'un de ses poisons. Dans les couloirs, il me prit par le bras et me chuchota :

– Terrrrriblement belle et intelligente. Avec mes frères, nous comptons monter une OPA sur la banque Heltrum. Allez-vous nous y aider, Madame Vauban ?

Je lui fis un large sourire qui l'enchanta. Nous arrivâmes à la réunion. Immédiatement, je sentis de l'hostilité à mon égard. Les équipes exclusivement masculines ne devaient pas apprécier cette cession de la famille Gretir. Je pris la parole :

– J'ose espérer, Messieurs, que cette légère méfiance que je ressens à mon égard n'est pas liée au fait que je sois femme et directeur général.

Il y eut quelques rires. Puis je me lançai dans un discours-fleuve savamment dosé entre ce que je voulais qu'ils sachent et ce qu'ils voulaient entendre, expliquant ma fonction de DG, insistant sur les possibilités d'évolution dans le groupe, les félicitant pour le travail de leurs équipes et sur ce SI Gretir qui impressionnait le Tout-Paris financier.

Sur ce dernier point, il y eut un éclat de rire général. Ils pensaient à une blague. Je leur précisai que quatre de nos ingénieurs étaient en route et seraient là en début d'après-midi pour travailler avec eux. La banque Heltrum pensait délocaliser une partie de ses activités sur Angers.

Il y eut un silence où chacun devait s'imaginer que sa vie allait peut-être changer et prendre enfin son envol. Le gros Gretir mit fin à la réunion en déclarant :

– C'est pour toutes ces bonnes raisons énoncées par Madame le directeur général que nous avons, mes frères et moi-même, opté pour la fusion avec la banque Heltrum.

Il y eut un assentiment général et quelques applaudissements. Le champ était déminé. Les collaborateurs s'égaillèrent et Gretir me prit à part :

– Je vous emmène déjeuner. J'ai choisi pour vous un restaurant sur les bords de la Loire qui vous plaira et que mon aïeul aurait certainement qualifié de « feng shui ».

Je sentais qu'il allait me bassiner avec ça. Je lui souris en pensant que j'aurais mieux fait de me taire. Nous partîmes dans sa voiture, suivis par Mario.

Le déjeuner fut épuisant. Il m'assomma d'anecdotes à propos de son arrière-grand-père et du feng shui qu'il avait dû potasser comme un malade. Il avait soi-disant découvert des similitudes troublantes entre sa famille et l'art du feng shui. Ses frères et lui avaient décidé de faire venir un grand maître pour qu'il étudie leur banque. Il était tellement excité qu'il en avait perdu le sommeil. Je me retins deux fois de bâiller. Je n'en pouvais plus. Je ne pensais qu'à mon pigeon câblé et à m'enfuir d'ici. Qu'est-ce qui m'avait pris de dire que Ferdinand Gretir était mon idole ! Toutes ses histoires familiales m'ennuyaient à mourir et les œillades humides qu'il m'envoyait sans cesse m'exaspéraient au plus haut point. Il agissait comme le patron de banque qu'il était face à sa proie. Un calvaire. J'essayai en vain de le faire parler de sa femme, de ses enfants, mais le sujet n'avait pas l'air de l'intéresser. Je tentai alors d'aborder le mécénat et les œuvres caritatives auxquelles la banque Gretir participait, l'implication de sa famille dans la lutte contre l'excision des petites filles africaines, la mise en place de structures scolaires dans le tiers-monde, ou l'utilisation des enfants soldats. Il ne savait pas quoi répondre. Il ne parlait pas ce langage. J'avais réussi à le faire taire, mais une violence filtrait dans son regard. Je compris qu'il était irrécupérable. Je fis semblant d'interpréter favorablement son silence et me fendis d'une conclusion merveilleusement hypocrite :

– Je comprends qu'un homme avec une grandeur d'âme telle que la vôtre et une histoire familiale si honorable tienne à rester discret sur ses actes humanitaires.

Il s'adoucit. J'en remis une couche en lui parlant de son cadeau, qui était non seulement chargé d'histoire, mais qui m'avait aussi profondément émue. Ses yeux se remirent à pétiller. Un instant, il avait cru que mes histoires humanitaires me rendaient inaccessible, mais quelques flatteries l'avaient instantanément rassuré sur ma possible présence dans son plumard, et pourquoi pas le soir même. Cet homme était définitivement un mufle. Par bonheur, le temps du café et de l'addition arriva. Je l'invitai en ajoutant :

– Vous êtes le rayon de soleil de ma journée.

Il était comblé, le pauvre homme, persuadé de m'avoir séduite.

Cette fois, ce fut Mario qui nous raccompagna, et le chauffeur Gretir qui nous suivit. Au moment de nous séparer, il tenta une invitation à dîner que je déclinai poliment, prétextant une soirée de travail avec mes équipes tout juste arrivées de Paris et des impératifs assommants mais malheureusement inhérents à ma fonction. Mais qu'à cela ne tienne ! J'étais encore là deux jours. Nous aurions une autre occasion. Il s'inclina, et je sentis que, loin d'en être vexé, d'être éconduit par une femme l'avait émoustillé. Une fois n'était pas coutume.

Je traversai la place pour rejoindre l'hôtel en face. Les quatre ingénieurs m'attendaient au bar. Ils avaient épluché la presse locale qui ne parlait que de la fusion Gretir-Heltrum. Immédiatement, je me mis à penser aux femmes d'Angers. J'espérais qu'elles demanderaient réparation aux Gretir en mémoire de leurs mères et de leurs grand-mères. Maintenant que leur banque ne leur appartenait plus, ces salauds allaient payer pour leurs forfaits. Fini les promesses de job en échange de leurs assouvissements sexuels ! Je me sentais très Olympe de Gouges, tout à coup. Ces trois types infects qui n'avaient rien fait d'autre dans leur vie que d'asservir les autres, qui avaient juste eu la chance de sortir du bon ventre me révulsaient. Je devais les fuir. Je ne pouvais plus jouer d'une quelconque séduction. Même pour rire.

Brusquement, je me rendis compte que les quatre me dévisageaient. Est-ce que j'avais parlé toute seule ? Pour asseoir un peu mon autorité de DG, je redéfinis les périmètres d'audit de chacun : l'un serait donc en charge des réseaux à connecter ; l'autre envisagerait les possibles solutions logicielles ; le troisième se concentrerait sur les faisabilités et interférences globales du SI Gretir avec celui d'Heltrum ; le dernier, enfin, s'attacherait aux volumétries et à la sécurité des données. Cette mission les enchantait. Ils me confièrent le vide que l'absence du binôme John-Mia avait laissé à la DSI, et ce fayotage éhonté nous fit hurler de rire. Ils confirmèrent aussi le harcèlement des équipes de Pach ainsi que le changement de comportement de Samia, devenue vindicative à mon égard, et semblaient vraiment ravis que cette OPA fasse mordre la poussière à Pach. Décidément, les nouvelles équipes de Pach déplaisaient à tout le monde.

Enfin, en guise de conclusion, je leur rappelai le message à faire passer en priorité : la banque Heltrum créerait des emplois et des promotions à Angers. À l'un des quatre, lui-même intéressé par une mutation dans la région pour des raisons familiales, je répondis que cela ne présentait aucun problème, et que nous envisagerions cela le moment venu.

Ayant fait le tour des questions, il était temps de nous rendre à la banque Gretir. On nous y attendait de pied ferme.

Les équipes informatiques de la banque Gretir se sentaient en force. Elles nous le faisaient sentir. Un de mes collaborateurs était tout fou, impressionné par le peu de moyens et l'efficacité des résultats. On sentait une intelligence qui ne venait pas des frères Gretir. Au travers de réponses à quelques questions simples, je compris que le pouvoir était concentré dans les mains du directeur financier. Il m'avait été présenté le matin même ; sa poignée de main et son regard m'en avaient dit long sur le personnage. Il était le Richelieu des Gretir. Il commandait, réfléchissait, organisait les « sales besognes » et les Gretir récoltaient tous les fruits de son travail. À l'issue de la réunion, je passai à son secrétariat et sollicitai un rendez-vous. Il se tenait juste derrière moi, glissant dans l'espace comme une ombre.

– Entrez, Madame, je vous en prie.

Il me fit asseoir.

– Nous avons apprécié votre intervention de ce matin, lança-t-il d'entrée. C'est bien de votre part d'être venue personnellement pour affronter nos collaborateurs.

– La peur du changement est inhérente à la nature humaine.

– Vous êtes très habile, Madame, mais je suis à deux ans de la retraite. Si vous pouviez ne pas faire trop tanguer le bateau, je vous en serais reconnaissant.

– Les hommes de votre qualité sont rares et précieux dans une entreprise, Monsieur. J'espère que la famille Gretir saura vous en remercier. La banque Heltrum compte s'appuyer largement sur vous. En tant qu'ex-DSI, je tenais aussi à vous féliciter pour les options que vous avez mises en place. Je suis sincèrement admirative. Je serais d'ailleurs curieuse de connaître les motivations qui vous ont fait avancer des solutions si brillantes.

Il y eut un court instant pendant lequel il me regarda plus intensément.

– Madame, reprit-il, nous allons nous parler confidentiellement. La banque Gretir était à deux doigts du dépôt de bilan. Vous le saviez. Dans une telle situation, il ne nous restait plus qu'à revêtir la fiancée de ses plus beaux atours pour la marier à un prince.

Je ne pus m'empêcher de sourire.

– Cher Monsieur, vous mériteriez le poste de DG d'Heltrum. Je sens que nous allons nous entendre.

– Gretir vous sauve n'est-ce pas ?

Il était direct. J'aimais bien.

– Monsieur, répondis-je, vous pensez bien que nous avions d'autres sauveteurs possibles. Par ailleurs, la banque Heltrum a de solides appuis politiques. Nous aurions fait part en haut lieu de nos retards et fait changer les lois. Ou les aurions retardées. Nous autres, banquiers, avons de grands pouvoirs. Mais vous savez tout cela, bien sûr.

Devant moi, l'ombre rosissait.

– Je ne le sais que trop, Madame. Ici, tout est Gretir : les murs, les rues, le vent...

– Vous ne sentez pas souffler l'alizé Heltrum ?

– Oui, dit-il en hochant la tête doucement, on dirait qu'on respire mieux, ce matin.

– Si trop d'oxygène vous étourdit, venez donc à Paris. L'air y est délicieusement irrespirable.

– Je viendrai avec plaisir, Madame.

Nous rîmes de bon cœur. Nous étions devenus en l'espace d'une minute des complices non dupes. Quel pouvait bien être le parcours de cet homme pour qu'il ait atterri dans cette famille ?

Le temps filait. À l'heure dite, je rejoignis dans le hall Madame la directrice de la communication, maîtresse en chef du gros Gretir, qui m'attendait. Nous nous rendîmes à la première des deux adresses qu'elle avait sélectionnées et où devait se croiser le Tout-Angers. Telle une gamine, elle essaya une dizaine de robes en ronchonnant.

Mario nous conduisit dans la seconde boutique. Les marques y étaient moins prestigieuses. Là non plus rien n'était à son goût.

Nous retournâmes dans le premier magasin où l'un des modèles d'un grand couturier semblait néanmoins lui avoir plu, mais il était trop grand. Au moment où nous nous apprêtions à pénétrer dans la boutique, la vendeuse nous fit un drôle de signe. La maîtresse en chef avait blêmi d'un coup. D'abord interloquée, je finis par comprendre : l'une des Madame Gretir « officielles » était là. Elle essayait un tailleur. L'air se fit plus lourd tout à coup. Ainsi donc, les épouses, elles aussi, faisaient régner la terreur à Angers ! Ma directrice de la communication s'apprêtait à rebrousser chemin, mais je la pris fermement par le bras :

– Madame, je tiens à honorer ma promesse. Vous serez éblouissante dans cette robe. Nous allons vous la faire reprendre.

Nous entrâmes. Au même moment, l'épouse sortait du salon d'essayage une robe à la main. En apercevant la maîtresse, un masque figea son visage. On me présenta.

– Madame, je suis enchantée, dis-je en souriant.

Elle me rendit mon compliment avec froideur en me dévisageant de la tête au pied comme elle l'aurait fait d'une domestique. Sans me démonter, avisant la robe qu'elle s'apprêtait à acheter, je pris un air stupéfait et, d'un ton de petite peste, lançai :

– Elle vous plaît ?

Son visage s'empourpra. Personne ne lui avait jamais parlé de cette façon. Elle m'aurait bien tuée sur place, mais elle dut se résoudre à hausser les épaules. D'un geste méprisant, elle jeta la robe sur le comptoir et sortit. La vendeuse était livide. La maîtresse jubilait.

Nous demandâmes à revoir la robe. Il fallait la reprendre un peu à la taille. Une retoucheuse surgit de nulle part avec sa boule à aiguille au poignet, tandis que, de mon côté, j'optai pour un modèle vert tilleul tout simple que je n'essayai même pas. Je payai et pris congé de Madame la directrice de la communication en lui signifiant que mes collaborateurs m'attendaient pour une longue soirée de travail.

– Merci encore, murmura-t-elle. Je vous revois à Lisbonne ?

J'acquiesçai d'un sourire et sortis retrouver Mario qui me déposa à l'hôtel. Les quatre compères m'attendaient, confortablement installés au bar. L'un d'eux m'informa qu'un de ses contacts chez Pach l'avait appelé, surpris de son absence à la réunion. Il lui avait alors expliqué qu'il se trouvait à Angers, dans le cadre de la reprise de la banque Gretir. Son interlocuteur s'en était presque étranglé de colère ce qui avait ravi mon ingénieur qui détestait l'individu, devenu grossier et arrogant avec lui depuis quelques semaines. La famille Bitour devait être informée à cette heure-ci.

– Dommage pour les dividendes de Pach, rigola l'un d'eux.

– Mais mieux pour votre intéressement, rétorquai-je, et tout le monde s'esclaffa.

Cette équipe était chouette. Tant pis pour Samia qui avait joué le mauvais cheval. Elle était amoureuse de Bitour ? Elle n'avait donc rien compris aux hommes.

Les quatre partirent dîner sans moi. Je n'avais pas faim. Un repas par jour était suffisant. Je rejoignis Mario. En m'apercevant, il regarda sa montre :

– L'opération Gras du Bide World Gangster débute dans une heure, dit-il en m'ouvrant la portière.

– Vous lui avez vraiment donné ce nom-là ?

– Non, nous l'appelons Gradub.

Je souris discrètement. Il contourna la voiture pour regagner sa place à l'avant et démarra. Je le laissai rouler quelques secondes et lançai :

– Je me suis fâchée avec une épouse Gretir.

– Aucune importance. Leurs maris les détestent. Tout le monde ici les déteste.

Je regardai par la vitre les piétons pressés de rentrer chez eux. Une lassitude me prit soudain.

– Mario, je vous en supplie, préservez-moi du gros Gretir. Je ne peux plus le supporter.

Un jeune couple regardait la vitrine d'un joaillier.

– Dites-lui que vous couchez avec moi, repris-je, ou que je suis lesbienne, dites ce que vous voulez mais que ce porc sorte de mon champ visuel.

– J'allais justement vous parler de lui. Il a fait livrer quatre bouquets de fleurs à l'hôtel. Je crois qu'il vous y attend pour dîner.

Je soupirai.

– Mario, je dois avoir au moins deux cents mails dans ma boîte. Y a-t-il un cybercafé dans le coin ou un lieu où je pourrais me connecter ?

Son GPS lui indiqua un hôtel, tout près, un troisième classe mais avec accès wi-fi dans les chambres.

– Allons-y ! dis-je.

En chemin, il me confirma que les Gretir tentaient de tous nous espionner au maximum. Il fallait se méfier.

Une fois à l'hôtel, je laissai Mario s'occuper des formalités et montai directement dans la chambre appeler Despotes.

– Comment allez-vous, Madame Davis ?

– Très bien. Je suis avec Mario dans un hôtel miteux, mais avec la wi-fi dans les chambres

– Dans un bouge avec Mario ? Vous êtes amoureuse ?

– Ne dites pas de bêtise, David. Je voulais vous parler hors oreilles indiscrètes. Je me méfie de mon hôtel.

Je l'entendis pouffer. Je ne relevai pas et poursuivis :

– Le directeur financier a l'air de quelqu'un de confiance. Je me suis permis d'inviter la maîtresse du gros Gretir à Lisbonne. Mais rassurez-vous, elle ne sera pas dans notre hôtel. Je lui ai offert une robe de soirée d'un grand couturier avec son logo partout. L'horreur ! Et j'ai croisé une épouse Gretir. J'en tremble encore.

– Vous connaissant, à mon avis c'est plutôt elle qui va faire des cauchemars, vous ne croyez pas ? Aviez-vous vos gris-gris sur vous ?

– David, vous vous fichez de moi !

– Oui et non, Mia. Pour le SI et le projet réglementaire, ça donne quoi ?

– La banque Heltrum va faire fortune. On va revendre cette plateforme aux autres banques. On sera les seuls à être prêts. Je n'en ai pas encore parlé aux équipes à Paris.

– Vous êtes une vraie Madame Vauban !

– Bonne nuit, Monsieur le président, à demain.

Je raccrochai au moment où Mario entrait dans la chambre. J'attrapai son bras et jetai un coup d'œil à sa montre.

– Pas encore, dit-il.

Il sortit un livre de la poche de son veston et s'allongea sur le lit. Carrément.

– Tout va bien pour vous ? dis-je.

– Vous voulez que je vous laisse seule ?

– Non, tout compte fait, je préfère que vous soyez là s'il y a des cafards. Mais descendez à la voiture de temps en temps. Le peuple d'Angers ne doit pas imaginer une relation sexuelle entre le DG d'Heltrum et son chauffeur.

XI

Mario

Je m'installai sur le lit à côté de lui, allumai mon ordinateur et me connectai grâce au wi-fi de l'hôtel. Des dizaines de mails s'affichèrent d'un coup : Rikiki qui me harcelait, mes nouveaux amis DG avec lesquels je passais pourtant ma vie en réunion... Qu'avaient-ils encore à me dire, ceux-là ? Sophie me signifiait un appel de Marc en fin de journée sans autre précision. À tout hasard, je tentai un appel à la maison. Personne.

Et maintenant, répondre à tout le monde. J'en avais marre de gérer tous ces crétins. Il fallait que Romy prenne son poste en urgence. Il fallait aussi que je restructure-déstructure la DSI.

Je sentais l'odeur de Mario tout près.

– Mario, vous savez si Charles m'a trouvé quelqu'un pour la réorganisation bidon de la DSI ?

– Je lui demanderai demain, répondit-il sans lever le nez de son livre.

– Je vous rappelle que nous sommes enterrés à Gretir City pour trois jours, Mario.

– Par coursier spécial.

– Très drôle, vous étiez comique avant ?

– Non, tueur à gages.

– J'aimerais bien voir ça.

J'avisai un cafard qui venait de se glisser sous un meuble.

– Tenez, y a un cafard là-dessous. Faites-moi un devis.

Il se tourna vers moi.

– Un baiser d'abord.

– Mario, je suis mariée et amoureuse des porcs, pas des tueurs à gages.

– Alors, un « bon pour un baiser ».

– Non ! Faites donc semblant d'aller chercher des dossiers dans la voiture, un peu d'air frais vous remettra les idées en place.

Il se leva, sortit un petit couteau suisse de sa poche, et alla empaler minutieusement le cafard. J'étais dégoûtée. Il ouvrit la fenêtre et le balança dehors.

– Laissez ouvert, on étouffe ici !

Il me regarda avec un air renfrogné. J'embrassai ma paume et lui soufflai un baiser.

– On ne joue pas avec un tueur à gages, Mia, ça peut être dangereux, lâcha-t-il avant de claquer la porte derrière lui.

Quel curieux garçon. Était-ce mon histoire avec Bruno qui le perturbait à ce point ? Bruno... Où était-il ? Que faisait-il ? Cette *love affair* restait gravée dans ma mémoire. Les révélations de Charles, la trahison, les masques, tout cela m'avait brisée. Et pourtant, mes cellules vibraient encore de ses baisers, de son corps, de son sexe. Charles m'avait collé Mario comme gigolo. Mario qui ne s'appelait pas Mario, qui n'avait rien du gigolo, mais tout de l'homme d'affaires séduisant, brillant et terriblement beau.

Il réapparut une heure plus tard. Il avait meilleure mine. J'avais bien avancé dans mes réponses mails.

– Des *news*, Mario ?

– Pas du pigeon. Pour la réorganisation, on passera par la société Orgavixia.

Je refermai mon ordi.

– Gretir a dû quitter l'hôtel, maintenant, vous ne croyez pas ?

– Possible.

– Alors, on s'en va.

Le réceptionniste nous regarda passer avec un sourire entendu. Nous nous dirigeâmes à pied vers la voiture garée tout près. Ces quelques pas dans la nuit étaient délicieux.

– Vous n'êtes plus fâché ? demandai-je une fois installée à l'arrière du véhicule.

Il ne répondit pas. J'insistai :

– Je peux vous parler quand même ?

– Bien sûr.

– Écoutez-moi, on ne va pas aller à l'hôtel tout de suite. Je voudrais que vous vous arrêtiez dès que vous verrez une église.

– Elles sont fermées, Mia.

– Non, Mario, pas en province.

Il actionna son GPS.

– Non, Mario, pas d'électronique, laissons faire le hasard.

Il démarra et nous nous mîmes à sillonner Angers de long en large jusqu'à tomber enfin sur une jolie petite chapelle romane. Je descendis de la voiture en lui demandant de me suivre, et nous fîmes vingt fois le tour de la chapelle dans le sens inverse des aiguilles d'une montre. Il marchait docilement derrière moi sans mot dire. Puis, toujours en silence, je me dirigeai vers l'entrée de l'église et poussai la porte qui s'ouvrit ; reniant au passage mon serment pour la troisième fois, mais, après tout, j'étais dans la quatrième dimension et les serments n'y avaient probablement pas cours. Je m'approchai du bénitier et plongeai délicatement la main dans l'eau. Mario se tenait juste derrière moi. Brusquement, je me retournai vers lui et l'aspergeai complètement. Il resta pétrifié pendant deux bonnes secondes, puis partit d'un éclat de rire sonore à faire trembler les vitraux. Il était trempé.

– Et maintenant, fermez les yeux et respirez à fond, dis-je.

Il s'exécuta. Puis, nous regagnâmes la voiture en silence. Au moment de monter, il se tourna vers moi. L'eau dégoulinait sur son visage.

– Et si je tombe malade, qui vous protégera ?

– Ce soir, vous êtes en partie guéri, Mario. Demain nous passerons à la deuxième phase. Vos vingt meurtres sont durs à laver.

– 176, Mia. Quatre années de bons et loyaux services.

– Vous devez être riche ! Nous devrons donc faire encore 156 tours de cette chapelle et toujours en sens inverse.

– Pourquoi en sens inverse ?

– À chaque tour dans le sens inverse des aiguilles d'une montre, vous libérez une âme que vous avez volée. Mario, toutes ces âmes vous encerclent et vous empêchent d'être serein. Elles doivent s'en aller, maintenant. Et vous ne pouvez pas faire cela seul, ça ne marcherait pas. Il faut que je sois là, il faut un guide. Je vous expliquerai pourquoi un autre jour.

– Mia, jusqu'ici, vous me plaisiez. Maintenant, je suis amoureux et vous m'intriguez.

– Il est 22 h 30, Mario.

Il regarda son portable.

– Pas de message, dit-il.

J'étais déçue.

– Adieu, mon Gras du Bide, murmurai-je, ce n'était pas la bonne piste. Rentrons.

De retour à l'hôtel quatre étoiles, je regagnai ma chambre, et Mario la sienne. Cette journée avait été lourde, avec un planning « pas une minute pour pisser » comme au bon vieux temps de la DSI. Il fallait que je décompresse. Je me fis couler un bain, mais à peine m'étais-je immergée dans l'eau mousseuse qu'on frappa à la porte. Ça ne finirait donc jamais. J'enfilai un peignoir, terrorisée à l'idée de voir le gros Gretir en pyjama dans le couloir. C'était Mario.

– Depuis quand un chauffeur frappe à la porte de son boss en pleine nuit ? dis-je en ouvrant.

Avant qu'il réponde quoi que ce soit, je fis le signe qu'on était peut-être écoutés.

Il leva les yeux au ciel l'air de dire que je le prenais vraiment pour un débutant.

– Excusez-moi, Madame, c'est votre amie. Elle m'a appelé sur mon portable. Comme vous attendiez de ses nouvelles, je me suis permis. Vous auriez dû lui donner le numéro de l'hôtel. Elle m'a dit de vous dire qu'elle a eu son permis. Elle est aux anges. Voilà.

– C'est formidable. Je suis tellement contente pour elle. Merci, Mario et bonne nuit.

Je m'endormis heureuse. On avançait. J'étais en train de sauver le monde.

Le lendemain matin, Mario avait disparu. Il m'avait laissé un mot à la réception m'indiquant qu'il avait pris froid, qu'il était malade et qu'il reviendrait dans la soirée. Je me rendis à la banque en taxi. Toute la matinée, j'enchaînai les réunions et retrouvai Monsieur « ombre glissante » pour le déjeuner. Cet homme me fascinait. Je tentai quelques questions personnelles qu'il éluda habilement, mais il me confia tout de même que sa mère et son épouse étaient liées aux Gretir. Ils lui avaient payé ses études à Harvard. Il rajouta qu'il n'était pas heureux, mais que, grâce à moi, la veille, il avait senti le poids de ses chaînes s'alléger, et que son nouveau geôlier était une femme brillante et jolie qui disposait de la qualité suprême : celle de déplaire à Élisabeth Gretir. Je souris et lui demandai s'il serait tenté par un poste à Paris ou à l'international.

Il me regarda sérieusement.

– J'aimerais quitter ce pays avec femme et enfant.

– Réfléchissez vite et venez me voir à Paris. Je dispose pour le moment d'une baguette magique, mais qui sait si les fées ne me la retireront pas. Ce sont de vraies chipies, vous savez.

Après le déjeuner, nous retournâmes travailler, puis je le quittai en lui rappelant de me tenir au courant de son choix. En sortant de son bureau, je tombai nez à nez avec le gros Gretir qui faisait vider son bureau. Il me demanda de le suivre et je découvris un espace encore plus luxueux, plus vaste que celui de la présidence d'Heltrum. Je le félicitai sur le choix des tableaux, des tapisseries, des meubles en poussant des petits cris admiratifs qui avaient l'air de le transporter au ciel. Au moment où il eut l'impression qu'il pourrait poser sa patte sur moi, à cet instant très précis, je lui chuchotai avec mon sourire le plus charmeur :

– Il faut que je vous quitte, mes équipes m'attendent.

Et je le plantai là, au milieu de son futur ex-bureau, pour aller retrouver ma bande des quatre.

Ils m'attendaient. Ils étaient ravis. Au niveau du SI, tout allait pour le mieux, tout roulait. Ils confirmèrent que l'OPA sortirait définitivement Heltrum des griffes de Pach.

Journée finie.

De retour à l'hôtel, je consultai mes mails, mais il n'y avait rien de passionnant. Je préparai mes affaires pour le lendemain, pris une douche rapide et m'apprêtais à me mettre au lit avec un dossier quand la sonnerie du téléphone retentit. C'était Mario.

– Vous revoilà ? Vous n'êtes plus malade ?
– Je suis en bas, Madame, je vous attends.
– Je n'ai pas faim, Mario, j'ai déjeuné tard et...
– Pour mes 156 tours, Madame.
– Comment ? Ah non, pas ce soir, Mario.
– Hier vous avez dit demain, et demain, c'est ce soir.
– Mario, je suis fatiguée et...
– Il faut finir ce soir. Mia, c'est ce soir, je le sens. Il s'agit de mon salut.

Je raccrochai en soupirant. Ça m'apprendrait à vouloir aider mon prochain ! Les cheveux encore humides, je passai un jean, un pull et des chaussures à talons et descendis dans le hall. Il était lui aussi en jean mais en basket. Magnifique. Définitivement magnifique.

Arrivés à la chapelle, nous commençâmes immédiatement les tours. Cette fois, c'était lui qui était devant et moi qui suivais. Nous marchions d'un même pas, en silence. Je scandais à haute voix chaque tour effectué : 10 !... 35 !... 62 !... J'avais l'impression d'un parcours du combattant dont j'aurais été le général, un parcours spirituel. 86 !... 97 !... La nuit était tombée. 106 !... 115 !... Il se mit à pleuvoir. 128 !... 134 !... J'étais juste derrière lui, presque collée à lui. Je regardais ses fesses. Des belles fesses. Je ne les avais jamais remarquées auparavant à cause de son veston qui les masquait. Il marchait avec régularité, sans broncher. Je fatiguais. Les tours défilaient. 143 !... 149 !... On approchait de la fin. Toute la pluie du ciel se déversait sur nous. J'étais trempée et mes escarpins étaient morts. Puis ce fut le dernier tour : 156 ! Il était minuit. Sans un mot, hagards, dégoulinant de pluie, nous nous dirigeâmes vers la voiture, Mario m'ouvrit et je m'engouffrai dans l'habitacle tandis qu'il prenait sa place à l'avant. Il sortit des Kleenex de la boîte à gants et commença à s'essuyer doucement les cheveux et le visage. Je fermai les yeux et renversai la tête sur la plage arrière.

– Prenez un mouchoir, Mia.

Je fis non de la tête.

– Vous ne vous séchez pas ?

– Dans une autre vie, j'étais un hippopotame, moitié dans l'eau, moitié dans la boue. Je retrouve mes éléments.

Il y eut un silence pendant lequel j'entendais le frottement du mouchoir en papier sur sa peau.

– Mia, j'ai tenu ma part du contrat, vous me devez un baiser.

Je rouvris les yeux et relevai la tête.

– Ce sont les instructions de Charles ?

Dans un mouvement rapide, il sortit de la voiture et ouvrit ma portière. Je n'eus même pas le temps de comprendre ce qui se passait qu'il était déjà assis à côté de moi et me tenait dans ses bras puissants. Il approcha sa bouche de la mienne.

– J'ai vraiment envie de vous embrasser, Mia, dites oui.

Je devais être immonde avec mon rimmel dégoulinant et mes cheveux plaqués. Dans un sursaut de lucidité, je m'écriai :

– Mario, pour vous comporter ainsi cela ne peut être qu'un ordre de Charles. Je vais me le farcir, celui-là. Je démissionne. Je ne veux plus de chauffeur. Je conduirai moi-même. Donnez-moi les clés.

Tout en en disant cela, je m'étais détachée de ses bras, mais sans grande conviction. Je savais qu'il ne fallait pas que je m'y attarde trop longtemps. Ce garçon m'attirait énormément. Était-ce une montée de trouillite ? Il retourna à l'avant et nous rentrâmes à l'hôtel dans un silence de mort. Au moment de m'engouffrer dans l'ascenseur, je lâchai à haute voix : « À demain, 9 heures, Mario » tandis qu'il se dirigeait vers le bar.

De retour dans ma chambre, j'écrivis sur du papier à lettres de l'hôtel :

« Vous avez quand même les plus belles fesses de la planète.
Faites en part à notre ami commun.
Merci de votre amitié et de votre soutien.
Mia Davis »

Sur une enveloppe, j'écrivis « Mario », y glissai le mot et fourrai le tout dans mon sac. Puis, je pris une douche et me couchai.

Le téléphone me réveilla à 9 h 15. C'était Mario. Merde, j'étais à la bourre ! Je bondis du lit, me préparai en cinq secs et le rejoignis au bar où il prenait un café en compagnie du gros Gretir. Je m'en commandai un aussi. Nous échangeâmes trois banalités. Le gros Gretir me regardait bizarrement.

– Je vous ai vus hier soir, en rentrant d'un dîner, finit-il par lâcher, vous tourniez autour de la chapelle romane.

Je me tournai vers Mario :

– Vous lui avez expliqué ?

– Non, Madame, répondit sèchement Mario en baissant les yeux.

Je revins au gros homme :

– Cher Monsieur Gretir, dis-je en baissant la voix, je vais vous dire pourquoi, mais surtout, vous ne le répétez à personne, je vous fais confiance.

Il opina du chef avec un petit sourire de contentement.

– Dans quelques semaines, repris-je, je suis convié à un dîner en compagnie de célèbres ornithologues, amis de mon mari, et, (je me mis à chuchoter) Mario était censé me montrer des chouettes, car figurez-vous que je n'en ai jamais vu. Que voulez-vous, je suis parisienne. Mon Dieu, je vais passer pour une idiote. Monsieur Gretir, je compte sur votre discrétion absolue.

Je ne lui laissai pas le temps de réagir. Je le remerciai encore pour le déjeuner inoubliable et son magnifique cadeau, et nous nous éclipsâmes, Mario et moi.

Une fois dans la voiture, je remis l'enveloppe à Mario. Il lut la lettre, ne pipa mot pendant trois mortelles secondes, puis s'exclama en riant :

– Mes fesses sont belles... et chouettes ! Vous m'avez bien fait rire, Mia. Charles a raison, vous êtes extra.

– Allons vite à la banque dire bye-bye à tous ces cons, Mario.

Il démarra. Je lançai, moqueuse :

– Quand je pense, « Monsieur l'agent tueur à gages », que Gretir nous a espionnés et que vous ne l'avez même pas vu !

– J'avais la tête ailleurs, je ne pensais qu'à vous. Pardon.

– Mario, il faut qu'on se tienne à carreau. Nous sommes suivis, écoutés, fliqués partout. Vous devriez le savoir, mon bel ami. Je ne comprends pas que Charles vous ait demandé de coucher avec moi. Il est devenu complètement dingue.

– Charles n'a rien à voir là-dedans. Je suis sincère.

Je ne répondis rien. Il me déposa au siège où je montai rapidement saluer tout le monde, un compliment pour les uns, des félicitations pour les autres, puis nous repartîmes pour Paris.

J'avais des tonnes de dossiers à lire, mais je me retins. Il fallait que j'oublie une fois pour toutes mes vieux réflexes d'idiote qui bossait non-stop. J'étais DG maintenant. Ceux qui m'avaient mis à ce poste souhaitaient le chaos et non des résultats. Je devais me faire violence. Ne plus travailler. Être juste Mia Davis.

Je regardai la nuque de Mario et ses mains sur le volant. À quoi pensait mon dénicheur de chouettes ? Tout à coup – était-ce la chaleur ou une bouffée de trouillite ? – je m'avançai vers son siège et lui ôtai son repose-tête.

– Qu'est-ce que vous faites, Mia ?

Nous filions à toute allure sur l'autoroute. Il ne pouvait pas bouger. Je passai mes bras autour de son cou et me mis à embrasser sa nuque, à lécher sa peau, à lui mordiller l'oreille. Il ne bronchait pas. Je continuai de plus belle, plus amoureusement, plus sensuellement. Toujours rien : pas un geste, pas un mot. Parfait. Puisque mes caresses ne provoquaient pas la moindre émotion chez lui, je m'interrompis brusquement et me plongeai dans un dossier.

Silence pesant jusqu'à Paris.

Deux heures et demie plus tard, il se garait presque au pied de mon immeuble. Toujours en silence, il sortit mes affaires du coffre et se dirigea vers l'entrée. Il marchait devant moi. Il appela l'ascenseur, les portes s'ouvrirent, se refermèrent sur nous et l'ascenseur commença à s'élever. Il attendit quelques secondes, puis le stoppa entre deux étages et planta ses yeux dans les miens :

– Mia, maintenant, sans micros, sans témoins, sans être à 130 sur l'autoroute, vous pouvez recommencer votre petit truc là, vous savez, ce truc que vous faites si bien sur l'autoroute Angers-Paris ?

Son corps athlétique bloquait l'accès aux boutons. C'était le début de l'après-midi, l'immeuble était désert. De toute façon, il y avait deux ascenseurs, donc personne ne s'inquiéterait de cette panne. Il me fallait trouver une idée. Difficile de réfléchir avec ce grand et splendide garçon devant moi. Je ne voulais pas craquer, mais que voulais-je, au juste ? Je n'en savais rien. Il m'avait demandé un baiser et soudain tout s'était emballé. Étais-je amoureuse de son désir ou bien avais-je simplement envie d'être aimée ?

– Euh... j'ai l'impression, cher Monsieur, que cet ascenseur est en panne. Auriez-vous l'obligeance d'appuyer sur le bouton d'alarme ?

Il ne répondit pas. Je tentai une diversion :

– Mario, hier soir, c'était... euh... la phase deux des 176 tours.

– Et... ?

– Et... rien. Je pense que maintenant vous êtes guéri, mais ne reprenez pas votre ancien job !

Il ne bougeait pas. Il était comme statufié. Il aurait pourtant suffi qu'il me prenne dans ses bras, mais une force devait le retenir, la même que celle qui m'avait empêché de l'embrasser la veille au soir. Nous nous observions l'un l'autre, moi collée à la paroi la plus éloignée de lui, et lui à l'opposé, corps massif, le dos contre le panneau de commandes. Ma valise et le silence entre nous. Plus un mot, juste les regards acérés de deux guépards. Les secondes s'écoulaient sans un geste, sans un souffle. L'air commençait à s'échauffer dans la cabine. Nous commencions à respirer difficilement, nous allions étouffer. Il se mit à tousser, une fois, deux fois, je l'imitai, et nous étions tous les deux pris d'une quinte de toux irrépressible quand, tout à coup, l'ascenseur s'ébranla et reprit sa course ascendante.

Arrivée à mon étage, je me précipitai chez moi, toussant, titubant, tandis que Mario sonnait chez Charles. J'étais en sueur. Je posai mes affaires et fonçai sous la douche. Sous le jet, je n'avais que Mario et qu'une idée en tête : aller le retrouver chez Charles. Était-il possible de tomber amoureuse tous les quinze jours ?

Rhabillée, recoiffée, parfumée, je pris le temps d'un petit café, puis sonnai chez Charles. Maria m'ouvrit. Charles bondit de son fauteuil et vint à ma rencontre :

– C'est une magnifique victoire, 52 ! Vous aviez raison sur tout. Sauf qu'il n'y a pas qu'un seul pigeon, ils sont quatre ! Genir... enfin... Mario est dans la salle de bains. On va l'attendre pour regarder la vidéo. Vous voulez un café ?

– Je viens d'en prendre un, Charles, merci, dis-je en m'asseyant.

Il se rassit et se pencha vers moi :

– Mia, dit-il en baissant la voix, Mario était tout rouge quand il est arrivé et il avait l'air complètement sonné. Il a eu un malaise ? Il s'est passé quelque chose ?

Ne sachant que répondre, je fis semblant de tousser. À ce moment, Mario entra dans la pièce en toussant, lui aussi.

– C'est la pollution de Paris, dit-il en se raclant la gorge. À Angers, l'air est tellement plus... chouette.

Je ne pus m'empêcher de pouffer ce qui agaça Charles qui voyait bien qu'on lui cachait quelque chose. Il haussa les épaules.

– Ça vous intéresse que je vous montre cette vidéo ? Parce qu'on peut aussi faire un Scrabble, si vous préférez.

– Charles, excusez-nous, on a un peu mal à la gorge, dis-je en jetant un rapide regard à Mario qui souriait. Ça doit être la clim de la voiture ou de l'hôtel.

– Je vais vous préparer un lait chaud avec du miel, proposa Maria en se dirigeant vers la cuisine.

Charles se leva pour allumer la télévision, puis revint s'asseoir.

– Regardez-moi ça, dit-il en appuyant sur le bouton de sa télécommande.

Je reconnus immédiatement le dernier étage et le toit de l'immeuble de la banque Heltrum filmés d'un bâtiment voisin. À 20 h 04 précises, comme indiqué au bas de l'image, quatre pigeons se posèrent presque au même moment sur le toit, juste au-dessus du bureau des secrétaires de la présidence. Ils trottèrent quelques instants sur la surface en zinc, puis, soudain, l'un d'eux s'envola jusqu'à un boîtier métallique situé contre l'une des cheminées de l'immeuble et, en pleine course, d'un coup de patte sur la poignée, en ouvrit la porte, avant de s'en retourner auprès de ses congénères. À peine s'était-il posé qu'un autre s'envolait dans la même direction, battait des ailes devant le boîtier, plongeait la tête à l'intérieur de la cavité, en disparaissant un instant à notre vue, et réapparaissait avec dans son bec un filin transparent qu'il tira sur plusieurs mètres, avant de le laisser retomber et de rejoindre les autres. L'opération se répéta de façon parfaitement identique avec les deux volatiles restants. Une trentaine de mètres de fil électrique gisait maintenant sur le toit de la banque. Pour finir, à distance les uns des autres, les quatre pigeons saisirent dans leurs pattes une partie du long filin et volèrent en file indienne vers l'un des immeubles contigus au nôtre. Le premier du convoi lâcha l'extrémité dans une trappe aménagée dans la toiture, comme un vasistas ouvert. Les trois autres l'imitèrent, puis, sans s'arrêter, le drôle de bataillon volant regagna les hauteurs, s'éloigna et disparut dans le ciel. La vidéo affichait 20 h 06.

J'étais bouche bée. Tout ce que j'avais imaginé sans trop y croire venait d'avoir lieu devant mes yeux. On pouvait donc dresser des pigeons à un tel niveau ? Cela dépassait l'entendement.

Charles éteignit l'écran et se tourna vers moi, ravi.

– Encore bravo, Mia, vous méritez une médaille.

– Parfaitement ! « Reine des pigeons » !

– Je suis sérieux. Si je le pouvais, je vous décorerais moi-même de la Légion d'honneur.

– Pour pouvoir me tripoter la poitrine ? Vous pouvez vous gratter, mon cher 25.

Il leva les yeux au ciel.

– Qui remet le filin en place ? demandai-je.

– Personne. Comme vous l'avez dit, il est réenroulé à distance. La porte du boîtier se referme automatiquement et se déverrouille chaque jour à 19 h 58 précises pour que les pigeons puissent l'ouvrir facilement comme vous avez pu le voir.

Maria posa devant moi une tasse de lait chaud que je bus d'une traite.

– Qu'allez-vous faire maintenant ? dis-je en reposant la tasse.

– On passe à l'étape suivante : surveillance, écoute, filature. Il faut savoir qui récupère ces données et pour qui. Qui donne les ordres.

– Eh bien, je vous laisse à vos pigeons, dis-je en me levant, je dois repasser au bureau. Demain, je pars pour Lisbonne avec mon amoureux Despotes. Et avant, il faut que je me trouve des chaussures vertes, un sous-tif vert, des porte-jarretelles verts et une culotte verte pour aller avec l'horrible robe verte que j'ai achetée à Angers. Je serai l'immonde sorcière verte d'Heltrum. Vous venez Mario ?

Je repassai rapidement chez moi prendre mes affaires et descendis par l'escalier. Mario, qui avait appelé l'ascenseur, me jeta un regard sombre et m'emboîta le pas.

– Où allons-nous ? dit-il en démarrant la voiture.

– Dans une boutique de pute. Il me faut des chaussures de putes vert fluo.

Il prit la direction de Pigalle et me déposa devant un supermarché pluridisciplinaire du sexe avec gadgets, lingerie, *sex toys* et tenues *hot* à gogo. J'y achetai une paire de chaussures d'été un tantinet vulgaires, une culotte et un soutien-gorge, le tout d'un éblouissant vert électrique. C'était parfait.

Et maintenant, au bureau ! Il était temps de retrouver mon costume de DG et de cesser de jouer avec Mario.

Il était 19 heures quand j'arrivai à Heltrum et Sophie était encore là. Eh bien ! Ça fayotait sec ! L'amplitude horaire s'allongeait autant que les chiffres de son nouveau salaire. Elle me suivit jusque dans mon bureau, surexcitée par le retentissement de l'affaire « Banque Gretir » et de son effet par ricochet sur Pacôme Bitour. Bitour en avait pris plein la gueule, lâcha-t-elle, c'était bien joué.

– Sophie, ce n'est pas correct de parler ainsi, lui fis-je remarquer en souriant, vous êtes à la direction générale, maintenant.

Elle prit un air important, puis m'informa sur le voyage du lendemain. Tout était prêt. Mon billet d'avion était sur mon bureau. Concernant l'hôtel, Despotes s'était personnellement occupé de la réservation à la grande surprise de ses assistantes. Je la remerciai et ouvris mon ordinateur pour écrire un mot à mon grand ami Pacôme Bitour :

« *Monsieur,*

Je ne crois pas vous avoir suffisamment remercié de votre magnifique corbeille de fruits pour ma nomination. Que diriez-vous d'un déjeuner la semaine prochaine ?

N'ayant pas de téléphone portable, je vous demanderai de bien vouloir convenir d'une date avec mes collaboratrices.
Très amicalement,

Mia Davis
Directeur général»

Je mis Despotes, Sophie et les Maria en copie. La seconde d'après, Sophie déboulait.

– C'est impossible, Mia ! Vous revenez lundi et tous vos déjeuners sont bookés pour la semaine.

– Alors proposez-lui un dîner jeudi soir. Je vais lui concocter une soirée sur mesure. Ça le changera des beaux quartiers. Et prenez-moi un rendez-vous avec Orgavixia, ajoutai-je.

Je poursuivis mes envois avec un mail pour Romy : «*Je pars demain avec le Président, je te vois la semaine prochaine.*» et un autre de remerciement à chacun des quatre ingénieurs venus à Angers, puis rassemblai mes affaires. Je m'apprêtais à partir quand mon poste sonna. C'était Despotes :

– Mia, pouvez-vous venir me voir un instant ?

Cinq minutes plus tard, j'étais dans son bureau. Il rayonnait, comme un petit garçon à qui l'on a offert son premier ballon de foot.

– Vous avez l'air en forme, dis-je.

– Nous avons conclu une magnifique opération saluée par le marché. Vous êtes douée, Mia, « terrrrrriblement belle et intelligente » comme le dit Gretir. Je voulais que vous sachiez que je me fais une joie de partir pour Lisbonne avec vous. Faites-moi plaisir, portez ma broche. Elle ne vous plaît pas ? Vous pouvez la changer, vous savez !

– David, elle est presque trop sublime. Je me suis toujours imposé une extrême sobriété au bureau.

– Au bureau, oui, mais en privé... Pour cette soirée à l'Opéra, vous me combleriez si vous la portiez.

Aïe ! On était en plein *Trois Mousquetaires* version XXIe siècle : la broche était loin d'ici, dans un obscur labo de Charles, disséquée sous les microscopes. Je lui fis un grand sourire et pris la tangente.

– Je suis en contact avec la société Orgavixia pour la réorganisation du SI. Et je dîne avec Bitour la semaine prochaine.

Despotes hocha la tête, pas dupe de ma diversion.

– Vous êtes une adorable peste, Mia. À demain.

Je retournai au bureau. Sophie était partie. J'appelai Mario et descendis au parking. Je pris place dans la voiture, et, tandis qu'il rejoignait sa place, je retirai à nouveau l'appui-tête, puis croisai nonchalamment les bras sur le dossier. Il s'installa en faisant mine de n'avoir rien remarqué.

– *Back home, please !*

Il démarra sans prononcer un mot. Je me renfonçai dans mon siège et me plongeai dans le dossier de voyage préparé par Sophie. Il faudrait partir demain matin tôt pour être à l'aéroport dans les temps. Brusquement, je me rendis compte que nous n'avions pas pris la direction de mon domicile.

– Je peux savoir où nous allons, Mario ?

– Dîner, Madame.

– C'est très gentil de votre part, mais j'ai un peu de couture à faire ce soir sur la robe que j'ai achetée. Et je dois aussi laver ces ignobles dessous verts. Je sens que je vais ressembler à un *green bag* à patates.

– Despotes déteste le vert tilleul.

– Il va *adorer* le vert tilleul, répliquai-je du tac au tac.

Il secoua la tête en me jetant un regard sombre par le rétroviseur.

Il avait choisi un restaurant végétarien bio que je ne connaissais pas. Nous nous installâmes à une table à l'écart. Il avait changé d'humeur. Il semblait triste, tout à coup.

– Mia, cinq jours loin de moi, c'est trop. Ne touchez pas à Despotes, s'il vous plaît. Le porc est un aliment qui n'est pas bon pour la santé.

Un serveur s'approcha pour prendre nos commandes.

– De toute façon, repris-je quand celui-ci se fut éloigné, je ne peux rien faire sans que vous le sachiez immédiatement, vous, Charles et toute la smala. Vous pensez bien que je ne ferai rien de compromettant pour moi. Vous avez mis des caméras dans ma chambre, je parie.

Il haussa les épaules.

Le restaurant était agréable. C'était simple, sobre, exactement le genre d'endroit que j'appréciais. Comme avait-il su que ça me plairait ? Tous ces barbouzes en savaient long sur moi, c'était clair. J'étais véritablement espionnée, scrutée. Un vrai magazine qu'on feuilletait. Peut-être avaient-ils des dossiers complets sur moi, avec tout sur tout. Rien que d'y penser me faisait frémir. Et les micros ! Comment avais-je pu ne pas me rebeller ! Tout cela pour une noble cause. Quelle cause déjà ? C'était quoi la mission ? J'étais bien contente de leur avoir pourri les tympans avec mes coussins. Ils avaient payé pour les autres, passés et à venir. De me savoir ainsi mise à nu devant des voyeurs me mettait hors de moi. Et en même temps, j'étais là, dans ce restaurant, avec lui. Et ça, c'était bien.

On nous servit nos plats : risotto aux girolles pour lui, tofu aux épices pour moi. Je me fis plus douce :

– Mario, j'ai peur en avion. J'ai horreur de ça. Si je me crashe je veux que vous sachiez qu'il n'y a pas que vos fesses qui sont belles, votre âme est belle aussi.

Il s'arracha à son assiette et me regarda sans rien répondre.

– Allez à la cathédrale de Chartres, poursuivis-je, et faites 176 tours dans le sens normal, cette fois. Vous serez définitivement guéri et protégé. Et, s'il vous plaît, mettez une veste. Je ne voudrais pas que vous détourniez de leurs vœux les sœurs du couvent d'à côté.

Ça ne le fit même pas sourire. Il était sinistre.

– D'après vous, il faudrait partir vers quelle heure ? demandai-je en lui remettant le dossier de voyage.

Il le consulta un instant, le posa à côté de lui et lâcha froidement :

– 6 h 30.

– C'est tôt.

– Je préfère à cause des embouteillages.

– Si c'est trop tôt pour vous, je peux prendre un taxi.

– Non, il n'y a pas de problème. Je dors chez Charles, ce soir.

– Vous allez lui dire ?

– Dire quoi ?

– Vous savez très bien.

Il y eut un court instant pendant lequel, il me regarda avec, dans ses yeux, toute la tristesse du monde.

– Il est au courant, Mia.

J'en étais sûre ! Mario était en mission, en mission de séduction. J'étais évidemment trop moche ou trop vieille pour qu'il ait eu réellement envie de moi. Tout était bidon. Quelle idiote ! Comment avais-je pu être si naïve ! Je prétextai un besoin pressant et courus aux toilettes pour qu'il ne voie pas mes larmes. Deux ruptures en moins de quinze jours, c'était trop. Ce corps que j'avais à peine effleuré, à peine goûté, était lui aussi empoisonné. Tous les hommes qui m'approchaient étaient en service commandé, c'était à vomir, et c'est ce que je fis, la tête dans la cuvette. Depuis mon arrivée dans cette quatrième dimension, j'avais cru jouer avec eux, contrôler la situation. Je m'étais gouré dans les grandes largeurs. Ils avaient trois siècles d'avance de trahisons, de coups tordus et d'amours fallacieuses. C'était bien moi la marionnette, la pauvre gamine dans la main des adultes. Je n'avais pas les armes pour lutter. Ces Mario, ces Maria, ces Charles étaient tous tellement plus blindés que moi. Il fallait que ça s'arrête et vite. Ça ne pouvait pas durer plus longtemps. Avoir un bébé avec Marc et foutre le camp.

Je me relevai, tirai la chasse et tentai de restaurer mon visage défait face aux miroirs.

Mia, tu oublies Bitour, tu places Romy, tu tombes enceinte dans deux mois et tchao les grenouilles.

Et Marc ? Où était-il ? Est-ce qu'il mentait comme les autres ? Bien sûr que oui. Il avait certainement une deuxième vie, une troisième, peut-être même une autre famille quelque part. J'étais quoi moi dans tout ça, j'étais où ?

Je finis de me remaquiller et de me recoiffer, et remontai à la surface. Mario m'attendait dehors en portant mes sacs de pute verte. Il avait payé l'addition qui passerait certainement dans ses frais généraux. Le patron me salua d'un sourire que je ne lui rendis pas. Tout d'un coup, je ne supportais plus cet endroit. J'y avais compris trop de choses.

Nous roulâmes en silence.

– Donnez-moi mes sacs et prenez l'ascenseur, dis-je en entrant dans l'immeuble. Moi, je monte à pied.

Cet ascenseur était devenu le symbole d'un amour-mensonge, je ne le supportais plus non plus. Toujours silencieux, Mario s'engagea à ma suite dans l'escalier. En arrivant à mon palier, je lui souhaitai une bonne nuit sans le regarder et rentrai chez moi. Il fallait que je m'en aille de cet appartement. Le mettre en vente et louer quelque chose.

Je préparai ma valise mécaniquement. La robe verte m'allait comme un gant. Avec mon châle en mousseline de soie gris souris, ce serait parfait. Je filai sous la douche. J'avais l'impression qu'il n'y aurait jamais assez d'eau pour me laver de toutes ces impuretés. Je me mis à pleurer en me disant que pleurer sous la douche, c'était comme ne pas pleurer. Je ne pouvais pas croire que Mario dormirait à quelques mètres de mon lit.

Le réveil sonna aux aurores. Ma première pensée fut la vision de Despotes assis à côté de moi dans l'avion. L'horreur. Je ne voulais pas aller à Lisbonne. Il le fallait, pourtant. Tant pis. Je le fuirais autant que possible.

Je sortis de l'immeuble à 7 heures pile. Mario m'attendait, debout, adossé à la voiture, vêtu d'un jean, d'un polo bleu et d'un blouson en daim marron. Il était sublime.

– Vous vous habillez en *sportswear*, maintenant ? dis-je, avec un petit ton de peste souriante.

– *Friday wear !*

– Nous sommes jeudi, Mario.

– Je pars en week-end, moi aussi. Madame le directeur général y voit peut-être une objection ?

– Mais pas du tout, mon cher Mario, bien au contraire. Vivez votre vie, je vous en prie.

Tandis qu'il mettait ma valise dans le coffre, je pus à nouveau me repaître de ses fesses. Dieu, qu'elles étaient belles ! Je les photographiai mentalement. Il suffirait que je ferme les yeux pour les revoir quand je voudrais.

Nous n'échangeâmes plus un mot jusqu'à l'aéroport. Arrivé devant le terminal, il sortit ma valise du coffre, me lâcha un glacial : « Prenez soin de vous, Madame Davis » et, avant que j'aie pu répondre quoi que ce soit, il était déjà reparti.

Je fermai les yeux.

XII

Lisbonne

« Je ne veux pas aller à Lisbonne, je ne veux pas aller à Lisbonne », me répétai-je en entrant dans l'aérogare, tirant ma valise derrière moi comme une pauvresse. J'aperçus au loin le chauffeur de Despotes, qui poussait un chariot avec les bagages du président, et Despotes à ses côtés, portable vissé à l'oreille. J'accélérai le pas pour vite rejoindre le comptoir d'enregistrement de la *Business class* où une hystérique faisait un scandale. Son mari avait été surclassé et pas elle. Sautant sur l'occasion, je lui proposai ma place en lui expliquant que voyager en classe éco était plus chic, les places les plus sûres en cas de crash étant au fond de l'avion, près des toilettes, c'était bien connu. Elle ouvrit des yeux ronds. Les hôtesses interloquées lui donnèrent ma place et m'attribuèrent un siège à l'arrière, près des toilettes, le plus loin possible de Despotes qui arrivait à ce moment. Il voulut s'assurer auprès des hôtesses que nous étions bien à côte à côte mais l'hôtesse lui expliqua le mini-drame.

Je me penchai à son oreille :

– Je crois l'avoir reconnue. C'est la baronne de je ne sais plus quoi. Une femme passionnante, férue d'astrologie. Demandez-lui de vous faire votre thème astral. Vous me raconterez.

Ça l'amusa. Décidément, les hommes, il suffisait qu'on leur parle d'eux et l'on obtenait tout ce qu'on voulait. Avec ce théorème en poche, on gagnait vraiment à tous les coups.

Une fois passées les formalités de douane, j'abandonnai Despotes au salon VIP et partis me balader. Je ne voulais plus penser à Mario. Je ne voulais plus penser à rien sauf à moi. Il fallait que je fasse le point : nous étions fin juillet ; en août, toute la banque était en vacances. Le 20 septembre était le jour de ma dernière insémination artificielle à l'hôpital. J'étais convaincue que cette dernière tentative serait la bonne. Enceinte, je m'arrêterais de travailler une fois pour toutes. D'ici là, je déménagerais pour échapper à cet étau qui se resserrait sur moi chaque jour un peu plus. Je me trouverais un studio pas loin du bureau, sans ménage à faire. J'irais à pied au boulot, sans chauffeur, et tout serait ainsi pendant les deux derniers mois. C'était parfait.

J'entendis l'appel dans les haut-parleurs : l'embarquement commençait. Immédiatement, je sentis mon ventre se nouer. Je détestais l'avion. C'était à chaque fois une épreuve, mais je m'y résignai.

Une fois installée à ma place, je me figeai comme une statue. Ma voisine, une matrone portugaise sympathique, qui avait décelé ma panique sous-jacente, crut bon de me venir en aide en me faisant la causette, évoquant pêle-mêle son pays, sa famille, son mari et ses varices. J'attendis le moment propice pour fermer les yeux et lui couper le sifflet. Je finis par m'endormir.

Je retrouvai Despotes aux bagages, une heure et demie plus tard, en grande conversation avec l'hystérique du guichet, elle, en mode séduction, et lui, en costume de président d'Heltrum, torse bombé. Le mari rabougri se tenait deux pas derrière elle. Mieux valait que je reste en retrait. Despotes finit par m'apercevoir, salua le couple et me rejoignit.

– Qu'est-ce que vous m'avez raconté, dit-il à voix basse en se penchant vers moi, elle ne fait pas d'astrologie, elle est psychiatre à Sainte-Anne.

– C'est un peu la même chose, non ?

– C'est une belle femme. Elle m'a donné sa carte. Je crois que je lui ai plu.

– C'est normal, répliquai-je, vous êtes magnifique.

Il me fatiguait.

En sortant de l'aéroport, une limousine nous attendait.

– Où allons-nous ? demandai-je d'un ton innocent en montant dans la voiture, me rappelant avec inquiétude qu'il s'était personnellement occupé de la réservation d'hôtel. Il répondit en citant un nom d'hôtel que je ne connaissais pas.

– J'espère qu'ils m'ont mise dans une chambre avec la tête au nord, dis-je, sinon je change d'hôtel.

Il éclata de rire.

– Mais Mia, c'est le meilleur hôtel de Lisbonne !

– Et alors ? Ça n'a rien à voir. Ils n'y connaissent rien. Il faut dormir la tête au nord, c'est primordial. Le sang de l'être humain est rempli de fer et donc attiré par le nord magnétique. Dans cette position, la remontée du sang vers le cœur se fait plus facilement. Le cœur travaille moins, donc le corps se repose mieux pendant le sommeil. Je vous préviens que j'exigerai une chambre correctement exposée.

Il me regardait, éberlué.

– Vous avez raison, Mia ! Moi aussi, je veux ma tête au nord.

En arrivant à l'hôtel, s'exprimant dans un portugais parfait, le président Despotes fit un cours de biologie sanguine au concierge ahuri et demanda à voir nos chambres. Elles étaient l'une à côté de l'autre. Le directeur de l'hôtel prit les choses en main personnellement. Il se munit d'une boussole et nous montâmes voir la première chambre, celle attribuée à Despotes. Ça n'allait pas. Elle était orientée est-ouest. On fit changer le lit vingt-trois fois de place, Despotes s'allongeant, se relevant, se mettant dans toutes les positions possibles de son double assoupi jusqu'à ce que la place idéale fût trouvée.

Pour moi, un petit miracle s'opéra : le lit était lui aussi orienté est-ouest, mais on ne pouvait le déplacer à cause des meubles. Il fallait m'attribuer une autre chambre. Sourcils froncés, boussole en main, le directeur finit par en trouver une « de catégorie légèrement inférieure » mais parfaitement orientée nord-sud. Elle était au deuxième étage. Despotes était au cinquième. J'étais comblée.

Après de nombreuses courbettes et excuses, mais visiblement satisfait d'avoir résolu un problème à la hauteur de sa fonction, le directeur nous abandonna. Despotes remonta à son étage en me donnant rendez-vous dans le hall une demi-heure plus tard.

Nous étions attendus chez Heltrum Lisbonne pour un déjeuner suivi de quatre réunions. Maintenant, ma grande angoisse était la soirée en tête à tête avec Despotes. S'il se mettait à boire et à prendre son regard de porc, il y avait de fortes chances pour que je craque. Tout pouvait arriver pour me faire oublier Marc, Bruno et Mario. Il fallait éviter cela à tout prix. Je posai ma valise sur le lit et redescendis immédiatement à la réception m'enquérir auprès du concierge de la vie nocturne à Lisbonne. Il me tendit un dépliant des activités culturelles du moment. Un groupe de hard rock, le Hard Junkies Band, donnait un concert le soir même au MEO Arena, la plus grande salle de Lisbonne.

– Mais c'est incroyable qu'ils jouent ici ! m'exclamai-je haut et fort à l'attention de Despotes que j'avais vu arriver du coin de l'œil et qui se tenait juste derrière moi.

– De quoi parlez-vous, Mia ?

Je fis semblant de sursauter.

– Un groupe de hard génial !

Il me prit par le bras :

– Allons-y, nous sommes en retard.

Le directeur de l'hôtel avait dû raconter à tout le monde l'affaire de la « tête au nord » car tout le personnel le dévisageait et se courbait à son passage en souriant. Il était aux anges. Tout cela m'agaçait au plus haut point. Nous sortîmes de l'hôtel, lui tout sourire, moi tirant mon ordinateur à roulettes d'un air très DG.

La limousine nous déposa devant le siège d'Heltrum Lisbonne. J'avais mal à la tête. Despotes passait sa vie sur son portable et j'avais senti les ondes électromagnétiques tournoyer dans la voiture et traverser mon crâne. Je ne pouvais pas rester à côté de ce type. Il finirait par me tuer. Il termina sa conversation et se tourna vers moi :

– Nous n'allons pas nous quitter de la journée, Mia, c'est merveilleux.

– Vous m'aurez complètement irradiée avec vos ondes, ce soir, dis-je à mi-voix, je ne pourrai plus rien faire. Tout juste bonne à me coucher à 20 heures.

Il me lança un sourire carnassier, enchanté de ce qu'il interprétait comme une « proposition ».

Après les présentations d'usage, nous partîmes déjeuner avec nos hôtes portugais. Les regards étaient angoissés. Les chiffres n'étaient pas bons. Despotes jouait admirablement son rôle de président, demandant des éclaircissements, des explications, des éclairages à propos de tout. Il s'exprimait d'abord en portugais, puis en anglais afin que je puisse suivre. Face à nous, les directeurs étaient d'admirables valets qui répondaient parfaitement et avec le sourire aux questions qu'on leur posait.

Le gros souci du moment était l'immobilier. Les prix chutaient. Personnellement, ce genre d'info m'enchantait. Les gens se logeraient plus facilement et les banques arrêteraient de se goinfrer sur leur dos. Malheureusement, il n'était pas du tout dans l'intérêt des banques, ni des États, que les prix s'écroulent ainsi. Despotes concentra ses attaques sur les directeurs financiers et les salles de marchés dont les analystes devraient « arrêter de faire la sieste ». Il sortit des documents qu'il avait fait préparer. Il souhaitait que toutes les filiales d'Heltrum se « gavent » sur les marchés des matières premières. J'étais horrifiée. Ma banque allait spéculer en achetant toute la production des biens vitaux. La combine était belle et atroce. Le riz deviendrait aussi cher que le caviar. Idem pour le blé. Après l'immobilier, voilà que la belle et grande entreprise dont j'étais le DG avait décidé d'affamer directement les populations.

Ma tête était lourde de toutes ces horreurs, lourde de mon adieu à Mario qui m'avait déposée à l'aéroport avec ce terrible « prenez soin de vous, Madame Davis ». Jamais il ne m'avait appelée « Madame Davis », ou peut-être le premier jour. J'avais la gorge nouée. L'envie de pleurer. Soudain, j'entendis que Despotes me demandait mon point de vue. Je pris une profonde respiration et, m'adressant à l'assemblée, lâchai d'une traite :

– L'analyse de Monsieur le président est tactiquement imparable et fortement consolidé par l'ensemble des spécialistes mondiaux que nous avons consultés.

Je ne savais pas du tout de quoi ils avaient parlé la seconde d'avant, mais ma posture et mon aplomb de DG donneraient du sens à cette phrase.

Les réunions s'enchaînaient les unes derrière les autres. Despotes nous faisait du « président Despotes ». Il y avait peu de femmes, et celles qui étaient présentes ressemblaient à des vampires, mi-femmes, mi-hommes, magnifiques de brutalité et de cruauté. Je n'avais vraiment rien à faire là. Il fallait que je fuie ces loups.

Vers 19 h 30, j'entrevis la possibilité d'une évasion. Despotes voulait s'entretenir seul à seul avec le président portugais. Je m'approchai de lui et susurrai un : « On se retrouve demain matin au petit déjeuner, Président ». Puis, je demandai à l'une des assistantes de bien vouloir remettre mon ordi au chauffeur du président Despotes pour qu'il le rapporte à l'hôtel, et sortis sans me retourner. Je voulais marcher en ayant les mains libres, juste marcher dans les rues de Lisbonne. Rentrer à pied à l'hôtel. J'en aurais certainement pour plus d'une heure par une chaleur étouffante, mais j'en avais besoin. Je voulais transpirer. Transpirer pour ne pas pleurer. Incapable de canaliser mes sentiments, même à mon âge.

Marchant droit devant moi, je repassais cette journée dans ma tête. Je les avais tous bien observés. Des Despotes en herbe. Le directeur de la salle des marchés avait plus un look de play-boy ravagé que celui d'un *winner trader*. Il m'avait adressé de nombreux sourires qui devaient s'inscrire dans une stratégie de séduction de haut de vol pour DG. J'avais fait mine de ne rien remarquer. Officiellement, ce type devait avoir un salaire dix fois supérieur à celui de Despotes, mais, officieusement, avec tous ses coups foireux,

Despotes gagnait certainement quarante fois plus que lui. Les deux le savaient mais il devait exister entre eux un pacte tacite de non-agression.

Je marchais. J'aimais cette ville, les cafés, les gens qui parlaient fort, les filles aux longs cheveux noirs, les rues sales, cette odeur de soleil et de chaleur moite. Je transpirais à grosses gouttes dans ce stupide tailleur de *working girl*. Je m'arrêtai un instant pour ôter ma veste et regarder autour de moi : j'étais complètement paumée. Dans une librairie, je me procurai un guide de Lisbonne en anglais et, à force de retourner le plan de ville dans tous les sens, je finis par comprendre où j'étais et où se situait l'hôtel. Je repris mon périple au milieu des commerces et des habitants. Un parfum de bonheur flottait dans les rues et aux terrasses des cafés. Chacun de mes pas rechargeait ma dynamo. Je me nourrissais des bruits, des couleurs, des cris, de tous ces mots que je ne comprenais pas, de cette humanité à laquelle, jour après jour, année après année, la banque Heltrum m'avait soustraite. D'avoir un chauffeur avait achevé de me couper de la réalité.

Je marchais, marchais encore, m'obligeant à emprunter tous les détours possibles, puis je finis par arriver à l'hôtel. Il était tard. J'étais vidée mais apaisée. Le réceptionniste m'informa que le président Despotes souhaitait que je l'appelle dès mon retour. Il me remit également un mail imprimé : la dir' com' d'Angers s'excusait de ne pouvoir venir comme prévu, mais son gros Gretir l'emmenait en Chine sur les traces de l'arrière-grand-père, aux sources du feng shui familial. Je l'avais oubliée, celle-là ! Bon débarras. Je montai à ma chambre et appelai Despotes. Il était 22 heures. Par chance, il était sur répondeur, probablement occupé avec quelque minette ou minet miaulants. Parfait. Je ne laissai pas de message. Je filai sous la douche et me couchai sans dîner. Je n'avais pas faim. La chaleur et la compagnie des vautours m'avaient coupé l'appétit. Je n'avais même pas pleuré. J'étais très fière de moi.

Le lendemain matin, je prenais mon café dans la salle à manger de l'hôtel quand Despotes arriva. Il avait sa tête des bons jours. Ces visites aux filiales lui donnaient un statut d'empereur visitant ses territoires. Il était ravi. Il s'assit en face de moi, commanda un café et m'entretint de l'incroyable qualité de son sommeil avec la tête au nord. Il me trouvait radieuse. Il me fit mille compliments.

– Vous allez encore me fuir aujourd'hui ?

– Voyons, Président !

– Mia, ce soir, je voudrais dîner avec vous. Dites oui.

– C'est impossible, Président.

– « David » !

– David.

– Pourquoi ?

– Vous ne m'aviez pas prévenue. J'ai rendez-vous avec des amis. On va au concert des Hard Junkies.

Il fit une moue dubitative.

– Vous pouvez m'en dire plus ?

– C'est un groupe de hard rock. Le Hard Junkies Band. C'est trash et violent.

– Vraiment, Mia, vous me stupéfiez. Vous aimez ça ?

– J'adore ! Il faut juste que je me dégote un faux *piercing* pour le nez.

Il me regarda, incrédule.

– Je viens avec vous.

– Non, David, il y aurait un problème de sécurité. C'est bourré de junkies et il y a de la drogue qui circule.

Ses yeux lançaient des éclairs.

– Vous vous foutez de moi !

– Je n'oserais pas, Président.

– « David » ! Mia, vous annulez et vous dînez avec moi, c'est un ordre de votre président.

– C'est impossible, David ! Carlotta, la chanteuse, va quitter le groupe. Rien ne sera plus pareil. Ce soir, c'est leur dernière représentation. Je ne peux pas rater ça.

– Vous n'allez pas toute seule dans ce genre d'endroit, vous êtes mon DG. Je viens avec vous et je veux qu'un chauffeur garde du corps nous accompagne. Je vais m'en occuper.

– Je ne serai pas seule, David, je serai avec mes amis !

– Je suis responsable de vous ici à Lisbonne. Un meurtre à la banque Heltrum suffit. Ce commissaire Derouet patauge toujours dans son enquête.

– OK, Monsieur, dans ce cas, trouvez-nous une chauffeuse très belle pour que les fans lesbiennes hystériques et camées me foutent la paix !

Il secoua la tête.

– Vous êtes une énigme, Mia, ça me passionne.

Puis son sourire le quitta d'un coup. Il me regarda intensément.

– Qui êtes-vous Mia Davis ?

– Quelle drôle de question en plein petit déjeuner. Votre directeur général, Monsieur.

– N'éludez pas la question. Qui est derrière vous, quelle force représentez-vous ?

– Je ne comprends pas votre question.

– Mia, le conseil d'administration ne connaissait pas votre nom cinq jours avant votre nomination.

– Bien, Président, jouons cartes sur table : j'ai couché.

Il eut un petit sourire.

– Ribourel ? Oui je le savais.

– Non, Monsieur, je n'ai jamais couché avec lui.

– Il m'a pourtant dit que vous étiez l'affaire du siècle.

– Ah oui ? Qu'il le prouve. Je n'aime pas les vieux. Ribourel est trop vieux.

Ça le fit rire. Il savait donc que Bruno et Ribourel n'étaient qu'un. Il avait dit cela pour me déstabiliser, mais il venait de commettre une faute : désormais, je ne pouvais plus tomber dans ses bras. Surtout ne pas paraître désarçonnée. Je me resservis de café.

– Ribourel, en vous racontant de telles sottises, m'éloignait de vous. Quel intérêt ?

Il n'eut pas l'air d'apprécier cette analyse. Je changeai de sujet.

– J'ai demandé à mes secrétaires de m'organiser un dîner avec Bitour.

– Il est bel homme.

– Marié à l'une des plus grosses fortunes de France. Je ne supporte pas ce genre d'homme, beau, prétentieux et riche. Merci bien.

– Et donc ?

– Je vais le changer. Je vais lui faire de tels trucs qu'il va rentrer dans une profonde mutation. De chenille rampante à papillon volant.

– De chenille rampante à papillon volant ? C'est tentant. Je veux voir ça.

Son portable sonna. Il regarda l'écran et son visage s'éclaira. Bertoin ? Un minet miaulant ?

– Mia, dit-il en se levant, occupez-vous des places pour ce soir. J'y tiens.

Il prit l'appel et s'éloigna. Il m'avait tué avec son interrogatoire. J'étais à deux doigts de remonter me coucher. Quant à cette soirée, elle tournait au cauchemar. Si je comprenais bien, non seulement j'allais me farcir le concert d'un pauvre groupe de hard rock dont je n'avais rien à foutre, mais en plus avec Despotes dans les pattes. C'était au-dessus de mes forces. Mon alibi se retournait atrocement contre moi. Prise à mon propre piège. Fiasco complet. Il fallait à tout prix que je reprenne la main, que je me sorte de cette impasse sans passer pour la mytho de service. Évidemment, il y avait bien un moyen de ne pas aller à ce concert sans me mouiller, un moyen radical mais sacrément efficace. Oserais-je ? Après tout, aux grands maux les grands remèdes. Il faudrait juste que je trouve un moment dans la journée pour m'éclipser. Ce serait presque cela le plus compliqué.

Despotes était toujours en grande conversation, assis à une table plus loin. Je me levai et allai, à ma grande honte, demander au concierge de nous réserver trois places pour le concert du Hard Junkies Band le soir même. Il me regarda avec un air du genre : je ne dis rien mais je n'en pense pas moins. Décidément, ces gens d'Heltrum France étaient bizarres.

– Je m'en occupe personnellement, Madame, répondit-il avec un sourire poli.

– Je vous remercie, dis-je avec le même sourire, nous les récupérerons à notre retour, en fin de journée.

– Bonne journée, Madame.

Je retournai m'asseoir dans le hall. Mais que fichait Despotes ? En attendant, je sortis mon ordinateur et me connectai pour glaner quelques infos sur ce groupe. Apparemment, il n'y avait pas de chanteuse mais quatre types au look punk déjanté, maquillés à faire peur, cheveux hirsutes et jeans troués. « Carlotta », que j'avais lu sur le dépliant du concierge, était juste le titre de leur dernier album. Il y avait aussi des photos de leurs fans, des ados suants et hurlants peinturlurés de noir et de blanc. Pauvres gosses détruits qui nourrissaient les rouages des multinationales et des banques. Je refermai l'ordi : j'en avais assez vu. C'était clair dans ma tête : je n'irai ni à ce concert ni dîner avec Despotes. La troisième voie, la seule et unique, était celle de ma chambre. C'était là que je passerais ma soirée, et, pour atteindre cet objectif, il n'y avait pas trente-six solutions. Tant pis. Les dés étaient jetés.

Despotes déboucha dans le hall au moment où notre chauffeur arrivait.

Toute la matinée, les réunions inutiles s'enchaînèrent. Néanmoins, je recroisai avec plaisir d'anciens collaborateurs, du temps de ma splendeur à la DSI. Je retrouvai Despotes et quelques directeurs pour le déjeuner. À côté de moi était assise la DG portugaise, une femme de caractère qui avait dû avoir une histoire avec lui. Je l'avais sentie me haïr au premier regard. Elle ponctuait chacune de mes interventions d'un hochement de tête dédaigneux du genre : « ouais, ouais... » Quelque chose en moi l'irritait profondément et cette façon de me le montrer ouvertement m'était insupportable. Je trouvais cela obscène. Il fallait que je lui cloue le bec.

– Nous allons ce soir au concert de... ? s'exclama soudain Despotes en se tournant vers moi.

– ... des Hard Junkies, dis-je.

– Oui, c'est ça reprit-il, Mia est une fan. Elle m'a convaincu de l'accompagner.

Je faillis m'étouffer.

– Les Hard Junkies ? ricana « Madame Ouais-Ouais » en haussant les épaules. Mais c'est un truc d'ados ! Ma fille y va avec ses copines !

Devant tant de mesquinerie, Mia Davis, directeur général de la banque Heltrum Paris, se devait de réagir avec poigne. Je me fendis d'un petit sourire et lâchai d'un ton condescendant :

– Vous aurez évidemment compris, chère Madame, que le président Despotes désire que notre groupe se rapproche de ses futurs nouveaux clients grâce aux prêts étudiants et aux prêts conso qui semblent ne pas être assez fortement commercialisés par le réseau que vous dirigez. Notre président souhaite donc que nos équipes auditent et comprennent les raisons de cette absence de résultats flagrante.

Silence glacial. Ouais-Ouais baissa les yeux, et je bus une gorgée de ce délicieux vin d'Algarve qu'on nous avait servi pendant le repas. Despotes confirma mon argumentaire, soudain ravi de se joindre à la mise à mort du taureau portugais. Cette solidarité inopinée m'étonna. Sur le chemin du retour à la banque, il me glissa à l'oreille :

– Bien joué, Mia, vous l'avez mouchée. Elle vous déteste à vie. De toute façon, elle m'emmerde, c'est une vraie salope. Cette histoire va faire le tour des bureaux et, croyez-moi, vous serez respectée.

La journée se poursuivit de réunion en réunion. J'avais prévu de lui offrir systématiquement mon plus joli sourire, mais Madame Ouais-Ouais évitait mon regard autant qu'elle le pouvait. J'attendis le moment propice pour m'éclipser.

Dans la voiture qui nous ramenait à l'hôtel, Despotes m'interpella vivement :

– Mia, qu'est-ce qui vous a pris de quitter la réunion du comité stratégique pendant presque une heure !! Vous avez perdu la tête ou quoi ? Et sans me prévenir, en plus !

– J'étais oppressée, David, pas vous ? Vous n'avez pas ressenti les mauvaises ondes de cette DG ? C'est incroyable la négativité que cette femme dégage ! Ça me serrait dans la poitrine, je ne respirais plus. J'ai failli m'évanouir.

Il me regardait comme si je parlais une langue étrangère.

– Mais où êtes-vous allée ?

– En ville, m'acheter des orchidées, des *Dracula Felix,* et j'ai respiré leur parfum. C'est le seul moyen de rééquilibrer mes chakras. Cette femme est une sorcière.

Il resta figé une seconde, puis son visage s'éclaira. Nous arrivions à l'hôtel.

– Mia, je vous adore ! dit-il en claquant la portière.

Dans le hall, j'aperçus le concierge qui nous faisait de grands gestes depuis la réception.

– Vous avez réservé nos places ? lançai-je à haute voix en m'approchant du comptoir.

Il faisait une drôle de tête.

– Le concert est annulé, Madame, il y a eu une alerte à la bombe.

– Quoi ? Mais ce n'est pas possible, hurlai-je, pas leur dernier concert !

– On sait qui a fait ça ? demanda Despotes en me faisant signe de me calmer.

– Non, répondit le concierge. Tout ce qu'on sait, c'est que la femme qui a appelé le MEO Arena est allemande.

– Allemande ? m'exclamai-je avec stupeur, mais comment ça, allemande ?

– Je ne sais pas, Madame, ils ont dit aux informations qu'elle avait un accent allemand. Je ne peux pas vous en dire plus.

Je me tournai vers Despotes :

– Le concert est annulé ! Je ne peux pas le croire !

– Mia, je vous emmène dîner dans le meilleur végétarien de Lisbonne, ça va vous...

– Je n'ai pas faim, coupai-je, je suis trop triste. Je ne reverrai plus Carlotta, c'est horrible, vous comprenez ? Et puis, je ne me sens pas très bien, j'ai mal au cœur. Ce sont les ondes de cette DG, j'en suis sûre, je les sens encore. Vous voulez bien demander qu'on me fasse livrer des orchidées ? Il faut absolument que je répare mes chakras pour demain, c'est important. Et il faut que je dorme. Je suis désolée, David, bonsoir.

Je le plantai là et me dirigeai vers les ascenseurs. J'étais perplexe. Où donc avaient-ils entendu de l'allemand dans mon accent anglais ? Moi qui avais fait exprès de bien articuler en lisant mon message. Avais-je trop articulé ? Était-ce cela qu'ils avaient pris pour un accent allemand ? Il faudrait peut-être que je reprenne quelques cours d'anglais. Une alerte à la bombe, j'y étais allée un peu fort ! Mais qu'importait, après tout. J'avais échappé à Despotes, et c'était le principal. Quant aux fans, les vrais, ils s'en remettraient.

Arrivée à ma chambre, je commandai à dîner et m'apprêtais à passer la soirée tranquille dans mon lit en zappant sur les chaînes portugaises quand on frappa à ma porte. Un groom entra, précédé d'un énorme pot d'orchidées.

Le lendemain, je passai la journée à flâner dans Lisbonne et rentrai à l'hôtel en fin d'après-midi. Sur mon lit m'attendaient ma robe et mon châle gris parfaitement repassés par le room-service. Tout compte fait, cette robe vert tilleul n'était pas si moche. Elle était même très bien.

Je finis de me préparer et descendis dans le hall où nous avions rendez-vous Despotes et moi. Il n'était pas encore arrivé. Ce n'était pourtant pas le genre à être en retard. J'allais m'asseoir dans l'un des grands canapés pour l'attendre quand je le vis sortir du bar, Madame Ouais-Ouais à son bras, et venir à ma rencontre. Ils étaient donc toujours amants. Il m'avait bien eu. Je la saluai le plus aimablement du monde ce qui le fit sourire. Ce petit jeu de dupes semblait beaucoup l'amuser. Il me demanda si les orchidées m'avaient soulagée.

– Comment aurais-je pu ne pas l'être avec tous ces testicules autour de moi ?

– *Testículos ?* s'étrangla la DG en regardant Despotes.

– Pas d'affolement, Madame, dis-je avec un grand sourire, ce n'est pas ce que vous pensez. Le mot « orchidée » vient du grec ancien « orchis » qui signifie « testicule », c'est tout.

Despotes se mordait les lèvres pour ne pas rire. La DG était blême.

Une grande limousine nous attendait sur le parvis de l'hôtel, et le chauffeur nous conduisit au Texto Nacional de São Carlos où l'on nous accompagna à nos places après nous avoir pris en photo. Soirée de gala obligeait. Nous étions à la corbeille. La salle était comble, mais le fauteuil à ma gauche était encore vide. Je regardai le décor magnifique autour de moi, l'immense lustre, la loge royale, assez heureuse d'être là, malgré tout, quand un frisson me fit trembler : Ribourel était debout dans l'allée et m'observait. Il me sourit, puis, tranquillement, se glissa dans la rangée et vint s'asseoir à côté de moi. Despotes avait bien préparé son coup. Je l'avais éconduit, il se vengeait. Normal.

Ribourel était là pour me supprimer, cela ne faisait aucun doute. Je ne boirais donc rien et ne mangerais rien en sa présence. Je jetai discrètement un coup d'œil autour de moi espérant croiser le regard d'un éventuel Mario ou d'une quelconque Maria qui me protégerait, mais il n'y avait personne. J'étais seule, peut-être en danger de mort, et il n'y avait personne. Mon amant-assassin possible tenta d'engager le dialogue, mais je répondais par froides monosyllabes. Je ne voulais pas lui parler ni même le regarder. Ce masque, cette moustache me faisaient horreur. À nouveau, je reconnaissais les mains de Bruno, et cette fois, il ne tenta même pas de les dissimuler. Puis les lumières s'éteignirent, et l'orchestre entama les premières mesures de l'ouverture de *Carmen*.

Les trois heures de spectacle furent un martyre. Pendant toute la représentation, j'avais transpiré d'angoisse, à l'affût du moindre geste suspect de Ribourel, mais il ne bougea pas. Je n'avais pas bougé non plus. Quand la salle se ralluma, je me précipitai aux toilettes, en sueur et à deux doigts de faire pipi dans ma culotte. L'idée que la transpiration ait pu, au mauvais endroit, changer le vert tilleul en vert bouteille me terrorisait, mais une inspection rigoureuse dans le miroir me rassura. Je pris le temps de me recoiffer, me remaquiller et me reparfumer. Ce soir, j'étais magnifique, cette tenue m'allait à ravir, il fallait que cela reste ainsi. Je réajustai mon châle sur mes épaules, remontai une mèche et ressortis. En passant devant le foyer du théâtre, je découvris qu'il avait été transformé en immense salle à manger, et des dizaines d'invités se pressaient déjà autour des tables dressées. Sur l'une des étiquettes, je lus mon nom accolé à celui de Ribourel. Décidément, Despotes et lui semblaient bien s'amuser à mes dépens.

– Vous avez aimé le spectacle ?

Je reconnus immédiatement la voix. Je me retournai.

– *Carmen* n'est pas mon opéra préféré, me forçai-je à répondre, mais ça m'a plu. Et vous ?

– J'adore les histoires d'amours passionnelles, murmura Ribourel.

– Celle-là finit mal. Vous êtes toujours à fond dans le sport ?

– Oui, Madame, et je ne fume toujours pas.

– Vous m'épatez. Sans aide médicale, juste par la volonté...

– C'est grâce à une femme. L'amour de ma vie. Je lui dois les plus beaux moments de mon existence.

J'étais prise au piège dans ce théâtre. Ribourel n'était qu'à quelques centimètres de moi. Peut-être m'avait-il déjà refilé sa nanotechnologie rien qu'en me parlant ? Peut-être étais-je déjà contaminée par quelque chose ? Avait-il postillonné ? M'avait-il effleuré de sa main pendant la représentation ? Je ne savais plus. Je sentais la transpiration qui revenait. Il fallait que je fuie au plus vite cet endroit. Soudain, le silence se fit dans la salle, et Despotes, juché sur une petite estrade, son homologue portugais à ses côtés, se lança dans un discours à l'attention de l'assemblée :

« Mesdames, Messieurs... »

Ribourel se pencha à mon oreille :

– Tu me manques, ma chérie.

Je fermai les yeux une seconde et revis le visage tant aimé de Bruno. Ce double jeu malsain me donnait la nausée.

– Je vous demande pardon, Monsieur ? chuchotai-je.

– Tu as parfaitement compris, poursuivit-il à voix basse. Je t'aime, Mia, j'ai envie de refaire l'amour avec toi, je n'en peux plus.

Partir d'ici, vite.

Un serveur passait. Je saisis au vol une coupe de champagne sur son plateau, puis m'arrangeai pour me faire bousculer par l'un des convives qui se faufilaient près de nous. Oups ! Une magnifique tache sombre se dessina sur ma robe tandis que je poussai un petit cri étouffé dont la stridence m'étonna moi-même. Quelques personnes devant nous se retournèrent. Le fautif se confondit en excuses.

– Ce n'est rien, dis-je, le champagne ne tache pas. Je vais aller aux toilettes pour la faire sécher.

– Je vous accompagne, proposa Ribourel.

– Non, répondis-je violemment avant de me radoucir. Ne vous inquiétez pas, ce n'est rien. Je reviens tout de suite.

Je sortis calmement de la salle, sentant son regard planté dans mon dos comme un couteau, puis, une fois hors de sa vue, dévalai quatre à quatre les marches du grand escalier et me précipitai à l'extérieur du théâtre. Je fis quelques pas dans la nuit chaude en relevant ma robe sur mes genoux pour passer inaperçue. Par chance, un taxi passait et me ramena à l'hôtel.

Je pris une douche rapide en me frottant énergiquement jusque dans les oreilles, où il m'avait chuchoté ses insanités, pour éliminer toute trace éventuelle de poison, puis rassemblai mes affaires et fis ma valise à toute vitesse. Il pouvait parfaitement débouler ici. Il était capable de tout. Je m'habillai d'un jean, d'un T-shirt et quittai la chambre. Dans le hall, le réceptionniste me regarda d'un air soupçonneux. Quelques minutes plus tôt, j'arrivais en robe de soirée et je repartais maintenant, entièrement changée, ma valise à la main. Étais-je en train de quitter l'hôtel sans payer ?

– Je suis Madame Davis de la Banque Heltrum Paris, je vais dormir chez un vieil ami, lançai-je en anglais avec un clin d'œil salace qui eut pour effet immédiat d'éclairer son visage. Vous m'appelez un taxi ?

J'avais dans mon sac le guide acheté l'avant-veille. J'y repérai l'adresse d'une auberge de jeunesse et me fis déposer devant la cathédrale Santa Maria Maior, quelques rues plus loin, pour ne laisser aucun indice. Puis je rejoignis à pied l'auberge de jeunesse.

Il était une heure du matin quand je m'allongeai enfin sur l'un des lits pourris du dortoir commun. J'entendais ronfler autour de moi. Il devait y avoir cinq ou six personnes. Je n'arrivais pas à trouver le sommeil. Est-ce qu'ils me chercheraient ? Me retrouveraient ? Non, ici j'étais en sécurité. Dans une demi-somnolence, je repensais à ce voyage, ces réunions horribles, cette DG, l'alerte à la bombe, l'Opéra. Et les faux-semblants de Despotes. Et Ribourel. Était-ce donc cela ma vie, désormais ? Cette vie de DG ? Non, c'était impossible, il fallait tout arrêter. Mais quoi faire ? Comment faire ? Démissionner ? Me découvrir et tout révéler ? Tomber dans les mains de Waznext ? Ou dans celles de Despotes ? Non. Il fallait que je disparaisse, que je fuie tout cela. Il n'y avait pas d'autres solutions. Je finis par m'endormir.

Je fus réveillée au matin par les allées et venue de mes compagnes de dortoir. On me regardait bizarrement. Qui était donc cette fille qui ne se levait pas ? Je pris mon guide de Lisbonne et fis semblant de lire pour jouer à la touriste. Je me fendis de quelques sourires de salut, histoire de ne pas trop éveiller les soupçons si la police me recherchait. Pas pour l'alerte à la bombe. Pour cela, je n'avais aucune crainte. J'avais téléphoné d'une cabine, modifié ma voix, parlé anglais et tenu le combiné avec un mouchoir en papier pour ne pas laisser d'empreintes J'étais impossible à identifier. La vraie pro. C'était plutôt de Mamap dont il fallait se méfier. Et de Despotes qui me ferait chercher partout. Je décidai de ne pas sortir, de passer la journée allongée sur mon lit. De toute façon, j'étais crevée. Je me reposerais jusqu'au lendemain. Il y avait encore un chapelet de réunions prévues dès 9 heures. L'avion décollait pour Paris en début d'après-midi.

Le dimanche se passa à somnoler.

Le lendemain matin, dès 7 heures, je pris une rapide douche, puis quittai ce drôle d'endroit où je n'avais, curieusement, pas si mal dormi. Après un copieux petit-déjeuner en ville (je n'avais rien mangé la veille), je sautai dans un taxi qui me déposa à la banque. Despotes arrivait au même moment. Il m'aperçut et me lança d'un ton glacial :

– Madame, tout le monde vous cherche. J'ai dû prévenir la police. Je vous préviens que je ne suis pas prêt à revivre une affaire à la Jean de la Marne.

Il avait retrouvé son ton énervant de président. Était-ce une façon de me dire à mots couverts qu'il s'était inquiété pour moi ? Curieux cette façon de souffler le chaud et le froid en permanence. Cette ambiguïté ne menait vraiment nulle part. Je ne sais pas ce qui me retint de lui dire que j'avais passé la nuit dans les bras d'un beau maçon portugais.

Les réunions s'enchaînèrent toute la matinée sans qu'il m'adresse la parole, et après un court déjeuner en compagnie d'analystes ennuyeux, nous partîmes pour l'aéroport. Toujours pas le moindre échange de paroles entre le président et sa DG. De toute façon, ce portable collé à son oreille empêchait toute communication. À l'enregistrement, je demandai à nouveau à être déclassée en éco.

Quand nous fûmes arrivés à Orly, au moment de se quitter, il se fendit tout de même d'un « bonne soirée, Madame Davis » avant de bifurquer vers son chauffeur qui l'attendait. Mario était là aussi, encore habillé en *sportswear*. Ça lui allait décidément très bien. Il était sublime.

– Bonjour Mario.

Il me salua de la tête et me montra sa gorge en me faisant comprendre d'un geste qu'il ne pouvait pas parler.

– Vous avez pris froid ?

Il acquiesça.

– Dites donc, repris-je en l'examinant de haut en bas, c'est tous les jours le *Friday wear*, on dirait !

C'était pour le taquiner. Je le trouvais évidemment bien plus beau qu'en costume noir mais je doutais que cela fût du goût de la banque Heltrum et de Despotes. On verrait bien. Mario se saisit de ma valise et, au moment où il se retourna, j'eus un choc. Ce n'étaient pas ses fesses. Non, ce n'était pas possible, je devais me tromper, je me trompais forcément. Je le regardai marcher devant moi pour sortir de l'aérogare. La silhouette était la même, mais quelque chose clochait. J'en étais sûre. J'en aurais mis ma main à couper. Je les aurais reconnues entre mille. Ces fesses n'étaient pas celle de mon Mario. Cet homme était un autre « Mario » de Charles. Pas le mien. Charles m'avait fait le coup du masque. Et sans me prévenir. Tout ce délire ne cesserait donc jamais ? Où était Mario, le vrai ? Cette comédie avait assez duré. Cette fois, mission ou pas, je ne fermerais pas ma gueule.

Nous roulions en direction de Paris depuis déjà quelques minutes quand je dis d'une voix très calme :

– Monsieur, j'ai deux questions à vous poser. Écoutez-moi bien : qui êtes-vous et où est mon chauffeur ?

Nos regards se croisèrent dans le rétroviseur. Il me refit le geste qu'il ne pouvait pas parler en tapotant sur sa gorge.

– Je n'ai pas de temps à perdre, Monsieur, repris-je en haussant légèrement le ton. Je répète ma question : qui êtes-vous et où est mon chauffeur ?

Il y eut un bref silence, puis l'homme répondit avec une voix nasillarde assez déplaisante :

– Bonjour Madame Davis. Je m'appelle Maxime. Je travaille pour Charles. Comment avez-vous deviné ?

– Vous direz à ceux qui fabriquent vos masques d'en fabriquer aussi pour d'autres parties du corps.

– Je ne comprends pas.

– Ne cherchez pas, répondis-je en regardant un instant par la vitre. Vous n'avez pas répondu à la seconde question : Où est Mario ?

– Mario ?

– Genir.

– Genir a dû partir en urgence sur une autre mission. Charles n'a pas eu le temps de vous prévenir. Mais il était important pour votre sécurité que personne ne s'aperçoive de son départ. Voilà pourquoi je suis là.

– Quand reviendra-t-il ?

– Je ne sais pas, Madame. Il est possible qu'il ne revienne pas.

Je fermai les yeux pour couper court à la conversation. Mario était parti. Voilà pourquoi je l'avais senti si sombre pendant le dîner, si lugubre quand il m'avait amenée à l'aéroport. Il savait que nous ne nous reverrions pas. Il m'avait quittée à jamais, et moi, je n'avais rien vu, rien deviné. Comme pour John. Je sentis des larmes humecter mes cils mais je me retins de toutes mes forces de pleurer. Pas devant cet ersatz de Mario.

Il me déposa devant mon immeuble. J'ignorai la plante sur le paillasson et rentrai directement chez moi. Je ne voulais plus voir Charles. Marre. Je me sentais curieusement calme. Calme et épuisée. Je me couchai sans dîner et m'endormis aussitôt.

Le lendemain matin, j'arrivai à mon bureau à 9 heures. Le commissaire Derouet m'attendait. Nous parlâmes un instant de la météo et de la circulation dans Paris, le temps qu'une des Maria nous serve des cafés, et Sophie referma la porte de mon bureau.

– J'ai passé un très mauvais dimanche, chère Madame, commença-t-il en s'asseyant, nos amis portugais ont eu peur pour vous. Drôle d'idée de disparaître comme ça toute une journée. Où étiez-vous passée ?

– Monsieur le commissaire, en tant que contribuable, je m'étonne que mon pays ait engagé des frais et vous ait dérangés un dimanche, vous et vos équipes, pour me faire surveiller. J'en parlerai à mon avocat.

– C'est-à-dire que... bredouilla Derouet, nous avons craint que...

– Monsieur le commissaire, coupai-je en me levant, à moins bien sûr que je ne sois accusée d'un délit, je souhaiterais me préoccuper moi-même de mon bien-être.

Je le raccompagnai à la porte et retournai tranquillement m'asseoir pour finir mon café. L'entretien avait duré moins d'une minute.

Toute la journée, j'enchaînais réunions internes et externes. J'en oubliai presque mon rendez-vous de 19 heures avec le cabinet Orgavixia pour la réorganisation de la DSI. Une heure de tête à tête où j'expliquai à mes deux interlocuteurs le « périmètre souhaité » de leur intervention et l'urgence de cette nouvelle organisation. L'entretien terminé, ils s'apprêtaient à repartir quand Despotes fit irruption dans le bureau. Après de courtes présentations, je raccompagnai mes invités aux ascenseurs et regagnai mon bureau où Despotes attendait. Il se planta devant moi.

– Où étiez-vous, Mia ?

– Il a eu une crise cardiaque.

– De qui parlez-vous ?

– Ribourel. Voilà où ça mène, trop de Viagra. Ça l'a achevé.

Il haussa les épaules et se mit à arpenter la pièce.

– Vous n'étiez pas avec Ribourel !

– Ah oui ? Vous en êtes sûr ? Vous m'étonnez, Monsieur le président. Je croyais être sa maîtresse.

Il continuait les cent pas comme s'il ne m'avait pas entendue.

– Ribourel et moi avons contacté la police portugaise. Ils sont incapables de retracer votre emploi du temps de dimanche.

– Et les satellites ? Vous avez pensé aux satellites ?

Il s'arrêta brusquement, sortit de sa poche un écrin de velours noir signé d'un autre grand nom de la joaillerie, qu'il posa sur le bureau devant moi et dit avec douceur :

– Je vous demande pardon si je vous ai blessée.

Je décrochai le téléphone et fis mine de composer un numéro.

– Allô, le SAMU ? Pouvez-vous venir vite au siège de la banque Heltrum ? Le président a une crise de démence.

Il prit doucement le combiné de mes mains et raccrocha.

– Vous n'ouvrez pas mon cadeau ?

– Cher président, j'ai un homme merveilleux devant moi. Pensez-vous réellement que je souhaite regarder autre chose que ce spectacle enchanteur ?

– C'est une déclaration ?

– À votre avis ?

Je lui fis un grand sourire et tournai les talons pour rejoindre au parking Mario *bis* qui m'attendait, prêt à partir. J'imaginais Despotes, penaud dans mon bureau, et ça me réjouissait. Visiblement, il trouvait tout à fait normal de me mettre dans les griffes assassines de Ribourel un jour et de m'offrir un cadeau le lendemain. Tous des psychopathes. Il pouvait aller se faire foutre avec ses cadeaux aux prix indécents. Je rentrai chez moi en ignorant la plante de Charles. Lui aussi pouvait aller se faire foutre.

Le lendemain matin, l'écrin noir avait disparu de mon bureau. La journée fut calme. Je demandai à Romy de passer me voir pour que nous définissions ensemble ses nouvelles fonctions avant qu'elle parte en vacances et aussi pour faire le point sur Orgavixia.

En fin de journée, je reçus un mail de Despotes m'informant qu'il s'absentait quinze jours avec femme et enfants. Il souhaitait connaître mes dates de congés. J'indiquai par retour de mail : « *Trois semaines fin septembre.* » Cette période correspondait à la dernière insémination prévue et à la fuite que j'organisai dans ma tête. Je reçus une réponse immédiate : « *Trois semaines c'est trop, deux maxi.* » Je ne répondis pas et rentrai chez moi.

Le lendemain, nous étions jeudi, jour du dîner avec Bitour. Mario *bis* m'attendait en bas à l'heure habituelle. Je lui dis qu'aujourd'hui je prendrais ma voiture personnelle, et lui donnai rendez-vous au siège. Je pris avec moi un sac avec un jean et une chemise. Arrivée au bureau, je passai une commande complète pour deux personnes chez un célèbre traiteur, puis descendis au parking rejoindre Mario *bis* qui m'emmena à une réunion plombante de l'ensemble des directeurs de banque. En chemin, je lui demandai d'aller récupérer ma commande et de me trouver deux paires de bottes en caoutchouc, l'une en 44, l'autre en 37. Sur la liste d'achat, en plus du traiteur, figuraient aussi sept bougies d'extérieur à piquer dans le sol et des allumettes. Et aussi trois barquettes de fourmis comestibles. Tout cela à mettre dans le coffre de ma voiture. Rien de tout cela n'étonna mon chauffeur masqué qui se contenta de répliquer :

– Charles souhaite vous voir, Madame, c'est urgent.

C'était tellement horrible de voir le visage de Mario avec une autre voix que la sienne et d'être complice de cette mascarade que je ne répondis pas. Le jour où je devais écraser Bitour était arrivé et je n'avais plus envie de rien. Le plan que j'avais échafaudé dans ma tête ne m'amusait même plus.

Durant toute la réunion, le seul et unique sujet abordé fut l'opération Gretir. Despotes fut couvert de lauriers et sa position de président considérablement renforcée. Quant à moi, en guise de remerciement, on m'avait mis un amant-tueur aux fesses.

J'étais de retour à Heltrum en fin d'après-midi. Mario *bis* mit toutes les courses dans le coffre de ma voiture, et je remontai au bureau. L'idée de me coltiner Bitour toute la soirée me déprimait. J'en avais marre, marre, marre. J'aurais dû me taper Ribourel. Rien que pour lui enlever son masque et retrouver Bruno, mon merveilleux amant. Il m'aurait tuée. Tant pis. Je n'aurais manqué à personne. J'étais bien conne. Marc était sous l'eau, Mario avait disparu. Je n'avais plus d'amis, mais un carnet d'adresses rempli de nouveaux ennemis. Cette planète n'était que violence et misère. J'en prenais acte tous les jours. Il fallait être folle pour avoir envie d'y faire naître un bébé à tout prix. Cette date du 20 septembre sonnait comme un glas. Les paroles du médecin : « Dernière insémination » résonnaient encore en moi et me faisaient trembler. J'avais tellement de fois espéré, supplié, attendu et pleuré pour un bébé. Trahie par tous, je me retrouverais chômeuse, enceinte et sans argent à l'autre bout du monde. Où pourrais-je me réfugier ? Dans quel pays ? Désormais, j'irais me documenter dans les bibliothèques, lire des tonnes de trucs que Mamap et les autres ne soupçonneraient pas. Je repensais à Charles et à ses sbires qui n'étaient même pas venus me protéger à Lisbonne.

Le téléphone me sortit de ma rêverie. C'était Despotes. Il voulait que je passe le voir.

– Vous êtes seul, demandai-je ?

– Oui.

– Je ne sais pas si c'est raisonnable.

– Comme vous voudrez.

Il raccrocha.

Quand j'entrai dans son bureau, il était plongé dans la lecture d'un dossier. Il leva la tête.

– Ça va mal, regardez, dit-il en me tendant le dossier.

J'y jetai un œil. On y traitait de la crise mondiale. Elle allait s'amplifier. Je hochais la tête, dépitée.

– Vous vouliez me voir pour me parler de la crise ?

– Oui et non.

– Je vous écoute.

Il prit un petit temps.

– Vous voyez Bitour, ce soir, n'est-ce pas ?

– C'est prévu. Y voyez-vous une objection ?

– Ne couchez pas avec lui. Il se tape déjà quatre de vos anciennes collaboratrices.

Je fis exprès de ne pas réagir.

– Monsieur le président, votre cadeau a disparu de mon bureau.

– Je l'ai repris, il n'avait pas l'air de vous intéresser.

Je posai devant lui une feuille blanche et lui tendis mon stylo.

– Un dessin de vous m'aurait fait plus plaisir.

Il me regarda avec air de petit garçon ravi et se mit à dessiner une fleur. Au-dessous, il inscrivit : « *Dracula Felix* ».

– Pour que vous en ayez toujours une près de vous. Vos chakras ont l'air fragiles.

– Merci, c'est un beau cadeau. Vous êtes en forme, Président, l'air du Portugal vous a fait un bien fou. Pour Bitour, j'ai carte blanche ?

– Faites comme il vous plaira. Mais ne vous laissez pas séduire par ce Don Juan de pacotille.

– Vous allez finir par me donner des idées, Président.

– Je m'appelle David.

– Bien, Président.

Il soupira.

– Vous allez dîner où ?

– Sous les ponts. Ça le changera des restos chics.

– Vous en seriez bien capable. Dites-moi : à Lisbonne, il n'y a aucune trace de vous dans aucun hôtel. Vous vous êtes ramassé un Jules dans la rue ou quoi ?

– Président !

– Dites-moi, je veux savoir. Vous, vous savez pour moi.

– J'étais avec Ribourel, je vous l'ai dit. Il m'a ligotée sur son lit, ce sauvage.

– Mia, je vous croyais éperdument épris l'un de l'autre. Je voulais vous faire plaisir. Je suis sincèrement désolé.

– Monsieur, je suis votre directeur général. Je souhaite que nous restions dans ce contexte professionnel. Ne vous mêlez plus jamais de mes prétendus plaisirs.

– Vous avez ma parole, Madame.

– Bonne soirée et bonnes vacances, Monsieur.

XIII

Dîner avec Pacôme Bitour

Je retournai vite à mon bureau enfiler le jean et la chemise que j'avais apportés et gardai mon foulard. Une vraie minette. Quelques minutes plus tard, une des deux Maria faisait entrer Bitour.

Mon téléphone sonna au moment où je le priais de s'asseoir.

– Oui ?

C'était Despotes.

– N'oubliez pas la mutation, Mia. À mon retour, je veux le voir en papillon épinglé dans votre cabinet de curiosités.

Il raccrocha. Je revins à mon séducteur.

– Merci pour votre ponctualité, Monsieur Bitour.

– Je vous en prie, c'est naturel.

Le cuistre se prenait pour un roi.

– Nous allons prendre ma voiture et faire un peu de route. Vous n'y voyez pas d'inconvénient ?

– Non.

Il me considérait avec distance. Il était vraiment insupportable. Que pouvaient bien lui trouver Samia et toutes les autres ?

– Tenez, dis-je en lui tendant un dossier, j'ai fait préparer ceci afin d'en discuter avec vous.

Il commença à tourner les pages tandis qu'une Maria déposait sur le coin de mon bureau le planning du lendemain accompagné d'une pile de documents à lire.

– Je ne vous ai pas dit que je ne mangeais plus de papier, Maria ? Je suis au régime sans encre.

Bitour ne fit même pas semblant de sourire à ma blague. Ça avait dû barder dans son couple suite à l'affaire Gretir.

Nous rejoignîmes le parking et grimpâmes dans mon petit 4×4 pourri.

– J'espère que nous n'aurons pas trop d'embouteillages, dis-je pour amorcer la conversation. Fin juillet, ça devrait aller.

– Où allons-nous ?

– Dîner.

Nous sortîmes du parking, je bifurquai à droite.

– Vous n'avez pas de GPS ? dit-il après quelques secondes.

– Vous me surprenez, Monsieur Bitour.

– Pardon ?

– Vous ne vous êtes pas renseigné sur Madame Davis ?

– Si, bien sûr, vous êtes très respectée.

– C'est un bon début. Et... ?

– Et... euh... tout le monde a été étonné de votre ascension, si je puis me permettre.

– Trois étages, ça n'a rien d'extraordinaire. Ils ont dû vous dire aussi que j'étais bosseuse, insupportable, exigeante mais juste.

– Euh...

– Vous êtes ami avec Decru ?

– Qui ça ?

– Non, rien. Une vague ressemblance. Parlez-moi de vous, Monsieur Bitour, de votre cursus.

Je m'engageai sur le boulevard périphérique.

– Vous savez, repris-je, mon horrible chauffeur ne veut pas que je conduise. C'est terrible, moi qui adore conduire.

Bitour réfléchissait en regardant la route. Puis, il finit par répondre :

– J'ai fait une prépa, puis les Arts et Métiers, et une carrière d'ingénieur traditionnelle.

– Étiez-vous déjà chez Pach avant de reprendre le poste de John ?

– Pas directement. J'avais créé et développé les activités de ventes à distance dans une des filiales.

– Vous deviez bien vous amuser.

– Oui et non. Nos donneurs d'ordres étaient les PME. Nous avions une vue à court terme. Je souhaitais collaborer sur des projets à long terme.

– Je comprends. Avez-vous des nouvelles de John ?

– Je ne le connaissais pas. Mais je crois qu'il est resté en contact avec des gens de l'équipe et avec vous.

– Pas avec moi. Mais c'est ainsi que vont les choses. La terre tourne, nous avec et nous n'avons pas le tournis. C'est fascinant, vous ne trouvez pas ?

Il hocha la tête. Je sentais se profiler la soirée archi-foireuse. Ce type n'avait aucune fantaisie, aucune imagination. Il fallait que je le tracte. Même Despotes était plus fin. Mais qu'est-ce qu'elles lui trouvaient donc ? La mutation allait être difficile. Tant pis pour mon cabinet de curiosités. Despotes serait déçu.

L'autoroute du Sud était déserte. Il ne put s'empêcher de le constater à haute voix.

– Je suis étonné, ça roule !

– Avec moi, tout est étonnant, répliquai-je nonchalamment, vous vous y habituerez.

Je le sentais se détendre un peu.

– Tant que je ne risque pas ma vie, lâcha-t-il dans un petit rire.

Égocentrique, pensais-je. Je m'engouffrai néanmoins dans la brèche.

– N'ayez crainte, nos groupes étant en participations actionnariales croisées, je ne prendrai pas le risque de dévaloriser mes exorbitantes stock-options.

J'étais sur son terrain, alors ce crapaud se détendit complètement et sourit enfin. J'ajoutai :

– Vous avez coupé votre portable, n'est-ce pas ?

– Oui.

– Je le ressens. Je vous en remercie. En voiture, l'effet cage de Faraday m'est particulièrement insupportable.

– Excusez-moi pour l'autre fois, je ne savais pas.

– L'art de la guerre est de savoir, Monsieur Bitour, répondis-je en agrémentant ma pique d'un joli sourire.

Silence glacial. Je laissai passer quelques secondes. Il avait au moins tenté des excuses. Il était temps de passer en phase deux.

– Vous avez le dossier que je vous ai remis ?

– Oui, Madame.

– Alors, allons-y. Pouvez-vous me lire les titres de chapitres à haute voix ?

Je remontai les vitres. Il ouvrit le dossier et lu sur la première page :

– Nouvelle organisation de la DSI.

– Étant directeur général, commençai-je, je ne peux pas continuer à exercer mon ancienne fonction, vous en conviendrez. Ceci est un projet dont je tenais à vous parler avant d'en faire part aux équipes et au président Despotes. J'ai besoin d'avoir la vision de notre partenaire historique Pach.

Je le sentis se crisper. Cet homme était capable de coucher sans scrupule avec quatre de mes collaboratrices mais quelques mots écrits sur une feuille de papier le faisaient trembler. Drôle de planète. Il tourna les pages en y jetant un rapide coup d'œil jusqu'au chapitre suivant :

– Exposé de l'organisation actuelle, lut-il à voix haute.

Il feuilleta les vingt-cinq pages. Il semblait concentré.

– Oui, murmura-t-il, il faudrait que je vérifie, mais ça m'a l'air bon.

Il tourna encore une page. Il y était inscrit en gras : «***Dysfonctionnements constatés***».

– Qu'y a-t-il d'écrit ? dis-je innocemment, je n'arrive pas à lire.

– Dysfonctionnements constatés.

Il avait pâli d'un coup.

– Ça ne vous concerne pas, dis-je, c'était avec John.

Il y avait cinquante pages de rapport. Il les parcourut rapidement mais avec attention et conclut d'air un air pincé :

– Je ne savais pas tout cela.

– Eh oui, cher Monsieur Bitour, il aurait peut-être fallu que nous ayons un entretien avant la mise en place de votre cellule « qualité de services ». Je vous laisse le dossier, vous y réfléchirez avec vos équipes.

Nous arrivions à Fontainebleau. Je sortis de l'autoroute et m'engageai sur une départementale. Bitour continuait de tourner les pages avec nervosité. Du coin de l'œil, je pouvais lire : «*Points urgents*», «*Aspect contractuel de la situation avec Pach*».

– Oui, tout cela je le sais, grommela-t-il, c'est organisé pour la fin de l'année.

Le chapitre suivant, «*Propositions*», était une page blanche.

Je bifurquai sur un chemin cahoteux au milieu de la forêt. On était secoué. Il referma le dossier et regarda autour de lui.

– C'est encore loin ? dit-il d'un ton faussement décontracté.

– Non, nous y sommes presque.

Nous continuâmes à rouler encore quelques minutes pour arriver enfin devant une espèce de ferme complètement décrépite devant laquelle je me garai.

– Et voilà ! dis-je en coupant le contact.

Le hautain Bitour était muet de stupeur. Nous descendîmes de la voiture. Je le priai de prendre le dossier avec lui.

– C'est... ici ? balbutia-t-il.

– Oui. C'est magnifique, n'est-ce pas ?

Il me regarda comme si j'étais échappée d'un asile.

J'ouvris le coffre et lui tendis une paire de bottes de marin jaunes.

– Je vous ai pris du 44. J'ai pensé que ça vous irait puisque vous faites à peu près la taille de mon mari... Vous faites quelle pointure ?

– 44, répondit Bitour d'une voix sépulcrale.

– Ah ! Vous voyez ?

J'enfilai les miennes, jaunes aussi. Puis, nous sortîmes le reste des achats et je verrouillai la voiture.

– Allons-y ! lançai-je avec autorité.

Nous nous mîmes en chemin en silence. Il me suivait docilement. J'étais morte de rire intérieurement en imaginant les pensées qui devaient le traverser. J'avais tout de même remarqué que son visage s'était un peu détendu à la vue du logo du célèbre traiteur.

– C'est donc un pique-nique ? entendis-je derrière moi.

Je pris un ton légèrement méprisant pour répondre :

– Loin s'en faut, Monsieur.

– Ah bon ? Pourtant, on dirait que...

Je l'interrompis.

– Attendez donc et marchez !

Silence à nouveau. Je l'entendais souffler derrière moi. Nous longeâmes un champ, puis un autre, jusqu'à un troisième que nous traversâmes pour entrer dans un bois et, finalement, atteindre une grande clairière. Nous fîmes encore quelques pas, puis je m'arrêtai et posai mon sac dans l'herbe.

– N'est-ce pas merveilleux ? dis-je.

Il me regarda d'un air ahuri.

– Quoi ? Ces deux pierres ?

– Monsieur Bitour, vous êtes devant le dolmen et le menhir les plus puissants de la forêt de Fontainebleau.

Il me regardait bêtement.

– Nous allons, vous et moi, avoir un souper druidique, ajoutai-je. Les connexions et puissances célestes nous aideront pour la mise en place des solutions entre nos deux entreprises.

Son expression totalement égarée me réjouissait follement.

– Mais Madame, je crains que...

– Que quoi ?

J'avais sorti les bougies de jardin et commencé de les planter autour des pierres.

– Préparez-nous plutôt l'apéritif, Monsieur Bitour.

J'avais pris une bouteille de bordeaux et de l'eau minérale.

– Vous prendrez du vin ?

– Non, Monsieur Bitour, je conduis. Je l'ai acheté pour vous. Je crois savoir que vous appréciez ce médoc.

Il examina l'étiquette et haussa les sourcils.

– Oui, en effet, c'est un excellent cru.

Il déboucha la bouteille.

– Et maintenant, installons-nous, dis-je.

Le dolmen, presque entièrement enfoncé dans le sol, avait l'allure d'une immense table de pierre. Nous nous assîmes dessus, l'un en face de l'autre. Je posai les sacs du traiteur à côté de moi.

– Je ne savais pas que vous étiez une... commença-t-il

– Une... ?

Il ne termina pas sa phrase. Il me regardait d'un air amusé. Nous étions mignons tous les deux avec nos bottes jaunes.

– Vous sentez, Monsieur Bitour ?

– Quoi ?

– Attendez un peu. Respirez.

Je me mis à inspirer et expirer. Il m'imita. J'avais fait en sorte qu'il soit assis face au menhir que je voyais comme un symbole phallique qui le dominerait. Nous respirions en silence. Son visage se décrispait peu à peu.

– Madame, je...

– Chut, je me concentre.

Nous continuâmes de respirer ainsi encore quelques secondes, puis j'interrompis la séance et lui servis son château-machin tandis qu'il remplissait mon verre d'eau minérale. Il souriait. Il était vraiment beau quand il souriait. Je me mis à le fixer.

– Super ! Ça marche ! m'écriai-je.

– Quoi, Madame ? Je ne ressens rien.

– Je vous le dirai au dessert quand nous aurons fini de travailler. Ce décor celtique vous plaît ? Passez-moi le dossier.

Je sortis un stylo de ma poche.

– Et maintenant, que les forces de la conscience universelle nous traversent ! lançai-je avec solennité. Sentez-vous les idées jaillir en vous ?

– Euh... non, murmura-t-il timidement.

– Allons, débloquez-moi tout ça, Monsieur Bitour, laissez passer les énergies telluriques. Où est votre portable ?

Il me montra sa poche.

– Évidemment, je suis idiote. Donnez-le-moi.

Je pris son téléphone et allai le déposer dans l'herbe, loin des pierres.

– Ah oui, là, bien sûr, ça change tout, lâcha-t-il ironiquement quand je revins m'asseoir sur la pierre.

Je ne pus m'empêcher de rire, puis repris :

– Il vous faut à nouveau respirer profondément.

Il obéit docilement.

– Et maintenant ? dit-il après quelques secondes.

– Maintenant, tels les Anciens, nous allons construire les fondations d'une collaboration saine et correcte, car le président Despotes et le conseil d'administration n'aiment pas du tout qu'on dise du mal de leur DG.

Il se rembrunit.

– J'avais de mauvaises infos.

– Monsieur Bitour, repris-je en fermant les yeux un instant, les forces qui nous gouvernent ont décidé que nos chemins se croiseraient. Nous en comprendrons un jour certainement la raison. Pour l'instant, nous devons avancer ensemble de façon correcte et dîner.

Je rouvris les yeux et pris mon stylo.

– Nous allons noter les idées du sieur Bitour, dix minutes après exposition au dolmen.

– Madame ! s'écria-t-il, et il eut un rire que je trouvai moins guindé qu'à l'ordinaire.

– Parfait, dis-je, je note donc :

> *« Monsieur Bitour n'a pas d'idées. Il doit être en manque de protéines. Le cerveau, en consomme de grandes quantités. »*

Je posai le dossier et le stylo, saisis dans l'un des sacs les deux petits bols de fourmis et lui en tendis un. Il se renversa en arrière en poussant un cri.

– Vous n'espérez quand même pas me faire avaler ça !

– Monsieur, sachez que, chez les Anciens, ce mets était considéré comme le plus raffiné, le plat des rois. Je vous conseille de retirer immédiatement vos propos. Les pierres séculaires qui nous entourent ont la rancune plus tenace que moi.

À nouveau, il se mit à rire. Sa vraie personnalité se révélait peu à peu. Il en devenait presque sympathique.

– Dites-moi ce que je dois faire, Madame.

– Vous pouvez expliquer à ce dolmen qui se nomme Maen Meiz, ce qui signifie Pierre de la Conscience, que vous avez agi sans réfléchir du haut de votre petite humanité. Promettez-lui aussi de changer.

Il déclama avec des yeux qui pétillaient de plaisir :

– Pierre de la Conscience, je vous demande de bien vouloir excuser ma réflexion de profane. Je vais prendre des leçons auprès de Madame Davis.

– Très bien. *Trente minutes après, le sieur Bitour s'excuse, mais il n'a toujours pas d'idées*, dis-je en écrivant sur le cahier.

Je posais le stylo et ouvris son bol de fourmis que je lui tendis avec une cuiller en plastique. Il en goûta une en grimaçant, puis une autre, et finalement son visage s'éclaira.

– Vous aviez raison, c'est délicieux, dit-il avant d'en avaler une cuillerée entière.

– Ces idiots ont mis du vinaigre dedans, dis-je après avoir senti mon bol, je n'en veux pas.

De son côté, il terminait goulûment sa fourmilière. J'inscrivis :

Le plus gros organe consommateur de protéines du sieur Bitour se recharge. Nous obtiendrons probablement des résultats sous peu.

Il me sourit en reposant son bol vide. Tout d'un coup, il m'apparaissait drôle et charmant avec ses bottes jaunes.

– Qu'y a-t-il d'autre au menu ? dit-il en se frottant les mains. Des testicules de crocodiles ? Des tripes de zèbres ?

– Non, Monsieur, nous continuons avec une salade d'épinards celtiques, pour être en phase avec Maen Meiz, dis-je en sortant les épinards du sac.

– « En phase avec Maen Meiz », répéta-t-il en hochant la tête.

– Parfaitement.

Nous nous mîmes à manger les épinards.

– C'est divin, s'écria-t-il la bouche pleine.

– C'est normal, nous sommes entourés par les esprits.

Nous nous regardions l'un l'autre. Devant moi, je n'avais plus Pacôme Bitour, mais un homme séduisant et beau. Je lui resservis du vin en remerciant secrètement le dolmen.

– Rassurez-moi, Madame, dit-il, après avoir bu une gorgée, les crottins de chevaux sont prévus ?

– La Pierre de la Conscience n'aime pas les chevaux, Monsieur Bitour.

– Ah oui ? Et pourquoi donc ?

– Vous êtes assis sur un dolmen, partie féminine de la force. La partie masculine est le menhir face à vous. Madame n'aime pas les chevaux. Ils servent à la guerre, vous comprenez ? Les femmes n'aiment pas la guerre. Elles ont compris depuis longtemps qu'il n'en sortait rien de bon.

Il riait de bon cœur. Il avait retrouvé une malice enfantine qui brillait dans son œil.

– J'ai joué le mauvais cheval, s'exclama-t-il, enchanté.

J'attrapai le cahier et lançai à voix haute :

Le sieur Bitour commence à recevoir les forces telluriques en plein deuxième cerveau. Les idées ne vont pas tarder à jaillir.

Il eut soudain un regard coquin, mais je brisais immédiatement ses espoirs :

– Ne vous méprenez pas sur ce que j'appelle « le deuxième cerveau ».

Il retrouva son air pincé.

– En effet, lâcha-t-il, des précisions s'imposent.

– Mais à quoi pensiez-vous donc ? dis-je en étendant mes jambes.

– Vous savez... nous, les hommes... et il me désigna le menhir du regard.

Je me retournai vers la pierre dressée, puis revins vers lui avec un air faussement choqué.

– Non, pas vous, Monsieur, pas avec votre cursus.

Je crus voir du rose sur ses joues. Je repris :

– Ce qu'on appelle « deuxième cerveau », Monsieur le directeur des opérations bancaires mondiales de Pach, c'est la partie juste au-dessus de celle à laquelle vous pensiez : je veux parler des intestins.

Je le laissai méditer sur ses entrailles tandis que je fourguais dans les sacs assiettes et couverts sales. C'était l'heure du dessert.

– Monsieur Bitour, auriez-vous l'obligeance de bien vouloir allumer les bougies. Un dessert sans bougies, c'est comme une soirée sans Mia Davis.

Il alla s'accroupir devant les bougies et les alluma une à une avec beaucoup de religiosité. Je l'observais de dos en pensant aux fesses de Mario. Ce pauvre Bitour n'avait que son visage de beau.

– C'est bien comme ça ? demanda-t-il en se relevant.

Les bougies brûlaient dans la nuit.

– Très bien. Mais nous avons un souci. Avant de vous gaver de mes sauterelles frites, il faudrait s'assurer que les flammes ne perturbent pas l'influence des constellations sur votre organisme.

– Effectivement, Madame, ça me paraît fondamental.

– Le ciel est clair, éloignons-nous un peu.

Nous fîmes quelques pas et aussitôt la nuit nous enveloppa. La vision à distance du dolmen et du menhir au milieu des lumières était féerique. Je levai la tête vers le ciel étoilé.

– C'est le bon angle, dis-je, mais je dois bouger l'étoile derrière votre tête, elle contrarie les énergies.

– Bien sûr.

– À votre avis, faut-il que je la bouge vers la droite ou vers la gauche ?

Il prit un air inspiré.

– Vers la droite. D'un mètre, au moins.

Je fis une moue admirative.

– Mais vous avez parfaitement raison. Vous êtes très fort, Monsieur Pacôme Bitour.

Il jouait parfaitement le jeu.

– Alors, ces sauterelles ? dit-il, hilare.

– Attendez, je dois d'abord noter mes observations.

Nous retournâmes nous installer sur la pierre. Je repris mon cahier et écrivis tout en disant à haute voix :

> *Les astres ne souhaitent pas d'un projet uniquement terrestre. Ils sont convenus d'un accord secret avec Madame Terre. Les puissances lumineuses et galactiques pénètrent une à une les couches du corps de sieur Bitour.*

Je vis son œil friser.

– Notre dessert est composé de myrtilles sucrées, dis-je en reposant mon stylo. En voulez-vous ?

– Avec, plaisir, Madame le directeur général de la banque Heltrum.

Je poussai devant lui le petit plat de myrtilles.

– Servez-vous.

Nous étions tous les deux avec nos petites écuelles en plastique devant nous. Il souriait. Je continuai dans le jeu.

– Sentez-vous naître en vous un début de créativité ?

Il y eut un silence. J'espérais une étincelle, un zeste d'insolence, bref, un peu d'esprit. Il répondit :

– Madame, je me concentre. J'accueille l'arrivée en moi des forces galactiques.

Ouf, c'était gagné ! On allait enfin pouvoir s'entendre. J'attrapai le cahier.

Le sieur Pacôme Bitour est en phase de transmutation, première et essentielle étape vers la création.

Il devait être près de 23 heures. Les bougies commençaient à mourir, mais je distinguais encore son visage dans la pénombre. Il était beau, mais il ne m'attirait pas. L'attirance physique incontrôlable que j'avais éprouvée pour Bruno, Despotes et Mario était due à des trucs pas clairs, la trouillite, les nano-machins. En toute logique, Pacôme Bitour, très bel homme, séducteur certifié, aurait dû me plaire. Or il ne me faisait rien. Donc Bitour n'utilisait rien. Donc Bitour n'était pas des leurs. Cette non-attirance me rassurait un peu sur mon intégrité sexuelle. Je sentis son regard sur moi.

– Vous étiez ailleurs, Madame...

– Oui, je réfléchissais. La force de Madame la Pierre de la Conscience est immense. Je crois que les choses s'éclaircissent dans ma tête. Pas vous ?

Il finissait ses myrtilles.

– Si. Et c'est astronomique.

– Parfait. Vous permettez ?

Je notai dans les dernières lueurs :

Le sieur Bitour semble avoir les idées claires, nous allons enfin pouvoir travailler.

On n'y voyait presque plus rien. La nuit était tombée. La sombre clarté des étoiles nous éclairait faiblement. Bitour parla d'une voix douce :

– Je crois que j'ai compris, Madame. Vous êtes habile. Vous souhaitez une collaboration saine, sans guerres ni trahisons, et riche en créativité.

Il m'épatait. Il avait la capacité de se remettre en cause. Sa vie ne devait pas être si heureuse qu'il ne voulait bien le laisser paraître.

– Je pense que feu votre beau-père l'aurait voulu ainsi. Les violences du couple argent-pouvoir sur un ménage se répercutent sur les enfants et sur l'entourage. Je fais partie de votre entourage, même s'il n'est que professionnel. Je ne souhaite pas payer l'addition des choix de vie de Monsieur Bitour.

J'étais violente. Peut-être trop.

– Je sais que je ne me suis pas bien comporté avec vous, Madame.

Il y eut quelques secondes où nous restâmes sans rien dire. Puis il reprit :

– J'ai vu les photos du gala à Lisbonne. Vous étiez magnifique dans cette robe.

– Maen Meiz peut être très jalouse, faites attention.

Je l'entendis rire doucement.

– Monsieur Bitour, il est tard. Mon mari m'attend. On ne voit plus rien. Les moustiques ont décidé de faire de moi leur apéro. Je range tout. Ah! Encore une chose! Pouvez-vous aller vous adosser un instant contre le menhir?

– Pour quoi faire?

– Cher Pacôme Bitour, pour que nous ayons une collaboration constructive, j'ai procédé à votre réharmonisation énergétique. Nous avons commencé par le dolmen, pour votre partie féminine. Et maintenant, le menhir va achever le travail. Allez vous adosser.

Il s'exécuta pendant que je rassemblais les affaires à la lueur mourante des deux dernières bougies. Puis je les ramassai toutes et nous prîmes le chemin du retour. Il récupéra son portable mais ne l'alluma pas. Je marchais devant. Il me suivait. Nous ne parlions pas. Arrivés à la voiture, nous remîmes nos chaussures de ville.

– Votre voiture doit être au siège, je vous ramène?

– Non, mon chauffeur m'a déposé. Laissez-moi à une station de taxis.

Je démarrai et pris la direction de Paris. Nous restâmes de longues minutes sans parler.

– Comment voyez-vous les choses, pour l'avenir? finis-je par dire tandis que j'engageais la voiture sur l'autoroute.

– Vous avez gagné sur tout, Madame, je suis votre humble serviteur.

– Ce n'est pas ma question. Vous avez bien une idée. La Pierre de la Conscience vous a forcément transmis la même qu'à moi. Concentrez-vous.

Il ferma les yeux un instant puis les rouvrit.

– Je crois que « collaboration saine » signifie « équité »; « sans guerres » m'ordonne la dissolution du *pool* « qualité de services »; « sans trahisons » m'incite à un changement dans mes fréquentations; et « riche en créativité » m'oblige à prendre le relais des dîners druidiques pour qui en aurait besoin.

– Monsieur Bitour, vous m'épatez.

Son visage était complètement apaisé. Nous restâmes quelques instants sans rien dire. La voiture filait sur l'autoroute déserte. Les éclairages coloraient le décor d'une teinte orangée.

– Je pensais que vous alliez m'assassiner, reprit-il, je le méritais.

– C'est pourtant ce que j'ai fait.

– Pardon ?

– J'ai tué votre double, l'infâme. Je l'ai écrasé, si vous préférez. Comme un insecte nuisible. Redevenez un chouette garçon, Monsieur Bitour, notre époque en a cruellement besoin. Vous serez trahi et détesté, mais vous ne souffrirez plus de la même façon. Prenez soin de votre épouse et de vos enfants.

Il acquiesça de la tête. Ce dîner semblait l'avoir libéré. Il avait retrouvé visage humain. Les pierres avaient-elles réellement un pouvoir ? Je me mis à penser aux cinq hommes qui habitaient ma vie : Bruno, Mario, Despotes, Charles et Marc. Il n'y avait ni famille ni enfant. Seulement de la violence et du sexe.

J'allais partir dans deux mois. Romy deviendrait l'interlocutrice de Bitour. Ces deux-là s'entendraient à merveille. Un nouveau couple John-Mia. J'avais enfin une motivation pour survivre jusqu'au 20 septembre. Il fallait que je mette bien tout en place avant mon départ.

Nous arrivâmes dans Paris et je le déposai à une station. Il me remercia encore. Il voulait prendre ses bottes comme preuves de son assassinat.

– Monsieur Bitour, dis-je en baissant la vitre, je sais aussi être une peste. Je crains que vous n'ayez beaucoup de messages sur votre portable. Mes collaboratrices étaient informées de notre dîner ensemble. Bonne soirée.

– Je sens que mon budget « frais divers » va exploser, dit-il en riant.

– Faites plutôt une demande pour un budget « Escort », ça allégerait l'atmosphère au bureau.

Et je démarrai en trombe, l'abandonnant sur le trottoir, ses bottes jaunes à la main.

Je passai la journée du lendemain comme un zombie, me traînant de réunion en réunion. Lisbonne m'avait épuisée. Le samedi matin, je me rendis dans une agence immobilière pour mettre mon appartement en vente. Au moment de signer le mandat, un souvenir refit surface. Je revoyais Marc me montrant l'annonce dans le journal et disant : « Regarde, cet appartement semble correspondre à ce que tu recherches, non ? » J'avais visité l'appartement et je l'avais acheté. Maintenant, je réalisais avec horreur que je n'habitais peut-être pas ici par hasard. Marc. Charles. Charles. Marc. J'étais leur proie. Et Despotes, et Mario, et Bruno. Depuis des années peut-être, j'avais été leur jouet. À mon insu et de mon plein gré. Qui était ce Charles exactement ? Il mentait comme les autres. Et Marc dont je n'avais pas la moindre nouvelle. Où était-il ? Était-il en vie ? Cet appartement truffé de micros devait l'être depuis longtemps. Et ce bébé qui n'arrivait pas, qui n'arriverait sans doute jamais, car ils ne voulaient pas que j'aie un enfant, j'en étais certaine. Ils avaient dû me faire ingérer des substances à mon insu. Ils voulaient m'avoir tout entière à leur disposition. Pour qui ? Pour quoi ? Ils avaient fait disparaître John. Où était John ? Lui aussi était un pion de Charles, sans épouse, sans enfants.

Je signai le mandat et quittai précipitamment l'agence. J'avais retenu mes larmes, j'avais signé tous les papiers, et maintenant, je marchais en pleurs dans les rues. Le seul début de construction de ma vie s'appelait Marc. Marc que j'avais trompé. Marc qui n'était jamais là. Ma nomination à la DSI était liée à mon mariage avec lui. Je discernais maintenant les liens invisibles. Je n'aurais pu avoir ce poste normalement. Mes compétences ou mon travail n'avaient pas joué. Je savais à présent que ceux qui travaillaient dur, les compétents, les honnêtes gens n'obtenaient jamais le pouvoir. Si seulement je l'avais su plus tôt, je ne serais pas tombé entre leurs mains.

Maintenant, l'organisation de ma fuite devenait obsessionnelle. Je retirais de plus en plus d'argent liquide aux distributeurs. Tous les jours plus de deux mille euros. J'avais dépassé tous les plafonds de retraits légaux. De retour à l'appartement, j'écrivis un mail à Marc :

« Je vends l'appartement. Trop grand sans toi.
Où es-tu ? Tu me manques.
Mia, ton épouse. »

Je savais que je n'aurais pas de réponse. Qui était vraiment mon mari ? Je ne le connaissais pas. Je ne connaissais pas sa famille. Ses parents étaient morts comme les miens dans un accident de voiture. Il avait 17 ans. J'en avais 14. Nous étions tous les deux orphelins et cela nous avait rapprochés. Marc n'était peut-être rien d'autre qu'un rêve de petite fille. Pourtant, son salaire du ministère de la Défense était viré tous les mois sur son compte, et je recevais par courrier son bulletin de paye. Il y avait bien un Marc Davis salarié du ministère de la Défense.

La semaine suivante, les bureaux étaient vides. C'était l'été. Mario *bis* passait me chercher tous les jours à 8 h 30. Je passais mes journées à lire des analyses économiques, des dossiers sur les filiales, les *tradings*, les cours des devises. Tout ce que je lisais me confortait sur un point : de l'inutilité des banques, de l'absurdité du système. Un article intitulé : « *La valeur d'une société peut-elle économiquement changer de seconde en seconde ?* » m'avait interpellé. C'était bel et bien la réalité de la Bourse. Je détestais mon métier.

Bitour voulait sans cesse que nous déjeunions. J'esquivais systématiquement. Bien que je l'aie senti plus doux au téléphone, plus calme, je n'avais ni la force ni le courage de palabrer inlassablement sur le business, les remontées de dividendes, la possible *joint-venture* Pach-Heltrum, et les futurs contrats. Je n'en pouvais plus. Je le revis tout de même lors d'une ultime réunion avec Orgavixia avant le départ général en vacances et la reprise après le tunnel du 15 août, date du retour de Despotes. Au cours de cette réunion, il se comporta avec intelligence et talent. Avait-il à ce point changé ou était-ce encore une ruse ? Il me glissa en aparté :

– Maen Meiz est très puissante, Madame, je fais beaucoup de ménage.

– Bien, avais-je répondu.

J'expédiai encore quelques affaires courantes et rentrai chez moi. À 20 heures précises, on sonna à mon interphone. Des gendarmes voulaient me parler. Avais-je commis un délit ? Ils ne répondirent pas. Ils montèrent et je les fis entrer après que celui qui semblait être le chef m'eut présenté ses papiers. Ils étaient trois. Le chef me pria de m'asseoir et se rapprocha de moi. J'étais sur mes gardes. Qui étaient-ils vraiment après tout ?

– Nous avons une mauvaise nouvelle à vous transmettre, Madame. Votre mari, Marc Davis, est décédé.

Marc était mort. Mon intuition était donc confirmée.

– Quand est-ce arrivé ? demandai-je.

– Secret Défense.

– Où ?

– Secret Défense.

– Quand rapatrierez-vous son corps que je puisse l'inhumer auprès des siens ?

Les gendarmes se concertèrent du regard.

– Madame, il a fallu l'incinérer, dit le chef en me tendant une boîte.

Était-il vraiment mort ? Ou bien avait-il « disparu » pour démarrer une autre mission ailleurs ? Je ne le saurais jamais. Je n'avais même pas envie de pleurer, j'étais juste fatiguée de tout. Les gendarmes me firent signer quelques papiers et me remirent des documents. Je percevrais une pension de veuve. Puis, ils me saluèrent avec beaucoup de solennité et se retirèrent. Cet avis de décès avait pris trois minutes. Je partis vider les cendres dans les toilettes, tirai la chasse et descendis jeter la boîte dans la grande poubelle de l'immeuble. La comédie conjugale avait assez duré. Rideau. En remontant, j'eus le réflexe d'aller me confier à Charles mais je me retins. De toute façon, il n'y avait pas de plante sur son paillasson et les volets étaient fermés en permanence. Je n'entendais même plus les *Walkyries*. Parti sans dire adieu. Je m'en fichais.

Marc mort, mon insémination du 20 septembre était annulée. Il me restait un mois pour trouver un garçon libre, gentil et qui ne soit ni un barbouze ni un Mamap *member*. Un homme qui accepterait d'aller se masturber dans un hôpital pour une femme dont les seins commençaient à tomber. Mieux valait en rire. Espionnée en permanence, une rencontre sur internet serait forcément biaisée. C'était fichu pour mon bébé. L'hôpital détruirait les paillettes de Marc, et voilà. Fin du film. Où était-il désormais ? Y avait-il dans le ciel des dragons qui volaient autour de lui ? Ou une femme quelque part sur la terre qui lui chuchotait des mots d'amour ? Moi aussi, je disparaîtrais à ma façon. Puisqu'on pouvait maintenant repérer n'importe qui n'importe où sur la planète, je jetterais mes cartes bancaires, je n'utiliserais plus l'internet, je ne consulterais plus mes mails. L'agent immobilier pensait pouvoir vendre mon bien dans le mois. Avec les deux à trois mois d'attente pour les formalités administratives, je m'en irais finalement en décembre. Avec le Père Noël.

XIV

Retour de Mario

Nous étions le jeudi 14 août. Despotes rentrait de vacances le lundi suivant. Il ne m'avait pas appelée ni adressé le moindre mail depuis quinze jours. Je n'avais pas non plus fait signe.

Il était 19h30. Je descendis au parking pour rejoindre Mario *bis* et rentrer chez moi. Il me salua tandis que je montais dans la voiture, avec mon ordi et mes dossiers.

– Bonsoir, Madame.

– Bonsoir, répondis-je machinalement, et je me plongeai dans la lecture d'un dossier.

Cette voix...

Je levai la tête et croisai son regard dans le rétroviseur.

– Bonsoir, Mia.

Mon cœur se serra. Il était revenu. Mais immédiatement, je déchantai : il était revenu sur ordre de Charles, forcément. Pour me ramener dans ses filets. Il devait avoir besoin de moi. Bande de salopards, pensai-je.

– Bonsoir, Mario, répondis-je comme si de rien n'était, et je me replongeai dans ma lecture en relisant cent fois la même ligne. Mille pensées m'assaillaient. Je respirais mal.

Quand il arrêta la voiture devant l'immeuble, je dis nonchalamment :

– Vous voulez bien m'aider à porter mes affaires, Mario ? J'ai toujours cette tendinite à la main.

Il prit l'ordinateur à roulettes, les dossiers et passa devant moi pour se diriger vers l'entrée de l'immeuble. Immédiatement je reconnus la silhouette, la démarche. Et les fesses. Oui, c'étaient bien les siennes. Même cachées par le bas du veston, je les reconnaissais. C'était bien *mon* Mario. Je le suivis dans l'ascenseur, le nez plongé dans un rapport. Les portes se refermèrent, l'ascenseur s'éleva. Entre le troisième et le quatrième étage, j'appuyai sur le bouton « arrêt d'urgence ». L'ascenseur stoppa net.

– Mario, disparaître pendant quinze jours sans prévenir, c'est chouette.

Il me regardait sans rien dire.

– Je suis votre employeur, repris-je.

– Non, Madame, c'est Beltair.

– C'est exact. Mais la prestation n'a pas été conforme au contrat.

Il eut un petit rire en guise de réponse. Je continuai :

– Vous êtes à nouveau en mission, je présume ? On peut en connaître la nature ?

Il me regarda un instant fixement.

– Je suis venu vous dire adieu, Mia. Je pars définitivement. Les 176 tours de la cathédrale de Chartres m'ont guéri.

Je ne sus quoi répondre. C'était comme si j'avais senti que quelque chose allait se passer. Soudain, il fit un pas vers moi, me prit dans ses bras et m'embrassa. Je ne pouvais pas résister. Comme une irrésistible aspiration sexuelle. Il dégrafa mon soutien-gorge, j'ouvris sa chemise, mes seins contre son torse dur et glabre, le dos plaqué violemment contre la paroi, baisers, caresses, pénétrations, orgasmes harmoniques, nous étions deux amants fauves dans un ascenseur, affamés l'un de l'autre.

Cinq minutes plus tard, je rabaissais ma jupe et débloquais l'ascenseur. Le choc physique et émotionnel avait été d'une telle intensité que mon corps continuait de vibrer et la tête me cognait. J'étouffais. Il m'embrassa dans le cou.

– Je t'aime, Mia, sois-en certaine.

Un peu maladroitement, je rétorquai :

– Vous avez parfaitement rempli votre mission. Chapeau, Monsieur !

– Mia !

Les portes s'ouvrirent et je me précipitai chez moi. Mario resta dans l'ascenseur. Les portes se refermèrent sur lui. J'étais en sueur. Je sentais son sperme dégouliner entre mes cuisses, son odeur partout sur moi. Je me jetai sur mon lit.

Mario...

Je fermai les yeux. Je devais l'oublier à jamais. Les agents n'avaient pas de vie sentimentale. Je commençais à le savoir. Mario venait de me faire la démonstration d'un grand savoir-faire en amour sous les portes cochères. Comment pouvait-il se résigner à cela ? Mais après tout, qu'y avait-il de si extraordinaire à se faire attraper dans un ascenseur ? C'était un grand classique. La force avec laquelle il m'avait attrapée, collée contre la paroi et aimée résonnait dans tout mon être. J'avais cru à l'amour avec Bruno, mais ce n'était rien comparé à ce que je venais de ressentir. Ces agents des services devaient suivre des formations sexuelles avancées. Mario était un athlète de haut niveau. Je m'en étais rendu compte. Son corps n'était que muscle. Je comprenais mieux maintenant la courbe fascinante de ses fesses que j'avais un instant effleurées. Je me sentais plus vieille et moche que jamais. Cette semaine j'étais devenue veuve, je n'aurais pas d'enfant, et tous mes plans de fuite postinsémination s'étaient annulés d'eux-mêmes. Et Mario qui disparaissait après m'avoir sauvagement aimée, capable de me dire je t'aime et adieu dans la même phrase. Qui étaient ces gens ? Tous des fous.

Je passai la nuit dans un demi-sommeil, serrant mon oreiller comme j'aurais voulu serrer Mario.

Le lendemain matin, en allant dans la cuisine, je remarquai un papier glissé sous la porte d'entrée. Je lus : « *Le propriétaire des jolies fesses n'était pas en mission.* »

Ce trop long week-end du 15 août fut épouvantable. Je restais allongée sur le lit sans bouger. Trois jours pires que tout, pires que Lisbonne, pires que l'internat. Bizarrement je ne pleurais pas. J'étais en mutation. Aucune larme ne sortait. Juste terrassée par un choc d'une minute chrono. Je ne voulais, je ne pouvais rien faire. Ni sortir de mon lit, ni me laver. Je ne voulais pas que son odeur me quitte. Rien d'autre qu'attendre le lundi matin.

Ce lundi-là, Despotes était de retour et d'humeur massacrante. Quinze jours en famille l'avaient mis en face de ses vraies responsabilités, de mari et de père. Ces deux fonctions ne lui réussissaient visiblement pas. J'essayai de lui parler de la réorganisation, il n'écoutait pas. Il devait partir pour Shanghai, puis Bangkok, puis Sydney. Il ne serait pas là avant dix jours. Il ne me demanda pas de l'accompagner. Il devait être en cruel manque de minets miaulants. Il était odieux. J'arrivai à lui glisser entre deux portes :

– Appelez-moi, que je vous tienne au courant des projets.

Il me rétorqua sèchement :

– Si vous voulez que je vous appelle, utilisez votre portable.

Le Despotes séducteur avait à nouveau disparu. Un jour la complicité, le lendemain l'indifférence, le troisième jour la violence. On était donc en phase trois. Il suffisait d'attendre le retour de la phase un. On disait les femmes lunatiques : ces grands patrons étaient la cyclothymie incarnée.

Les jours passaient, j'étais en réunion permanente, les cours de bourses chutaient, les nouvelles étaient partout mauvaises. Je regardai par la fenêtre. Les pigeons prenaient-ils des vacances, eux aussi ?

Nous avions toujours de gros soucis avec la filiale américaine. La FED ainsi que l'office américain de contrôle des marchés financiers souhaitaient ouvrir une enquête. Un de nos *traders* français là-bas était accusé de malversation.

Quand Despotes revint d'Asie, il semblait en forme. Il avait dû s'en donner à bite joie dans les bordels de Patpong. Un conseil d'administration restreint à dix membres avait été convoqué d'urgence. Il voulait sans doute faire sa rentrée officielle de président. Ribourel était assis à ma droite. Je ne cherchais même plus à discerner Bruno derrière le masque. Tout cela m'était totalement indifférent maintenant. Bruno Faber était désormais pour moi l'administrateur Rémi Ribourel, point final.

Despotes avait retrouvé son air de grand séducteur. Il préparait un coup, je le sentais, je le voyais sur son visage. J'étais sur mes gardes. Le souvenir de son arrivée dans le hall de l'hôtel à Lisbonne avec Madame le directeur général Portugal à son bras, traitée de salope la veille, ne m'inspirait que de la méfiance. Il était enjoué et charmant, c'était louche. Il se mit à parler de la situation générale en utilisant des termes savants, et tout le monde écoutait. Les chutes d'indice se multipliaient à travers le monde, nos filiales étaient empêtrées dans un immobilier qui s'effondrait, il fallait engager Heltrum sur plusieurs fronts. Despotes souhaitait notre accord tacite pour une OPA sur la plus grande banque australienne au bord de la faillite. Cette OPA était gigantesque. Elle quadruplerait la force d'Heltrum. C'était du lourd, du très lourd, à mille lieues de l'opération Gretir.

Despotes nous remit des dossiers ultra-confidentiels sur cette opération intitulée : « Projet Delta ». Il se foutait éperdument de la rentabilité ou de la nécessité économique d'une OPA, je le savais. Ce qui l'intéressait, c'était de gonfler ses comptes dans les filiales offshore, aidé par ses sbires de Mamap et Waznext. Pour cette nouvelle OPA, il était tout simplement en service commandé. J'avais lu énormément d'information sur cette banque australienne. C'était la cinquième banque mondiale. Elle avait commercialisé des tonnes de produits financiers hautement toxiques et Despotes devait avoir des ordres pour couvrir ces malversations. Ce rachat permettait un renflouement des copains et lui offrait une belle com' au passage. Toutes ces magouilles étaient la routine, mais mon instinct m'avertit que celle-ci était dangereuse pour lui. Je n'aurais pas su dire pourquoi. Despotes, souriant, charmeur, lyrique proposa un tour de table informel pour recueillir nos positions respectives. Les administrateurs étaient perplexes. Tout à coup, se tournant vers moi, Ribourel lança à haute voix :

– Qu'en pense l'opérationnel ?

Avait-il senti que je n'en pensais rien ? Voulait-il m'humilier publiquement ? Dans un grand élan d'improvisation qui m'était peu coutumière, je répondis :

– Je m'y oppose formellement.

Stupeur générale. Je n'avais pas la réputation d'un tel manque de réserve. De plus, à peine nommée, je m'opposais au président d'Heltrum en plein conseil d'administration.

Despotes avait une expression haineuse sur le visage qu'il avait du mal à dissimuler.

– Madame Davis, vous êtes à ce poste depuis quelques semaines et vous n'avez aucune vision internationale. Pouvez-vous justifier votre avis ?

Tous les regards étaient braqués sur moi. Je n'avais rien à dire à tous ces fauves. J'aurais voulu me lever et partir.

– Pour que le Président nous en parle, cette opération est sans doute intéressante. Mais nous n'avons aucun retour de nos cabinets d'audit et de nos avocats. Je propose d'attendre ces rapports.

Un des administrateurs m'apostropha :

– Vous avez raison, Madame, mais les cours vont remonter.

– Ou descendre, Monsieur, répliquai-je du tac au tac.

Despotes maîtrisait mal sa nervosité.

– Madame Davis, dit-il, une grande banque chinoise va rafler l'affaire.

Il m'aurait bien tuée sur place.

– Monsieur le président, nos amis Chinois ne sont pas aussi prudents que nous.

Tout le monde semblait acquiescer à quelque chose que je ne comprenais pas moi-même. Despotes souhaita un vote à main levée. Personne ne vota pour, et seulement quatre mains se levèrent contre : la mienne et celles de Ribourel et de deux autres administrateurs. Despotes me fusilla du regard. Je l'avais mis en difficulté dans son propre conseil. Et j'avais été suivie.

Les jours suivants, la violence était de retour. Toutes mes réunions avaient été annulées. Despotes m'avait fait remplacer partout. Il m'évinçait. De mon côté, j'essayais de comprendre pourquoi je m'étais opposée si farouchement à cette OPA. On était mi-septembre. La date du 20 approchait, mais elle ne signifiait plus rien. Je ne savais plus quoi faire de mes deux semaines de vacances qui arrivaient. Je n'avais plus de plans. Despotes ne répondait pas à mes mails et n'avait pas validé les propositions d'Orgavixia. Je tentais de le joindre par téléphone, mais les harpies avaient reçu des ordres, trop contentes de me barrer le passage.

Deux jours avant mon départ en congés, une crise cardiaque terrassait le patron d'Heltrum USA. Il fallait le remplacer en urgence. Personne sur la planète n'aurait voulu d'un poste avec une mise en examen immédiate à la clé. Je savais que cette affaire avec la FED était une grosse épine dans le pied de Despotes. Sans président local, c'était lui qui devenait le responsable numéro 1 pour la justice américaine. Il lui fallait un pigeon crédible pour prendre sa place. « Reine des pigeons » pensai-je en souriant. Je serais ce pigeon. Je savais que les Américains ne rigolaient pas avec la loi. Leur système accusatoire ne m'épargnerait pas. C'était ma planche de salut. Ma liberté se nommait prison.

Ce 18 septembre, il était tard. Je me présentais au bureau de Despotes. Sa porte était ouverte. Il était seul, assis dans son fauteuil, un verre à la main. Une bouteille de whisky posée devant lui.

– Qu'est-ce qu'elle me veut, la salope ? hurla-t-il. Foutez-moi le camp, vous n'êtes qu'une pute !

– David, je peux vous parler ?

– Allez-y. Vous avez une minute avant que je vous foute dehors !

Il était bourré à l'évidence, mais je le trouvais divinement beau.

– David !

– « Monsieur le président Despotes » !! corrigea-t-il en levant le doigt.

Je soupirai.

– Monsieur le président, pour votre opération Delta, c'est votre faute. Vous auriez dû m'en parler avant. Je vous aurais expliqué.

Il regarda le fond de son verre en grommelant :

– Pauvre fille ! Elle croit connaître la finance ! Ça vous monte à la tête !

Il se leva et s'approcha de moi en me faisant signe de m'en aller. Son haleine empestait l'alcool. Il me plaisait. Je le détestais. Depuis quelque temps, j'avais des pulsions sexuelles étonnantes. Son visage était à trente centimètres du mien. J'attrapai sa tête et lui chuchotai à l'oreille :

– Ne croyez surtout pas que j'aie voulu contrecarrer vos plans dans vos pays exotiques. Je vous ai juste sauvé la vie.

Il me repoussa.

– Expliquez-vous.

Je me dirigeai vers le grand planisphère accroché au mur.

– Pour mener à bien votre OPA, vous devez récupérer des actions complémentaires qui se trouvent là, là et là, n'est-ce pas ? dis-je en posant le doigt sur quelques paradis fiscaux bien connus.

Il acquiesça d'un hochement de tête.

– Vous savez que ces pays sont sous embargo, n'est-ce pas ?

– Oui, je sais tout ça, Mia, s'agaça-t-il.

– Écoutez-moi bien, David. Les États-Unis viennent de conclure un accord sur lequel ils n'ont fait aucune publicité. Ces pays doivent déclarer toute nouvelle transaction d'échanges de titres.

Je lui montrai les articles de presses que j'avais imprimés sur des sites spécialisés. L'accord était effectif. Il prenait effet ce mois-ci.

– Cette OPA est un piège, repris-je. Les Américains vous cueillaient et faisaient tomber Heltrum, en Europe, aux États-Unis et partout dans le monde. Vos avocats auraient pu vous prévenir.

Il m'arracha les articles des mains et se mit à lire. Je poursuivis :

– Quant à la banque chinoise qui nous a piqué l'affaire, il s'agit en réalité du gouvernement chinois lui-même. Les Américains vont s'en servir pour le faire plier.

Despotes me dévisageait en secouant la tête.

– Mia, vous auriez dû me le dire.

Je retournai m'asseoir sur le coin de son bureau et me renversai en arrière en déployant mon buste. Mes seins pointaient vers le plafond. Il s'approcha. Je m'allongeai complètement. Son visage était juste au-dessus du mien.

– David, m'avez-vous jamais écoutée ? murmurai-je

Il me regardait d'un œil atone. Je ne l'intéressais pas. Trop saoul ou dans sa phase homo-Bertoin. Il se releva et se dirigea vers le canapé.

– Et l'autre con avec sa crise cardiaque ! lâcha-t-il en s'affalant lourdement.

– Une mort bien arrangeante, dis-je en me redressant à mon tour.

Il eut un ricanement terrifiant. Je remis un peu d'ordre dans mes cheveux.

– Je souhaite être nommée PDG à New York, dis-je d'un ton ferme.

Il me considéra un instant.

– Pourquoi pas ? rétorqua-t-il soudain sérieux.

Quel salaud ! Il m'envoyait à l'échafaud et il le savait parfaitement. Je devais commencer à le gêner. Trop futée, la DG.

Il reprit :

– J'adresse tous les papiers dès ce soir. Vous serez nommée demain en AG à la présidence de la filiale américaine.

– C'est parfait, dis-je. J'annule mes vacances. Je pars lundi prochain. J'ai hâte de rencontrer mes nouvelles équipes.

Il me raccompagna à la porte en titubant légèrement. Je passai mes bras autour de son cou.

– David, on s'aime toujours ?

Il posa ses mains sur ma taille. Je le vomissais mais j'avais envie de sexe. Je ne pensais qu'à cela depuis quelque temps. Du sexe sans amour. Juste du sexe. Retour de trouillite ? Effet post-Mario ? Moi, pendue au cou de ce gros porc, ça m'inquiétait un peu.

– Chère présidente d'Heltrum USA, je tiens à rester en bons termes avec Waznext.

Que venait encore foutre Ribourel entre nous ! Quoi qu'il en soit, je n'arriverais à rien. Ce soir, Rikiki ou whisky, c'était le genre masculin qui dominait. Tant pis. Tant mieux.

Dans la nuit du lendemain, avec le décalage horaire, j'étais nommée présidente de la banque Heltrum USA à l'unanimité. Une nomination aussi rapide n'arrivait jamais. Ils devaient être enchantés d'avoir trouvé la conne française prétentieuse pour ce poste à haut risque. J'étais aux anges.

Despotes me fit livrer un énorme bouquet de roses rouges, et Bitour m'envoya un mail de félicitations de trente lignes en évoquant la puissance de Maen Meiz sur ma nomination. Nous étions le 20 septembre. J'avais espéré autre chose pour cette date, mais la vie en avait décidé autrement. Je voyais maintenant clairement le chemin vers l'échafaud se dessiner. Cet autre enfermement serait ma fuite. Pourvu que le FBI ne m'oublie pas. Mais j'avais confiance dans l'efficacité américaine. Je voulais plonger, et pour cela, je mettais toutes les chances de mon côté. Ma vie reprendrait du sens loin de leurs folies, de leurs micros. Adieu mes coussins péteurs. Je me ferais de nouvelles amies. De vraies amies. J'allais vivre enfin.

XV

New York

L'avion se posa sur le sol américain le lundi en début d'après-midi. Mon nouveau chauffeur, une black marrante qui me plut immédiatement, m'attendait pour m'emmener à mon hôtel. Elle s'appelait Diana. Était-elle une Beltair, elle aussi ?

Une fois dans ma chambre, je pris une douche rapide et me changeai. Je me sentais plutôt bien si ce n'était ce curieux besoin de sexe qui ne me lâchait pas. Bah ! Je me trouverais bien un joli coco dans mes nouvelles équipes. Je redescendis dans le hall retrouver Diana qui me conduisit à la banque.

Une demi-heure plus tard, j'étais assise dans la grande salle de réunion d'Heltrum New York. Ils avaient tous des têtes d'enterrement. La situation était catastrophique. La banque avait dû payer une caution de cinq cents millions de dollars pour notre *trader* indélicat. Ils me posèrent mille questions : Qu'allais-je faire ? Quelles décisions prendrais-je ? La phrase du train me revint en tête : « *NE PARLE DE RIEN, FAIS L'IDIOTE.* » Je jouai ce rôle à merveille durant toute la fin de journée.

Vers vingt heures, on referma les dossiers. J'avais beaucoup perdu de mon anglais. Et aucun *nice boy* à l'horizon.

Que des cravatés hideux. Personne ne jugea utile de m'inviter à dîner. Peut-être que je devenais vraiment moche. Je n'avais plus qu'à rentrer à l'hôtel. De toute façon, j'étais lessivée. Il était deux heures du matin pour moi.

Le lendemain, après un déjeuner avec les directeurs de départements, on m'emmena au New York Stock Exchange, la Bourse de New York, à Wall Street, puis retour à Heltrum, et, pour finir, cocktail dans une galerie d'art contemporain de Chelsea. Toute la journée, on m'avait regardée bizarrement. Je sentais bien qu'on s'inquiétait pour moi, mais on ne me disait rien. Puis, mon adorable Diana, que je couvrais de pourboires exorbitants, me ramena enfin à mon palace où je m'écroulai, fourbue, sur mon *king size* de deux mètres de large. Avec mes dernières forces, je consultai mes mails : parmi les soixante messages, il y en avait un de Sophie m'annonçant que Despotes avait défendu ma proposition de réorganisation « bec et ongles » auprès du comité d'entreprise. Personne n'avait jamais entendu Despotes dire du bien de qui que ce soit. À tel point que des rumeurs circulaient sur nous deux. L'homme était habile. Il se plaçait en soutien de son DG d'un côté pour mieux l'expédier en taule de l'autre. Quel amour, ce porc ! Mario avait dit de ne pas toucher au porc : je n'y avais pas touché.

J'éteignis mon ordi et me retournai à plat dos sur le lit, les yeux au plafond. Deux jours, et toujours pas de *news* du FBI. J'avais attendu, espéré les menottes. Pourquoi pas en plein Wall Street ? Ou dans ce cocktail affligeant de vacuité ? Mais non. Mon deuxième plan de fuite se révélait être un échec, lui aussi. J'avais envie de faire l'amour. Toute la soirée, j'avais regardé les hommes autour de moi, mais aucun ne m'avait plu. La vie sans séduction était d'une infinie tristesse.

Où était mon amant-tueur-ami d'enfance ?

Je dormis très mal, seule dans mon lit géant. Au matin, je bouclai ma valise et Diana m'accompagna au bureau pour une dernière courte journée avant mon vol pour Paris en fin d'après-midi.

J'étais arrivée depuis une heure à peine quand la secrétaire déboula dans mon bureau, paniquée. Trois hommes la suivaient. L'un d'eux me mit une carte sous le nez. S'il y avait des caméras de Mamap et d'autres services planquées quelque part, elles avaient sûrement dû capter la lumière de bonheur sur mon visage à la lecture des trois lettres : FBI. J'entrais enfin dans ce film dont j'avais imaginé les séquences et les dialogues :

– Êtes-vous Mrs Mia Davis ?

– Oui.

– Êtes-vous *chairman and CEO*[1] d'Heltrum USA ?

– Oui.

Il me menotta et me lut mes droits sous le regard consterné des collaborateurs. J'étais heureuse, libre. Les flics ne disaient rien mais je sentais bien que mon calme les étonnait. Je leur fis comprendre de me parler lentement ; mon anglais n'avait pas été suffisamment *up-gradé*. Le FBI avait eu l'élégance de me laisser respirer l'air de Manhattan durant trois jours avant de m'interpeller. J'adorais ces Américains.

On me demanda le nom de mon avocat. Je n'en avais pas. On m'interrogea sur Heltrum USA. Je ne savais rien. Un genre de Pacôme Bitour arriva. Il m'expliqua dans un français parfait que je n'avais rien à craindre et que je ne devais pas parler.

1. Président-directeur général.

– Qui êtes-vous, Monsieur ? demandai-je d'un ton cassant.

– Votre avocat, Madame, répondit le bellâtre.

À ces mots, je me mis à hurler en anglais devant les fonctionnaires médusés :

– *I do not have any attorney, Sir !*[1]

J'avais appuyé sur le « not » de toutes mes forces. Cet homme devait être une pointure. Je le devinais à l'expression sidérée de mes geôliers. Et à la sienne.

Il repartit la queue basse.

Ne pouvant me garder la nuit au poste, on décida de me conduire au dépôt. La vraie vie allait enfin commencer, sans micros, sans caméras, sans amis choisis par Charles, Mamap et les autres.

J'embarquai dans un fourgon plein de femmes, certaines très agitées, d'autres murées dans le silence. L'arrivée à la prison fut telle que je me l'étais imaginée : des filles hurlant derrière des barreaux, crachant à mon passage. J'avançais dans les couloirs en regardant mes pieds. Quelques instants plus tard, on me poussait dans une cellule. La porte claqua derrière moi et les verrous tournèrent. J'attendis que les pas s'éloignent avant de dire :

– Je m'appelle Mia. Je suis française.

Trois filles me dévisageaient. Leur regard était acide. Il n'y avait pas de place pour les mots. Elles faisaient ce qu'aucun DRH d'aucun pays ne savait faire : juger en trente secondes et sans erreur. Au bout d'une minute qui me sembla une éternité, celle qui semblait être leur chef fit un pas vers moi.

– Hey ! Moi, c'est Jill. Elle, c'est Hannah, et elle, Keya.

Jill était typée mexicaine. Les deux autres étaient black.

1. Je n'ai pas d'avocat, Monsieur !

– Hey, Jill ! dis-je. Hey, Hannah ! Hey, Keya !

Les deux me firent un léger signe de tête. Jill m'indiqua d'un geste la couchette du bas. Un étroit lit en fer, un drap en coton gris, une couverture marron. Je le trouvais beau. Je trouvais tout beau, ici : la cellule, le sol dégueulasse, les murs sales et lézardés. Tout était formidable, tout me plaisait. Je m'allongeai sur ma couche et les filles se mirent à parler entre elles. Une espèce d'argot espagnol auquel je ne comprenais rien, ponctué de mots d'anglais.

Le temps passa. Puis des coups de sifflets retentirent. Je suivis le troupeau. On n'avait pas le droit de parler. Je revivais l'internat, les filles mal peignées, les couettes, les poux, les odeurs de douche et d'urine. J'étais bien. Je pensai à mes copines d'antan. Que devenaient-elles ? Avaient-elles de beaux enfants, de gentils maris ?

Le dîner était infect. Tout ce que je détestais. Je mangeais dans un monde inconnu, sans parler, sans sourire. Cette prise en charge globale de l'individu me convenait à merveille. Certaines privilégiées devaient avoir la télévision dans leur chambre car une fille me reconnut et hurla :

– Hey, *princess* ! T'as braqué ta banque ?

Mon arrestation tournait peut-être en boucle sur les chaînes infos. Je regardai Jill qui me fit signe de me taire. J'obéis à Jill.

Puis ce fut les douches, la promiscuité, les regards lourds, les rires, les cris, la violence sourde, le retour à la cellule, le lit et les filles qui parlent des heures. La peau me tirait. Je n'avais ni maquillage, ni crème, ni rien. Les filles avaient des trucs mais je ne voulais pas demander. Je fermai les yeux. Était-ce la concentration à haute dose d'hormones féminines ? je n'avais soudain plus la moindre envie sexuelle. Tout s'était évaporé.

Je m'endormis.

Le lendemain, lever à l'aube, petit-déjeuner et promenade dans la cour. Une surveillante m'interpella. J'avais une visite. On m'amena au parloir où m'attendait un petit gros sympathique.

– Madame, je suis votre avocat. Je suis mandaté par la banque Heltrum pour assurer votre défense. Nous devons préparer votre audience de lundi avec Madame le juge Kryminia. Nous allons travailler à démonter un à un les points de votre accusation.

Quand il eut fini son laïus, je le regardai droit dans les yeux et répondis dans mon meilleur anglais :

– Monsieur, je ne sais pas qui vous êtes, ni de quel droit vous m'avez convoquée. Je ne vous ai pas choisi comme avocat.

Il me regarda avec des yeux ronds tandis que je me levai et demandai qu'on me raccompagne dans la cour. Je retournai voir Jill.

– C'était quoi ? interrogea-t-elle.

– Rien, répondis-je, un *cockroach*. Un cafard. Je déteste les cafards.

Ça la fit marrer. L'anecdote fit le tour de la prison. Pour la deuxième fois, j'avais viré un des plus gros cabinets d'avocats de la ville. Le genre d'avocat dont toutes les filles d'ici rêvaient.

Il me restait donc trois jours avant mon audience devant le juge. Je pensais à Despotes. En apprenant mon arrestation, lui et Ribourel avaient dû sabrer le champagne. Mes agents écouteurs reposaient enfin leurs oreilles. C'était vacances pour tout le monde. J'étais définitivement une chic fille.

Jill m'enjoignit d'aller pisser. J'obtempérai. Mon sixième sens était en alerte. Je sentais le piège, mais il y avait des règles ici et il fallait bien les suivre. En arrivant dans les toilettes, une femme à l'allure diabolique m'attendait, un genre de super-harpie de Despotes avec les yeux injectés de sang. Camée à mort. Je compris instantanément qu'elle avait le pouvoir sur toutes les filles d'ici. C'était elle la « *big* chef ». Son regard me transperça.

– T'as lourdé Johnson & Brothers et Candles Associated, les meilleurs baveux de New York, lâcha-t-elle. Soit t'es folle, soit t'as plus de pognon.

Cette fille savait tout sans micros et sans vidéos. Charles et sa clique pouvaient aller se rhabiller. Je ne répondis pas. Les muscles de ses mâchoires se contractèrent.

– Je t'ai posé une question, *girl* !

– Mon anglais n'est pas bon, répondis-je. Si j'ai bien compris ta question, je te réponds : oui. Je ne veux pas de *cockroach*. Était-ce bien ta question ?

Elle éclata d'un rire sonore.

– Tu veux dire que Johnson & Brothers et Candles Associated sont des cafards ?

– Oui.

Elle me toisa.

– Ce sont les meilleurs, continua-t-elle. Avec eux, tu étais sûre de sortir.

Je hochai la tête du genre « cause toujours ». Cela la fit sourire.

– T'es une marrante, j'aime bien. Soyons amies, reprit-elle en me tendant sa main que je serrai.

Cette camée avait senti l'odeur de l'argent. Le pauvre Despotes ne lui arrivait pas à la cheville. Elle mit fin à l'entretien d'un geste.

Je partis retrouver Jill, Hannah et Keya qui, soudain, se mirent à parler librement devant moi, en anglais.

Madame Camée avait dû donner son accord pour qu'on communique avec moi.

Le dimanche, j'eus droit à la visite d'un troisième avocat. Cette fois-là, c'était un mec sublime. Ils attaquaient la phase « charme ». Je réussis à lui faire comprendre dans mon anglais basique que je ne voulais pas d'avocat, et que j'étais navrée, vraiment navrée qu'on l'ait retiré à sa famille en ce beau dimanche ensoleillé. Il tenta la séduction. Encore un Bitour, c'était épuisant. Je le priai de faire savoir à ses donneurs d'ordres que je ne me rendrais plus au parloir désormais. Je déchirai sa carte de visite sous ses yeux ébahis, puis je me levai et demandai à réintégrer ma cellule. Madame Camée devait déjà avoir l'info.

Quand Jill me questionna, je répondis :

– *Cockroach !*

Elle haussa les épaules.

Personne ne m'aurait cru si j'avais dit que l'endroit au monde où je me sentais le mieux était une prison américaine. Ne plus penser. Juste manger, boire et dormir. Il fallait tout de même que je me trouve une occupation. J'en parlerais à Jill.

Le lundi, j'avais donc rendez-vous au tribunal avec Madame le juge Kryminia. Les médias étaient là. Étaient présents aussi le procureur, qui représentait l'État américain qui attaquait la banque, et un avocat de la banque Heltrum. Le juge fit asseoir l'assemblée et l'audience commença. Elle posait des questions, les arguments fusaient en ping-pong. L'avocat ne me laissait pas m'exprimer. Je finis par prendre la parole de force :

– Votre Honneur, vous permettez ?

– Nous vous écoutons, *Madam*.

Ce « Votre Honneur » me plaisait beaucoup. J'avais l'impression d'être dans une série américaine. Ça sonnait tellement mieux que « Madame le président ».

– Votre Honneur, je récuse cet homme, repris-je en désignant l'avocat. Il ne me représente pas. Il ne peut en aucun cas défendre mes intérêts et parler en mon nom. Je ne veux pas d'avocat. Je tiens à me défendre seule.

Il y eut un mouvement d'agitation dans le public. Le juge se tourna vers l'homme qui eut l'air embarrassé. Il tenta de se défendre en expliquant qu'il représentait la banque, mais je le coupai aussitôt :

– Certainement pas, Votre Honneur ! Je suis *chairman and CEO* d'Heltrum USA. Je n'ai jamais mandaté cet avocat.

Murmures dans le public. La situation énerva le juge.

– Mettez-vous d'accord ! lança-t-elle, et, d'un coup de marteau, elle reporta l'audience à quinze jours. L'assemblée se leva. L'avocat tenta de me rattraper pour me parler, mais je l'esquivai. Je n'avais rien à dire. Je voulais retrouver mes copines. Sur le parvis du tribunal, les journalistes étaient déchaînés. Ils étaient frustrés. Ils voulaient connaître le verdict du montant de la caution. Pour le *trader*, c'était cinq cents millions de dollars. Combien pouvait valoir le PDG ? Et puis, j'avais viré l'avocat. Les micros se tendaient, les caméras tournaient. Ils voulaient tous m'interviewer. Je n'étais pas maquillée, je ne voulais rien dire. Je me planquai sous ma veste.

De retour à la prison, je retrouvai les filles. Jill me questionna.

– *Cockroaches !* répondis-je.

Elle sourit et m'apprit que, dans l'établissement, on me surnommait : « Mrs Cockroach ». À la télé, j'étais la

Française qui virait tous les avocats. Plus aucun cabinet ne voulait défendre Heltrum. Je pensai à Despotes et à Ribourel. Allaient-ils essayer de me « démissionner » de force ? Mais qui voudrait prendre ma place ? Ils étaient bien emmerdés. J'étais ravie.

La semaine passa sans encombre. Je déclinai toute nouvelle invitation au parloir. La directrice finit par me convoquer. Pourquoi refusais-je de voir les avocats qui se présentaient ? J'expliquai que j'étais française, que mes amis étaient en France, que je ne connaissais pas ces avocats qui venaient me voir, que je ne les avais pas choisis et qu'il n'y avait aucune raison que je les rencontre. Elle évoqua l'ambassade de France. Le gouvernement français allait dépêcher quelqu'un. Je pris mon air le plus accablé :

– Madame, mon pays souffre d'un déficit financier colossal. Dites à ces gens de ne pas perdre leur temps. Je ne verrai personne.

Elle était abasourdie par mes propos. J'étais un cas. Mon plan marchait comme sur des roulettes. Intérieurement, je jubilais.

Le lundi suivant, j'eus droit à une visite médicale avec pipi dans un gobelet. Quelques instants plus tard, le médecin prononçait le mot « enceinte ».

– Quoi ?

– Vous êtes enceinte, Madame, je suis formel.

Tout s'expliquait : la fatigue, les envies de sexe, les seins qui avaient grossi, les bouffées de chaleur. J'étais enceinte. Enceinte et libre en prison. J'avais enfin réussi quelque chose. J'avais une occupation de couture, j'étais bien. Il ne me manquait que du maquillage et de la bouffe mangeable, surtout pour le bébé. Mario m'avait fait un bébé en une minute chrono. Mario était formidable. Mario était parti. Je ne devais pas pleurer. Il m'avait fait le plus cadeau du monde : un enfant. Un enfant bercé par trois fées : Jill, Hannah et Keya. Elles seraient les marraines. Je ferais de ces filles des super-*traders*. Elles étaient malignes, futées, roublardes et illettrées. Elles avaient toutes les qualités pour me plaire.

L'après-midi même j'étais à nouveau au tribunal devant le juge Kryminia. Elle me demanda immédiatement :

– Mrs Davis, avez-vous un avocat ?

– Non, Votre Honneur.

– Plaidez-vous coupable ou non coupable ?

– Non coupable.

– Souhaitez-vous une remise en liberté sous caution ?

– Non.

Le public s'exclama. La juge fronça les sourcils.

– Très bien, reprit-elle, nous maintenons donc Mrs Davis en détention en attente de son procès. La date d'audience est fixée au 15 avril.

Elle leva la séance d'un coup de marteau agacé.

Le procureur faisait une drôle de tête. Il se demandait quel sale tour je préparais, ou si on allait me déclarer pénalement irresponsable. J'étais aux anges. Mon bébé allait pousser dans mon corps en prison, au calme, sans stress, sans portables, sans champs électromagnétiques autour de lui, sans micros, loin des Charles, des barbouzes et des Mamap en tout genre. Il grandirait dans l'endroit le plus sain au monde. Et le 15 avril, je serais libre. Je me mis à rire toute seule sous le regard curieux du public qui devait se demander si toutes les Françaises étaient aussi folles que moi. Les journalistes m'attendaient dehors.

À la télé, l'info passait en boucle : « *Mia Davis ne veut pas de remise en liberté sous caution.* » Les interviews de banquiers et d'hommes d'affaires se succédaient. Les hypothèses fusaient. L'affaire passionnait les masses. La caution du *trader* fou avait-elle ruiné la banque Heltrum ? Le cours de l'action chutait en Bourse. Despotes et Ribourel devaient se bourrer la gueule comme deux poivrots, et moi, jamais je n'avais été si heureuse de ma vie : prison, copines et bébé dans mon ventre. Même la bouffe me paraissait meilleure.

Le soir même, Madame Camée me convoquait aux toilettes :

– T'es enceinte ?

– Oui.

– Tu le gardes ?

– Qu'en penses-tu ?

Elle m'examina de la tête aux pieds.

– Garde-le. Ils vont te transférer dans un endroit plus cool.

J'acquiesçai en souriant. Cette fille avait tout compris. Elle devait diriger son petit monde avec intelligence et humanité.

– Tu veux toujours pas de *cockroach* ?

– Qu'est-ce que tu en penses ?

Ses yeux rouges étaient plantés dans les miens.

– Au début, je te croyais folle. Mais, en fait, t'as raison, *girl*. C'est habile. Tout le monde parle que de ça. Ces baveux que tu plantes, ça les emmerde grave, et leur cours de Bourse plonge. T'as négocié l'OPA de ta boîte avec une autre banque, c'est ça ? T'es la meilleure, Mrs Cockroach. Tu leur as piqué combien ?

J'adorais son analyse.

– Je hais les *cockroaches*, répliquai-je. Il faut que le cours du *cockroach* baisse aussi. Si toutes les prisonnières virent leur *cockroach*, tu vois le truc ? Les *cockroaches* quasi gratuit !

Elle s'esclaffa, et ses yeux de toxicos brillèrent comme des feux dans la nuit.

– Les Français sont des révolutionnaires ! s'écria-t-elle en faisant le signe de se trancher la gorge.

Puis elle me signifia d'un geste que l'entretien était terminé.

De retour dans ma cellule, je retrouvai mes fées qui me félicitèrent pour le bébé. Elles étaient au courant, *of course*. Je m'allongeai sur mon lit en fer. Il fallait que je réfléchisse. Cette journée de lundi avait été riche et mouvementée. Nous étions mi-octobre. Le bébé naîtrait en mai. J'avais donc sept mois à tenir. Il était clair que cette échappatoire de la prison ne pourrait être que temporaire, et que, même si cela pouvait en arranger certains, personne chez Heltrum n'avait véritablement intérêt à ce que je croupisse ici jusqu'au printemps. Après tout, j'étais innocente. Ça la fichait mal. Ils se débrouilleraient pour m'en faire sortir au plus vite. Je m'imaginais à la barre d'un voilier, luttant contre les vents qui me repoussaient vers la côte et le port. Revenir dans le giron d'Heltrum, de Charles et de ses barbouzes ? Les micros, les nanos ? Il n'en était pas question. J'étais bien ici, j'y resterais. Pour cela, je n'avais pas trouvé d'autres moyens que de virer les avocats les uns après les autres. Peut-être qu'à force, on se lasserait de moi et on finirait pas m'oublier. Trop d'info tuait l'info. Mais pour le moment, mon entêtement insensé affolait les journalistes, les détenus, la justice américaine et, au premier chef, Heltrum. Je devais m'attendre à tous les coups dans cette partie : visites de psychologues, interrogatoires musclés de Madame Camée, nouvelles démarches d'avocats et tentatives d'approche par toute sorte de fonctionnaires zélés des gouvernements français et américain. Peu m'importait.

Je maintiendrais mon cap, coûte que coûte : l'environnement sain et la sécurité de la prison jusqu'à la naissance de mon amour de bébé. Après, *ciao bello* ! Ce serait un jeu d'enfant pour me tirer de là. Normalement. Tout de même, quelle drôle d'idée j'avais eu ! J'étais probablement la seule prisonnière volontaire de cette prison. Peut-être même la seule prisonnière volontaire au monde. Tous les spécialistes de l'information l'avaient sans doute compris. Il ne leur restait plus qu'à comprendre pourquoi je voulais rester en taule. Cette idée me fit sourire. Qui aurait pu deviner les rouages compliqués du cerveau de Mia Davis ? Charles et ses Maria me revinrent à nouveau en mémoire. Je les chassai immédiatement. Ils me semblaient appartenir à un lointain passé. Et Mario... Comment ne pas penser à lui en posant mes mains sur mon ventre ?

Il fallait malgré tout que j'accepte de parler à quelqu'un d'Heltrum. L'occasion se présenta lors d'une convocation chez la directrice. Quand j'arrivai, elle était en ligne avec Despotes. Comme par hasard. Elle me tendit le combiné :

– Bonjour, Président.

– Mia, êtes-vous devenue folle ?

– Folle ? Vous devez tromper, Président. Lors de notre dernière entrevue, j'étais plutôt une... Comment aviez-vous dit, déjà ? Salope ? Pute ? Ou les deux ? Je ne sais plus.

La directrice ne réagit pas. Elle continuait de compulser ses dossiers sans prêter attention à ce que nous disions. Ou bien elle ne parlait pas le français ou bien c'était une grande comédienne. Je me dis que la conversation était sans doute écoutée, mais je m'en foutais. Despotes non plus ne devait pas être seul. Il reprit plus doucement :

– Comment allez-vous, Mia ?

– Merveilleusement bien. Et vous ?

– Mia, la directrice ne m'accorde que quelques minutes, alors maintenant je veux que vous acceptiez de prendre un avocat. Le groupe Heltrum ne peut se permettre d'avoir son DG Groupe en détention, et encore moins son PDG USA !

– Je comprends, Président.

– Alors c'est entendu ?

Je pris un ton solennel, un vrai ton de PDG dans la tourmente.

– Président, mon rôle de capitaine de vaisseau se confond avec celui de citoyen du monde. Aujourd'hui, en raison de quelques... comment dirais-je... ? défaillances ? de notre filiale commises avant ma nomination, et du mode accusatoire de la juridiction de ce pays, je suis en détention. La justice de l'État de New York a fixé mon audience au 15 avril. Souhaitez-vous vraiment qu'Heltrum fasse publiquement une démonstration de sa puissance ? Souhaitez-vous vraiment prouver à la face du monde que les patrons des grandes banques en général, et d'Heltrum en particulier, sont au-dessus des lois et de la justice des États ? Je vous le dis, Président : remuer ciel et terre avec tripotées d'avocats et procédures coûteuses pour avancer la date mon procès et me faire sortir plus tôt serait une décision hasardeuse qui se retournerait contre notre groupe et son rayonnement dans le monde. Ce serait une façon d'appuyer l'idée désastreuse que les puissants s'en sortent toujours. Je suis une justiciable comme les autres. Croyez-moi, Président, ma décision est mûrement réfléchie. Je me sacrifie pour le bien d'Heltrum.

J'y allais un peu fort. Il ne répondit pas tout de suite. Je l'entendais respirer bruyamment dans le combiné. Il y avait aussi des chuchotements et des bruits de papier froissé. Quelqu'un devait lui écrire ce qu'il avait à me dire. Il reprit la parole avec un brin de lyrisme dans la voix :

– Hum... Ce n'est pas tout à fait exact, Madame Davis, un groupe comme Heltrum ne peut se laisser salir par une procédure injuste. Mais je vais toutefois réfléchir à votre point de vue qui ne manque pas de talent et d'à-propos au vu de la crise mondiale et de l'image déplorable du banquier.

Il y eut un long silence durant lequel je crus deviner une agitation à l'autre bout de la ligne, puis il reprit la parole à voix basse, avec une certaine lassitude :

– Mia, vous êtes cinglée. Mais je ne sais pas pourquoi, contre tous je vais vous aider. Nous serons deux au chômage.

– Il n'y a aucun risque pour vous, Président.

Je raccrochai au moment où la directrice me faisait comprendre que la conversation avait assez duré. Un pacte tacite avait été celé entre Despotes et moi. Il me laisserait en prison en s'arrangeant avec ses communicants pour que cette situation tourne à son avantage. Le vieux porc ! Il allait essayer de redorer sur mon dos l'image d'Heltrum et des banques en général. Moi au secours de mes pires ennemis ! Le monde à l'envers. La quatrième dimension s'infiltrait jusque dans la prison. Mais après tout, si c'était le prix de ma liberté...

Le problème Heltrum réglé, il fallait maintenant que je me fasse oublier des médias américains et des journalistes d'investigation dont regorgeait ce pays. Une innocente en taule, c'était trop beau. Ils ne me lâcheraient pas. Il fallait que mon cas passe à la trappe. Au moins pour sept mois. Une seule personne pouvait m'aider sur ce coup : Madame Camée. Mais j'hésitais. Me jeter dans les griffes de cette folle était périlleux. Je ne voulais pas non plus risquer de me compromettre avec elle et rester en taule pour de bon, même après le 15 avril. D'autant qu'elle ne faisait rien gratuitement et que ses tarifs devaient approcher celui des *cockroaches*. Exit Madame Camée.

Les semaines, les mois passaient. Je continuais d'ignorer les convocations au parloir de journalistes, d'avocats, ou de pseudo-amis que je ne connaissais même pas. Les demandes finirent par s'espacer, il y en eut de moins en moins, jusqu'au jour où il n'y en eut plus du tout. Enfin libre ! Vu la situation du monde, les journalistes s'étaient tournés vers des actualités autrement plus graves qu'une banquière en taule, sujet somme toute d'une affligeante banalité. C'était plutôt rassurant.

Je dormais tout le temps. Je grossissais, grossissais, grossissais et dormais. Mes trois fées m'aidaient. Je n'avais jamais ressenti une telle gentillesse à mon égard. Elles devaient avoir du sang sur les mains, des bleus partout sur le corps, et pourtant, ces grandes malades m'aimaient. Je m'étais faite à cette drôle de vie, à la cellule, la promenade, la cantine, et l'atelier couture. Nous travaillions pour une grande marque de jeans. J'avais demandé que ma paie soit reversée aux trois filles. J'y bossais de temps en temps quand je n'étais pas trop fatiguée. Le reste du temps, je lisais. Je lisais beaucoup. Moi qui avais perdu le goût de lire, aspirée dans cette vie d'esclave décérébrée si chère à Jean de la Marne, je pouvais désormais rattraper mon retard et dévorer tous les livres de la bibliothèque de la prison, pas si mal fournie. L'un dans l'autre, j'étais heureuse.

Quelques semaines avant la date du procès, la directrice me fit appeler. Despotes était au téléphone.

– Madame Davis, conformément à nos accords, maître Leu Ling vous représentera à l'audience. Elle va venir se présenter à vous. Vous êtes priée de lui réserver un accueil chaleureux. Nous pensons que votre libération ne sera plus qu'une question de jours.

Je raccrochai. Le compte à rebours était enclenché. La directrice voulait que je passe une visite médicale pour éventuellement me transférer dans un lieu plus adapté à ma situation. Elle ne pouvait pas garder plus longtemps dans son établissement une détenue enceinte de plus de huit mois. J'étais énorme, j'avais pris au moins quarante kilos. Dès le lendemain, j'entrais à l'hôpital où l'on me fit une série d'examens et une échographie. Je scrutais la tête du gynéco. Il avait l'air concentré, trop concentré. Je pris peur.

– Ne vous inquiétez pas, Madame, tout va bien. Vous attendez des jumeaux. J'essaye juste de voir si ce sont des vrais ou des faux. Il y a un garçon c'est sûr, mais le deuxième se cache. Il ne veut pas qu'on le voie aujourd'hui.

Moi qui avais failli ne pas avoir de bébé du tout, j'allais en avoir deux. J'étais comblée.

Le procès était imminent. Il était temps de me mettre entre les mains de maître Leu Ling qui, j'osais le croire, me sortirait de là sans trop de difficultés. J'étais un cas pour avocat débutant. L'entretien dura à peine une demi-heure. Elle avait tous les dossiers, toutes les preuves démontrant que mon arrestation avait été arbitraire. Ce serait effectivement du gâteau. Maître Leu Ling était une ravissante Asiatique. Je priais le ciel qu'elle ne fût pas une « Beltair ».

Ainsi donc se terminait mon escapade pénitentiaire. Sept mois en compagnie des pires crapules de New York et de trois femmes formidables. Elles avaient réussi l'impossible en me dégotant des fringues pas trop moches pour le procès. J'étais un boudin sur pattes. Elles m'avaient aussi maquillée et parfumée. Elles me trouvaient belle. Elles me verraient à la télé, avait dit Hannah en tapant des mains. J'aurais bien gardé ma tenue orange en souvenir. Je l'aimais bien.

Quand le juge Kryminia entra dans la salle du tribunal fédéral, tout le monde se leva. D'un geste, elle fit rasseoir l'assemblée et me dévisagea d'un air dur. Se rappelait-elle de moi ? Certainement. N'étais-je pas cette petite idiote qui récusait les avocats et refusait la liberté sous caution ? Avait-elle deviné que j'étais enceinte ou pensait-elle que j'avais juste pris du poids en me goinfrant pendant sept mois sur le dos du contribuable américain ? Elle me pria de me lever, de décliner mon identité et me fit prêter serment. Puis elle demanda :

– Mrs Davis, avez-vous un avocat ?

Je me sentais faible. Les deux heures de car pour rejoindre le tribunal m'avaient épuisée. Je murmurai :

– Oui, Votre Honneur. Maître Leu Ling, ici présente.

Elle poursuivit :

– Plaidez-vous coupable ou non coupable ?

– Non coupable.

– Très bien, *Madam*.

Je me rassis. Elle nota quelque chose dans son dossier, puis se tourna vers l'avocate :

– Maître, vous avez la parole.

Ma belle Asiatique se leva à son tour et commença sa plaidoirie d'une voix claire et ferme, démontant un à un les chefs d'accusation à grands coups de dates, de preuves, de publications attestant que je ne pouvais en aucun cas être tenue pour responsable des agissements de la précédente équipe, agissements survenus quatre années plus tôt.

Elle parlait avec un aplomb admirable. C'était une grande professionnelle. L'affaire fut pliée en cinq minutes. Le juge n'en croyait pas ses oreilles.

– Au vu des pièces fournies à la cour, dit-elle d'une voix forte où l'on devinait de la colère, il est inconcevable que Mrs Davis ait passé sept mois en prison. Maître, vous auriez dû en avertir le tribunal plus tôt.

– Votre Honneur, répondit maître Leu Ling avec un petit sourire très asiatique, j'ai été nommée avocate de Mrs Davis il y a trois jours.

Le juge secoua la tête d'un air accablé, puis déclara à l'assemblée :

– Il est inutile de prolonger plus longtemps cette audience. C'est indécent. Mrs Mia Davis, citoyenne française, n'aurait jamais dû être interpellée. La cour ordonne sa remise en liberté immédiate.

Elle ponctua sa sentence d'un coup de marteau, puis se tournant vers moi avec un sourire, ajouta d'une voix douce en regardant mon ventre :

– Vous êtes libre, *Madam*. Bienvenue aux États-Unis.

Tout était allé si vite. Je venais de passer plusieurs mois enfermée dans un cocon, et soudain je me retrouvai dehors dans l'agitation et le bruit. Je ne pensais pas être libérée sur-le-champ. Je n'avais même pas dit adieu à mes fées. Elles m'avaient juste souhaité bonne chance. Les reverrais-je ? On me rendit mes affaires, ma valise, mon passeport, et un taxi me déposa à la banque Heltrum où tout le monde m'accueillit bouche ouverte comme une ressuscitée. Je ne m'attardai pas. Quelques signes de tête polis et je me réfugiai dans mon bureau. Après tout, j'étais toujours PDG. La pendule indiquait midi, donc 18 heures, heure de Paris. J'appelai Despotes :

– Mia, vous faites un tabac, s'écria-t-il. Vous êtes devenue une star ! Vous nous faites une publicité énorme. Je saute dans un avion pour venir vous féliciter et vous ramener en France. On vous attend tous ici.

– Je vous remercie, mais je n'en peux plus. Je vais me reposer ici quelque temps. Réservez-moi une chambre au même hôtel que la dernière fois. Il était très bien.

– Vous ne préférez pas rentrer en France ?

– Je suis enceinte, David. Je vais accoucher, c'est imminent. Je suis en congé maternité.

Il y eut un silence interloqué à l'autre bout du fil. J'en profitai pour raccrocher.

Une demi-heure plus tard, Diana, qui m'attendait devant la banque, me ramena au palace. Le personnel reconnut la *french woman* des infos et ce furent les mêmes salutations émerveillées qu'à Heltrum. C'était donc cela être une star ? Croiser des inconnus prêts à tout pour un simple sourire de votre part. Les dominants avaient encore de beaux jours devant eux. C'était désespérant. Une fois dans la chambre, je demandai au groom de tout débrancher, radio, wi-fi, télé, téléphone et me commandai un dîner léger. J'avais mal au ventre. Je me fis couler un bain. L'eau chaude me fit du bien.

Je me couchai tôt.

Le lendemain, Heltrum m'avait organisé un rendez-vous à l'hôpital, mais avant, Diana m'emmena faire quelques courses de fringues, soutiens-gorge, culotte et autres dans quelques boutiques *fashion* pour femmes enceintes sur Madison Avenue. Il me restait un mois de grossesse. Une fois les achats faits, je rentrai à l'hôtel me changer et repartis pour l'hôpital où j'enchaînai une batterie de tests et d'examens divers et variés : prise de sang, urine, électrocardiogramme, échographie. C'était un garçon et une fille. Le choix du roi. Je les sentais s'agiter dans mon ventre. Ils n'avaient pas l'air d'apprécier le changement d'ambiance, loin des voix de leurs marraines, de leurs rires, de leurs engueulades, de leurs jurons et de leur amour. Ce monde nouveau où je les avais entraînés devait leur sembler bien fade.

Les médecins ne s'inquiétaient pas du tout d'une grossesse à quarante ans. Ils avaient l'habitude. C'était courant à New York. Les bébés seraient en pleine santé, m'affirmaient-ils. Les résultats des examens étaient parfaits. Je me sentais divinement bien. Un garçon, une fille, mes bébés d'amour, quatre petits pieds, quatre petites mains, la liberté d'aimer mes « bébés ascenseur ». Je pensais souvent à Mario en caressant mon ventre énorme. Il m'avait peut-être vue à la télévision, au procès. Il avait vu ce corps difforme, ce double menton, cette énorme boule sur pattes.

En me promenant dans les rues avec Diana, je vis que je faisais la « une » de certains magazines, habillée comme un sac à patates. C'était affreux. Ma chauffeure adorée avait dû recevoir des instructions. Elle ne me lâchait pas d'une semelle, veillant sur ma respiration, ma nourriture, mes soins, à ce que je me maquille, que je marche, que je fasse la sieste. Sa chambre jouxtait la mienne. Elle m'avait dit : « Si quelque chose ne va pas, tapez sur le mur. » Toutes les filles connaissent ce truc en prison. Diana avait-elle un jour été en prison ?

Les bébés bougeaient sans cesse. Ils n'aimaient pas l'atmosphère de la chambre, le silence feutré des palaces. La prison, pleine de bruits et d'odeurs, leur manquait. Pour les rassurer, je leur parlais, je leur expliquais tout : Fred,

Bruno, Marc. Les manipulations, les micros, les pigeons. Mes trois fées, mes amies, leurs rires, leur amour. Je racontais des anecdotes de mon enfance, des souvenirs de joies et de peines. J'évoquais mes parents adorés, leurs grands-parents qu'ils ne connaîtraient pas, tués par un fou dans un accident de voiture suite au hold-up d'une banque, l'internat et mon enfance volée. Puis la jeunesse, l'amour fou pour Fred, les trahisons, les études si difficiles et cette vie adulte à les espérer, à les attendre enfin et tous les gâteaux qu'on ferait ensemble.

Ils n'aimaient que les voix de femmes. Les voix d'hommes, ils n'en avaient presque jamais entendus. Dès qu'un homme s'adressait à moi, je recevais aussitôt un coup de pied. Alors, je leur parlais des hommes gentils et de leur « papa ascenseur ».

Le changement radical d'alimentation ne leur convenait pas. Nourris à la cantine de la prison, ces petits monstres n'aimaient ni le bio ni le « sans gluten ». Ils cognaient. Ils cognaient dur. Alors, j'avalais un morceau de pain, et ils se calmaient. Ce foutu caractère, c'était Mario ou moi ?

Une semaine que j'étais sortie de prison, et je ne leur avais toujours pas choisi de prénoms. Je voulais quelque chose de nouveau, mais je ne trouvais pas. Il me semblait qu'en dehors de « mes amours de petits pieds », rien ne leur conviendrait. Je finis par feuilleter un livre de prénoms pour chercher des idées et optai pour « Dolcia » et « Jonah ». L'un était inventé ; l'autre était sorti d'une baleine, glissant sur tout et partout. Diana trouvait les prénoms très jolis.

Une nuit, je sentis de l'eau entre mes cuisses. Je cognai contre le mur et Diana surgit dans la minute. La valise était prête. Elle appela la réception et demanda un taxi en urgence. Puis tout alla très vite. Sans que je comprenne vraiment ce qui m'arrivait, je me retrouvai sous perfusion avec des infirmières m'expliquant que les bébés se présentaient mal. J'entendis les mots « urgence », « césarienne », « anesthésie générale » avant de sombrer dans l'inconscience.

Lorsque je me réveillai, j'étais seule dans une chambre. Je me mis à brailler. Une infirmière arriva.

– Mes bébés, où sont mes bébés ? hurlai-je au bord des larmes.

Elle me prit doucement la main.

– Calmez-vous, Madame, ne vous inquiétez pas, tout va très bien. Ils sont magnifiques. J'attendais que vous vous réveilliez. Je vous les amène tout de suite.

Elle avait parlé d'un ton ferme, mais rassurant. Sûrement l'infirmière en chef. Elle ressortit. Soulagée, je retombai dans un demi-coma. Mon hurlement m'avait épuisée. Je n'avais plus de force. Où était Diana ? Et mes fées ? J'aurais tellement voulu que mes fées soient près de moi. Dans une brume, je vis l'infirmière revenir, poussant devant elle un grand chariot avec deux berceaux. Une jeune femme noire entra à sa suite dans la chambre, ainsi qu'un homme en blouse blanche. Tous les deux portaient des masques stériles sur le visage, mais je reconnus immédiatement les yeux de Diana. Ils pétillaient. Et lui, c'était qui ? Un médecin ? Qu'est-ce qu'on me voulait encore ? J'avais déjà ma perfusion, on n'allait pas me refaire des prises de sang et tout le tralala, quand même ! Je voulais qu'on me laisse tranquille avec mes enfants. L'infirmière souleva les bébés l'un après l'autre et me les déposa de part et d'autre du lit, chacun dans le creux d'un bras. Je ne pus m'empêcher de fondre en larmes en les serrant doucement contre moi.

– Mes bébés, murmurai-je, mes enfants à moi.

Je regardais ces deux petits êtres. Je n'en revenais pas. Mes yeux mouillés faisaient comme un halo de buée autour d'eux, comme s'ils flottaient encore dans les nuages. J'avais beau être dans le coaltar, je sentais bien l'onde d'amour qui circulait dans la pièce. J'étais heureuse. Diana s'approcha de moi et m'embrassa.

– Ils sont magnifiques, chuchota-t-elle.

– Oui, vraiment, renchérit l'infirmière en caressant les petits cheveux soyeux, ce sont les plus beaux bébés que j'ai vus depuis longtemps. Et je peux vous dire que j'en ai vu !

Elle était gentille, cette infirmière, et elle avait raison. Mes bébés étaient les plus beaux. Bien sûr, puisque c'étaient les miens. Et le médecin qui restait là sans rien faire. Il aurait pu me dire un mot réconfortant, tout de même. Mais après tout, je m'en fichais. Aujourd'hui, j'étais maman et je pardonnais à la terre entière.

L'infirmière se pencha sur les bébés et lut les prénoms sur les bracelets :

– Jonah et Dolcia ! Comme c'est joli !

Je souris faiblement. Elle reprit :

– Jonah et Dolcia Rockefeller ! Voilà des enfants sacrément bien partis dans la vie ! s'exclama-t-elle en riant.

C'était comme une décharge électrique qui aurait parcouru tout mon corps. Avais-je bien entendu ? Rockfeller ? C'était quoi, ce gag ? Mes enfants s'appelaient « Davis », pas « Rockefeller ». Mon Dieu, il devait y avoir une erreur ! Ce n'étaient pas mes bébés ! Ils s'étaient trompés de bébés ! Je poussai un petit cri et voulus me redresser, mais j'étais sans force. Je retombai en arrière contre l'oreiller en bredouillant :

– Mais qu'est-ce que...

Le médecin qui s'était rapproché posa son doigt sur ma bouche en faisant « chut ». De quoi se mêlait-il celui-là ? Il fallait absolument retrouver mes bébés.

– Il a raison, dit l'infirmière en souriant, il faut vous reposer.

Elle fit un petit signe de tête à Diana.

– Nous allons vous laisser entre vous, maintenant, reprit-elle. Profitez bien de ces moments de bonheur ensemble, ce sont les plus beaux.

Juste avant de sortir, elle s'adressa au médecin :

– La chambre est stérilisée, Monsieur. Vous pouvez ôter le masque et la blouse, si vous voulez.

Dans mon brouillard, je vis Diana me faire un dernier bisou de la main et la porte se referma. Enfin le silence, enfin la paix. Toute cette agitation m'avait fatiguée. Je voulais qu'on me laisse seule avec mes enfants. Pourquoi ce type restait-il ? J'étais trop assommée pour m'exprimer. La camisole chimique m'embrumait encore le cerveau, j'avais la bouche pâteuse. Il se retourna, fit quelques pas vers le fond de la pièce et, toujours de dos, entreprit de retirer son masque, puis sa blouse et... Mon cœur se serra d'un coup, jusqu'à l'étouffement. Non, je ne pouvais pas le croire. Je voulus contenir le sanglot, mais un flot de larmes jaillit malgré moi. C'étaient elles. Je les avais reconnues, je les reconnaîtrais toute ma vie. Ces fesses, c'étaient les siennes. Les fesses de Mario. Il était là. Il était revenu. Les bébés avaient leur papa. Il se retourna vers moi en me souriant. Il était sublimement beau. Il s'approcha du lit et posa délicatement un baiser sur mes lèvres :

– Merci pour ces beaux bébés, ma chérie. Ils sont magnifiques. Et toi, tu es la plus belle des femmes. Je t'aime.

Je ne pus réprimer un fou rire sous les sanglots qui redoublèrent. Je regardai mes enfants, je le regardai. Je l'aimais et le détestais tout à la fois. Mario alias Genir était donc un Rockefeller ? Charles m'avait bien eue. Et moi qui n'avais rien vu, comme d'hab'. La reine des cruches. Le nom de cette famille de salopards de magnats du pétrole, les plus grands truands de la planète, voilà le nom que porteraient mes enfants ? Non, je ne voulais pas. Ce n'était pas possible. C'était un cauchemar. J'avais à nouveau basculé dans la quatrième dimension. Je n'en sortirais donc jamais, jamais, jamais.

Je m'écroulai.

Table des matières

Table des matières

Remerciements

Merci à Philippe Loffredo pour sa relecture attentive et amicale.

Cet ouvrage composé
en Caslon c. 12,5 a été réalisé
par DV Arts Graphiques
à La Rochelle (Charente-Maritime)
et achevé d'imprimer en janvier 2015
sur les presses de l'Imprimerie Corlet
à Condé-sur-Noireau
Dépôt légal : janvier 2015
N° d'imprimeur : 169587
N° d'édition : 107

ISBN 978-2-36371-107-6